[唐]杜甫 著
謝思煒 校注

杜甫集校注

丙申夏一清

杜工部集卷第三

古詩七十八首 寓秦州及同谷縣行赴蜀中作

貽阮隱居 昉〔一〕

陳留風俗衰，人物世不數〔二〕。塞上得阮生〔三〕，迥繼先父祖。貧知静者性，自益毛髮古①。車馬入鄰家，蓬蒿翳環堵〔四〕。清詩近道要，識子用心苦②〔五〕。尋我草逕微〔六〕，褰裳踏寒雨。更議居遠林③，避喧甘猛虎〔七〕。足明箕潁客，榮貴如糞土〔八〕。（0093）

【校】

①自，錢箋校：「晉作白。」《草堂》校：「晉作白。蘇本同。」

②子，錢箋校：「一作字。」《九家》作「字」。

③林，錢箋作「村」。

【注】

黄鶴注：當是公自華之秦州作，乾元二年（七五九）秋冬間。

〔一〕阮隱居：阮昉，秦州人。本書卷一〇有《秋日阮隱居致薤三十束》（0608）。

〔二〕陳留二句：《晉書・阮籍傳》：「阮籍，字嗣宗，陳留尉氏人也。……（阮）咸任達不拘，與叔父籍爲竹林之游，當世禮法者譏其所爲。咸與籍居道南，諸阮居道北，北阮富而南阮貧。」《世説新語・輕詆》注引《晉諸公贊》：「是時陳留爲大郡，多人士，琅玡王澄嘗經郡，入境問：『此郡多士，有誰乎？』」《新唐書・藝文志》著録江敞《陳留人物志》十五卷。

〔三〕塞上：朱鶴齡注：「《古今注》：『塞者，所以壅塞夷狄也。』公秦州、夔州詩每用『塞上』字，蓋秦界羌夷，夔界五溪蠻，二州皆有關隘之設。」按，唐人言塞上皆指西北邊塞。本篇及卷一五《秋興八首》（1908）「江間波浪兼天涌，塞上風雲接地陰」，毋寧爲特例。

〔四〕蓬蒿句：《高士傳》卷中「張仲蔚」：「常居窮素，所處蓬蒿没人，閉門養性，不治榮名。」環堵，見卷一《秋雨歎三首》（0017）注。

〔五〕清詩二句：《淮南子・原道訓》：「執道要之柄，而游於無窮之地。」王逸《九思・怨上》：「沐盥浴兮天池，訪太昊兮道要。」《吴越春秋》卷八：「采葛之婦傷越王用心之苦，乃作苦之詩。」

〔六〕尋我句：陶淵明《歸去來兮辭》：「三逕就荒，松菊猶存。」《文選》李善注：「《三輔決録》曰：蔣詡字元卿，舍中三逕，唯羊仲、求仲從之游，皆挫廉逃名不出。」

〔七〕更議二句：《晉書・董景道傳》：「知天下將亂，隱於商洛山，衣木葉，食樹果，彈琴歌笑以自娱，毒蟲猛獸皆繞其傍。」又《隱逸傳・郭文》：「洛陽陷，乃步擔入吴興餘杭大辟山中窮谷無人之地……時猛獸爲暴，入屋害人，而文獨宿十餘年，卒無患害。……（王導）問曰：『猛獸害人，人之所畏，而先生獨不畏邪？』文曰：『人無害獸之心，則獸亦不害人。』」

〔八〕足明二句：謝靈運《擬魏太子鄴中集・徐幹》序：「少無宦情，有箕潁之心。」《高士傳》卷上「許由」：「由於是遁耕於中岳潁水之陽、箕山之下，終身無經天下色。」《國語・晉語四》：「宜而不施，聚必有闕，玉帛酒食，猶糞土也。」《論衡・非韓》：「利欲不存於心，則視爵禄猶糞土矣。」

遣興三首

下馬古戰場，四顧但茫然〔一〕。風悲浮雲去，黄葉墜我前①〔二〕。朽骨穴螻蟻，又爲蔓草纏〔三〕。故老行歎息，今人尚開邊〔四〕。漢虜互勝負②，封疆不常全〔五〕。

安得廉恥將③，三軍同晏眠〔六〕？（0094）

【校】

① 墜，錢箋、《草堂》校：「一作墮。」

② 勝負，錢箋校：「樊作失約。」《草堂》校：「一作失約。」

③ 恥，宋本、錢箋、《九家》、《草堂》校：「一作頗。」

【注】

黄鶴注：當是乾元二年（七五九）秦州作。

〔一〕四顧句：《古詩十九首》：「四顧何茫茫，東風摇百草。」

〔二〕風悲二句：秦嘉《贈婦詩》：「浮雲起高山，悲風激深谷。」何遜《日夕望江山贈魚司馬》：「仲秋黄葉下，長風正騷屑。」

〔三〕朽骨二句：陸機《挽歌詩》：「豐肌饗螻蟻，妍姿永夷泯。」范雲《建除詩》：「危生一朝露，螻蟻將見謀。」江淹《恨賦》：「試望平原，蔓草縈骨，拱木斂魂。」

〔四〕開邊：《漢書·嚴助傳》：「是時征伐四夷，開置邊郡。」《魏書·李順傳》：「辟土開邊，隸首不紀。」

〔五〕漢虜二句：《漢書·匈奴傳》：「當孝武時，雖征伐克獲，而士馬物故亦略相當。雖開河南之野，建朔方之郡，亦弃造陽之北九百餘里。匈奴人民每來降漢，單于亦輒拘留漢使以相報復。」

〔六〕安得二句：仇注謂當作「廉頗將」，「廉頗安邊而不生事，歎天寶諸將之不然也」。

高秋登寒山①，南望馬邑州〔一〕。降虜東擊胡，壯健盡不留〔二〕。穹廬莽牢落〔三〕，上有行雲愁。老弱哭道路，願聞甲兵休。鄴中事反覆②〔四〕，死人積如丘。諸將已茅土，載驅誰與謀〔五〕？（0095）

【校】

① 寒，《九家》、《草堂》校：「一作塞。」錢箋作「塞」，校：「一作寒。」

② 事反覆，宋本、錢箋、《九家》、《草堂》校：「一云何蕭條。」

【注】

〔一〕馬邑州：《新唐書·地理志》羈縻州隴右道党項州：「馬邑州，開元十七年置，在秦、成二州山谷間。寶應元年徙於成州之鹽井故城。右隸秦州都督府。」《九家》趙注：「馬邑，秦州地名。今於本處有石碑標榜焉。」

〔二〕降虜二句：朱鶴齡注：「降虜謂秦隴間屬夷，調發討賊者。」按，唐初以來内附降唐諸族稱爲降户，以其首領爲都督、刺史，隸屬邊州。馬邑州即隸秦州都督府。内附部落習武善戰，亦編入唐軍。朔方軍將領如僕固懷恩爲鐵勒僕固部，從郭子儀討賊雲中。渾瑊爲鐵勒渾部，從李光弼定河北。李光進爲河曲部落稽阿跌族，繼其父爲雞田州刺史，爲朔方軍將。其弟李光顔爲河東軍將。朔方軍由内附諸部組成，且爲唐軍平定叛亂之主力。馬邑州屬党項州，則其地爲党項内附部落。

〔三〕穹廬句：《史記・匈奴列傳》：「匈奴父子乃同穹廬而卧。」集解：「《漢書音義》曰：穹廬，旃帳。」唐太宗《建玉華宮手詔》：「今則毳幕穹廬，取爲郡縣。」莽牢落，見卷二《送樊二十三侍御赴漢中判官》（0086）注。

〔四〕鄴中：相州。見卷二《新安吏》（0060）注。

〔五〕諸將二句：蔡邕《獨斷》卷下：「天子太社，以五色爲壇。皇子封爲王者，受天子之社土，以所封之方色……苴以白茅授之，各以其所封方色歸國以立社，故謂之受茅土。」黄希注：「諸將不指李、郭，如朔方大將軍孫守亮等九人爲異姓王，李商臣等十三人爲同姓王是也。」按，所言乃代宗永泰元年閏十月事，非杜詩所指。此蓋泛言。《詩・小雅・皇皇者華》：「載馳載驅，周爰咨謀。」

豐年孰云遲①，甘澤不在早。耕田秋雨足，禾黍已映道。春苗九月交，顔色同日老〔一〕。勸汝衡門士〔二〕，勿悲尚枯槁。時來展材力，先後無醜好。但訝鹿皮翁，

忘機對芳草〔三〕②。（0096）

【校】

① 孰，錢箋、《草堂》校：「一云既。一云亦。」

② 芳草，宋本校：「一云荒草。」「芳」字錢箋、《草堂》校：「一作荒。」

【注】

〔一〕春苗二句：《詩·小雅·十月之交》傳：「之交，日月之交會。」此即入九月之意。仇注：「同日老，即日至皆熟意。」

〔二〕衡門：見卷一《秋雨歎三首》(0017)注。

〔三〕但訝二句：《列仙傳》卷下：「鹿皮公者，淄川人也。少爲府小吏木工，舉手能成器械。岑山上有神泉，人不能至也。小吏白府君，請木工斤斧三十人，作轉輪懸閣，意思横生。數十日，梯道四間成。上其巔，作祠舍，留止其旁，絶其二間以自固。食芝草，飲神泉，且七十年。淄水來，三下呼其宗族家室，得六十餘人，令上山半。水盡漂一郡，没者萬計。小吏乃辭遣宗家，令下山。著鹿皮衣遂去，復上閣。後百餘年下，賣藥於市。」《莊子·天地》：「功利機巧，必忘夫人之心。」

昔游

昔謁華蓋君，深求洞宮脚①〔一〕。玉棺已上天〔二〕，白日亦寂寞②。暮升艮岑頂③，巾几猶未却〔三〕。弟子四五人，入來淚俱落。余時游名山，發軔在遠壑〔四〕。良覿違夙願〔五〕，含凄向寥廓④。林昏罷幽磬〔六〕，竟夜伏石閣。王喬下天壇〔七〕，微月映皓鶴。晨溪嚮虛駃⑤〔八〕，歸徑行已昨。豈辭青鞋胝，悵望金匕藥⑥〔九〕。東蒙赴舊隱，尚憶同志樂〔一〇〕。休事董先生⑦〔一一〕，於今獨蕭索。胡爲客關塞，道意久衰薄？妻子亦何人〔一二〕，丹砂負前諾。雖悲髮變鬢⑧〔一三〕，未憂筋力弱。扶藜望清秋⑨，有興入廬霍〔一四〕。（0097）

【校】

① 深求洞宮脚，錢箋校：「陳作緑袍崑玉脚。」《草堂》校：「一作緑袍崑玉脚。」

② 玉，錢箋校：「陳作人。」《草堂》校：「一作人。」　寂，錢箋、《草堂》校：「一作冥。」

③ 岑，錢箋校：「晋作峯。」《草堂》校：「一作峯。」

④ 淒，錢箋校：「晉作悽。」《草堂》校：「一作悽。」　向，《九家》作「尚」。　寥，宋本作「廖」，據錢箋改。
⑤ 駃，宋本作「駛」，據錢箋等改。
⑥ 悵望，錢箋校：「一云惆悵。」《九家》、《草堂》作「惆悵」，《草堂》校：「一作悵望。」
⑦ 休，錢箋校：「一作伏。」《草堂》作「伏」，校：「一作休。非是。」
⑧ 髮變鬢，錢箋作「鬢髮變」，《草堂》作「髮鬢變」。宋本、錢箋校：「一云鬚髮變。」《九家》校：「一云鬢髮變。」《草堂》校：「一作髮變白。」
⑨ 扶，錢箋校：「一作杖。」《九家》、《草堂》作「杖」，《草堂》校：「一作扶。」

【注】

黄鶴注：此詩殆是記昔時游齊、宋中之事，中云「胡爲客關塞」，當是乾元二年（七五九）在秦州作。仇注：秦州與衡岳絶遠，豈得云「清秋入衡霍」，當是客夔州時作。舊因「關塞」二字，遂誤屬秦州。編入大曆二年（七六七）。川《譜》亦編入大曆二年。按，詩云「廬霍」，有疑義，詳注。

〔一〕昔謁二句：《九家》趙注：「此篇名《昔游》，蓋公紀游王屋山與東蒙山之實也。王屋山有華蓋峯，所謂華蓋君、董先生必是實事。」《明一統志》卷二七懷慶府：「華蓋峯，在濟源縣西天壇山南陽臺宫後，宋徽宗游幸之所。」宋樓異《嵩山二十四詠》有《華蓋峯》一首。仇注引《神仙傳》：「昔周王子喬養道於華蓋山，後昇仙，號華蓋山。」未詳所據。錢箋引《洞天福地記》温州永嘉華蓋山，相距遥遠，非杜甫行履所及。洞宫，指王屋山洞。《雲笈七籤》卷二七《天地宫府圖・十大洞天》：「第一王屋山洞，週回萬里，號曰小有清虛之天。在洛陽、河陽兩界，去王屋縣六十里，屬西城王君治之。」朱鶴齡注：「華蓋君猶《太白集》之丹丘子，蓋開元天寶間道士隱於王屋者，不必求華蓋所在以實之也。」按，唐司馬承禎修道於王屋山天壇。華蓋君約與其同時。

〔二〕玉棺句：《後漢書・方術傳》「王喬」：「後天下玉棺於堂前，吏人推排，終不搖動。喬曰：『天帝獨召我邪？』乃沐浴服飾寢其中，蓋便立覆。宿昔葬於城東，土自成墳。」

〔三〕暮升二句：《分門》洙曰：「艮岑，東北之岑也。」巾几，道教科戒所用。《三洞奉道科戒》卷一置觀品：「天尊前置香爐幡華浄巾，安食床几褥。」卷二寫經品：「巾帕帙蘊如法，置几案香爐。」

〔四〕發軔：《楚辭・離騷》：「朝發軔於蒼梧兮，夕余至乎縣圃。」王逸注：「軔，搘輪木也。」補注：「軔，止車之木，將行則發之。」

〔五〕良覿：見卷一《白水縣崔少府十九翁高齋三十韻》(0042)注。

〔六〕磬：《三洞奉道科戒》卷三法具品：「凡磬，以節度威儀容止所要。有六種相，一者玉，二者金，三者銀，四者銅，五者鐵，六者石。或兩角四角，或九角無角，或狀若鈎，並題所識，永爲供養。凡鐘磬，皆須作瑽懸之。」

〔七〕王喬句：王喬，見卷一《橋陵詩三十韻因呈縣内諸官》(0037)注。《太平寰宇記》卷五王屋縣：「王屋山，在縣北十五里。……天壇山北山，登之可以望海。」《明一統志》卷二八懷慶府：「天壇山，在濟源縣西一百二十里王屋山北。山峰突兀，其東曰日精，西曰月華，絶頂有石壇，名清虛小有洞天。」仇注引《寰宇記》「王子喬天壇，在緱氏縣東南六里」，混緱氏山與天壇爲一，非原文。

〔八〕晨溪二句：《類篇》：「駃，苦夬切。馬行疾也。」張正見《隴頭水》：「湍高飛轉駃，澗淺蕩還遲。」《太平廣記》卷三九八《石磨》（出《續齊諧記》）：「土人號爲石磨。轉駃則年豐，遲則歲儉。」《酉陽雜俎》卷一四《諾皋記上》：「遂鑿石穿，水北流甚駃。」仇注：「嚮虛駃，水聲急瀉也。」引元好問詩自注：「與快同。」

〔九〕豈辭二句：《莊子·讓王》：「手足胼胝。」《類篇》：「胝，又張尼切。腄也。一曰繭也。」匕爲取藥之具。葛洪《關尹子序》：「匕者食也，釜者化也。」鮑照《代淮南王》：「琉璃藥碗牙作盤，金鼎玉匕合神丹。」

〔一〇〕東蒙二句：東蒙，見卷一《玄都壇歌寄元逸人》（0008）注。又本書卷九《與李十二白同尋范十隱居》（0436）：「余亦東蒙客，憐君如弟兄。」《九家》趙注：「豈所謂赴舊隱與同志樂者？」

〔一一〕董先生：朱鶴齡注：「《昔游》詩當與七古《憶昔行》互證。……公客東蒙，與李白諸人同游好，其時之伏事者則董先生，即衡陽董鍊師也。」本書卷八《憶昔行》（0365）：「更討衡陽董鍊師，南浮早鼓瀟湘柂。」

〔一二〕妻子：《漢書·梅福傳》：「王莽顓政，福一朝弃妻子，去九江，至今傳以爲仙。」《宋書·隱逸傳·劉凝之》：「性好山水，一旦携妻子泛江湖，隱居衡山之陽，登高嶺，絶人跡，爲小屋居之，采藥服食，妻子皆從其志。」

〔一三〕雖悲句：謝朓《晚登三山還望京邑》：「有情知望鄉，誰能鬒不變。」

〔一四〕盧霍：謝靈運《初發石首城》：「游當羅浮行，息必廬霍期。」《文選》李善注：「廬、霍，二山名也。」郭璞《江賦》：「衡霍磊落以連鎮，巫廬嵬崫而比嶠。」李善注引《爾雅》「霍山爲南岳」郭璞注：「今在廬江西。」及慧遠《廬山記》：「山在江州潯陽之南。」《爾雅·釋山》：「霍山爲南岳。」注：「即天柱山。灊水所出。」《風俗通義》卷一〇：「南方衡山，一名霍山。霍者，萬物盛長，垂枝布葉，霍然而大。廟在廬江灊縣。」《釋山》邢昺疏：「云衡、霍一山二名者，本衡山一名霍山。漢武帝移岳神於天柱，又名天柱亦爲霍，故漢以來衡、霍別耳。」「（郭璞注）據作注時霍山爲言，此山本名天柱。……其《經》之霍山，即江南衡是也。」按，六朝人言廬霍同郭注，謂廬山與霍山（天柱山）。李白《題嵩山逸人元丹丘山居》：「簀緣泛潮海，偃蹇陟廬霍。」皇甫冉（一作劉長卿）《送康判官往新安》：「猿聲比廬霍，水色勝瀟湘。」王季文《九華山謠》：「丹崖壓下廬霍勢，白日隱出牛斗星。」皎然《送常清上人還舒州》：「常説歸山意，誅茅廬霍前。」諸詩之霍亦不能解作衡山。以杜詩所指爲衡山，則錢箋、朱注以此詩牽合衡陽董鍊師而爲説也。其以霍爲衡之别名雖似有據，然杜則誤用六朝人語，且别出心裁。

幽人

孤雲亦羣游，神物有所歸①〔一〕。麟鳳在赤霄②，何當一來儀③〔二〕？往與惠荀輩④，中年滄洲期〔三〕。天高無消息，弃我忽若遺〔四〕。内懼非道流，幽人見瑕疵⑤〔五〕。洪濤隱語笑⑥，鼓枻蓬萊池〔六〕。崔嵬扶桑日，照曜珊瑚枝〔七〕。風帆倚翠蓋⑦，暮把東皇衣〔八〕。嚥漱元和津，所思烟霞微⑧〔九〕。知名未足稱，局促商山芝〔一〇〕。五湖復浩蕩〔一一〕，歲暮有餘悲。（0098）

【校】

①有，錢箋、《草堂》校：「一作識。」

②麟，錢箋校：「一作靈。」《草堂》校：「疑作靈。」

③當，錢箋校：「一作嘗。」《草堂》作「嘗」，校：「一作當。」

④荀，錢箋校：「一作詢。」

⑤見，錢箋校：「一作在。」

⑥語笑，錢箋校：「樊作笑語。」《九家》、《草堂》作「笑語」，《草堂》校：「樊作語笑。」

⑦蓋，錢箋校：「一作巘。」《草堂》校：「一作鳳。」

⑧漱，錢箋作「嗽」。　霞，錢箋校：「一作霧。」

【注】

黃鶴注：以「五湖復浩蕩，歲事有餘悲」，意是大曆三年（七六八）出峽歲晚至岳陽作。舊編在秦州詩內，公在秦止數月，不應有「歲暮有餘悲」之句。《草堂》編入大曆四年（七六九）潭州詩。仇注、川《譜》同。

〔一〕孤雲二句：陶淵明《詠貧士》：「萬族各有託，孤雲獨無依。」《易·繫辭上》：「是故天生神物，聖人則之。」鮑照《贈故人馬子喬》：「雙劍將別離，先在匣中鳴。……神物終不隔，千祀儻還並。」《九家》趙注：「孤雲所以譬幽人之畸獨者也，然以類相聚，則終至於群游，蓋以神物有歸故爾。」按，「神物」當與「孤雲」對舉，啓下「麟鳳」句。

〔二〕麟鳳二句：《孔叢子·記問》獲麟歌：「唐虞世兮麟鳳游，今非其時來何求。」張協《七命》：「挂歸翮於赤霄之表，出華鱗於紫淵之裏。」《書·益稷》：「鳳皇來儀。」《九家》趙注引《南史》徐陵生，寶志見之曰「此兒天上石麒麟」，謂麟自天而降亦宜。《草堂》疑「麟」當作「靈」，仇注乃從改。按，此屬用語連及，不煩改字。

〔三〕往與二句：《分門》歐曰：「惠詢輩，謂惠遠、許詢也。」錢箋引甫逸詩《聞惠二送過東溪》（本書卷一八1443），謂詢或其名。按，宋本字作「荀」，「詢」字後人所改。據詩意，亦連舉二人爲長。《宋書·謝靈運傳》：「靈運既東還，與族弟惠連、東海何長瑜、潁川荀雍、泰山羊璿之以文章賞會，共爲山澤之游，時人謂之四友。」疑杜詩用此典，言惠、荀以概四友。謝朓《之宣城郡出新林浦向板橋》：「既歡懷祿情，復協滄洲趣。」《太平廣記》卷一八《元藏幾》（出《杜陽編》）：「大業九年，爲過海使判官，無何，風浪壞船，黑霧四合，同濟者皆不免，而藏幾獨爲破木所載，殆經半月，忽達於洲島間。洲人問其從來，則晉然具以事告。洲人曰：『此滄洲，去中國已數萬里。』……其洲方千里，花木常如二月，地土宜五穀，人多不死。出鳳凰、孔雀、靈牛、神馬之屬。更產分蒂瓜，長二尺，其色如椹，一顆二蒂。有碧棗丹栗，皆大如梨。其洲人多衣縫掖衣，戴遠游冠。與之話中國事，則歷歷如在目前。」

〔四〕天高二句：《史記·宋微子世家》：「天高聽卑。」曹植《上疏陳審舉之義》：「天高聽遠，情不上通。」《古詩十九首》：「不念携手好，弃我如遺跡。」

〔五〕內懼二句：孔稚圭《北山移文》：「談空空於釋部，核玄玄於道流。」《易·履》：「履道坦坦，幽人貞吉。」陸機《招隱詩》：「躑躅欲安之，幽人在浚谷。」《左傳》僖公七年：「予取予求，不女疵瑕也。」

〔六〕洪濤二句：曹植《贈白馬王彪》：「泛舟越洪濤，怨彼東路長。」《晉書·王嘉傳》：「滑稽好語笑，不食五穀，不衣美麗，清虛服氣，不與世人交游。」《楚辭·漁父》：「漁父莞爾而笑，鼓枻而去。」《漢書·郊祀志》：「建章宮……其北治大池，漸臺高二十餘丈，名曰泰液，池中蓬萊、方丈、瀛洲、壺梁，象海中神山龜魚之屬。」

〔七〕崔嵬二句：《淮南子·天文訓》：「日出於暘谷，浴於咸池，拂於扶桑，是謂晨明。」珊瑚枝，見卷一《送孔巢父謝病歸游江東兼呈李白》（0026）注。

〔八〕風帆二句：宋玉《高唐賦》：「蜺爲旌，翠爲蓋。」《淮南子·原道訓》：「馳要褭，建翠蓋。」《楚辭·九歌·東皇太一》：「吉日兮良辰，穆將愉兮上皇。」王逸注：「上皇，謂東皇太一。」《文選》

吕向注：「太一，星名，天之尊神。祠在楚東，以配東帝，故云東皇。」

〔九〕嚥漱二句：《道教義樞》序：「含養元和，化貸陰陽。」《三洞奉道科戒》卷二：「凡天尊法座，凡有八種。……七者坐雲霄，八者御烟霞。」《雲笈七籤》卷一三三洞經教部《太清中黄真經・烟霞浄志章第四》：「烟霞浄志通神奥，令子坐知生死道。」

〔一〇〕局促句：商山芝，見卷二《喜晴》(0077)注。《九家》趙注：「雖四皓知名，猶爲局促。」錢箋謂此指李泌定太子之後，懼李輔國之譖，請隱衡山。

〔一一〕五湖：《國語・越語下》：「遂滅吴，反至五湖，范蠡辭於王……遂乘輕舟以浮於五湖，莫知其所終極。」

浦起龍云：「此亦因流寓失所，結情於世外之侣耳。鍾氏(惺)所謂絶妙游仙詩，無丹藥瓢笠氣，並無雲霞山澤氣者也。《杜闡》以『蓬萊』等爲青瑣之寓言，以『商山芝』爲扈從之寓言，全作戀戀朝廷之解，殊不類也。」

按，錢箋謂「商山芝」言李泌，盧元昌謂「幽人見瑕疵」訴信見疑、忠見謗，固過鑿。然此詩宋本舊編與《佳人》相次，二篇似皆有寓意。孤雲喻貧士，顯有自寓意。惠、荀輩弃我，恐指在朝者。「天高」喻帝聽，「蓬萊池」亦非泛言東海蓬萊。詩意或非止於言游仙，作年亦可再商榷。

佳人〔一〕

絶代有佳人，幽居在空谷①〔二〕。自云良家子，零落依草木〔三〕。關中昔喪敗②，兄弟遭殺戮〔四〕。官高何足論，不得收骨肉〔五〕。世情惡衰歇，萬事隨轉燭〔六〕。夫婿輕薄兒，新人美如玉③〔七〕。合昏尚知時，鴛鴦不獨宿〔八〕。但見新人笑，那聞舊人哭〔九〕。在山泉水清，出山泉水濁〔一〇〕。侍婢賣珠回④，牽蘿補茅屋〔一一〕。摘花不插髮⑤，采柏動盈掬⑥〔一二〕。天寒翠袖薄，日暮倚修竹〔一三〕。（0099）

【校】

① 空，宋本、錢箋、《九家》、《草堂》校：「一作山。」

② 敗，錢箋、《草堂》校：「一作亂。」

③ 美，錢箋、《九家》、《草堂》作「已」，錢箋、《草堂》校：「一作美。」

④ 侍，《草堂》校：「一作待。」

⑤ 髮，宋本、《九家》、《草堂》校：「一作髻。」錢箋校：「一作髻。晋作鬢。」

⑥ 掬，錢箋校：「一作握。」

【注】

黄鶴注：乾元二年在秦州(七五九)作。

〔一〕佳人：《分門》師曰：「《詩·簡兮》『刺不用賢』，云『彼美人兮，西方之人兮』，蓋言賢者有佳美之德。此詩亦以佳人喻賢者，君用新進少年，至於疏弃舊臣。」仇注：「司馬相如《長門賦》：『夫何一佳人兮，步逍遥以自娱。』此爲陳皇后見廢而作，詩題正取之。」按，「佳人」自當據詩首句用《漢書·外戚傳》李延年歌：「北方有佳人，絶世而獨立。一顧傾人城，再顧傾人國。」

〔二〕幽居句：《禮記·儒行》：「幽居而不淫。」《詩·小雅·白駒》：「皎皎白駒，在彼空谷。」

〔三〕自云二句：《史記·外戚世家》：「竇姬以良家子入宫侍太后。」《禮記·月令》：「(仲夏)行秋令，則草木零落。」

〔四〕關中二句：《草堂》夢弼注：「謂經禄山之亂也。」

〔五〕不得句：《三國志·魏書·三少帝紀》：「骸骨不收，弃於原野。」《梁鼓角横吹曲·企喻歌》：「屍喪狹谷中，白骨無人收。」

〔六〕世情二句：《宋書·后妃傳·明帝陳貴妃》：「始有寵，一年許衰歇。」桓譚《新論·祛蔽》：「今人之養性……如彼促脂轉燭者，至壽極亦獨死耳。」此謂延長燃燒。庾肩吾詩：「聊持轉風燭，暫映廣陵琴。」此言風轉燭滅。

〔七〕夫婿二句：《漢書·酷吏傳》：「雜舉長安中輕薄少年惡子。」阮籍《詠懷》：「輕薄閑游子，俯仰乍浮沉。」《玉臺新詠》古詩：「上山采蘼蕪，下山逢故夫。長跪問故夫，新人復何如。新人雖言好，未若故人姝。」《古詩十九首》：「燕趙多佳人，美者顔如玉。」

〔八〕合昏二句：《太平御覽》卷九五八引《風土記》：「夜合，葉晨舒而暮合，一名合昏。」《政和證類本草》卷一三引唐本注：「此樹生葉似皂莢槐等，極細。五月花發，紅白色。所謂山澗中有之，今東西京第宅山池間亦有種者。名曰合歡，或曰合昏。」陸倕《新漏刻銘》：「合昏暮卷，蓂莢晨生。」《詩・小雅・鴛鴦》傳：「鴛鴦，匹鳥。」箋：「匹鳥，言其止則相耦，飛則爲雙，性馴耦也。」

〔九〕但見二句：竇玄妻與玄書：「衣不厭新，人不厭故。悲不可忍，怨不自去。彼獨何人，而居我處。」李白《怨情》：「新人如花雖可寵，故人似玉由來重。」

〔一〇〕在山二句：《詩・小雅・四月》：「相彼泉水，載清載濁。」曹植《七哀詩》：「君若清路塵，妾若濁水泥。浮沉各異勢，會合何時諧。」《九家》趙注：「人之同處山谷幽寂之地……其清可知；其夫之出山，隨物流蕩，遂爲山下之濁泉矣。」仇注：「此謂守貞清而改節濁也。」蕭滌非引徐而庵説：「婦人在夫家，爲夫所愛，即是在山之泉水……爲夫所弃，不在夫家，即是出山之泉水。」徐説近是。如曹植詩即以濁水泥喻女子被弃。

〔一一〕侍婢二句：《魏鄭公諫録》卷二：「桂州都督李弘節身死之後，其家賣珠，太宗聞之，乃宣言於朝曰：『此人平生之日，宰相皆言其清，其家今既賣珠，所舉者豈得無罪。』敕案之。公諫曰：『……今弘節爲國立功，前後大蒙賞賚，居官終没不言貪殘，妻子賣珠，未爲有罪。』」又唐小説買珠識寶傳説甚多，見《廣異記》等。此蓋寫女子出身富貴而致破落。鮑照《和王丞》：「明澗子沿越，飛蘿予縈牽。性好必齊遂，跡幽非妄傳。」牽蘿者喻幽居。岑參有《南池夜宿思王屋青蘿舊齋》。白居易《與元微之書》：「青蘿爲牆垣。」仇注：「牽蘿補屋，甚言居不庇身。……一説使青翠滿屋，乃山居幽致，此説亦通。」按，唐人有蘿屋、蘿牆之説，「補」字不必坐實。

〔一二〕摘花二句：謝朓《鏡臺》：「照粉拂紅妝，插花理雲髮。」《開元天寶遺事》卷四：「長安士女於春時鬬花戴插，以奇花多者爲勝。」《詩·小雅·采緑》：「終朝采緑，不盈一匊。」傳：「兩手曰匊。」匊通掬。

〔一三〕天寒二句：吴均《春郊望美人》：「芳郊拾翠人，回袖掩芳春。」蕭綱《梅花賦》：「夾衣始薄，羅袖初單。」東方朔《七諫》：「便娟之修竹兮，寄生乎江潭。」王逸注：「屈原以竹自喻……自恨放流而獨不蒙君之惠也。」

王嗣奭《杜臆》：「大抵佳人事必有所感，而公遂藉以寫自己情事。」

仇注：「天寶亂後，當是實有是人，故形容曲盡其情。舊謂託弃婦以比逐臣，傷新進倡狂、老成凋謝而作，恐懸空撰意，不能淋漓愷至如此。」

赤谷西崦人家〔一〕

躋險不自喧①，出郊已清目〔二〕。溪回日氣暖，逕轉山田熟。鳥雀依茅茨，藩籬帶松菊。如行武陵暮，欲問桃花宿②〔三〕。（0100）

【校】

① 躋，《草堂》校：「一作路。」喧，錢箋校：「荆作宣。一作安。」《九家》、《草堂》作「安」，《九家》校：「一作喧。」《草堂》校：「荆作宣。」

② 花，《草堂》作「源」。錢箋校：「一作源。」

【注】

黃鶴注：乾元二年（七五九）在秦州作。

〔一〕赤谷西崦：《水經注》渭水：「藉水又東，黃瓜水注之。其水發源黃瓜西谷，東流逕黃瓜縣北，又東，清溪、白水左右夾注。又東北……黃瓜水又東北歷赤谷，咸歸於藉。」《明一統志》卷三五鞏昌府：「赤谷，在秦州西南七里，中有赤谷川。」又：「崦嵫山，在秦州西五十里。」錢箋引《一統志》：「赤谷在秦州西南七十里。」又引《地理志》：「秦州有崦嵫山，在赤谷之西」，並謂「故曰西崦」。按，赤谷在秦州西南七里，錢引作「七十里」者誤。觀此詩「出郊」句亦可知。崦嵫山則在秦州西五十里，赤谷與崦嵫山相距尚遥，此西崦當與崦嵫山無關。且崦嵫名山，豈可附輟於赤谷？《六書故》：「崦，衣檢切。山有隱曲也。又作⿰山弇。」王僧孺《懺悔禮佛文》：「東榑纔吐，西崦已仄。」固用崦嵫日入之典。然杜甫又有《東屯北崦》（本書卷一六1244），顧況有《崦裏桃花》，皮日休《太湖詩》有《崦裏》，蓋崦亦可泛稱隱曲之山。

〔二〕躋險二句：謝靈運《石門新營所住四面高山回溪》：「躋險築幽居，披雲卧石門。」陶淵明《飲酒》：「結廬在人境，而無車馬喧。」此用其意，謂山居自可避喧。王筠《北寺寅上人房望遠岫玩前池》：「豈若尋幽栖，即目窮清曠。」

〔三〕如行二句：陶淵明《桃花源記》：「晋太元中，武陵人捕魚爲業，緣溪行，忘路之遠近，忽逢桃花林夾岸，數百步中無雜樹……林盡水源，便得一山，山有小口，仿佛若有光。便捨船從口入。」

西枝村尋置草堂地夜宿贊公土室二首〔一〕

出郭眄細岑，披榛得微路〔二〕。溪行一流水，曲折方屢渡。贊公湯休徒，好静心迹素〔三〕。昨枉霞上作〔四〕，盛論岩中趣。怡然共携手〔五〕，恣意同遠步。捫蘿澀先登，陟巘眩反顧〔六〕。要求陽岡暖，苦涉陰嶺沍①〔七〕。惆悵老大藤，沉吟屈蟠樹〔八〕。卜居意未展，杖策回且暮〔九〕。層巔餘落日②〔一〇〕，草蔓已多露。（0101）

【校】

①涉，錢箋作「陟」，校：「晋作步。」

②層，宋本作「嶒」，據錢箋、《草堂》改。《九家》作「曾」。　巔，錢箋、《九家》校：「一作天。」

【注】

黄鶴注：贊公謫居秦州，公乾元二年（七五九）七月自華之秦，意欲居此，故尋置草堂地。當是其年秋晚作。《草堂》夢弼注謂杜甫與贊公相遇在同谷。

〔一〕贊公：見卷一《大雲寺贊公房四首》（0044）注。西枝村：參後《寄贊上人》（0103）注。

〔二〕出郭二句：宋之問《游陸渾南山》：「細岑互攢倚，浮巘競奔蹙。」袁宏《采菊》：「披榛即澗，藉草依陰。」陶淵明《歸園田居》：「試携子侄輩，披榛步荒墟。」

〔三〕贊公二句：《宋書·徐湛之傳》：「時有沙門釋惠休，善屬文，辭采綺艷，湛之與之甚厚。世祖命之還俗。本姓湯，位至揚州從事史。」陶淵明《移居》：「聞多素心人，樂與數晨夕。」《弘明集》卷一一孔稚圭書：「以沖静爲心，以素退成行。」

〔四〕昨枉句：《南史·顔延之傳》：「延之每薄湯惠休詩，謂人曰：『惠休製作，委巷中歌耳，方當誤後生。』」鍾嶸《詩品》齊惠休上人：「惠休淫靡，情過其才，世遂匹之鮑照，恐商、周矣。」《草堂》夢弼注：「贊公嘗以詩招甫爲鄰居……甫謂其才思挺出烟霞之外，故云『霞上作』也。」仇注：「謂身伴雲霞而作書相寄。」

〔五〕怡然句：《詩・邶風・北風》：「惠而好我，携手同行。」

〔六〕捫蘿二句：范雲《送沈記室夜别》：「捫蘿忽遺我，折桂方思君。」《詩・大雅・公劉》：「陟則在巘，復降在原。」傳：「巘，小山，别於大山也。」張衡《南都賦》：「翩綿綿其若絶，眩將墜而復舉。」《文選》李善注引《國語》賈逵注：「眩，惑也。」仇注：「眩反顧，深入路迷。」按，言下望目眩頭暈。

〔七〕要求二句：顔延之《應詔觀北湖田收》：「陽陸團精氣，陰谷曳寒烟。」苦，甚詞。參卷一《渼陂西南臺》(0032)注。《左傳》昭公四年：「固陰沍寒。」杜預注：「沍，閉也。」

〔八〕沉吟句：束皙《玄居釋》：「徒屈蟠於坎井，眄天路而不游。」

〔九〕卜居二句：《楚辭・卜居》王逸注：「屈原之所作也。……卜己居世，何所宜行。」嵇康《述志詩》：「逝將離群侣，杖策追洪崖。」

〔一〇〕層巔：謝靈運《過始寧墅》：「葺宇臨回江，築觀基曾巔。」李白《夢游天姥吟留别》：「栗深林兮驚層巔。」

天寒鳥已歸〔一〕，月出人更静①。土室延白光，松門耿疏影〔二〕。躋攀倦日短，語樂寄夜永〔三〕。明燃林中薪，暗汲石底井②。大師京國舊，德業天機秉〔四〕。從來支許游，興趣江湖迴〔五〕。數奇謫關塞，道廣存箕潁〔六〕。何知戎馬間，復接塵事屏〔七〕。幽尋豈一路，遠色有諸嶺〔八〕。晨光稍曚曨③〔九〕，更越西南頂。（0102）

【校】

① 人，錢箋校：「晉作天。」《九家》、《草堂》作「山」，校：「一作人。」更，宋本、錢箋、《九家》校：「一作已。」

② 底，宋本、錢箋、《九家》校：「一作泉。」

③ 曚曨，錢箋、《九家》、《草堂》作「朦朧」。

【注】

〔一〕天寒句：郭泰機《答傅咸詩》：「天寒知運速，況復雁南飛。」

〔二〕土室二句：謝肇淛《五雜俎》卷四：「地窖，燕都雖有，然不及秦、晉之多，蓋人家顓以當蓄室矣。其地燥，故不腐。其土堅，故不崩。自齊以南不能爲也。三晉富家，藏粟數百萬石，皆窖而封之。……至於近邊一帶，常作土室以避虜其中，若大廈，盡室處其中，封其隧道，固不啻金湯矣，但苦無水耳。」楊一清《關中奏議》卷一：「況各苑地方，木植難得。土人以窑洞爲家，乃其素習。」謝靈運《入彭蠡湖口》：「攀崖照石鏡，牽葉入松門。」

〔三〕躋攀二句：躋攀，見卷一《白水縣崔少府十九翁高齋三十韻》（0042）注。孫綽《游天台山賦》：「恣語樂以終日，等寂默於不言。」

〔四〕大師二句：《莊子·大宗師》：「其耆欲深者，其天機淺。」曹植《雜詩》：「明晨秉機杼，日昃不成文。」此言秉天機，蓋雙關。

〔五〕從來二句：《世説新語·文學》：「支道林、許掾諸人共在會稽王齋頭，支爲法師，許爲都講。支通一義，四坐莫不厭心。許送一難，衆人莫不抃舞。但共嗟詠二家之美，不辯其理之所在。」曹植《雜詩》：「之子在萬里，江湖迥且深。」

〔六〕數奇二句：《史記·李將軍列傳》：「以爲李廣老，數奇。」索隱：「服虔云：作事數不偶也。」《大戴禮記·四代》：「美哉，子道廣矣。」箕潁，見本卷《貽阮隱居》(0093)注。

〔七〕塵事：陶淵明《辛丑歲七月赴假還江陵夜行塗口》：「閑居三十載，遂與塵事冥。」

〔八〕幽尋二句：謝靈運《讀書齋》：「春事日已歇，池塘曠幽尋。」朱超《別劉孝先》：「陰凝變遠色，落葉泛寒流。」

〔九〕晨光句：陶淵明《歸去來兮辭》：「恨晨光之熹微。」

寄贊上人〔一〕

一昨陪錫杖，卜鄰南山幽〔二〕。年侵腰脚衰，未便陰崖秋〔三〕。重岡北面起〔四〕，竟日陽光留。茅屋買兼土①，斯焉心所求〔五〕。近聞西枝西，有谷杉黍稠②〔六〕。亭午頗和暖，石田又足收③〔七〕。當期塞雨乾④，宿昔齒疾瘳〔八〕。徘徊虎穴上，面勢龍泓頭〔九〕。柴荆具茶茗，逕路通林丘⑤。與子成二老，來往亦風流〔一〇〕。（0103）

【校】

① 買，錢箋、《九家》校：「一作置。」
② 黍，宋本、錢箋、《九家》校：「一作漆。」《草堂》作「漆」，校：「一作杉黍。」
③ 石，錢箋校：「一作沙。」《草堂》作「沙」。
④ 塞，錢箋校：「一作寒。」《九家》作「寒」。
⑤ 逕，錢箋校：「一作遥。」《九家》、《草堂》作「遥」。

【注】

黄鶴注：當是乾元二年（七五九）在秦州作。

〔一〕贊上人：贊公。《釋氏要覽》卷上：「《增一經》云：夫人處世，有過能自改者名上人，律缾沙王呼佛弟子爲上人。」《能改齋漫録》卷七：「唐詩多以僧爲上人。」

〔二〕一昨二句：《釋氏要覽》卷中：「錫杖，梵云隙弃羅，此云錫杖，由振時作錫聲故。《十誦》云聲杖。……又名智杖，又名德杖。」《菩薩本業經》：「法施天下，無慳貪意，行持錫杖。」《左傳》昭公三年：「非宅是卜，唯鄰是卜。」

〔三〕年侵二句：陸機《豫章行》：「前路既已多，後塗隨年侵。」鮑照《擬古》：「陰崖積夏雪，陽谷散秋榮。」

〔四〕重岡：謝朓《思歸賦》：「援弱葛而能昇，踐重岡而不眩。」

〔五〕茅屋二句：仇注引遠注：「屋兼買土，謂欲得山中帶土之地，可居亦可耕也。」按，買土即買地。柳宗元《與蕭翰林俛書》：「買土一廛爲耕甿。」意同。

〔六〕近聞二句：《草堂》夢弼注：「西枝乃東柯谷西枝村之西也。」夢弼謂甫與贊公在同谷相遇。詳後《别贊上人》（0137）注。然東柯谷實在秦州，故夢弼於秦州、成州之地理亦不甚了然。盧元昌曰：「西枝西有谷者，即指同谷也。」據其説，則西枝必在同谷。然其説亦出臆測。王德全《杜甫在東柯谷和西枝村》（《社會科學》一九八一年第一期）謂西枝村即天水縣甘泉公社西枝大隊，引民國《天水縣志》謂民國十五年鄉人修理廟門見横額背有「古西枝村」四大字。又引《秦州新志》謂馬跑泉東南二十五里爲甘泉寺鎮，「南五里爲西枝村，村後有贊公土室。」又據《秦州新志》謂龜鳳山在西枝村西十里，西枝西谷可能指龜鳳山谷。高天佑《杜甫隴蜀紀行詩注析》、蔡副全《杜甫與贊上人交游在同谷考》（《前沿》二〇〇九年第七期）則考杜甫與贊公交游在成州，高著謂西枝村在今成縣支旗鄉廟灣村一帶。《明一統志》卷三六鞏昌府土産：「杉木，文縣出。」《甘肅通志》卷二〇：「杉，階、文、成出。」

〔七〕亭午二句：《初學記》卷一引《纂要》：「日初出曰旭……在午曰亭午，在未曰昳。」宋之問《早發大庾嶺》：「躊躕戀北顧，亭午晞霽色。」石田，見卷一《醉時歌》（0019）注。

〔八〕當期二句：雨乾，見卷二《洗兵馬》（0090）注。《書·説命》：「厥疾弗瘳。」

〔九〕徘徊二句：《方輿勝覽》卷七〇同慶府：「飛龍峽，在仇池山下。氐楊飛龍者據仇池，因得名。其東乃天寶杜甫避亂居此，有龍灣、虎穴。」「龍泓，一在飛龍峽，一在天井山。」錢箋引此。按，此飛龍峽在仇池山東南洛谷故城附近，即杜甫赴同谷所經之龍門鎮。嚴耕望《唐代交通圖考》：「飛龍峽殆即龍門鎮地，杜翁所經，非住此也。」蔡副全引乾隆《成縣新志》：「飛龍峽有二，一在仇池山下，晋氐楊飛龍據仇池因名。一在縣東南七里，河水經流，相傳有龍飛出，故名。峽口有杜甫草堂。杜詩『徘徊虎穴上，面勢龍泓頭』即此。」然此説出於清代，恐有附會。蕭衍《游鍾山大愛敬寺》：「面勢周大地，縈帶極長川。」

〔一〇〕與子二句：《孟子・離婁上》：「二老者，天下之大老也。」謂伯夷、太公。《世説新語・賞譽》：「范豫章謂王荆州：『卿風流俊望，真後來之秀。』」

太平寺泉眼

招提憑高岡〔一〕，疏散連草莽。出泉枯柳根，汲引歲月古。石間見海眼①，天畔縈水府〔二〕。廣深尺丈間②，宴息敢輕侮。青白二小蛇，幽姿可時覩〔三〕。如絲氣或上，爛漫爲雲雨。山頭到山下，鑿井不盡土。取供十方僧，香美勝牛乳〔四〕。北風起寒文，弱藻舒翠縷③。明涵客衣浄，細蕩林影趣。何當宅下流，餘潤通藥

圃〔五〕。三春濕黄精，一食生毛羽〔六〕。（0104）

【校】

①間，錢箋、《草堂》校：「一作門。」

②尺丈，錢箋、《草堂》作「丈尺」。

③舒，錢箋、《九家》校：「一作勝。」

【注】

黄鶴注：太平寺在秦州，當是乾元二年（七五九）秋冬之交作。王德全謂太平寺即秦州甘泉寺，距西枝村五里。

〔一〕招提：見卷一《游龍門奉先寺》（0004）注。

〔二〕石間二句：《酉陽雜俎》續集卷四：「蜀石笋街，夏中大雨，往往得雜色小珠，俗謂地當海眼，莫知其故。」《太平廣記》卷一九七《江陵書生》（出《玉堂閑話》）：「數百年前，此州忽爲洪濤所漫……（書生曰）此是息壤之地，在於南門。僕嘗讀《息壤記》云：禹湮洪水，兹有海眼，泛之無恒，禹乃鐫石，造龍之宫室，置於穴中，以塞其水脈。」類似傳説，各地頗有。劉邵《趙都賦》：「其東則有天浪水府，百川是鍾。」《太平御覽》卷五九引《述異記》：「漢沔會流處，岸上有石銘云：『下至水府三十一里。』皆傳李斯刻石於此。」宋之問《新年作》：「鄉心新歲切，天畔獨潸然。」杜甫秦州、蜀中詩言天畔，皆指偏遠邊地。

〔三〕幽姿：謝靈運《登池上樓》：「潛虯媚幽姿，飛鴻響遠音。」

〔四〕香美句：《法苑珠林》卷三〇引《涅槃經》：「喻如牛乳，味中最上。」卷五五引《佛說乳光佛經》：「時佛世尊適小中風，當須牛乳。」

〔五〕餘潤句：傅亮《喜雨賦》：「洒豐浸於中疇，覃餘潤於嘉蔬。」

〔六〕三春二句：《博物志》卷五：「黄帝問天老曰：『天地所生，豈有食之令人不死者乎？』天老曰：『太陽之草，名曰黄精，餌而食之，可以長生。』」《列仙傳》卷上：「修羊公者，魏人也。在華陰山上石室中，有懸石榻，卧其上，石盡空陷。略不食，時取黄精食之。」謝靈運有《過銅山掘黄精》。方東樹《昭昧詹言》卷六：「東漢以《七緯》爲内學，此服黄精，或出緯書。羊公有《服黄精法》。」《抱朴子·仙藥》：「黄精一名兔竹，一名救窮，一名垂珠。服其花勝其實，服其實勝其根，但花難多得。……服黄精僅十年，乃可大得其益耳。俱以斷穀不及朮，朮餌令人肥健，可以負重涉險，但不及黄精甘美易食，凶年可以與老小休糧，人不能别之，謂爲米脯也。」《政和證類本草》卷六：「黄精味甘平，無毒，主補中益氣，除風濕，安五藏，久服輕身、延年、不飢。一名重樓，一名菟竹，一名雞格，一名救窮，一名鹿竹。生山谷，二月采根陰乾。」引唐本注：「黄精肥地生者即大如拳，薄地生者猶如拇指。萎蕤肥根，頗類其小者。」張衡《西京賦》：「所好生毛羽。」《文選》薛綜注：「毛羽，言飛揚。」

夢李白二首〔一〕

死别已吞聲，生别常惻惻〔二〕。江南瘴癘地，逐客無消息①〔三〕。故人入我夢，明我長相憶〔四〕。恐非平生魂〔五〕，路遠不可測②。魂來楓林青③，魂返關塞黑④〔六〕。今君在羅網⑤，何以有羽翼⑥〔七〕？落月滿屋梁，猶疑照顔色⑦〔八〕。水深波浪闊，無使蛟龍得〔九〕。（0105）

【校】

①逐，錢箋、《草堂》校：「一作遠。」

②遠，錢箋校：「一作迷。」《草堂》作「迷」，校：「一作遠。」

③林，錢箋作「葉」，校：「一作林。」

④魂，錢箋、《草堂》校：「一作夢。」

⑤今君，錢箋、《九家》、《草堂》作「君今」。

⑥以，錢箋、《草堂》校：「一作似。」

⑦照，錢箋校：「樊作見。」

【注】

梁權道因舊次編在乾元二年（七五九）秦州詩內。黃鶴注謂白寶應元年卒，當是大曆二年（七六七）作。盧元昌曰：考白《年譜》乾元元年流夜郎，二年半道承恩放還，自巫山下漢陽，復游潯陽、金陵等處，公在秦州正其時。川《譜》亦編入乾元二年。

〔一〕李白：見卷一《贈李白》（0003）注。《新唐書·李白傳》：「安禄山反，轉側宿松、匡廬間，永王璘辟爲府僚佐。璘起兵，逃還彭澤。璘敗當誅。初，白游并州，見郭子儀奇之，子儀嘗犯法，白爲救免。至是，子儀請解官以贖。有詔長流夜郎，會赦還尋陽，坐事下獄。時宋若思將吴兵三千赴河南，道尋陽，釋囚辟爲參謀。未幾辭職。李陽冰爲當塗令，白依之。代宗立，以左拾遺召，而白已卒，年六十餘。」諸家年譜繫李白未至夜郎遇赦得還在乾元二年。

〔二〕死別二句：《古詩爲焦仲卿妻作》：「生人作死別，恨恨那可論。」呑聲，見卷一《醉歌行》（0020）注。嵇康《思親詩》：「奈何愁兮愁無聊，恒惻惻兮心若抽。」

〔三〕江南二句：左思《魏都賦》：「宅土熇暑，封疆瘴癘。」《文選》劉逵注：「吴蜀皆暑濕，其南皆有瘴氣。」孫萬壽《遠戍江南寄京邑親友》：「江南瘴癘地，從來多逐臣。」

〔四〕故人二句：《列子·周穆王》：「神遇爲夢，形接爲事。故晝想夜夢，神形所遇。故神凝者想夢自消。」《相和歌辭·飲馬長城窟行》：「青青河畔草，綿綿思遠道。遠道不可思，宿昔夢見之。」

〔五〕恐非句：《左傳》昭公七年：「人生始化曰魄，既生魄，陽曰魂。」《論衡·紀妖》：「且人之夢也，占者謂之魂行。」江淹《别賦》：「知離夢之躑躅，意别魂之飛揚。」仇注：「恐非平生，疑其死於獄也。」

〔六〕魂來二句：《楚辭・招魂》：「湛湛江水兮上有楓，目極千里兮傷春心，魂兮歸來哀江南。」《九家》趙注：「白謫在南，其所經歷乃楓林也。在秦與公相見，故其去又歷關塞也。」

〔七〕今君二句：《後漢書・寇榮傳》：「舉趾觸罘罝，動行絓羅網。」曹植《野田黄雀行》：「羅家得雀喜，少年見雀悲。拔劍捎羅網，黄雀得飛飛。」

〔八〕落月二句：宋玉《神女賦》：「其始來也，耀乎若白日初出照屋梁。其少進也，皎若明月舒其光。」《文選》李善注：「《韓詩》曰：東方之日。薛君曰：詩人所説者，顔色美盛，若東方之日。」此説夜夢，故言月而不言日。

〔九〕水深二句：《續齊諧記》：「屈原五月五日投汨羅水，楚人哀之，至此日，以竹筒子貯米投水以祭之。漢建武中，長沙歐回忽見一士人，自云三閭大夫，謂回曰：『聞君嘗見祭，甚善。常年爲蛟龍所竊，今若有惠，當以楝葉塞其上，以彩絲纏之。此二物，蛟龍所憚。』」《分門》洙曰引此。《九家》趙注：「因借夢寄以憂之且戒之也。言蛟龍，則又因歷江湖而言之也。舊注所引非是。」

浮雲終日行，游子久不至〔一〕。三夜頻夢君，情親見君意〔二〕。告歸常局促，苦道來不易〔三〕。江湖多風波①，舟楫恐失墜〔四〕。出門搔白首，若負平生志②〔五〕。冠蓋滿京華，斯人獨顦顇〔六〕。孰云網恢恢，將老身反累③〔七〕。千秋萬歲名，寂寞身後事〔八〕。（0106）

【校】

① 多風波，宋本、錢箋、《九家》、《草堂》校：「一云秋多風。」

② 若，錢箋校：「一作苦。」《草堂》作「苦」。

③ 身，錢箋、《九家》、《草堂》校：「一作才。」

【注】

〔一〕浮雲二句：《古詩十九首》：「浮雲蔽白日，游子不顧返。思君令人老，歲月忽已晚。」李白《送友人》：「浮雲游子意，落日故人情。」仇注謂杜詩即用其語。

〔二〕情親：傅咸《感別賦》：「信同聲之相應，意未寫而情親。」

〔三〕苦道：一再説。蔣紹愚謂苦有頻、屢義。本書卷一《夏日李公見訪》(0034)：「苦道此物聒，孰謂吾廬幽。」

〔四〕江湖二句：賈誼《上疏陳政事》：「是猶度江河亡維楫，中流而遇風波，船必覆矣。」《左傳》文公十八年：「行父奉以周旋，弗敢失墜。」

〔五〕出門二句：《詩・邶風・静女》：「愛而不見，搔首踟躕。」陶淵明《停雲》：「良朋悠邈，搔首延佇。」又：「安得促席，説彼平生。」《歸去來兮辭》：「於是悵然慷慨，深愧平生之志。」

〔六〕冠蓋二句：左思《詠史》：「濟濟京城内，赫赫王侯居。冠蓋蔭四術，朱輪竟長衢。」鮑照《代放歌行》：「雞鳴洛城裏，禁門平旦開。冠蓋縱横至，車騎四方來。」《論語・雍也》：「伯牛有疾，子問之，自牖執其手曰：『亡之，命矣夫！斯人也而有斯疾也！斯人也而有斯疾也！』」《楚辭・漁父》：「屈原既放，游于江潭，行吟澤畔，顔色憔悴。」

〔七〕孰云二句：《老子》七十三章：「天網恢恢，疏而不漏。」《淮南子・詮言訓》：「輕天下者，身不累於物。」《論衡・累害》：「夫未進也，身被三累；已用也，身蒙三害。」

〔八〕千秋二句：阮籍《詠懷》：「丘墓蔽山岡，萬代同一時。千秋萬歲後，榮名安所之。」《世説新語・任誕》張季鷹曰：「使我有身後名，不如即時一杯酒。」

施補華《峴傭説詩》：「《夢李白作》『魂來楓林青』八句，本之《離騷》，而仍有厚氣，不似長吉鬼詩，幽奇中有慘澹色也。」

方世舉《蘭叢詩話》：「宜田云：少陵《夢李白》詩，童而習之矣。及自作夢友詩，始益恍然於少陵語語是夢，非憶非懷。乃知讀古人詩文以爲能解，尚有欠體認者在。」

有懷台州鄭十八司户 虔〔一〕

天台隔三江①〔二〕，風浪無晨暮。鄭公縱得歸，老病不識路。昔如水上鷗②，今如罝中兔③〔三〕。性命由他人，悲辛但狂顧〔四〕。山鬼獨一脚，蝮蛇長如樹〔五〕。呼號旁孤城，歲月誰與度？從來禦魑魅，多爲才名誤④〔六〕。夫子嵇阮流，更被時俗惡⑤〔七〕。海隅微小吏，眼暗髮垂素〔八〕。黄帽映青袍⑥，非供折腰具〔九〕。平生一杯酒〔一〇〕，見我故人遇。相望無所成，乾坤莽回互〔一一〕。（0107）

【校】

①三江，宋本、錢箋、《九家》校：「一云江海。」

②水，錢箋校：「一作江。晋作天。」《草堂》校：「一作江。」

③如，錢箋、《草堂》校：「樊作爲。」

④爲，錢箋校：「一作被。」

⑤被，錢箋、《草堂》校：「晋作遭。」

⑥黄帽映，宋本、錢箋、《九家》校：「一云鳩杖近。」《草堂》作「鳩杖近」，校：「一作黄帽映。」

【注】

黃鶴注：虔以至德二載貶台州，是時公在諫省，明年即有「春深逐客一浮萍」之詩矣。當是乾元二年（七五九）秦、華間作。仇注謂蓋在弃官以後作。

〔一〕鄭虔：見卷一《醉時歌》(0019)注。《新唐書·鄭虔傳》：「安禄山反，遣張通儒劫百官置東都，僞授虔水部郎中，因稱風緩，求攝市令，潛以密章達靈武。賊平，與張通、王維並囚宣陽里。三人者，皆善畫，崔圓使繪齋壁，虔等方悸死，即極思祈解於圓，卒免死，貶台州司户參軍事，維止下選。後數年卒。」據盧季長《大唐故著作郎貶台州司户滎陽鄭府君並夫人琅琊王氏墓志銘》，虔卒於乾元二年九月。

〔二〕天台句：《元和郡縣圖志》卷二六江南道：「台州，臨海，上。……（武德）五年改海州爲台州，蓋因天台山爲名。」唐興縣：「天台山，在縣北一十里。」《分門》師曰：「三江，一錢塘，二揚子，三吴松。」《九家》趙注引《水經》：韋昭以松江、浙江、浦陽江爲三江。黃希注引《山海經》，岷山大江所出，崍山中江所出，崌山北江所出，東注大江。仇注謂指長江、浙江、曹娥江。按，《書·禹貢》：「三江既入，震澤底定。」釋文引韋昭云：「謂吴松江、錢唐江、浦陽江也。」並引《吴地記》：「松江東北行七十里，得三江口，東北入海爲婁江，東南入海爲東江，並松江爲三江。」疏：「孔爲三江既入，入震澤也。故言江自彭蠡分而爲三江，復共入震澤，出澤又分爲三，此水遂爲北江而入於海。鄭玄以爲三江既入，入於海，不入震澤也。……今南人以大江不入震澤，震澤之東別有松江等三江。案《職方》揚州『其川曰三江』宜舉州内大川，其松江等雖出震澤，入海既近，《周禮》不應捨岷山大江之名，而記松江等小江之説。」要之，杜詩乃用《禹貢》及《周禮・職方氏》成語，孔安國、鄭玄雖於「三江」解釋不一，韋昭等並有異説，然爲揚州震澤之三江則無誤。仇注乃別出異説，以爲適台之路，實非杜詩本意。

〔三〕昔如二句：《列子・黄帝》：「海上之人有好漚鳥者，每旦之海上，從漚鳥游，漚鳥之至者百住而不止。其父曰：『吾聞漚鳥皆從汝游，汝取來，吾玩之。』明日之海上，漚鳥舞而不下也。」漚通鷗。《詩・周南・兔罝》：「肅肅兔罝，椓之丁丁。」傳：「兔罝，兔罟也。」釋文：「罟音古，罔也。」鮑照《代東武吟》：「昔如韝上鷹，今似檻中猿。」黄希注謂此用其律。

〔四〕性命二句：《梁書・侯景傳》：「然其性命，在君股掌。」李白《古風》：「力盡功不贍，千古爲悲辛。」嵇康《與山巨源絶交書》：「狂顧頓纓，赴蹈湯火。」

〔五〕山鬼二句：《博物志》卷三：「小山有獸，其形如鼓，一足如蠡。」《太平御覽》卷九四二引《永嘉郡記》：「安國縣有山鬼，形體如人，而一脚，裁長一尺許。好啖鹽，伐木人鹽輒偷將去。」又卷八八六引《玄中記》：「山精如人，一足，長三四尺，食山蟹，夜出晝藏。人晝日不見，夜聞其聲。」《博物志》卷三：「（江南）蝮蛇秋月毒盛，無所蜇螫，齧草木以泄其氣，草木即死。人樵采，設爲草木所傷刺者，亦殺人。」

〔六〕從來二句：《左傳》文公十八年：「投諸四裔，以禦螭魅。」杜預注：「螭魅，山林異氣所生，爲人害者。」釋文：「螭，山神獸形。」《魏書・彭城王勰傳》：「高祖大笑，執勰手曰：『二曹才名相忌，吾與汝以道德相親。』」

〔七〕夫子二句：《晉書·嵇康傳》：「（鍾會）言于文帝曰：『嵇康，卧龍也，不可起。公無憂天下，顧以康爲慮耳。』因譖康欲助毌丘儉……康、安等言論放蕩，非毁典謨，帝王者所不宜容，宜因釁除之，以淳風俗。帝既昵聽信會，遂並害之。」《阮籍傳》：「籍本有濟世志，屬魏晉之際，天下多故，名士少有全者，籍由是不與世事，遂酣飲爲常。……由是禮法之士疾之若仇，而帝每保護之。」

〔八〕海隅二句：張協《詠史》：「抽簪解朝衣，散髮歸海隅。」《隋書·韋世康傳》：「眼暗更劇，不見細書。」潘岳《秋興賦》：「斑鬢髟以承弁兮，素髮颯以垂領。」

〔九〕黄帽二句：《北齊書·孝昭紀》：「諸郡國老人各授版職，賜黄帽鳩杖。」《隋書·禮儀志》引作：「都下及外州人年七十已上，賜鳩杖黄帽。」此言老者。本年鄭虔年六十九。又，本書卷八《發劉郎浦》（0378）：「白頭厭伴漁人宿，黄帽青鞋歸去來。」卷一八《奉酬寇十侍御錫見寄四韻》（1406）：「南瞻按百越，黄帽待君偏。」皆自言。按，《禮記·郊特牲》：「野夫黄冠，黄冠，草服也。」鄧紹基謂黄帽同黄冠，指田夫之服。恐非杜詩所用。青袍，見卷二《徒步歸行》（0054）注。《晉書·陶潛傳》：「郡遣督郵至縣，吏白應束帶見之，潛歎曰：『吾不能爲五斗米折腰，拳拳事鄉里小人邪！』」

〔一〇〕平生句：《世説新語·任誕》張季鷹曰：「使我有身後名，不如即時一杯酒。」

〔一一〕回互：木華《海賦》：「乖蠻隔夷，回互萬里。」《文選》李周翰注：「回互，回轉也。」

遣興五首

蟄龍三冬卧，老鶴萬里心〔一〕。昔時賢俊人，未遇猶視今〔二〕。嵇康不得死①，孔明有知音〔三〕。又如壠底松②，用捨在所尋。大哉霜雪幹，歲久爲枯林〔四〕。（0108）

【校】

① 不得死，宋本、錢箋、《九家》校：「一云且不死。」

② 壠底，《草堂》作「隴坻」。

【注】

黄鶴注：乾元二年（七五九）秦州作。

〔一〕蟄龍二句：《易·繫辭下》：「龍蛇之蟄，以存身也。」黄生注謂老鶴指嵇康，引《世説新語·容止》：「有人語王戎曰：『嵇延祖卓卓，如野鶴之在雞群。』答曰：『君未見其父耳。』」鮑照《舞鶴賦》：「守馴養於千齡，結長悲於萬里。」

〔二〕昔時二句：王羲之《蘭亭序》：「後之視今，亦猶今之視昔。」《九家》趙注：「蓋言視今之未遇者，則可以推知昔時之賢俊也。」

〔三〕嵇康二句：嵇康，見本卷《有懷台州鄭十八司户》（0107）注。《三國志·蜀書·諸葛亮傳》：「徐庶見先主，先主器之，謂先主曰：『諸葛孔明者，卧龍也。將軍豈願見之乎？』先主曰：『君與俱來。』庶曰：『此人可就見，不可屈致也。將軍宜枉駕顧之。』由是先主遂詣亮，凡三往，乃見。」錢箋：「同爲卧龍，康不得其死，而孔明有知音，用捨之故耳。」

〔四〕又如四句：左思《詠史》：「鬱鬱澗底松，離離山上苗。以彼徑寸莖，蔭此百尺條。」陶淵明《擬古》：「蒼蒼谷中樹，冬夏常如兹。年年見霜雪，誰謂不知時。」李德林《詠松樹》：「寄言謝霜雪，貞心自不移。」

昔者龐德公①，未曾入州府〔一〕。襄陽耆舊間，處士節獨苦②〔二〕。豈無濟時策③，終竟畏羅罟④〔三〕。林茂鳥有歸，水深魚知聚〔四〕。舉家隱鹿門⑤，劉表焉得取。（0109）

【校】

① 昔者，錢箋校：「一作在昔。」

② 獨，錢箋、《草堂》校：「一作猶。」

③策，宋本、錢箋、《九家》、《草堂》校：「一作術。」

④終竟畏羅罟，宋本、錢箋、《九家》、《草堂》校：「一作『終歲畏罪罟』。」

⑤隱，錢箋作「依」，校：「一作隱。」

【注】

〔一〕昔者二句：《後漢書·逸民傳·龐公》：「龐公者，南郡襄陽人也。居峴山之南，未嘗入城府。夫妻相敬如賓。荆州刺史劉表數延請，不能屈，乃就候之。謂曰：『夫保全一身，孰若保全天下乎？』龐公笑曰：『鴻鵠巢於高林之上，暮而得其所栖；黿鼉穴於深淵之下，夕而得其所宿。夫趣捨行止，亦人之巢穴也。且各得其栖宿而已，天下非所保也。』……後遂携其妻子登鹿門山，因采藥不反。」《三國志·蜀書·龐統傳》引《襄陽記》、《水經注》沔水載龐德公事，記事不同。唐章懷太子注《後漢書》，在「龐公」條下引《襄陽記》龐德公事。孟浩然《登鹿門山》：「昔聞龐德公，采藥遂不返。」李白《寄弄月溪吴山人》：「嘗聞龐德公，家住洞湖水。終身栖鹿門，不入襄陽市。」是唐人受章懷注影響，皆已混二人爲一。《分門》洙曰、仇注等引《後漢書》，乃徑改原文爲「龐德公」，實無所據。

〔二〕襄陽二句：《隋書·經籍志》著録「《襄陽耆舊傳》五卷，習鑿齒撰」。此混言龐公、龐德公二人事。《藝文類聚》卷六三引《襄陽耆舊記》：「龐德公在沔水上，至老不入襄陽城。」

〔三〕終竟句：鮑照《空城雀》：「高飛畏鴟鳶，下飛畏網羅。」

〔四〕林茂二句：《荀子·致士》：「川淵深而魚鱉歸之，山林茂而禽獸歸之。」《淮南子·説山訓》：「水積而魚聚，木茂而鳥集。」

我今日夜憂，諸弟各異方〔一〕。不知死與生，何況道路長。避寇一分散，飢寒永相望。豈無柴門歸①，欲出畏虎狼。仰看雲中雁，禽鳥亦有行。（0110）

【校】

①歸，錢箋校：「一作掃。」《草堂》校：「晋作掃。」

【注】

〔一〕黄鶴注將此詩與以下二首另編爲《遣興三首》，以「客子在故宅，三年門巷空」句，謂是乾元元年（七五八）在華州作。仇注等從之。此等拆亂組詩，皆難信從。

蓬生非無根，漂蕩隨高風。天寒落萬里，不復歸本叢〔一〕。客子念故宅，三年門巷空〔二〕。悵望但烽火，戎車滿關東。生涯能幾何，常在羈旅中。（0111）

【注】

〔一〕蓬生四句：曹操《却東西門行》：「田中有轉蓬，隨風遠飄揚。長與故根絶，萬歲不相當。奈何此征夫，安得去四方。戎馬不解鞍，鎧甲不離傍。冉冉老將至，何時反故鄉。」

〔二〕客子二句：黄鶴注以天寶十四載携家避難，至乾元元年爲三年。按，此難確言。甫避難實自天寶十五載起。杜詩言故宅多指河南陸渾莊。天寶間居長安及避難寄家鄜州，皆不可稱故宅。此「三年」句，乃謂戰亂以來故宅人皆離散，非言己之避難。

昔在洛陽時，親友相追攀〔一〕。送客東郊道，遨游宿南山〔二〕。烟塵阻長河，樹羽成皋間〔三〕。回首載酒地〔四〕，豈無一日還。丈夫貴壯健，慘戚非朱顔〔五〕。（0112）

【注】

〔一〕親友句：王粲《七哀詩》：「親戚對我悲，朋友相追攀。」

〔二〕送客二句：曹植《名都篇》：「鬭雞東郊道，走馬長楸間。」《詩·邶風·柏舟》：「微我無酒，以敖以游。」曹植《名都篇》：「攬弓捷鳴鏑，長驅上南山。」潘尼《迎大駕詩》：「南山郁岑崟，洛川迅且急。」劉琨《扶風歌》：「南山石嵬嵬，松柏何離離。」此皆言洛陽南山。《太平御覽》卷四二引《洛陽記》：「闕塞山在河南縣。《左氏傳》：晋趙鞅納王，使女寬守闕塞。伏虔謂：南山伊闕是也。」

〔三〕樹羽句：樹羽，見卷一《奉同郭給事湯東靈湫作》(0035)注。此指旌旗。孔寧子《棹歌行》：「倉武戒橋梁，旄人樹羽旗。」《元和郡縣圖志》卷五河南道河南府：「汜水縣，畿。西南至府一百八十里。……漢之成皋縣，一名虎牢。……成皋故關，在縣東南二里。」

〔四〕回首句：《漢書·揚雄傳》：「家素貧，耆酒，人希至其門，時有好事者載酒肴從游學。」

〔五〕丈夫二句：《史記·田叔列傳》：「仁以壯健爲衛將軍舍人，數從擊匈奴。」慘戚，見卷一《白水縣崔少府十九翁高齋三十韻》(0042)注。

遣興五首

朔風飄胡雁，慘澹帶砂礫〔一〕。長林何蕭蕭，秋草萋更碧〔二〕。北里富薰天，高樓夜吹笛。焉知南鄰客，九月猶絺綌〔三〕。(0113)

【注】

黄鶴注：梁權道編在乾元二年(七五九)秦州詩内。公以乾元元年(七五八)六月出爲華州司功，而詩有「九月猶絺綌」，當是其年秋作。仇注編在乾元二年。

〔一〕朔風二句：胡雁，見卷一《秋雨歎三首》（0017）注。劉楨《贈五官中郎將》：「涼風吹沙礫，霜氣何皚皚。」鮑照《代出自薊北門行》：「疾風衝塞起，沙礫自飄揚。」

〔二〕長林二句：陳琳詩：「投觴罷歡坐，逍遥步長林。蕭蕭山谷風，黯黯天路陰。」《古詩十九首》：「回風動地起，秋草萋已緑。」

〔三〕北里四句：左思《詠史》：「南鄰擊鐘磬，北里吹笙竽。」《後漢書·馬廖傳》：「聲薰天地。」《詩·周南·葛覃》：「爲絺爲綌，服之無斁。」傳：「葛所以爲絺綌……精曰絺，粗曰綌。」張望《貧士詩》：「炎夏無完絺，玄冬無暖褐。」

長陵鋭頭兒，出獵待明發〔一〕。騂弓金爪鏑①〔二〕，白馬蹴微雪。未知所馳逐，但見暮光滅〔三〕。歸來懸兩狼，門户有旌節〔四〕。（0114）

【校】

① 騂，錢箋校：「一作解。」

【注】

〔一〕長陵二句：《史記·高祖本紀》：「葬長陵。」集解：「皇甫謐曰：長陵山東西廣百二十步，高十三丈，在渭水北，去長安城三十五里。」《藝文類聚》卷一七引嚴尤《三將叙》：「平原君曰：『澠池之會，臣察武安君，小頭而鋭，瞳子白黑分明，視瞻不轉。小頭而鋭，斷敢行也；目黑白分，見事明也；視瞻不轉，執志强也。』」《詩・小雅・小宛》：「明發不寐，有懷二人。」傳：「明發，發夕至明。」

〔二〕騂弓句：《詩・小雅・角弓》：「騂騂角弓，翩其反矣。」傳：「騂騂，調利也。」蕭繹《洛陽道》：「玉珂鳴戰馬，金爪鬬場雞。」此蓋借用。仇注：「言箭簇之鏑如金爪然。」

〔三〕但見句：傅玄《擬楚篇》：「光滅星離。」蕭綱《戲作謝惠連體十三韻》：「絲條轉暮光，影落暮陰長。」

〔四〕歸來二句：《詩・齊風・還》：「並驅從兩狼兮，揖我謂我臧兮。」《周禮・天官・獸人》：「冬獻狼。」《地官・掌節》：「道路用旌節。」注：「旌節，今使者所用節是也。」《唐六典》卷八門下省符寶郎：「凡國有大事，則出納符節……五曰旌節。」「旌節之制，命大將帥及遣使于四方，則請而假之，旌以專賞，節以專殺。」《九家》趙注：「言其獵有所獲，乃是貴家也。旌節，貴人所建而羅列於門者也。」

漆有用而割，膏以明自煎〔一〕。蘭摧白露下，桂折秋風前〔二〕。府中羅舊尹，沙道尚依然〔三〕。赫赫蕭京兆，今爲時所憐〔四〕。（0115）

【注】

〔一〕漆有二句：《莊子·人間世》：「山木自寇也，膏火自煎也。桂可食，故伐之。漆可用，故割之。」《漢書·龔舍傳》：「薰以香自燒，膏以明自銷。」

〔二〕蘭摧二句：陸雲《九愍·行吟》：「貞節志而玉折，厲勁心而蘭摧。」傅玄《明君篇》：「冰霜晝夜結，蘭桂摧爲薪。」顔延之《祭屈原文》：「蘭薰而摧，玉縝則折。」

〔三〕沙道：《唐國史補》卷下：「凡拜相，禮絶班行，府縣載沙填路，自私第至子城東街，名曰沙隄。」

〔四〕赫赫二句：蘇軾《東坡題跋》卷二：「明皇雖誅蕭至忠，然常懷之。侯君集曰：『蹭蹬至此。』至忠亦蹭蹬者耶！故子美亦哀之云：『赫赫蕭京兆，今爲時所憐。』」《九家》趙注取其説。《舊唐書·侯君集傳》：「謂監刑將軍曰：『君集豈反者乎？蹉跌至此。』」《新唐書·蕭至忠傳》：「然玄宗賢其爲人，後得源乾曜，亟用之，謂高力士曰：『若知吾進乾曜遽乎？吾以其貌言似蕭至忠。』」錢箋：「按蕭至忠未嘗官京兆尹，若以蕭望之喻至忠，則望之爲左馮翊，未嘗爲京兆尹也。天寶八載，京兆尹蕭炅坐贓左遷汝陰太守。史稱京兆尹蕭炅、御史中丞宋渾皆林甫所親善，國忠皆誣奏遣逐，林甫不能救。則所謂蕭京兆者，蓋蕭炅也。……京兆尹多宰相私人，相與附麗，若炅與鮮于仲通輩皆是。故曰『府中羅舊尹，沙道尚依然』也。」按，事見《舊唐書·楊國忠傳》。《漢書·五行志中》成帝時歌謡：「故爲人所羨，今爲人所憐。」

猛虎憑其威，往往遭急縛〔一〕。雷吼徒咆哮，枝撐已在脚〔二〕。忽看皮寢處，無復睛閃爍①。人有甚於斯，足以勸元惡②〔三〕。（0116）

【校】

① 睛，宋本作「情」，據錢箋、《九家》、《草堂》改。

② 勸，錢箋校：「一作戒。」

【注】

〔一〕猛虎二句：《後漢書·呂布傳》：「顧謂劉備曰：『……繩縛我急，獨不可一言邪？』操笑曰：『縛虎不得不急。』」

〔二〕枝撐：見卷一《同諸公登慈恩寺塔》(0023)注。此指木柵。

〔三〕忽看四句：《左傳》襄公二十一年：「然二子者，譬於禽獸，臣食其肉而寢處其皮矣。」《太平御覽》卷七五二引王子年《拾遺記》：「始皇二年，蹇涓國獻善畫之工，名裂裔。刻白玉爲兩虎，削玉爲毛，有如真矣。不點兩目睛，始皇點之，即飛去。明年，南郡有獻白虎二頭，始皇使視之，乃是先刻玉者，始皇命去目睛，二虎不復能去。」錢箋：「此蓋指吉温之流。」引《新唐書·吉温傳》：「炅使温佐訊，温分囚廷左右，中取二重囚訊後舍，楚械榜掠，皆呻吟不勝……日中獄具，林甫以爲能。温嘗曰：『若遇知己，南山白額虎不足縛。』」温坐受賕貶端溪尉，楊國忠遣使者殺之。王嗣奭《杜臆》：「勸元惡，余謂勸惡人使反於善。」

朝逢富家葬①，前後皆輝光②。共指親戚大，緦麻百夫行〔一〕。送者各有死，不須羨其强。君看束練去③，亦得歸山岡〔二〕。（0117）

【校】

① 逢，錢箋校：「一作逆。」
② 皆，錢箋校：「一作見。」
③ 練，錢箋校：「一作縛。」

【注】

〔一〕共指二句：親戚大，即親戚多。大讀過韻。敦煌文書P.3125闕題詩：「春來分付與日頭，冬天没衣總獨卧。連竹色湊三個婦，數内最他阿林大。」參卷一《送高三十五書記》（0002）注。《儀禮·喪服》：「緦麻三月者。」注：「緦麻，布衰裳而麻經帶也。」疏：「五服之内，輕之極者，故以緦如絲者爲衰裳，又以澡治莩垢之麻爲經帶，故曰緦麻也。」

〔二〕君看二句：《三國志·吴書·諸葛恪傳》：「建業南有長陵，名曰石子岡，葬者依焉。……恪果以葦席裹其身而篾束其腰，投之於此岡。」《太平廣記》卷三六八《桓玄》（出《續齊諧記》）：「荆州送玄首，用敗籠茵包裹之，又以芒繩束縛其屍，沉諸江中，悉如童謡之言爾。」

王嗣奭《杜臆》：「五首歷數世情，有甘受其貧者，有安享其榮者，有才賢而不克令終爲人所憐者，有兇暴而自取辠戾爲人所快者。其參錯不齊如此，然窮通好醜同歸於盡，故借葬者以發達人之論，見人當順受其正，而不必怨天尤人也。」

遣興五首

天用莫如龍，有時繫扶桑〔一〕。頓轡海徒涌，神人身更長〔二〕。性命苟不存，英雄徒自强〔三〕。吞聲勿復道，真宰意茫茫〔四〕。（0118）

【注】

黄鶴注以「陶潛避俗翁」以下三首與前《遣興五首》「蟄龍三冬卧」（0108）、「昔者龐德公」（0109）二首編爲一組，編入乾元二年（七五九）作。仇注從之。「天用莫如龍」、「地用莫如馬」二首，仇注亦編入乾元二年。

〔一〕天用二句：《史記·平準書》：「又造銀錫爲白金。以爲天用莫如龍，地用莫如馬，人用莫如龜，故白金三品，其一曰重八兩，圜之，其文龍。」《淮南子·天文訓》：「日出於暘谷，浴於咸池，拂於扶桑，是謂晨明。登於扶桑，爰始將行，是謂朏明。」《楚辭·離騷》：「飲余馬於咸池兮，總余轡乎扶桑。」王逸注：「結我車轡於扶桑，以留日行。」劉向《九歎·遠游》：「貫澒濛以東朅兮，維六龍於扶桑。」王逸注：「繫六龍於扶桑之木。」

〔二〕頓轡二句：《九家》趙注謂神人指言羲和。朱鶴齡謂此詩深警安史之徒，神人更長，謂朝有名將。按，此詩命意據郭璞《游仙詩》：「六龍安可頓，運流有代謝。時變感人思，已秋復願夏。淮海變微禽，吾生獨不化。雖欲騰丹谿，雲螭非我駕。愧無魯陽德，回日向三舍。臨川哀年邁，撫心獨悲吒。」又：「雜縣寓魯門，風暖將爲災。吞舟涌海底，高浪駕蓬萊。神仙排雲出，但見金銀臺。陵陽挹丹溜，容成揮玉杯。姮娥揚妙音，洪崖頷其頤。昇降隨長烟，飄颻戲九垓。奇齡邁五龍，千歲方嬰孩。燕昭無靈氣，漢武非仙才。」皆言人生苦短，回日無術。曹植《與吴季重書》：「思欲抑六龍之首，頓羲和之轡。」沈約《齊故安陸昭王碑文》：「四牡方馳，六龍頓轡。」《文選》李善注：「頓轡，喻死也。」引《九歎》「維六龍於扶桑」。

〔三〕英雄句：薛道衡《奉和月夜聽軍樂應詔》：「嵩岱終難學，丘陵徒自强。」

〔四〕真宰：見卷二《奉先劉少府新畫山水障歌》(0080)注。

地用莫如馬，無良復誰記〔三〕？此日千里鳴，追風可君意〔四〕。君看渥洼

種〔三〕，態與駑駘異。不雜蹄齧間①〔四〕，逍遥有能事。（0119）

【校】

① 雜，錢箋校：「一作在。」

【注】

〔一〕地用二句：《易·坤·彖》：「牝馬地類，行地無疆。」《分門》趙曰：「地用良者，良馬也。苟無良馬，何以記取之乎。」《九家》趙注：「一曰良，王良也。言世無王良，豈知記省地用之馬乎。」朱鶴齡謂馬比汗馬之臣，無良者如哥舒翰、僕固懷恩輩是也。其説牽强不可據，當以趙注近是。

〔二〕此日二句：《戰國策·燕策一》：「臣聞古之君人有以千金求千里馬者，三年不能得。」《戰國策·楚策四》：「夫驥之齒至矣，服鹽車而上太行……伯樂遭之，下車攀而哭之，解紵衣以冪之，驥於是俯而噴，仰而鳴，聲達於天。」《九家》趙注：「此言若望王良而鳴矣。可見無良是王良也。」追風，見卷二《徒步歸行》（0054）注。

〔三〕渥洼種：見卷一《沙苑行》（0038）注。

〔四〕不雜句：《周禮·夏官·廋人》：「廋人掌十有二閑之政教，以阜馬、佚特、教駣、攻駒及祭馬祖。」注：「攻駒，制其蹄齧者。」《禮記·月令》：「仲夏之月……游牝別群，則縶騰駒。」注：「爲其牡氣有餘，相蹄齧也。」

陶潛避俗翁〔一〕，未必能達道。觀其著詩集，頗亦恨枯槁〔二〕。達生豈是足，默識蓋不早。有子賢與愚，何其挂懷抱〔三〕。（0120）

【注】

〔一〕陶潛句：《晉書·陶潛傳》：「陶潛，字元亮，大司馬侃之曾孫也。……以親老家貧，起爲州祭酒，不堪吏職，少日自解歸。州召主簿，不就，躬耕自資，遂抱羸疾。復爲鎮軍、建威參軍，謂親朋曰：『聊欲絃歌，以爲三徑之資可乎？』執事者聞之，以爲彭澤令。在縣，公田悉令種秫穀，曰：『令吾常醉於酒足矣。』妻子固請種秔，乃使一頃五十畝種秫，五十畝種秔。素簡貴，不私事上官。郡遣督郵至縣，吏白應束帶見之，潛歎曰：『吾不能爲五斗米折腰，拳拳事鄉里小人邪！』義熙二年，解印去縣，乃賦《歸去來》。」

〔二〕觀其二句：陶淵明《飲酒》：「顔生稱爲仁，榮公言有道。屢空不獲年，長飢至於老。雖留身後名，一生亦枯槁。」

〔三〕有子二句：《苕溪漁隱叢話》前集卷三引山谷云：「陶淵明《責子詩》曰：『白髮被兩鬢，肌膚不復實。雖有五男兒，總不好紙筆。阿舒已二八，懶惰故無匹。阿宣行志學，而不愛文術。雍端年十三，不識六與七。通子垂九齡，但覓梨與栗。天運苟如此，且進杯中物。』觀淵明此詩，想見其人慈祥戲謔，可觀也。俗人便謂淵明諸子皆不慧，而淵明愁歎見於詩耳。又云杜子美詩：『陶潛避俗翁，未必能達道。』子美困頓於山川，蓋爲不知者詬病，以爲拙於生事，又往往譏議宗文、宗武失學，故聊解嘲耳。其詩名曰『遣興』，可解也。俗人便謂譏病淵明，所謂癡人前不得説夢也。」葛立方《韻語陽秋》卷一〇：「淵明之子未必賢也，故杜子美論之曰：『有子賢與愚，何其挂懷抱。』然子美於諸子，亦未爲忘情者。子美《遣興詩》云：『驥子好男兒，前年學語時。世亂憐渠小，家貧仰母慈。』又《憶幼子》詩云：『别離驚節换，聰慧與誰論。憶渠愁只睡，炙背俯晴軒。』《得家書》云：『熊兒幸無恙，驥子最憐渠。』《元日示宗武》云：『汝啼吾手戰。』觀此數詩，於諸子鍾情尤甚於淵明矣。」

賀公雅吴語〔一〕，在位常清狂。上疏乞骸骨，黄冠歸故鄉〔二〕。爽氣不可致〔三〕，斯人今則亡。山陰一茅宇〔四〕，江海日淒涼①。（0121）

【校】

① 江，錢箋校：「一作淮。」

【注】

〔一〕賀公句：賀知章，見卷一《飲中八仙歌》（0027）注。《世説新語·排調》：「劉真長始見王丞相，時盛暑之月，丞相以腹熨彈棋局，曰：『何乃渹？』劉既出，人問王公云何，劉曰：『未見他異，唯聞作吴語耳。』」

〔二〕上疏二句：《史記·項羽本紀》范增曰：「願賜骸骨歸卒伍。」《禮記·郊特牲》：「野夫黄冠。黄冠，草服也。」

〔三〕爽氣：《世説新語·簡傲》：「（王子猷）以手版拄頰云：『西山朝來，致有爽氣。』」

〔四〕山陰：《世説新語·言語》：「王子敬云：『從山陰道上行，山川自相映發，使人應接不暇。』」《元和郡縣圖志》卷二六越州：「會稽縣，望，郭下。山陰，越之前故靈文園也。……隋平陳，改山陰爲會稽縣，皇朝因之。……垂拱二年，又割會稽西界别置山陰。」

吾憐孟浩然，裋褐即長夜①〔一〕。賦詩何必多，往往凌鮑謝〔二〕。清江空舊魚②〔三〕，春雨餘甘蔗。每望東南雲，令人幾悲吒〔四〕。（0122）

【校】

①裋，《草堂》作「短」。

②空舊魚，錢箋校：「一作舊魚美。一作舊美魚。」《草堂》校：「一作舊魚羹。」

【注】

〔一〕吾憐二句：《舊唐書·文苑傳·孟浩然》：「孟浩然，隱鹿門山，以詩自適。年四十，來游京師，應進士不第，還襄陽。張九齡鎮荆州，署爲從事，與之唱和。不達而卒。」裋褐，見卷一《橋陵詩三十韻因呈縣内諸官》(0037)注。

〔二〕鮑謝：鮑照、謝靈運。蕭綱《與湘東王書》：「歷方古之才人，遠則揚馬曹王，近則潘陸顔謝。」裴子野《雕蟲論》：「爰及江左，稱彼顔謝。」鍾嶸《詩品》卷下：「謝客山泉，叔源離宴，鮑照戍邊，太沖詠史。」前人多顔、謝並稱。參卷一《夜聽許十誦詩愛而有作》(0036)「陶謝」注。

〔三〕清江句：《天中記》卷五六引《襄陽耆舊傳》：「槎頭鯿，峴山下漢水中出鯿魚肥美，常禁人采捕，以槎斷木，謂之槎頭鯿。宋張敬兒爲刺史，齊高帝求此魚，敬兒作六艫船，置魚而獻，曰：奉槎頭縮項鯿魚一千六百頭。」孟浩然《峴潭作》：「試垂竹竿釣，果得槎頭鯿。」

〔四〕令人句：郭璞《游仙詩》：「臨川哀年邁，撫心獨悲吒。」

前出塞九首〔一〕

戚戚去故里，悠悠赴交河〔二〕。公家有程期①，亡命嬰禍羅〔三〕。君已富土境，開邊一何多。弃絶父母恩，吞聲行負戈〔四〕。(0123)

【校】

①家，《文苑英華》作「行」。

【注】

黃鶴注：當是乾元二年（七五九）至秦州思天寶間事而爲之。王嗣奭《杜臆》謂非追作。仇注依范編在天寶年間。川《譜》繫於天寶十一載（七五二）。按，詩云「中原有鬭争」，顯指安史之亂。黃鶴注依舊編不誤。

〔一〕前出塞：《樂府詩集》卷二一引《樂府解題》：「漢横吹曲二十八解，李延年造。魏晋已來，唯傳十曲：……五曰出塞，六曰入塞。」《樂府詩集》按：「按《西京雜記》曰：戚夫人善歌《出塞》、《入塞》、《望歸》之曲。則高帝時已有之，疑不起於延年也。」《晋書·隗疇傳》：「曾避亂塢壁，賈胡百數欲害之，疇無懼色，援笳而吹之，爲《出塞》、《入塞》之聲，以動其游客之思。於是群胡皆垂泣而去。」仇注：「當時初作九首，單名《出塞》。及後來再作五首，故加『前』、『後』字以分别之。」

〔二〕戚戚二句：《古詩十九首》：「極宴娱心意，戚戚何所迫。」交河，見卷一《高都護驄馬行》（0012）注。黃鶴注：「西州交河郡，在唐隴右道，郡亦有交河縣。自縣三百七十里至北庭都護府城，備吐蕃之處也。」王嗣奭《杜臆》：「當是哥舒翰征吐蕃時事。」錢箋：「《前出塞》，爲徵秦隴之兵赴交河而作。」

〔三〕公家二句：《王梵志詩校注》〇一八首：「身是有限身，程期太局促。」《舊唐書·唐休璟傳》：「安西諸州表請兵馬應接，程期一如休璟所畫。」《漢書·張耳陳餘傳》：「嘗亡命游外黃。」注：「師古曰：命者名也。凡言亡命，謂脱其名籍而逃亡。劉奉世曰：顔解太迂。直避禍自逃其命爾。」《九家》趙注：「若畏公家之期程而逃亡其命，則必有收捕，禍所及也。」《晋書·庾敳傳》：「敳見王室多難，終知嬰禍。」嵇康《答二郭詩》：「坎凜趣世教，常恐嬰網羅。」

〔四〕弃絶句：《説苑·修文》：「故制喪三年，所以報父母之恩也。」

出門日已遠，不受徒旅欺〔一〕。骨肉恩豈斷，男兒死無時〔二〕。走馬脱轡頭，手中挑青絲〔三〕。捷下萬仞岡①，俯身試搴旗〔四〕。（0124）

【校】

①仞，錢箋校：「一作丈。」

【注】

〔一〕出門二句：《古詩十九首》：「相去日已遠，衣帶日已緩。」《晋書·五行志》：「諸將分争，頗喪徒旅。」徒旅指軍旅。

〔二〕骨肉二句：《禮記·文王世子》：「骨肉之親無絶也。」《史記·平津侯主父偃列傳》：「尊卑之序得，而骨肉之恩親。」《梁書·劉峻傳》：「余有犬馬之疾，溘死無時。」

〔三〕走馬二句：脱轡，猶言騁轡、釋轡。曹植《游仙詩》：「翺翔九天上，騁轡遠行游。」嵇康詩：「遥集玄圃，釋轡華池。」青絲，見卷一《高都護驄馬行》(0012)注。

〔四〕捷下二句：左思《詠史》：「振衣千仞岡，濯足萬里流。」曹植《白馬篇》：「仰手接飛猱，俯身散馬蹄。」《史記·劉敬叔孫通列傳》：「斬將搴旗。」集解：「瓚曰：拔取曰搴。」

磨刀嗚咽水①，水赤刃傷手。欲輕腸斷聲，心緒亂已久〔一〕。丈夫誓許國，憤惋復何有〔二〕？功名圖騏驎，戰骨當速朽〔三〕。(0125)

【校】

①咽，錢箋、《九家》校：「一作呼。」

【注】

〔一〕磨刀四句：《初學記》卷一五引《辛氏三秦記》：「隴渭西關，其坂九回，上有水四注下，俗歌云：『隴頭流水，鳴聲幽咽。遥望秦川，肝腸斷絶。』」張正見《度關山》：「還聽嗚咽水，並切斷腸聲。」水赤，刃傷血流而水赤。

〔二〕憤惋句：《吴越春秋》卷七烏鵲歌：「去我國兮心摇，情憤惋兮誰識。」

〔三〕功名二句：《漢書·蘇武傳》：「甘露三年，單于始入朝。上思股肱之美，乃圖畫其人於麒麟閣，法其形貌，署其官爵、姓名，唯霍光不名……凡十一人。」《史記·老子韓非列傳》：「老子曰：『子所言者，其人與骨皆已朽矣，獨其言在耳。』」《禮記·檀弓上》：「有子問于曾子曰：『問喪于夫子乎？』曰：『聞之矣。喪欲速貧，死欲速朽。』」

送徒既有長，遠戍亦有身〔一〕。生死向前去，不勞吏怒嗔〔二〕。路逢相識人，附書與六親〔三〕。哀哉兩決絶〔四〕，不復同苦辛①。（0126）

【校】

①同，錢箋校：「一作問。」

【注】

〔一〕送徒二句：《史記·高祖本紀》：「高祖以亭長爲縣送徒酈山。」《太平廣記》卷四五〇《靳守貞》（出《紀聞》）：「唐時，邑人靳守貞者，素善符咒，爲縣送徒至趙城。」身，人自稱，自身。《太平廣記》卷一〇五《宋參軍》（出《廣異記》）：「婦人便悲泣曰然，言：『身是前司士之婦。司士奉使，其弟見逼。』」

〔二〕生死二句：《王梵志詩校注》二六二首：「你道生勝死，我道死勝生。生即苦戰死，死即無人征。十六作夫役，二十充府兵。磧裏向前走，衣甲困須擎。」沈約《六憶詩》：「笑時應無比，嗔時更可憐。」杜甫之前詩人罕用「嗔」字，而杜詩屢用。

〔三〕路逢二句：《横吹曲辭·紫騮馬歌辭》：「十五從軍征，八十始得歸。道逢鄉里人，家中有阿誰。」《太平廣記》卷九〇《釋寶志》（出《高僧傳》）：「今附書到鍾山寺西行南頭第二房，覓黄頭付之。」卷一五三《崔樸》（出《續定命録》）：「請假一日，發一急脚附書。」《老子》十八章：「六親不和，有孝慈。」《左傳》昭公二十五年：「爲父子、兄弟、姑姊、甥舅、昏媾姻亞，以象天明。」杜預注：「六親和睦，以事嚴父。」疏：「六親謂父子、兄弟、夫婦也。」

〔四〕哀哉句：《玉臺新詠》卓文君《白頭吟》：「聞君有兩意，故來相決絶。」

迢迢萬餘里，領我赴三軍〔一〕。軍中異苦樂，主將寧盡聞〔二〕。隔河見胡騎，倏忽數百羣〔三〕。我始爲奴僕，幾時樹功勳〔四〕？（0127）

【注】

〔一〕迢迢二句：潘岳《内顧詩》：「漫漫三千里，迢迢遠行客。」《周禮·夏官司馬》：「凡制軍，萬有二千五百人爲軍。王六軍，大國三軍，次國二軍，小國一軍。」

〔二〕軍中二句：王粲《從軍行》：「從軍有苦樂，但問所從誰。」高適《燕歌行》：「戰士軍前半死生，美人帳下猶歌舞。」

〔三〕隔河二句：庾信《同盧記室從軍詩》：「連烽對嶺度，嘶馬隔河聞。」左思《嬌女詩》：「貪華風雨中，倏忽數百適。」

〔四〕我始二句：《史記·衛將軍驃騎列傳》：「青爲侯家人，少時歸其父，其父使牧羊，先母之子皆奴畜之，不以兄弟數。」

挽弓當挽强，用箭當用長〔一〕。射人先射馬，擒寇先擒王①。殺人亦有限，列國自有疆②。苟能制侵陵，豈在多殺傷〔二〕。（0128）

【校】

①寇，錢箋、《九家》、《草堂》作「賊」。《文苑英華》作「寇」。

②列，錢箋校：「一作立。」

【注】

〔一〕挽弓二句：《魏書·奚康生傳》：「時蕭衍聞康生能引强弓，力至十餘石，故特作大弓兩張，送與康生。……其弓長八尺，把中圍盡二寸，箭粗殆如今之長笛。」《北史·綦連猛傳》：「梁使來聘，云求角武藝，文襄遣猛就館接之……校挽强弓，梁人引弓兩張，皆三石，猛遂並取四張，疊挽之，過度。梁人嗟服。」

〔二〕殺人四句：《左傳》宣公十二年楚子曰：「夫文，止戈爲武。……夫武，禁暴、戢兵、保大、定功、安民、和衆、豐財者也。」《老子》三十一章：「夫佳兵者，不祥之器，物或惡之，故有道不處。君子居則貴左，用兵則貴右。兵者不祥之器，非君子之器，不得已而用之。恬惔而上，故不美，若美之，是樂殺人。夫樂殺者，不可得意於天下。故吉事尚左，凶事尚右。是以偏將軍居左，上將軍居右。殺人衆多，以悲哀泣之。戰勝，以哀禮處之。」《貞觀政要·征伐》：「貞觀四年，有司上言：『林邑蠻國，表疏不順，請發兵討擊之。』太宗曰：『兵者凶器，不得已而用之。故漢光武曰：每一發兵，不覺頭鬚爲白。自古以來窮兵極武，未有不亡者也。苻堅自恃兵强，欲必吞晋室，興兵百萬，一舉而亡。隋主亦必欲取高麗，頻年勞役，人不勝怨，遂死於匹夫之手。……』竟不發兵。」

驅馬天雨雪，軍行入高山〔一〕。逕危抱寒石，指落曾冰間〔二〕。已去漢月遠，何時築城還〔三〕？浮雲暮南征，可望不可攀〔四〕。（0129）

【注】

〔一〕驅馬二句：《詩·邶風·北風》：「北風其涼，雨雪其雱。」釋文：「雨，于付反，又如字。」西北高山無逾葱嶺，而玄宗時遠征逾險則無過高仙芝討小勃律一役。《新唐書·高仙芝傳》：「仙芝乃自安西過撥换城，入握瑟德，經疏勒，登葱嶺，涉播密川，遂頓特勒滿川，行凡百日。特勒滿川，即五識匿國也。仙芝乃分軍爲三，使疏勒趙崇玼自北谷道，撥換賈崇瓘自赤佛道，仙芝與監軍邊令誠自護蜜俱入，約會連雲堡。……三日，過坦駒嶺，嶺峻絶，下四十里。仙芝恐士憚險不敢進，乃潛遣二十騎，衣阿弩越胡服來迎。」

〔二〕指落句：《史記·高祖本紀》：「會天寒，士卒墮指者什二三，遂至平城。」《宋書·沈攸之傳》：「爲虜所乘，又值寒雪，士衆墮指十二三。」《隋書·虞慶則傳》：「士卒多寒凍，墮指者千餘人。」曾冰，見卷一李邕《登歷下古城員外孫新亭》注。

〔三〕已去二句：庾信《出自薊北門行》：「關山連漢月，隴水向秦城。」凡駐軍皆築城，天寶間以哥舒翰築城青海最爲知名。《舊唐書·哥舒翰傳》：「明年，築神威軍於青海上，吐蕃至，攻破之。又築城於青海龍駒島，有白龍見，遂名爲應龍城。吐蕃屏跡，不敢近青海。」

〔四〕浮雲二句：曹植《雜詩》：「空室自生風，百鳥翩南征。」曹植《名都篇》：「白日西南馳，光景不可攀。」

單于寇我壘，百里風塵昏〔一〕。雄劍四五動〔二〕，彼軍爲我奔。虜其名王歸①，繫頸授轅門〔三〕。潛身備行列〔四〕，一勝何足論。（0130）

【校】

①虜，錢箋作「擄」。

【注】

〔一〕單于二句：《史記·匈奴列傳》：「匈奴單于頭曼不勝秦，北徙。」集解：「《漢書音義》曰：單于者，廣大之貌，言其象天單于然。」此代指西北諸侯首領。虞世基《出塞》：「耿介倚長劍，日落風塵昏。」

〔二〕雄劍句：《太平廣記》卷三四三引《列士傳》：「干將、莫耶爲晋君作劍，三年而成。劍有雌雄，天下名器也。乃以雌劍獻君，留其雄者。……君覺，殺干將。妻後生男，名赤鼻，具以告之。……乃逃朱興山中，遇客欲爲之報，乃刎首。將以奉晋君，客令鑊煮之頭三日，三日跳不爛。君往觀之，客以雄劍倚擬君，君頭墮鑊中，客又自刎。三頭悉爛，不可分别分葬之，名曰三王冢。」

〔三〕虜其二句：《漢書·陳湯傳》：「至今無名王大人見將軍受事者。」注：「師古曰：名王，諸王之貴者。」《史記·秦始皇本紀》：「子嬰即繫頸以組。」《史記·項羽本紀》：「項羽召見諸侯將，入轅門。」集解：「張晏曰：軍行以車爲陳，轅相向爲門，故曰轅門。」《周書·武帝紀》：「牽羊道左，銜璧轅門。」《隋書·煬帝紀》：「若高元泥首轅門，自歸司寇。」《舊唐書·竇建德傳》：「集隋文武官，對而斬之，梟首轅門之外。」是轅門乃受降、示衆所在。

〔四〕潛身：《梁書·羊侃傳》：「隸蕭寶夤往討之，潛身巡綆，伺射天生。」此乃默默無聞之意。

從軍十年餘，能無分寸功〔一〕。衆人貴苟得，欲語羞雷同〔二〕。中原有鬬争①，況在狄與戎〔三〕。丈夫四方志，安可辭固窮②〔四〕。（0131）

【校】

①鬭争，《文苑英華》作「争鬭」。

②固，錢箋校：「一作困。」

【注】

〔一〕能無句：《史記·蘇秦列傳》：「無有分寸之功。」

〔二〕衆人二句：《淮南子·謬稱訓》：「小人之從事也，曰苟得，君子曰苟義。」《禮記·曲禮上》：「毋雷同。」注：「雷之發聲，物無不同時應者。」

〔三〕中原二句：仇注：「若（諸將）争功而鬭，則中原且不自安，況能遠征戎狄乎。」浦起龍云：「内地且將致亂，還宜大度包荒。」楊倫云：「以中原亂警人主開邊黷武之心。」鄧魁英謂指李林甫連續殺戮杜有鄰、裴敦復等人。按，司馬相如《檄巴蜀文》：「肝腦塗中原，膏液潤野草。」《後漢書·馮衍傳》：「軍覆於中原，身膏於草野。」《皇甫規傳》：「餓死溝渠，暴骨中原。」《劉表傳》：「旍旆交於中原，暴屍累於城下。」此皆言中原鬭争。本書卷二《送韋十六評事充同谷郡防禦判官》（0088）：「中原正格鬭，後會何緣由？」與此句正相仿。安史亂起，邊兵勇鋭者皆徵發入援。此期間杜詩一再言及，故有此二句。黄鶴從舊編將此組詩繫於乾元二年秦州詩中，不爲無見。參卷二《塞蘆子》（0069）注。蓋諸家皆執定此詩天寶間作，故不得確解。況在，更何況。張九齡《驪山下逍遥公舊居游集》：「已云寵禄過，況在華髮衰。」員半千《隴右途中遭非語》：

「慈母猶且惑，況在行路心。」二句意謂中原格鬬尚無苟且，更何況與戎狄之鬬爭。

〔四〕丈夫二句：《左傳》僖公二十三年：「子有四方之志。」《論語·衛靈公》：「子曰：『君子固窮，小人窮斯濫矣。』」

施補華《峴傭説詩》：「前後《出塞》詩皆當作樂府讀。《前出塞》『君已富土境，開邊一何多』，是諷刺語；『功名圖麒麟，戰骨當速朽』，是憤惋語；『生死向前去，不勞吏怒嗔』，是決絶語；『軍中異苦樂，主將寧盡聞』，是感傷語；『衆人貴苟得，欲語羞雷同』，是自占身分語。竭情盡態，言人所不能言。」

賀裳《載酒園詩話》又編：「《毛詩》無處不佳，予尤愛《采薇》、《出車》、《杕杜》三篇，一氣貫串，篇斷意聯，妙有次第。千載後得其遺意者，惟老杜《出塞》數詩。（其一）此應調之始，故但叙别離之恨，而法重心駭、威尊命賤之意，躍躍不禁自露。（其二）『出門日已遠』二句，壯勇之氣已隱然可掬。『骨肉恩豈斷』二句，見其國而忘家，恩以義斷。『走馬脱轡頭』四句，皆於忙中著閑，上寫征行之苦，下寫争先示勇之致。（其三）此即《毛詩》『憂心孔疚，我行不來』意，忠義激烈，勃然如生。（其四）此句與首章末句意相似，但前是出門時言，猶感意多，此是因附書後再一決絶言之，直前不顧矣。且前止父母，此兼姻戚，文情之密，非復也。補出吏與相識人來，尤見周匝。『附書』下三句，亦暗與次章『骨肉恩豈斷』二語相應，又微反《毛詩》『我戍未定，靡使歸聘』意，妙於脱胎變化。（其五）上四章俱是途中事，此章始至軍中而述所經歷，末句不徒感慨，亦有鼓鋭意。（其六）此軍中自勵之言，上四句亦即《毛詩》『豈敢定居，豈不日戒』意，下四句更有『薄伐來威』之旨。（其七）『何時築城還』，非還家，乃還幕下，即主將屯軍處也。此是偏師遠役耳。此章言築城事，叙景處不僅本『載途雨雪』，兼從《漸漸之石》章來。末語更有《揚水》之痛。（其八）此方及戰争，八句凡數層折，蹊回徑轉，各具奇觀。（其九）『從軍十年餘』四句，軍中蒙蔽之形，不言而見。『中原有鬬争』四句，亦即『一勝何足論』意。但始猶一勝，此則十年之功，退讓不言，志更不隳，更圖後效。較之『欲言塞下事，天子不召見。東出咸陽門，哀哀淚如霰』，度量相越多少！此詩節節相生，真與《毛詩》表裏，必不可删。世顧避惜群之名，常不全載，真瑣人之見也。」

後出塞五首①

男兒生世間，及壯當封侯〔一〕。戰伐有功業，焉能守舊丘〔二〕。召募赴薊門〔三〕，軍動不可留。千金買馬鞭②，百金裝刀頭〔四〕。閭里送我行〔五〕，親戚擁道周。班白居上列，酒酣進庶羞〔六〕。少年别有贈，含笑看吴鈎〔七〕。（0132）

【校】

① 後出塞五首,《文苑英華》題「同前」,前即「出塞」,校:「一作後出塞。」

② 鞭,宋本、錢箋、《文苑英華》校:「一作鞍。」《九家》作「鞍」,校:「一作鞭。」

【注】

《分門》鮑曰:天寶十四年乙未三月壬午,安禄山及契丹戰於潢水,敗之,故有《後出塞》五首,爲出兵赴漁陽也。黄鶴注:同是乾元二年(七五九)作。仇注:今按末章是説禄山舉兵犯順後事,當是天寶十四載(七五五)冬作。按,當從黄鶴注。

〔一〕男兒二句:《史記·李將軍列傳》:「諸廣之軍吏及士卒或取封侯。廣嘗與望氣王朔燕語,曰:『……豈吾相不當侯邪?且固命也?』」《後漢書·班超傳》:「嘗輟業投筆歎曰:『大丈夫無它志略,猶當效傅介子、張騫立功異域,以取封侯,安能久事筆硯間乎?』」

〔二〕舊丘:《後漢書·蔡邕傳》論:「但願北首舊丘,歸骸先壟。」鮑照《結客少年場行》:「去鄉三十載,復得還舊丘。」《文選》李善注:「《廣雅》曰:丘,居也。」

〔三〕召募句:薊門,薊州。安禄山爲范陽節度使,統幽薊。參卷二《夏日歎》(0066)注。《舊唐書·張説傳》:「時當番衛士,浸以貧弱,逃亡略盡。説又建策,請一切罷之,别召募强壯,令其宿衛,不簡色役,優爲條例,逋逃者必争來應募。上從之。旬日,得精兵一十三萬人,分繫諸衛,更番上下,以實京師。其後彍騎是也。」《新唐書·兵志》:「蓋唐有天下二百餘年,而兵之大勢三變：其始盛時有府兵，府兵後廢而爲彍騎，彍騎又廢，而方鎮之兵盛矣。……及府兵壞而方鎮盛，武夫悍將雖無事時據要險，專方面，既有其土地，又有其人民，又有其甲兵，又有其財賦，以布列天下。」

〔四〕千金二句：《木蘭詩》：「東市買駿馬，西市買鞍韉。南市買轡頭，北市買長鞭。」《西京雜記》卷二：「武帝時身毒國獻連環羈，皆以白玉作之，瑪瑙石爲勒，白光琉璃爲鞍。鞍在闇室中，常照十餘丈如晝日。自是長安始盛飾鞍馬，競加雕鏤，或一馬之飾直百金。」《玉臺新詠》古絶句：「何當大刀頭，破鏡飛上天。」指刀把圓環。刀頭亦指刀口。

〔五〕閭里句：《周禮·天官·小宰》：「聽閭里以版圖。」《地官·大司徒》：「令五家爲比，使之相保；五比爲閭，使之相受。」注：「閭二十五家。」陶淵明《詠荆軻》：「素驥鳴廣陌，慷慨送我行。」

〔六〕班白二句：《禮記·王制》：「班白者不提挈。」曹操《對酒》：「斑白不負戴。」曹植《箜篌引》：「樂飲過三爵，緩帶傾庶羞。」《文選》李善注：「《儀禮》曰：上大夫庶羞二十品。」

〔七〕吴鈎：鮑照《結客少年場行》：「驄馬金絡頭，錦帶佩吴鈎。」《苕溪漁隱叢話》後集卷一引《復齋漫録》：「沈存中《筆談》謂：『唐詩多有言吴鈎者，刀名也。刃彎，今南蠻謂之葛黨刀。』余按《吴越春秋》：『吴王作鈎，淬以人血，試之以人也。』吴鈎始於此，豈存中忘之邪？」

朝進東門營①，暮上河陽橋〔一〕。落日照大旗，馬鳴風蕭蕭〔二〕。平沙列萬幕，部伍各見招〔三〕。中天懸明月〔四〕，令嚴夜寂寥。悲笳數聲動，壯士慘不驕〔五〕。借問大將誰，恐是霍嫖姚〔六〕。（0133）

【校】

①門營，錢箋校：「一作營門。」

【注】

〔一〕朝進二句：錢箋謂東門指洛陽上東門。《水經注》穀水：「穀水又東，屈南，逕建春門石橋下，即上東門也。阮嗣宗《詠懷詩》曰『步出上東門』者也。」《資治通鑑》乾元二年：「時思明游兵已至石橋，諸將請曰：『今自洛城而北乎，當石橋而進乎？』光弼曰：『當石橋而進。』及日暮，光弼秉炬徐行……夜至河陽。」胡注引《水經注》「穀水」，謂：「此言漢晋洛城諸門，非隋唐所徙洛城也。上東門之地，唐爲鎮。」錢箋：「石橋之地，蓋即所謂東門營也。」河陽橋，參卷二《石壕吏》(0066)注。《元和郡縣圖志》卷六河南府河陽縣：「故自乾元以後，常置重兵，貞元後加置節度，爲都城之巨防。造浮橋，架黄河爲之，以船爲脚，竹箠互之。」

〔二〕落日二句：徐幹《情詩》：「微風起閨闥，落日照階庭。」《左傳》僖公二十八年杜預注：「旆，大旗也。」《史記·刺客列傳》荆軻歌：「風蕭蕭兮易水寒，壯士一去兮不復還。」

〔三〕平沙二句：何遜《慈姥磯》：「野岸平沙合，連山近霧浮。」《史記·李將軍列傳》：「廣行無部伍行陳。」索隱：「《百官志》云：將軍領軍皆有部曲，大將軍營五部，部校尉一人，部下有曲，曲有軍候一人也。」《通典》卷一四八「兵・立軍」引衛公李靖《兵法》：「復造幕，尺丈已定。且以二萬人爲軍，四千人爲營在中心，左右虞候、左右廂四軍共六總管，各一千人爲營。兵多外面，逐長二十七口幕，横列十八口幕。四部管有營，外面逐長二十二口幕，横列各十八口幕，四步下，計當千一百三十六步。又有十二營街，各闊十五步，計當百八十步，通前當千三百十六步。以圍三徑一取中心竪徑，當四百二十九步以下。」左思《詠史》：「馮公豈不偉，白首不見招。」

〔四〕中天句：蕭衍《邊戍詩》：「秋月出中天，遠近無偏異。」謝朓《奉和隨王殿下》：「雲陰滿池榭，中月懸高城。」

〔五〕悲笳二句：劉孝威《侍宴賦得龍沙宵月明》：「櫪馬悲笳吹，城烏啼夜寒。」《左傳》隱公四年：「寵而不驕。」王褒《太傅燕文公于謹碑銘》：「壯士志驕。」

〔六〕借問二句：《苕溪漁隱叢話》前集卷九：「按《漢史》：『霍去病再從大將軍受詔，予壯士，爲票姚校尉。』服虔曰：『音飄摇。』師古曰：『票音訊妙反，摇音羊召反。票姚，勁疾之貌也。荀悦《漢紀》作「票鷂」字。去病後爲票騎將軍，尚取「票挑」之字耳。今讀者音飄遥，不當其義也。』余謂子美今以平聲用此兩字，蓋從服虔音爾。王荆公嘗有詩云：『莫教空説霍票姚。』亦以平聲用之，必承襲子美之意也。」朱鶴齡引蕭子顯《日出東南隅行》「漢馬三萬疋，夫婿霍嫖姚」，庾信《詠畫屏風》「寒衣須及早，將寄霍嫖姚」，謂二字作平聲用，在杜甫前已然。《舊唐書・玄宗紀》：「（天寶元年）平盧節度使安禄山進階驃騎大將軍。」霍去病爲驃騎將軍。錢箋引此，蓋謂其暗指禄山。

古人重守邊，今人重高勳〔一〕。豈知英雄主，出師亘長雲①〔二〕。六合已一家②，四夷且孤軍〔三〕。遂使貔虎士③〔四〕，奮身勇所聞。拔劍擊大荒〔五〕，日收胡馬羣。誓開玄冥北〔六〕，持以奉吾君。（0134）

【校】

① 亘，《文苑英華》校：「一作直。」

② 一家，《文苑英華》作「有家」。

③ 貔，錢箋校：「樊作螭。」 虎，錢箋、《文苑英華》校：「一作武。」

【注】

〔一〕今人句：《後漢書·朱景王杜馬劉傅堅馬傳》論：「寇、鄧之高勳，耿、賈之鴻烈。」

〔二〕豈知二句：《宋書·王鎮惡傳》：「若遭遇英雄主，要取萬户侯，當厚相報。」《魏書·燕鳳傳》：「一時之雄主，常有并吞天下之志。」《宋書·樂志》載《鼓吹鐃歌·戰城南篇》：「橫陣亘野若屯雲。」

〔三〕六合二句：賈誼《過秦論》：「以六合爲家，殽函爲固。」《淮南子·覽冥訓》：「諸侯力征，天下合而爲一家。」《九家》趙注：「内外無患，則四夷之軍孤。」按，謂孤軍討四夷。《後漢書・呂布傳》：「孤軍遠出。」

〔四〕遂使句：《書・牧誓》：「尚桓桓如虎如貔，如熊如羆。」

〔五〕大荒：見卷二《塞蘆子》(0069)注。

〔六〕誓開句：《淮南子・時訓則》：「北方之極……顓頊、玄冥之所司者，萬二千里。」

獻凱日繼踵，兩蕃静無虞〔一〕。漁陽豪俠地〔二〕，擊鼓吹笙竽①。雲帆轉遼海，粳稻來東吴〔三〕。越羅與楚練，照耀輿臺軀〔四〕。主將位益崇，氣驕凌上都。邊人不敢議，議者死路衢〔五〕。（0135）

【校】

① 吹，《文苑英華》作「呼」。

【注】

〔一〕獻凱二句：《陳書・高宗二十九王傳》：「獻凱而入，列於廟庭。」薛道衡《重酬楊僕射山亭》：「將軍獻凱入，藹藹風雲生。」《史記・范雎蔡澤列傳》：「二人羈旅入秦，繼踵取卿相。」《舊唐書・信安王禕傳》：「玄宗遺忠王爲河北道行軍元帥，以討奚及契丹兩蕃，以禕爲副。」詩言河北事，兩蕃亦指奚、契丹。《舊唐書·玄宗紀》：「（天寶四載）九月，契丹及奚酋長各殺公主，舉部落叛。」「（十一載）三月，朔方節度副使、奉信王阿布思與安禄山同討契丹，布思與禄山不協，乃率其部下叛歸漠北。」「（十三載二月）禄山奏前後討契丹立功將士跳蕩等……於是超授將軍者五百餘人，中郎將者二千餘人。」《資治通鑑》天寶九載：「安禄山屢誘奚、契丹，爲設會，飲以莨菪酒，醉而坑之，動數千人，函其酋長之首以獻，前後數四。」

〔二〕漁陽二句：《舊唐書·地理志》：「薊州……天寶元年，改爲漁陽郡，乾元元年復爲薊州。」屬幽州大都督府。參卷二《夏日歎》(0066)「幽薊」注。《史記·貨殖列傳》：「夫燕亦勃碣之間一都會也。南通齊趙，東北邊胡。上谷至遼東，地踔遠，人民希，數被寇，大與趙代俗相類，而民雕捍少慮，有魚鹽棗栗之饒。」曹植《白馬篇》：「借問誰家子，幽并游俠兒。」《隋書·地理志》：「冀州……俗重氣俠，好結朋黨，其相赴死生，亦出於仁義。故《班志》述其土風，悲歌慷慨，椎剽掘冢，亦自古之所患焉。」

〔三〕雲帆二句：朱鶴齡注：「唐太宗屢討高麗，舟師皆出萊州，其餽運當從隋故道。駱賓王《討武曌檄》云：『海陵紅粟，倉儲之積靡窮。』蓋隋唐時於揚州置倉，以備海運餽東北邊。禄山鎮范陽，蕃漢士馬居天下之半，江淮輓輸，千里不絶。所云『雲帆轉遼海』者，自遼西轉餽北平也。」按，《舊唐書·食貨志》：「神龍三年，滄州刺史姜師度於薊州之北漲水爲溝，以備奚、契丹之寇。又約舊渠，傍海穿漕，號爲平虜渠，以避海難運糧。」《新唐書·姜師度傳》作「循魏武帝故跡，並海鑿平虜渠，以通餉路，罷海運，省功多」。《舊唐書·五行志》：「（開元十四年七月）滄州大風，海運船没者十一二，失平盧軍糧五千餘石，舟人皆死。」《暢璀傳》：「天寶末，安禄山奏爲河北海運判官。」《唐會要》卷七八《節度使》：「天寶元年十月，除裴寬范陽節度使，經略、河北支度、營田，河北海運使，已後遂爲定額。」是玄宗時河北軍糧由海運，且設海運使。然朱注謂其「自遼西轉餽北平」，則大謬，蓋不明詩之「遼海」指渤海。姜師度所循魏武舊渠，據《三國志·魏書·武帝紀》：「鑿渠，自呼沱入泒水，名平虜渠。又從泃河口鑿入潞河，名泉州渠，以通海。」平虜渠在唐滄州境，泉州口約在今天津武清縣東。參嚴耕望《唐代交通圖考》第五卷。

〔四〕越羅二句：越羅，見卷一《白絲行》(0014)注。沈約《從齊武帝琅琊城講武應詔》：「秋原嘶代馬，朱光浮楚練。」《説文》：「練，湅繒也。」段注：「湅繒汏諸水中，如汏米然。《考工記》所謂『湅帛』也，已湅之帛曰練。」《左傳》襄公三年：「(楚子重)使鄧廖帥組甲三百、被練三千以侵吴。」《左傳》昭公七年：「王臣公，公臣大夫，大夫臣士，士臣皂，皂臣輿，輿臣隸，隸臣僚，僚臣僕，僕臣臺。」疏引服虔云：「輿，衆也，佐皂舉衆事也。……臺，給臺下，微名也。」張衡《東京賦》：「賚皇寮，逮輿臺。」此言禄山奏言超授將軍、中郎將等。

〔五〕主將四句：《安禄山事迹》卷上：「(天寶)七載六月，賜實封三百户，並賜鐵券，封柳城郡開國公。……九載八月二日，又加河北道采訪處置等使。……又求爲河東節度，(十載)二月二日，遂加雲中太守，兼充河東節度采訪使。」卷中：「禄山既至范陽，憂不自安，始決計稱兵向闕。自是，或言禄山反者，玄宗縛送禄山，以是道路相目，無敢言者。」

我本良家子，出師亦多門〔一〕。將驕益愁思，身貴不足論。躍馬二十年，恐辜明主恩〔二〕。坐見幽州騎，長驅河洛昏〔三〕。中夜間道歸，故里但空村。惡名幸脱免，窮老無兒孫〔四〕。（0136）

【注】

〔一〕我本二句：良家子，見卷一《悲陳陶》（0048）注。浦起龍云：「亦多門，習見主軍心事者也。」蕭滌非謂多門有多次意。按，指唐軍政非一，將帥多門，文武僚佐有歷聘諸帥者。《舊唐書·陸贄傳》上疏：「良以中國之節制多門，蕃醜之統帥專一故也。」

〔二〕躍馬二句：鮑照《擬古詩》：「結髮起躍馬，垂白對講書。」《代出自薊北門行》：「投軀報明主，身死爲國殤。」虞世基《出塞》：「緬懷古人節，思酬明主恩。」

〔三〕坐見二句：謂安禄山叛亂。幽州，見卷二《夏日歎》（0066）注。劉鑠《擬行行重行行》：「卧覺明燈晦，坐見輕紈緇。」謝晦《彭城會》：「先蕩臨淄穢，却清河洛塵。」

〔四〕中夜四句：《史記·黥布列傳》：「又使布等先從間道破關下軍。」索隱：「間道即他道。」《苕溪漁隱叢話》前集卷一二引東坡云：「詳味此詩，蓋禄山反時，其將校有脱身歸國，而禄山執其妻子者，不知其姓名，可恨也。」

《苕溪漁隱叢話》前集卷一四：「《前出塞》九首，爲戍兵作。《後出塞》五首，爲赴募者作。

余嘗細考其詞，誠爲不妄。」

賀裳《載酒園詩話》又編：「《後出塞》五章，亦有次第，不可删。（其一）較《前出塞》首篇更覺意氣激昂，味其語氣，前篇似徵調之兵，故其言悲。此似應募之兵，故其言雄。前篇『走馬脱轡頭，手中挑青絲』，貧態可掬；此却『千金買鞍，百金裝刀』，軍容之盛如見。前篇『弃絶父母，吞聲負戈』，悲涼滿眼；此則里戚相餞，殺醴錯陳，吴鈎一贈，尤助壯懷。妙在『含笑看』三字，説得少年鬚眉欲動。如此少年，定一俠士。（其二）『朝進東門營』四句，軍前風景如畫。『平沙列萬幕，部伍各見招』二語尤妙。凡勇士所之，無不欲收爲己用者，此語直傳其神。『中天懸明月』二句，『寂寥』妙甚，深見軍中紀律之肅。『悲笳數聲動』四句，古來名將甚多，而獨舉霍氏。史稱去病士卒乏食，而後軍餘粱肉。殊帶怵惕意，却妙在一『恐』字，語意甚圓。（其三）『勇所聞』三字，妙得開邊幸功人一輩心髓，儼然傅介子、陳湯、臧宫、馬武等在目。（其四）首章言應募，次章言入幕，三章言立功，至此極言邊城之富而邊將之横，始有失身之懼矣。末二句尤含蓄無限。叛志已決，既非口舌可諍，君寵方隆，又不可以上變。觀郭從謹語上曰：『亦有指闕告其謀者，陛下往往誅之。』此真實録也。（其五）不惟不願富貴，並不顧妻子，脱身歸家，此真忠臣義士。凡宋人杜注，余多以爲空鑿，獨以此指禄山反時自拔歸國者，似乎不謬。此詩有首尾，有照應，有變换。如『我本良家子』，正與首篇『千金買鞍』等相應。『身貴不足論』與『及壯當封侯』似相反，然以『恐辜主恩』而念爲之轉，則意自不悖。『故里但空村』，非復送行時擁道周景象，此正見盛衰之感，還家者無以爲懷，意實相應也。此詩後二章多與唐史合，似實有所指，非漫作者。真西山删去末首，殊不可解。五章始終一氣，不説到還家，則意不完，氣亦不住，竟一無結果人矣。」

別贊上人〔一〕

百川日東流，客去亦不息〔二〕。我生苦漂蕩①，何時有終極〔三〕？贊公釋門老，放逐來上國〔四〕。還爲世塵嬰，頗帶憔悴色〔五〕。楊枝晨在手，豆子雨已熟②〔六〕。是身如浮雲，安可限南北〔七〕。異縣逢舊友③，初忻寫胸臆〔八〕。天長關塞寒〔九〕，歲暮飢凍逼④。野風吹征衣，欲別向曛黑⑤〔一〇〕。馬嘶思故櫪⑥，歸鳥盡斂翼〔一一〕。古來聚散地，宿昔長荆棘〔一二〕。相看俱衰年，出處各努力〔一三〕。（0137）

【校】

① 苦，錢箋、《草堂》校：「一作若。」

②兩，錢箋、《草堂》作「雨」，校：「一作兩。」《九家》校：「一作雨。」

③友，錢箋校：「一作交。」《文苑英華》作「交」，校：「集作友。」

④天長關塞寒歲暮飢凍逼，宋本、《九家》、《草堂》校：「一云『天長關塞遠，歲暮飢寒逼』。」　寒，《文苑英華》作「遠」，校：「集作寒。」　凍，錢箋校：「一作寒。」《文苑英華》作「寒」，校：「集作凍。」

⑤曛，錢箋校：「一作昏。」

⑥嘶，宋本、錢箋、《草堂》校：「一作鳴。」《文苑英華》作「鳴」，校：「集作嘶。」

【注】

黄鶴注：公以關輔饑，乃赴成州，遂以乾元二年（七五九）十月去秦州。當是其時作。《草堂》夢弼注謂時贊公貶在同谷，甫自秦入同谷，與贊公相遇，則此詩乃離同谷時作。

〔一〕贊上人：見本卷《寄贊上人》（0103）。

〔二〕百川二句：《相和曲·長歌行》：「百川東到海，何時復西歸。」竺僧度《答苕華》：「良由去不息，故令川上嗟。」

〔三〕我生二句：吴均《贈朱從事》：「客思已飄蕩，相思復非一。」王粲《七哀詩》：「羈旅無終極，憂思壯難任。」

〔四〕放逐句：王延壽《魯靈光殿賦》：「恭王始都下國。」《文選》李善注：「韋昭《國語注》曰：曲沃在絳下，故曰下國。然以天子爲上國，故諸侯爲下國。」此指京師。來上國，謂自上國來。

〔五〕還爲二句：陸機《赴洛道中作》：「借問子何之，世網嬰我身。」《文選》李善注引《説文》：「嬰，繞也。」陶淵明《歸園田居》：「誤落塵網中，一去三十年。」《齊民要術》卷二《氾勝之書》古歌：「男兒在他鄉，焉得不憔悴。」

〔六〕楊枝二句：《四分律》卷五三：「嚼楊枝有五事利益：一口氣不臭，二别味，三熱癊消，四引食，五眼明。」《華嚴經》卷一一：「自晝初時，先嚼楊枝，乃至祠祭，凡有十位：一嚼楊枝，二浄沐浴……」錢箋引《梵網經》、《涅槃經》，謂以楊柳爲齒木乃鑿説。按，此言上人日常居止，舊注不誤。兩已熟，謂兩次收穫。《齊民要術》卷六引《廣志》：「種小豆，一歲三熟。」

〔七〕是身二句：《維摩經·方便品》：「是身如浮雲，須臾變滅。」沈約《送别友人》：「浮雲一南北，何由展言宴。」

〔八〕異縣二句：蔡邕《飲馬長城窟行》：「他鄉各異縣，展轉不可見。」陸機《文賦》：「思風發於胸臆，言泉流於脣齒。」

〔九〕天長句：《老子》七章：「天長地久。」陸倕《石闕銘》：「暑來寒往，地久天長。」仇注謂天長指冬至後天日漸長。按，此雖用《老子》語，然似言天空之長遠。

〔一〇〕野風二句：鮑照《代東門行》：「野風吹秋木，行子心腸斷。」曛黑，見卷二《彭衙行》(0070)注。

〔一一〕馬嘶二句：蕭綱《繫馬詩》：「蹀足絆中憤，摇頭櫪上嘶。」庾信《奉報趙王出師在道賜詩》：「哀笳關塞曲，嘶馬别離聲。」應璩《與侍郎曹長思書》：「不能追參於高妙，復斂翼於故枝。」

〔一二〕古來二句：謝靈運《酬從弟惠連》：「悟對無厭歇，聚散成分離。」蔡邕《飲馬長城窟行》：「遠道不可思，宿昔夢見之。」《史記·淮南衡山列傳》：「今臣亦見宫中生荆棘，露霑衣也。」阮籍《詠懷》：「繁華有憔悴，堂上生荆杞。」

〔一三〕相看二句：高允《鹿苑賦》：「顧衰年以懷傷，惟負忝以危懼。」《古詩十九首》：「弃捐勿復道，努力加餐飯。」阮籍《詠懷》：「生命幾何時，慷慨各努力。」

萬丈潭〔一〕同谷縣作。

青溪合冥寞①，神物有顯晦〔二〕。龍依積水蟠，窟壓萬丈内〔三〕。跼步凌垠堮，側身下烟靄〔四〕。前臨洪濤寬，却立蒼石大〔五〕。山危一徑盡，岸絶兩壁對②〔六〕。削成根虚無，倒影垂澹瀩③〔七〕。黑如灣澴底④〔八〕，清見光炯碎。孤雲到來深⑤〔九〕，飛鳥不在外。高蘿成帷幄⑥，寒木疊旌旆⑦〔一〇〕。遠川曲通流，嵌竇潛洩瀨〔一一〕。造幽無人境，發興自我輩〔一二〕。告歸遺恨多，將老斯游最⑧〔一三〕。閉藏修鱗蟄〔一四〕，出入巨石礙⑨。何事炎天過⑩，快意風雨會⑪。（0138）

【校】

① 合，錢箋校：「趙鴻刻作含。」《草堂》作「含」，校：「舊作合。」

②岸，錢箋作「崖」，校：「一作岸。」

③瀕，錢箋校：「趙作濧。一作賴。」《草堂》作「濧」，校：「舊作頮。」

④如，錢箋校：「陳作爲。黄作知。」《草堂》校：「黄作知。」　澴，《草堂》、《文苑英華》作「環」。

⑤到，錢箋、《文苑英華》作「倒」。

⑥帷，錢箋、《草堂》校：「一作帳。」

⑦疊，錢箋作「累」，校：「一作壘。」《九家》、《草堂》作「壘」，校：「一作疊。」

⑧斯游，《草堂》作「游斯」。

⑨石，錢箋校：「趙作爪。」《草堂》校：「一作爪。」

⑩事，錢箋校：「趙作當。」《草堂》、《文苑英華》作「當」。　炎，錢箋、《草堂》作「暑」，校：「一作炎。」

⑪雨，錢箋、《九家》、《草堂》校：「一作雲。」

【注】

黄鶴注：乾元二年（七五九）夏在秦州作。是年夏公在秦州，以十月之同谷。朱鶴齡謂詩乃冬作，「何事炎天過」謂思暑天過此。

〔一〕萬丈潭：《方輿勝覽》卷七〇同慶府：「萬丈潭，在同谷縣東南七里。舊《經》：昔有黑龍自潭飛出。」《明一統志》卷三五鞏昌府：「在成縣東南七里。」錢箋：「唐咸通十四載，西康州刺史趙鴻刻《萬丈潭》詩，又《題杜甫同谷茅茨》。……鴻曰：萬丈潭在公宅西，洪濤蒼石，山徑岸壁，如目見之。」

〔二〕青溪二句：冥寞，黑暗，多指冥間。《後漢書·張奂傳》：「澤流黄泉，施及冥寞。」顯晦，明暗，亦指陰陽兩界。支遁《釋迦文佛像贊》：「日月貞朗，顯晦周遍。」

〔三〕龍依二句：左思《蜀都賦》：「潛龍蟠於沮澤，應鳴鼓而興雨。」龍窟，見卷一《同諸公登慈恩寺塔》（0023）注。

〔四〕跼步二句：張衡《西京賦》：「前後無有垠堮。」《文選》李善注：「《淮南子》：出於無垠鄂之門。許慎曰：垠堮，端崖也。」張九齡《奉和吏部崔尚書雨後大明朝堂望南山》：「林華鋪近甸，烟靄繞晴川。」

〔五〕前臨二句：曹植《贈白馬王彪》：「泛舟越洪濤，怨彼東路長。」王嗣奭《杜臆》：「成縣之東河，源出秦州南。又有南河，源出青渠堡南。俱入龍峽，注於嘉陵江。嘉陵水即漢水也。……峽旁有潭，其深莫測，曰萬丈潭。乃知『前臨洪濤寬』，即嘉陵江也。」却立，退後一步。《史記·廉頗藺相如列傳》：「相如因持璧却立，倚柱。」此形容山石聳立。王昌齡《小敷谷龍潭祠作》：「百泉勢相蕩，巨石皆却立。」

〔六〕山危二句：蕭綱《晚春賦》：「既浪激而沙游，亦苔生而徑危。」郭璞《江賦》：「絶岸萬丈，壁立赮駮。」

〔七〕削成二句：《山海經·西山經》：「太華之山，削成而四方。」僧肇《涅槃無名論》：「豈謂采微言於聽表，拔玄根於虚壤者哉。」司馬相如《大人賦》：「貫列缺之倒景兮，涉豐隆之滂濞。」夏侯湛

《寒苦謡》：「霜皚皚以被庭，冰溏瀕於井幹。」《正字通》：「瀕，杜貴切，音隊，水帶沙往來之貌。」

〔八〕澴：郭璞《江賦》：「漩澴滎瀯，渨濕濆瀑。」《文選》李善注：「皆波浪回旋濆涌而起之貌也。」

〔九〕孤雲句：江淹《效阮公詩》：「孤雲出北山，宿鳥驚東林。」鄭公超《送庾羽騎抱》：「舊宅青山遠，歸路白雲深。」

〔一〇〕高蘿二句：郭璞《游仙詩》：「緑蘿結高林，蒙籠蓋一山。」《雜曲歌辭・艷歌》：「垂露成帷幄，奔星扶輪輿。」陸機《尸鄉亭》：「秋草漫長柯，寒木入雲烟。」江總《入龍丘岩精舍》：「陰崖未辨色，疊樹豈知重。」

〔一一〕遠川二句：鮑照《還都道中》：「久宦迷遠川，川廣每多懼。」張衡《西京賦》：「高掌遠蹠，以流河曲。」庾闡《三月三日臨曲水》：「迴瀾自浄縈，臨川疊曲流。」揚雄《甘泉賦》：「崇丘陵之駊騀兮，深溝嶔岩而爲谷。」謝朓《游山詩》：「杳杳雲竇深，淵淵石溜淺。」左思《魏都賦》：「窮岫洩雲，日月恒翳。」《文選》李善注：「洩，猶出也。」

〔一二〕造幽二句：孫綽《游天台山賦》：「始經魑魅之途，卒踐無人之境。」鮑照《園中秋散》：「臨歌不知調，發興誰與歡。」李嶠《楚望賦》序：「是以騷人發興於臨水，柱史詮妙於登臺。」

〔一三〕將老句：桓偉《蘭亭詩》：「今我欣斯游，愠情亦暫暢。」

〔一四〕閉藏句：《淮南子・天文訓》：「萬物閉藏，蟄蟲首穴。」

兩當縣吴十侍御江上宅〔一〕

寒城朝烟澹，山谷落葉赤①〔二〕。陰風千里來，吹汝江上宅〔三〕。鵾雞號枉渚，日色傍阡陌〔四〕。借問持斧翁，幾年長沙客〔五〕？哀哀失木狖，矯矯避弓翮〔六〕。亦知故鄉樂，未敢思宿昔。昔在鳳翔都，共通金閨籍②〔七〕。天子猶蒙塵，東郊暗長戟〔八〕。兵家忌間諜，此輩常接跡〔九〕。臺中領舉劾，君必慎剖析〔一〇〕。不忍殺無辜，所以分黑白③〔一一〕。上官權許與〔一二〕，失意見遷斥。仲尼甘旅人，向子識損益〔一三〕。朝廷非不知，閉口休歎息④。余時忝諍臣，丹陛實咫尺〔一四〕。相看受狼狽，至死難塞責〔一五〕。行邁心多違⑤，出門無與適〔一六〕。於公負明義〔一七〕，惆悵頭更白。（0139）

【校】

① 落葉，《草堂》作「葉落」。

② 閨，錢箋校：「一作門。」

③黑白，錢箋作「白黑」，或爲避篇末重韻。
④朝廷非不知閉口休歎息，錢箋、《草堂》校：「樊本『仲尼』一聯在『朝廷』一聯下。」
⑤心，《草堂》作「必」。

【注】

黄鶴注：公自秦西至同谷，時道經兩當，故作此詩。時乾元二年（七五九）十月也。嚴耕望謂杜甫自同谷又至河池，未即南循驛道入蜀，而東北循驛道至兩當，蓋因事枉道也。

〔一〕兩當縣：《元和郡縣圖志》卷二二興元府鳳州：「兩當縣，中下。東至州五十里。……因縣界兩當水爲名。或云縣西界有兩山相當，因取爲名。」黄鶴注：「《圖經》云：古者相傳嘉陵江與朱沮水相會於縣界，故云兩當。又云東京、西蜀至此三十程，故名兩當。本朝趙抃自成都被召還朝，宿廣鄉驛，有詩云：『被詔趍都景物疏，兩當中夜宿中途。』注云：『《圖經》云：東京、西蜀至此道里均焉。』驛在縣中。」乃宋人説，東京謂宋之東京。吴十侍御：吴郁。《寶刻類編》卷三：「吴郁，雍縣尉。」《歷代法寶記》：「（永泰二年東川）青苗使吴郁。」《方輿勝覽》卷六九鳳州：「吴郁，兩當人。爲侍御史，以言事被謫，居家不仕，與杜子美交游。」王嗣奭《杜臆》：「吴十名郁，今鞏昌古跡有吴郁宅，在兩當縣西南。……公作此詩，侍御尚謫長沙，此過其空宅而思及舊事也。」朱鶴齡以兩當爲侍御貶謫之所，仇注以爲非是。

〔二〕寒城二句：謝朓《宣城郡内登望》：「寒城一以眺，平楚正蒼然。」何遜《答丘長史》：「黄花發岸草，赤葉翻高樹。」

〔三〕陰風二句：顔延之《北使洛》：「陰風振涼野，飛雲瞀窮天。」王衡《玩雪》：「寒庭浮暮雪，疑從千里來。」謝朓《觀朝雨》：「朔風吹飛雨，蕭條江上來。」

〔四〕鵾雞二句：《楚辭・九辯》：「雁廱廱而南游兮，鵾雞啁哳而悲鳴。」洪興祖補注：「鵾雞似鶴，黄白色。」張衡《南都賦》：「鷫鸘鵾鸕。」《文選》李善注：「鵾與鶤同。」《楚辭・九章・涉江》：「朝發枉陼兮，夕宿辰陽。」王逸注：「枉陼，地名。陼一作渚。或曰枉，曲也。陼，沚也。」《明一統志》卷三五鞏昌府：「枉渚，在兩當縣境。渚斜曲而不直，故謂枉渚。」按，《楚辭》「枉陼」本在辰溪，此或後人附會。何遜《暮秋答朱記室》：「游揚日色淺，騷屑風音勁。」

〔五〕借問二句：《漢書・王訢傳》：「繡衣御史暴勝之使持斧逐捕盜賊。」此指吴侍御。張九齡《酬趙二侍御使西軍贈兩省舊僚之作》：「操刀嘗願割，持斧竟稱雄。」李白《宿鰕湖》：「當與持斧翁，前溪伐雲木。」《史記・屈原賈生列傳》：「乃以賈生爲長沙王太傅。賈生既辭往行，聞長沙卑濕，自以壽不得長，又以適去，意不自得。」張説《巴丘春作》：「自憐心問景，三歲客長沙。」李白《留别賈舍人至》：「君爲長沙客，我獨之夜郎。」

〔六〕哀哀二句：《詩・小雅・蓼莪》：「哀哀父母，生我劬勞。」班固《西都賦》：「猿狖失木，豺狼懾竄。」《文選》李善注：「《蒼頡篇》曰：狖，似狸。」《文選》左思《吴都賦》劉逵注：「《異物志》曰：狖，猿類，露鼻，尾長四五尺，居樹上，雨則以尾塞鼻。建安臨海北有之。」《詩・魯頌・泮水》：「矯矯虎臣，在泮獻馘。」箋：「矯矯，武貌。」此從「矯翮」語變化。《戰國策・楚策四》：「更羸與魏王處京臺之下，仰見飛鳥，更羸謂魏王曰：『臣爲王引弓虚發而下鳥。』魏王曰：『然則射可至此乎？』更羸曰：『可。』有間，雁從東方來，更羸虚發而下之。……更羸曰：『此孽也。』王曰：『先生何以知之？』對曰：『其飛徐而鳴悲。飛徐者，故瘡痛也。鳴悲者，久失群也。故瘡未息，而驚心未去也。聞弦音，引而高飛，故隕也。』」庾肩吾《九日侍宴樂游苑應令》：「騰猨疑矯箭，驚雁避虚弓。」《吴越春秋》烏鵲歌：「啄蝦矯翮兮雲間。」劉删《賦得獨鶴凌雲去》：「孤鳴思滄海，矯翮避虞機。」

〔七〕昔在二句：肅宗以至德二載二月至鳳翔，參卷二《北征》(0052)注。金閨籍，見卷二《送李校書二十六韻》(0089)注。

〔八〕天子二句：《左傳》僖公二十四年：「天子蒙塵於外。」長戟，見卷二《潼關吏》(0061)注。

〔九〕兵家二句：《史記・廉頗藺相如列傳》：「謹烽火，多間諜。」《因話録》卷五：「並肩而立，接跡而趨。」

〔一〇〕臺中二句：臺指御史臺。《史記・蒙恬列傳》：「求其罪過，舉劾之。」張衡《西京賦》：「剖析毫氂，擘肌分理。」

〔一一〕不忍二句：《書・無逸》：「亂罰無罪，殺無辜。」《漢書・劉向傳》：「白黑不分，邪正雜糅。」

〔一二〕上官句：《宋書・蔡興宗傳》：「私加許與。」《九家》趙注：「言(上官)執許與之權也。」仇注：「上官面與而不能救。」按，謂上官權變許與，不堅持原則。

〔一三〕仲尼二句：《易・乾・文言》王弼注：「文王明夷，則主可知矣。仲尼旅人，則國可知矣。」疏：「若見仲尼羈旅於人，則知國君無道，令其羈旅出外。引文王、仲尼者，明龍潛、龍見之義。」《後漢書・逸民傳・向長》：「向長字子平，河内朝歌人也。……潛隱於家，讀《易》至《損》、《益》卦，喟然歎曰：『吾已知富不如貧，貴不如賤，但未知死何如生耳。』建武中，男女娶嫁既畢，敕斷家事勿相關，當如我死也。於是遂肆意，與同好北海禽慶俱游五岳名山，竟不知所終。」

〔一四〕余時二句：《孝經》諫諍章：「昔者天子有争臣七人，雖無道，不失其天下。」《左傳》僖公九年：「天威不違顔咫尺。」杜預注：「言天鑒不遠，威嚴常在顔面之前。八寸曰咫。」

〔一五〕至死句：《史記・平津侯主父列傳》：「此皆宰相奉職不稱，恐竊病死，無以塞責。」

〔一六〕行邁二句：《詩・王風・黍離》：「行邁靡靡，中心摇摇。」傳：「邁，行也。」箋：「行，道也。道行，猶行道也。」沈約《學省愁卧》：「纓珮空爲忝，江海事多違。」《左傳》僖公五年：「一國三公，吾誰適從？」

〔一七〕於公句：《書・武成》：「惇信明義。」

發秦州 乾元二年自秦州赴同谷縣紀行十二首〔一〕。

我衰更懶拙，生事不自謀〔二〕。無食問樂土，無衣思南州〔三〕。漢源十月交〔四〕，天氣如涼秋①。草木未黄落，況聞山水幽②。栗亭名更嘉③〔五〕，下有良田疇。充腸多薯蕷，崖蜜亦易求〔六〕。密竹復冬笋〔七〕，清池可方舟。雖傷旅寓遠④，庶遂平生游。此邦俯要衝〔八〕，實恐人事稠。應接非本性，登臨未銷憂〔九〕。谿谷無異石，塞田始微收。豈復慰老夫，惘然難久留⑤。日色隱孤戍，烏啼滿城頭〔一〇〕。中宵驅車去，飲馬寒塘流〔一一〕。磊落星月高〔一二〕，蒼茫雲霧浮。大哉乾坤內，吾道長悠悠〔一三〕。（0140）

【校】

① 如涼，錢箋作「涼如」。

② 水，錢箋、《草堂》校：「一作東。」

③ 嘉，錢箋作「佳」。

④ 傷，錢箋、《草堂》校：「一作云。」

⑤ 夫，錢箋、《草堂》校：「一作大。」 惘，錢箋、《草堂》校：「一作炯。」

【注】

黃鶴注：乾元二年（七五九）作。

〔一〕發秦州：《元和郡縣圖志》卷三九隴右道：「秦州，天水，中府。……天寶元年改爲天水郡，乾元元年復爲秦州。寶應二年陷於西蕃。……西南至成州二百里。」卷二二山南道：「成州，同谷。下。……東北至秦州一百八十里。……同谷縣，中下。西北至州一百八十里。」嚴耕望《唐代交通圖考》第三卷篇貳貳仇池山區交通諸道「杜工部秦州入蜀行程」：「（成州）北至秦州，接長安通河西河湟之驛道；東南至河池，接長安通劍南之驛道；故由秦州南經成州折東南至河池之交通道，尤屬重要。杜翁由秦入蜀即取此道：秦州西南略循藉水河谷上行約十里至赤谷亭……又約六十里至鐵堂峽。……又西南度入西漢水上源，凡約百里至鹽井，在西漢水北，有鹽官故城。」

〔二〕生事句：王維《偶然作》：「生事不曾問，肯愧家中婦。」李頎《贈張旭》：「問家何所有，生事如浮萍。」

〔三〕無食二句：《穀梁傳》定公元年：「是年不艾，則無食矣。」《詩·魏風·碩鼠》：「樂土樂土，爰得我所。」《秦風·無衣》：「豈曰無衣，與子同袍。」

〔四〕漢源：王嗣奭《杜臆》謂成縣東河、南河俱入龍峽，注於嘉陵江，嘉陵江即漢水，漢源當在龍峽。又謂漢源非縣，乃同谷别名。按，于邵《漢源縣令廳壁記》：「皇帝觀兵朔方之歲始，上禄縣更名漢源。」《元和郡縣圖志》卷二二成州：「上禄縣，中，郭下。」是上禄爲同谷郡治所，至德二載更名漢源縣。

〔五〕栗亭句：柳宗元《興州江運記》：「自長舉北至於青泥山，又西抵於成州，過栗亭川，逾寶井堡，崖谷峻隘，十里百折，負重而上，若蹈利刃。」《太平寰宇記》卷一五〇成州：「栗亭縣，東五十里，二鄉，本栗亭鎮地。後唐清泰三年六月秦州置栗亭縣。栗亭川，縣治之地。」錢箋：「咸通中刺史趙鴻刻石同谷，曰『工部題栗亭十韻，不復見』。鴻詩曰：『杜甫栗亭詩，詩人多在口。

悠悠二甲子，題記今何有。』」

〔六〕充腸二句：蕭繹《與蕭咨議等書》：「適口充腸。」《異苑》卷二：「薯蕷，一名山芋。根既可入藥，又復可食。野人謂之土藷。若欲掘取，默然則獲，唱名者便不可得。人有植者，隨所種之物而像之也。」王楙《野客叢書》卷九：「代宗諱豫……以薯蕷爲薯藥，至本朝避英宗諱曙，曰山藥。」《政和證類本草》卷二〇引《圖經》：「石蜜即崖蜜也。其蜂黑色似虻。作房於岩崖高峻處，或石窟中，人不可到，但以長竿刺令蜜出，以物承之，多者至三四石。味酸色緑。」另乳糖亦稱石蜜。蘇軾《橄欖詩》：「待得征甘回齒頰，已輸崖蜜十分甜。」《冷齋夜話》謂指櫻桃。《野客叢書》卷一七等有辨。仇注謂唐人大抵稱蜜爲崖蜜，然其中有指乳餳者。

〔七〕密竹句：《太平御覽》卷九六六引《東觀漢記》：「馬援好事，至荔浦，見冬筍，名曰苞筍，上言：『《禹貢》「厥苞橘柚」，疑謂是也。』」《新唐書·地理志》興元府漢中郡：「土貢：穀、蠟、紅藍、燕脂、夏蒜、冬筍……」

〔八〕此邦句：《後漢書·傅燮傳》：「今涼州天下要衝，國家藩衛。」

〔九〕應接二句：《後漢書·馬援傳》：「能應接諸公，專對賓客。」王粲《登樓賦》：「登茲樓以四望兮，聊暇日以銷憂。」

〔一〇〕日色二句：庾信《至老子廟應詔》：「野戍孤烟起，春山百鳥啼。」庾信《烏夜啼》：「御史府中何處宿，洛陽城頭那得栖。」

〔一一〕中宵二句：陶淵明《辛丑歲七月赴假還江陵夜行途中》：「懷役不遑寐，中宵尚孤征。」何遜《與胡興安夜別》：「露濕寒塘草，月映清淮流。」

〔一二〕磊落句：《藝文類聚》卷五六古詩：「腷腷膊膊雞初鳴，磊磊落落向曙星。」《子夜四時歌・秋歌》：「秋夜涼風起，天高星月明。」

〔一三〕大哉二句：《易・乾・彖》：「大哉乾元，萬物資始。」吾道，見卷一《三川觀水漲二十韻》(0043)注。《古詩十九首》：「回車駕言邁，悠悠涉長道。」

赤谷〔一〕

天寒霜雪繁，游子有所之〔二〕。豈但歲月暮，重來未有期①〔三〕。晨發赤谷亭，險艱方自茲②〔四〕。亂石無改轍，我車已載脂〔五〕。山深苦多風，落日童稚飢。悄然村墟迥，烟火何由追〔六〕。貧病轉零落③，故鄉不可思〔七〕。常恐死道路，永爲高人嗤〔八〕。(0141)

【校】

① 未有期，錢箋校：「一云亦未期。」

② 艱，錢箋、《草堂》校：「一作難。」《九家》作「難」。

③零落，錢箋、《九家》、《草堂》校：「一云飄零。」

【注】

〔一〕赤谷：見本卷《赤谷西崦人家》(0100)注。《清一統志》卷二一〇秦州：「赤峪山，在州西南。杜甫詩『晨發赤峪亭，艱險方自茲』，即此。宋嘉定十年，利州統制王逸復大散關及卓郊堡，進攻秦州，至赤谷口。《通志》：赤峪在州西南十里，有水經其中。」嚴耕望《唐代交通圖考》：「蓋杜翁由秦州出發略循藉水而西南上行也。」

〔二〕天寒二句：《詩・小雅・正月》：「正月繁霜，我心憂傷。」謝瞻《於安城答靈運》：「歲寒霜雪嚴，過半路愈峻。」《相和歌辭・雞鳴》：「蕩子何所之，天下方太平。」

〔三〕重來句：《文選》蘇武詩：「行役在戰場，相見未有期。」

〔四〕險艱句：任昉《贈郭桐廬谿口候余既未至郭仍進村維舟久之》：「滄江路窮此，湍險方自茲。」

〔五〕亂石二句：曹植《贈白馬王彪》：「中逵絕無軌，改轍登高岡。」《詩・邶風・泉水》：「載脂載轄，還車言邁。」

〔六〕悄然二句：陶淵明《歸園田居》：「曖曖遠人村，依依墟里烟。」

〔七〕貧病二句：曹植《野田黃雀行》：「生存華屋處，零落歸山丘。」蔡邕《飲馬長城窟行》：「遠道不可思，宿昔夢見之。夢見在我傍，忽覺在他鄉。」

〔八〕常恐二句：《漢書・王莽傳》：「老弱死道路。」《後漢書・五行志》：「順帝之末，京師童謡曰：

直如弦，死道邊。曲如鈎，反封侯。」《古詩十九首》：「愚者愛惜費，但爲後世嗤。」

鐵堂峽〔一〕

山風吹游子，縹緲乘險絶。硤形藏堂隍，壁色立積鐵①〔二〕。徑摩穹蒼蟠〔三〕，石與厚地裂。修纖無垠竹②，嵌空太始雪③〔四〕。威遲哀壑底〔五〕，徒旅慘不悦④。水寒長冰横，我馬骨正折〔六〕。生涯抵弧矢，盗賊殊未滅〔七〕。飄蓬踰三年，回首肝肺熱〔八〕。（0142）

【校】

① 積，錢箋：「荆作精。」

② 垠，錢箋校：「一作限。」《九家》、《草堂》作「限」，校：「一作垠。」

③ 空，錢箋校：「一作孔。」

④ 徒旅慘不悦，錢箋、《草堂》校：「一作『徒懷松柏悦』。」

【注】

〔一〕鐵堂峽：《方輿勝覽》卷六九天水軍：「鐵堂山，在天水縣東五里。有石笋青翠，長者至丈餘，小者可以爲礪。」《清一統志》卷二一〇秦州：「鐵堂山，在州西七十里。……《舊志》有蟠龍山，在州西七十里，有鐵爐坡，即鐵堂峽也。其峽四山環抱，中爲鐵堂莊。」嚴耕望《唐代交通圖考》謂《勝覽》南宋人撰，南宋天水廢縣在秦州西南七十里，故《勝覽》所云在天水縣東五里，正亦清代秦州今天水縣西南七十里上下。仇注引邵注謂在秦州東南七十里者誤。今天水縣西南有鐵鑪坡，地望正合。

〔二〕硤形二句：《漢書·胡建傳》：「列坐堂皇上。」顔師古注：「室無四壁曰堂皇。」《説文》：「廣，殿之大屋也。」段注：「《倉頡篇》曰：殿，大堂也。《廣雅》曰：堂堭，合殿也。殿謂堂無四壁，《漢書·胡建傳》注『無四壁曰堂皇』是也。」《分門》立之曰：「山臺如堂皇，峽藏於兩山之間。」堂隍同堂皇。積鐵，蓋仿自積甲語。《隋書·楊素傳》：「僵屍蔽野，積甲若山。」

〔三〕徑摩句：曹丕《芙蓉池作》：「卑枝拂羽蓋，修條摩蒼天。」《文選》李善注引東方朔歌：「折羽翼兮摩蒼天。」棘據《雜詩》：「深谷下無底，高巖暨穹蒼。」

〔四〕嵌空句：沈佺期《過蜀龍門》：「長竇亘五里，宛轉復嵌空。」李華《言醫》：「連山黯以當户……露封隙之嵌空，聲小往而大答。」王諲《杜礎賦》：「圖嵌空，設妙算。」皆謂高聳入空。李白《詠山樽》：「擁腫寒山木，嵌空成酒樽。」則謂掏空。《列子·天瑞》：「太始者，形之始也。」

〔五〕威遲句：顔延之《秋胡詩》：「驅車出郊郭，行路正威遲。」《文選》李善注：「《毛詩》曰：『四牡騑騑，周道倭遲。』毛萇曰：『倭遲，歷遠貌。』《韓詩》曰：『周道威夷。』其義同。」殷仲文《南州桓公九井作》：「爽籟驚幽律，哀壑叩虛牝。」

〔六〕水寒二句：徐陵《出自薊北門行》：「屢戰橋恒斷，長冰塹不流。」應璩《百一詩》：「山崗寒折骨，目面盡生瘡。」江總《并州羊腸坂詩》：「本畏車輪折，翻嗟馬骨傷。」

〔七〕生涯二句：《九家》趙注：「抵者逢抵之抵，抵弧矢則遭用兵之時也。」《易·繫辭下》：「弦木爲弧，剡木爲矢，弧矢之利，以威天下。」

〔八〕飄蓬二句：劉孝綽《答何記室》：「游子倦飄蓬，瞻途杳未窮。」蔡琰《悲憤詩》：「煢煢對孤景，怛吒糜肝肺。」

鹽井〔一〕

鹵中草木白〔二〕，青者官鹽烟。官作既有程〔三〕，煮鹽烟在川。汲井歲榾榾①，出車日連連〔四〕。自公斗三百〔五〕，轉致斛六千。君子慎止足，小人苦喧闐〔六〕。我何良歎嗟，物理固自然②〔七〕。（0143）

【校】

① 榾榾，《草堂》作「搰搰」，注：「字或從木，非。」

②固自然，錢箋、《九家》、《草堂》校：「一云亦固然。」

【注】

〔一〕鹽井：《水經注》漾水：「西漢水又西南逕宕備戍南……右則鹽官水南入焉。水北有鹽官，在嶓冢西五十許里，相承營煮不輟，味與海鹽同。故《地理志》云西縣有鹽官，是也。」《元和郡縣圖志》卷二二成州長道縣：「鹽井在縣東三十里，水與岸齊，鹽極甘美，食之破氣。鹽官故城在縣東三十里，在嶓冢西四十里。」嚴耕望《唐代交通圖考》：「《新唐書・食貨志》：唐有鹽井六百四十，此一地區僅成州此井，蓋此井産鹽量大質美，經營甚盛，故杜翁特詠及之。」

〔二〕鹵中句：《史記・貨殖列傳》：「山東食海鹽，山西食鹽鹵，領南、沙北故往往出鹽。」《説文》：「鹵，西方鹹地也。……安定有鹵縣。東方謂之斥，西方謂之鹵。」

〔三〕官作句：《史記・平準書》：「郡國多不便縣官作鹽鐵。」陳琳《飲馬長城窟行》：「官作自有程，舉築諧汝聲。」

〔四〕汲井二句：《史記・貨殖列傳》正義：「鹽州有烏池，猶出三色鹽。有井鹽、畦鹽、花鹽。其池中鑿井深一二尺，去泥即到鹽，掘取若至一丈，則著平石無鹽矣。其色或白或青黑，名曰井鹽。畦鹽若河東者。花鹽，池中雨下，隨而大小成鹽，其下方微空，上頭隨雨下池中，其滴高起若塔子形處曰花鹽，亦曰即成鹽焉。池中心有泉井，水淡，所作池人馬盡汲此井。」《莊子・天地》：「見一丈人……抱甕而出灌，搰搰用力甚多而見功寡。」疏：「搰搰，用力貌也。」東方朔《非有先生論》：「余國之不亡也，綿綿連連。」

〔五〕自公句：《新唐書・食貨志》：「天寶、至德間，鹽每斗十錢。乾元元年，鹽鐵、鑄錢使第五琦初變鹽法，就山海井竈近利之地置監院，游民業鹽者爲亭户，免雜徭。盗鬻者論以法。及琦爲諸州榷鹽鐵使，盡榷天下鹽，斗加時價百錢而出之，爲錢一百一十。」又：「貞元四年，淮南節度使陳少游奏加民賦，自此江淮鹽每斗亦增二百，爲錢三百一十，其後復增六十，河中兩池鹽每斗爲錢三百七十。……順宗時始減江淮鹽價，每斗爲錢二百五十，河中兩池鹽斗錢三百。」順宗減價蓋恢復貞元以前水準，杜詩所言「自公斗三百」近實。

〔六〕君子二句：《老子》四十四章：「知足不辱，知止不殆。」張協《詠史》：「達人知止足，遺榮忽如無。」沈約《登北固樓》：「繁華今寂寞，朝市昔喧闐。」

〔七〕物理句：《周書・明帝紀》：「生而有死者，物理之必然。」

寒硤〔一〕

行邁日悄悄，山谷勢多端〔二〕。雲門轉絶岸，積阻霾天寒〔三〕。寒硤不可度，我實衣裳單①。況當仲冬交，泝沿增波瀾〔四〕。野人尋烟語，行子傍水餐〔五〕。此生免荷殳，未敢辭路難〔六〕。（0144）

【校】

① 實，錢箋、《九家》校：「一作貧。」

【注】

〔一〕寒硤：《水經注》漾水：「漢水又西，建安川水入焉。……建安水又東北，逕塞峽。元嘉十九年，宋太祖遣龍驤將軍裴方明伐楊難當，難當將妻子北奔，安西參軍魯尚期追出塞峽，即是峽矣。左山側有石穴洞，人言潛通下辨，所未詳也。」《宋書・氐羌傳》記此事作「寒峽」，與杜詩合。嚴耕望謂「塞」乃形訛。《資治通鑑》晉咸安元年胡三省注謂此峽即鷲峽，爲南北用兵要道。《清一統志》卷二〇〇鞏昌府謂塞峽在西和縣東，嚴耕望謂當從楊守敬《水經注圖》在西和縣北，禮縣東南，建安水下游。

〔二〕行邁二句：行邁，見本卷《兩當縣吴十侍御江上宅》(0139)注。悄悄，見卷一《苦雨奉寄隴西公兼呈王徵士》(0022)注。宋玉《九辯》：「何況一國之事兮，亦多端而膠加。」

〔三〕雲門二句：慧遠《廬山東林寺》：「揮手撫雲門，靈關安足辟。」儲光羲《貽丁主簿仙芝别》：「昭昭皇宇廣，隱隱雲門開。」皆泛稱雲天。郭璞《江賦》：「幽澗積岨，礐硞菪礭。」謝靈運《撰征賦》：「蕩積霾之穢氛。」鮑照《冬日》：「曛霧蔽窮天，夕陰晦寒地。烟霾有氛氳，精光無明異。」

〔四〕泝沿句：《左傳》文公十年：「沿漢泝江。」杜預注：「沿，順流。泝，逆流。」謝靈運《登上戍石鼓山》：「日末澗增波，雲生嶺逾疊。」

〔五〕野人二句：陸機《演連珠》：「尋烟染芬，薰息猶芳。」杜弼《檄梁文》：「連營聚衆，依山傍水。」

〔六〕此生二句：《詩·衛風·伯兮》：「伯也執殳，爲王前驅。」鮑照《擬行路難》：「酌酒以自寛，舉杯斷絶歌路難。」

法鏡寺〔一〕

身危適他州〔二〕，勉强終勞苦。神傷山行深，愁破崖寺古〔三〕。嬋娟碧鮮浄①，蕭摵寒籜聚〔四〕。回回山根水②，冉冉松上雨〔五〕。洩雲蒙清晨，初日翳復吐〔六〕。朱甍半光炯，户牖粲可數〔七〕。拄策忘前期③，出蘿已亭午〔八〕。冥冥子規叫〔九〕，微徑不復取④。（0145）

【校】

①鮮，《草堂》、《文苑英華》作「蘚」，《草堂》注：「謂竹也。」《文苑英華》校：「集作鮮。」

②回回，《草堂》作「洄洄」。錢箋校：「一作洄洄。」　山，宋本、錢箋、《九家》、《草堂》校：「一作石。」《文苑英華》作「石」。

③ 拄，錢箋校：「一作枉。」

④ 復，錢箋校：「一作敢。」《文苑英華》作「敢」，校：「集作復。」

【注】

〔一〕法鏡寺：其地無考。黄鶴注：「意尚在秦州。」嚴耕望謂當在成州。

〔二〕身危：庾信《和張侍中述懷》：「道險卧槐櫨，身危累素殼。」

〔三〕神傷二句：沈約《夢見美人》：「那知神傷者，潺湲淚沾臆。」周弘讓《答王褒書》：「排愁破涕。」《九家》趙注：「神雖傷於山行之興，而愁之破散以逢崖邊古寺也。」

〔四〕嬋娟二句：左思《吴都賦》：「檀欒蟬蜎，玉潤碧鮮。」《文選》劉逵注：「嬋娟，言竹妍雅也。枚乘《兔園賦》曰：『修竹檀欒，夾水碧鮮。』言竹似之也。」朱鶴齡、仇注皆以「碧鮮」作「碧蘚」，謂四字皆言竹無此句法。按，此明用《吴都賦》語，且蘚言淨亦罕見。夏侯湛《寒苦謡》：「草摵摵以疏葉，木蕭蕭以零殘。」張九齡《將發還鄉示諸弟》：「歲陽亦頹止，林意日蕭摵。」謝靈運《於南山往北山經湖中瞻眺》：「初篁苞緑籜，新蒲含紫茸。」《文選》李善注：「籜，竹皮也。」

〔五〕回回二句：束皙《補亡詩·崇丘》：「漫漫方輿，回回洪覆。」王褒《送觀寧侯葬》：「夕霧擁山根，平原看獨樹。」冉冉，見卷一《橋陵詩三十韻因呈縣内諸官》(0037)注。

〔六〕洩雲二句：左思《魏都賦》：「窮岫洩雲，日月恒翳。」《文選》李善注：「洩，猶出也。」鮑照《望孤石》：「洩雲去無極，馳波往不窮。」王粲《游海賦》：「吐星出日，天與水際。」陸機《贈尚書郎顧彦先》：「望舒離金虎，屏翳吐重陰。」

〔七〕朱甍二句：謝朓《晚登三山還望京邑》：「白日麗飛甍，參差皆可見。」曹植《苦思行》：「緑蘿緣玉樹，光曜粲相暉。」

〔八〕亭午：見本卷《寄贊上人》(0103)注。

〔九〕子規：《爾雅·釋鳥》：「巂周。」注：「子巂鳥，出蜀中。」疏：「今謂之子規是也。」《説文》：「巂周，燕也。一曰蜀王望帝婬其相妻，慙亡去，爲子巂鳥，故蜀人聞子巂鳴，皆起曰是望帝也。」《太平御覽》卷一六六引《十三州志》：「望帝使鱉冷治水，而淫其妻。冷還，帝慚，遂化爲子規。杜宇死時適二月，而子規鳴，故蜀人憐之而起。」是子規當春鳴。《楚辭·離騷》「恐鶗鴂之先鳴」王逸注：「鶗鴂一名買鵤，常以春分鳴也。」《漢書·揚雄傳》顔師古注乃謂：「鷤鴂，鳥，一名買鵤，一名子規，一名杜鵑，常以立夏鳴，鳴則衆芳皆歇。」《楚辭》洪興祖補注辯子規、鶗鴂爲二物。吴曾《能改齋漫録》卷四：「鮑彪《少陵詩譜論》引陳正敏曰：飛鳴之族，所在名呼不同。有所謂『脱了布褲』，東坡云北人呼爲『布穀』誤矣，此鳥晝夜鳴，土人云不能自營巢，寄巢生子。細詳其聲，乃是云『不如歸去』。此正所謂子規也。今人往往認杜鵑爲子規，杜鵑一名杜宇，子美亦言其寄巢生子。此蓋禽鳥性有相類者。柳子厚作《永州游山詩》云：『多秭歸之禽。』然秭歸又是蜀中地名，疑其地多此禽也。」此辨子規、杜鵑爲二鳥。黄希注：「子規，春鳥，仲冬聲聞，地氣之暖使然也。」

青陽峽〔一〕

塞外苦厭山，南行道彌惡①。岡巒相經亘，雲水氣參錯〔二〕。林迴硤角來，天窄壁面削②〔三〕。磎西五里石，奮怒向我落。仰看日車側，俯恐坤軸弱〔四〕。魑魅嘯有風③〔五〕，霜霰浩漠漠。昨憶踰隴坂④，高秋視吴岳〔六〕。東笑蓮花卑⑤，北知崆峒薄〔七〕。超然侔壯觀，已謂殷寥廓⑥〔八〕。突兀猶趁人，及兹歎冥寞⑦〔九〕。（0146）

【校】

①行道，錢箋校：「一云登路。」

②窄，錢箋、《九家》、《草堂》校：「一作穿。」宋本有此校，然誤作「一作窄」。

③嘯有，錢箋校：「一作有狂。」

④昨憶，錢箋、《草堂》校：「一作憶昨。」　隴，宋本作「壠」，據錢箋、《九家》、《草堂》改。

⑤花，錢箋作「華」。

⑥殷，錢箋校：「一作隱。」《草堂》作「隱」，校：「一作殷。」

⑦歎，錢箋、《九家》、《草堂》校：「一作欲。」

【注】

〔一〕青陽峽：《清一統志》卷二〇〇鞏昌府：「青陽峽，在西和縣南，與階州成縣接界。」又卷一八三鳳翔府：「青陽峽，在隴州西北西十里。唐杜甫有詩。」嚴耕望謂：「杜翁所詠當即西和縣南者，非隴州西北也。」《甘肅通志》卷一〇西和縣：「青陽峽隘，在縣東南五十里。」

〔二〕岡巒二句：江淹《從征虜始安王道中》：「山氣亘百里，山色與雲平。」王維《和使君五郎西樓望遠思歸》：「故鄉不可見，雲水空如一。」謝靈運《富春渚》：「逆流觸驚急，臨圻阻參錯。」

〔三〕林迥二句：謝靈運《登永嘉綠嶂山》：「澗委水屢迷，林迥岩逾密。」《王梵志詩校注》二八七首：「于時未與死，眼看天地窄。」岑參《西蜀旅舍春歎寄朝中故人呈狄評事》：「自從兵戈動，遂覺天地窄。」此寫實景。唐瑾《華岳頌》：「削成壁立。」

〔四〕仰看二句：《莊子·徐无鬼》：「若乘日之車，而游於襄城之野。」李尤《九曲歌》：「年歲晚暮時已斜，安得壯士翻日車。」《九家》趙注：「坤軸即地軸。」地軸，見卷一《三川觀水漲二十韻》（0043）注。

〔五〕魑魅句：魑魅，見本卷《有懷台州鄭十八司戶》（0107）注。東方朔《七諫·哀命》：「虎嘯而谷風至兮，龍舉而景雲往。」鮑照《蕪城賦》：「木魅山鬼，野鼠城狐。風嗥雨嘯，昏見晨趨。」

〔六〕昨憶二句：《元和郡縣圖志》卷三九秦州清水縣：「少隴山，一名隴坻，又名分水嶺。隗囂時來歙襲得略陽，囂使王元拒之。隴坂九回，不知高幾里。每山東人西役，升此瞻望，莫不悲思。隴上有水，東西分流，因號驛爲分水驛。」《太平御覽》卷五〇隴山引《周地圖記》：「其山高處可三四里，登山東望秦川可五百里，目極泯然，墟宇桑梓與雲霞一色。其上有懸溜吐於山中爲澄潭，名曰萬石潭，流溢散下皆注於渭。」張衡《西京賦》：「河渭爲之波蕩，吴岳爲之陁堵。」《文選》李善注：「《漢書》曰：自華西名山七，一曰吴山。郭璞云：吴岳别名。」《元和郡縣圖志》卷二隴州吴山縣：「吴山，在縣西南五十里。秦都咸陽，以爲西岳，今爲國之西鎮山。《國語》謂之西吴。」杜甫此年赴秦州時當經隴州、大震關、分水驛。

〔七〕東笑二句：蓮華，指華山。《太平御覽》卷三九引《華山記》：「山頂有池，生千葉蓮花，服之羽化，因曰華山。」又：「山有三峰，謂蓮花、毛女、松檜也。」崆峒，見卷一《自京赴奉先縣詠懷五百字》(0041)注。

〔八〕已謂句：《詩·召南·殷其雷》：「殷其雷，在南山之陽。」傳：「殷，雷聲也。」釋文：「殷音隱。」曹植《贈白馬王彪》：「太谷何寥廓，山樹鬱蒼蒼。」

〔九〕突兀二句：趁，追趕。《寒山詩注》○三三首：「昨朝曾趁却，今日又纏身。」姚合《武功縣中作》：「到處貧隨我，終年老趁人。」《集韻》：「蹨，乃殄切。蹈也，逐也。或作跈、趁。」「趁，踐也。或作跈、蹍、踀。」今又寫作「攆」。冥寞，見本卷《萬丈潭》(0138)注。

龍門鎮〔一〕

細泉兼輕冰，沮洳棧道濕〔二〕。不辭辛苦行，迫此短景急①〔三〕。石門雪雲隘②，

古鎮峯巒集〔四〕。旌竿暮慘澹，風水白刃澀〔五〕。胡馬屯成皋，防虞此何及〔六〕。嗟爾遠戍人，山寒夜中泣。（0147）

【校】

① 迫，錢箋校：「一作迨。」

② 雪雲，錢箋校：「一作雲雷。」《九家》、《草堂》作「雲雪」。　隘，錢箋校：「一作溢。」

【注】

〔一〕龍門鎮：《水經注》漾水：「漢水又東合洛溪水，水北發洛谷南，西南與龍門水合。水出西北龍門谷，東流……又南逕龍門戍東，又東南入洛溪水。又東南逕上祿縣故城西。」《明一統志》卷三五鞏昌府：「龍門鎮，在成縣東。唐杜甫詩：『石門雲雷隘，古鎮峯巒集。』後改府城鎮。」嚴耕望謂當即龍門戍，其地在仇池山東南不遠處，在漢上祿縣之西北，洛谷城之南。

〔二〕細泉二句：《詩·魏風·汾沮洳》：「彼汾沮洳，言采其莫。」傳：「沮洳，其漸洳者。」疏：「沮洳，潤澤之處，故爲漸洳。」《史記·貨殖列傳》：「棧道千里，無所不通，唯褒斜綰轂其口。」集解：「徐廣曰：在漢中。」又《高祖本紀》「去輒燒絕棧道」索隱：「棧道，閣道也。崔浩云：險絕之處，傍鑿山岩，而施版梁爲閣。」漢中山險川阻，所在多有棧道。

〔三〕迫此句：王粲《初征賦》：「當短景之炎陽，犯隆暑之赫曦。」庾信《和何儀同講竟述懷》：「秋雲低晚氣，短景側餘輝。」鮑照《舞鶴賦》：「窮陰殺節，急景凋年。」

〔四〕石門二句：錢箋引《水經注》沔水：「漢水又東合褒水，水西北出衙嶺山，東南逕大石門，歷故棧道下谷。」謂《蜀都賦》「砠以石門」，斯之謂也。按，據楊守敬《水經注疏》引《方輿紀要》，此大石門當即斜谷口，地在漢中褒城縣北，非龍門鎮所當。詩蓋泛稱。

〔五〕旌竿二句：鄭愔《塞外》：「邊聲入鼓吹，霜氣下旌竿。」刃澀，謂刀劍銹蝕，不鋒利。元稹《三歎》：「孤劍鋒刃澀，猶能神彩生。」

〔六〕胡馬二句：《舊唐書·肅宗紀》：「（乾元二年九月）庚寅，逆胡史思明陷洛陽，副元帥李光弼守河陽，汝、鄭、滑等州陷賊。冬十月丁酉，制親征史思明，竟不行。乙巳，李光弼奏破賊於城下。」《元和郡縣圖志》卷五河南府汜水縣：「漢之成皋縣，一名虎牢。……成皋故關，在縣東南二里。」《九家》趙注：「意言安史之兵耳。舊以爲回紇，非也。」

石龕〔一〕

熊羆咆我東，虎豹號我西〔二〕。我後鬼長嘯，我前狨又啼〔三〕。天寒昏無日，山遠道路迷。驅車石龕下，仲冬見虹蜺〔四〕。伐竹者誰子①，悲歌上雲梯②〔五〕。爲官采美箭，五歲供梁齊〔六〕。苦云直簳盡③〔七〕，無以充提携④。奈何漁陽騎，颯颯驚蒸

黎〔八〕。（0148）

【校】

①竹，錢箋、《草堂》校：「一作木。」

②上，宋本、錢箋、《九家》、《草堂》校：「一作抱。」

③簳，錢箋校：「一作笴。」

④充，錢箋、《草堂》校：「一作應。」《九家》此校誤植「無」字下。

【注】

〔一〕石龕：《方輿勝覽》卷七〇同慶府：「石龕，在成州近境。」嚴耕望謂石龕地望雖無考，要在龍門東南地區無疑。

〔二〕熊羆二句：《楚辭·招隱士》：「虎豹鬭兮熊羆咆，禽獸駭兮亡其曹。」

〔三〕狨：《埤雅》卷四：「狨蓋猿狖之屬，輕捷善緣木，大小類猿，長尾，尾作金色，今俗謂之金綫狨者是也。生川峽深山中，人以藥矢射殺之，取其尾爲卧褥鞍被坐毯。……狨一名猱，《詩》曰：『無教猱升木。』顔氏以爲其尾柔長可藉，然則制字從柔，以此故也。」《太平寰宇記》卷一五〇成州土産：「狨皮。」

〔四〕驅車二句：《禮記·月令》：「孟冬之月……虹藏不見。」《九家》趙注：「仲冬見虹蜺，怪所見也。」仇注：「亦地暖使然。」《爾雅・釋天》：「螮蝀，虹也。蜺爲挈貳。」注：「（虹）俗名爲美人虹，江東呼爲雩。蜺，雌虹也。見《離騷》。挈貳，其別名，見《尸子》。」

〔五〕伐竹二句：《禮記・月令》：「仲冬之月……日短至，則伐木，取竹箭。」注：「此其堅成之極時。」阮籍《詠懷》：「所憐者誰子，明察自照妍。」《墨子・公輸》：「公輸般爲楚造雲梯之械。」郭璞《游仙詩》：「靈谿可潛盤，安事登雲梯。」《文選》李善注：「言仙人昇天，因雲而上，故曰雲梯。」

〔六〕爲官二句：《爾雅・釋地》：「東南之美者，有會稽之竹箭焉。」《九家》趙注：「梁謂汴州，齊謂今之山東，皆安史之兵所在也，故采箭以供官用矣。」

〔七〕苦云句：簳同幹。《亢倉子》：「勾粵之簳，鏃以精金。」注：「簳，箭簳也。」庾信《周大將軍司馬裔碑》：「直幹千尋，澄波萬頃。」

〔八〕奈何二句：漁陽騎，指安史叛軍。參本卷《後出塞五首》(0135)注。蒸黎，見卷二《無家別》(0065)注。

積草嶺〔一〕

連峯積長陰，白日遞隱見〔二〕。颼颼林響交，慘慘石狀變〔三〕。山分積草嶺①，路異明水縣〔四〕。旅泊吾道窮②〔五〕，衰年歲時倦。卜居尚百里③，休駕投諸彦〔六〕。邑有佳主人，情如已會面〔七〕。來書語絶妙，遠客驚深眷〔八〕。食蕨不願餘，茅茨眼中見〔九〕。（0149）

【校】

①分，錢箋：「一作外。」

②窮，錢箋、《草堂》校：「一作東。」

③卜，《草堂》作「小」。

【注】

〔一〕積草嶺：《清一統志》卷二一〇秦州：「積草山，在徽縣北四十里，與成縣接界。杜甫詩云『山分積草嶺』，即此。」嚴耕望謂積草嶺當在今成縣西約百里。鳴水在興州西百一十里，此嶺有分道至鳴水，則分道蓋南行也，《清一統志》所載則在同谷之東，與「卜居尚百里」不合，且亦不能「路異明水縣」。

〔二〕連峯二句：孫統《蘭亭詩》：「時禽吟長澗，萬籟吹連峯。」蕭綱《詠梔子花》：「日斜光隱見，風還影合離。」

〔三〕颼颼二句：趙壹《迅風賦》：「啾啾颼颼，吟嘯相求。」徐幹《雜詩》：「慘慘時節盡，蘭葉凋復零。」

〔四〕山分二句：明水，《唐志》均作「鳴水」。《元和郡縣圖志》卷二二興元府興州：「鳴水縣，中下。東至州一百一十里。」《太平寰宇記》卷一三五興州：「廢鳴水縣在州西一百一十里，本漢沮縣地。……今併入長舉縣。」在今略陽西蓋百餘里。《草堂》夢弼注：「謂此嶺之外，東西別行，東則同谷，西則明水。」説誤。鳴水當南行。

〔五〕旅泊句：何遜《與沈助教同宿湓口夜别》：「共泛湓之浦，旅泊次城樓。」《公羊傳》哀公十四年：「西狩獲麟，孔子曰：『吾道窮矣。』」

〔六〕諸彦：謝靈運《擬魏太子鄴中集》：「二三諸彦。」

〔七〕邑有二句：朱鶴齡注：「時同谷宰蓋以書迎公。」

〔八〕深眷：徐陵《與顧記室書》：「緣弟深眷。」

〔九〕食蕨二句：《史記·伯夷叔齊列傳》：「隱於首陽山，采薇而食之。」索隱：「薇，蕨也。《爾雅》云：蕨，虌也。」左思《詠史》：「飲河期滿腹，貴足不願餘。」陶淵明《和劉柴桑》：「茅茨已就治，新疇復應畬。」

泥功山〔一〕

朝行青泥上，暮在青泥中〔二〕。泥濘非一時①，版築勞人功〔三〕。不畏道途永②，乃將汩没同③〔四〕。白馬爲鐵驪，小兒成老翁〔五〕。哀猿透却墜④〔六〕，死鹿力所窮。寄語北來人，後來莫忽忽〔七〕。（0150）

【校】

①濘，錢箋校：「一作穽。」

②途，錢箋校：「一作路。」　途永，《草堂》校：「一作哀永，一作路永。」

③乃將，錢箋校：「一云反將。一云反此。」　乃，《九家》、《草堂》作「反」，《草堂》校：「一作乃。」

④猿，錢箋、《九家》、《草堂》校：「一作猱。」

【注】

〔一〕泥功山：《元和郡縣圖志》卷二二成州：「貞元五年節度使嚴震奏割屬山南道，今於同谷縣西界泥公山上權置行成州。」《方輿勝覽》卷七〇同慶府：「泥功山在郡西二十里，唐貞元五年權置行州，今有舊城基。泥功廟，乃石像天成，古質殊甚。」

〔二〕朝行二句：錢箋引《元和郡縣圖志》興州長舉縣：「青泥嶺，在縣西北五十三里接溪山東，即今通路也，懸崖萬仞，山多雲雨，行者屢逢泥淖，故號青泥嶺。」《清一統志》秦州青泥嶺亦引杜此詩。嚴耕望謂此在秦州到同谷道上，仍當是同谷以西之泥功山，而非同谷以東百里之青泥嶺。此詞句偶合而致誤會。

〔三〕版築句：《孟子·告子下》：「傅説舉於版築之閒。」《書·説命》傳：「傅氏之岩，在虞虢之界，通道所經，有澗水壞道，常使胥靡刑人築護此道。説賢而隱，代胥靡築之以供食。」

〔四〕乃將句：汩没，淹没。李白《日出行》：「羲和羲和，汝奚汩没於荒淫之波。」高適《酬岑二十主簿秋夜見贈之作》：「汩没嗟後時，蹉跎恥相見。」《九家》趙注：「公言反同版築之汩没於泥中也。」仇注：「汩没同，同歸濡溺也。」

〔五〕白馬二句：《禮記·月令》：「孟冬之月……乘玄路，駕鐵驪。」又《檀弓上》：「夏后氏尚黑，大事斂用昏，戎事乘驪。」注：「馬黑色曰驪。」仇注：「白馬、小兒，爲泥所污。」

〔六〕哀猿句：透，跳。《敦煌變文集·伍子胥變文》：「遥見抱石透河亡，不覺失聲稱冤枉。」又：「魚龍奔波透出。」沈佺期《釣竿篇》：「避檝時驚透，猜鈎每誤牽。」

〔七〕寄語二句：鮑照《代少年時至衰老行》：「寄語後生子，作樂當及春。」《南史·梁宗室傳》梁武帝時童謡：「莫怱怱，且寬公。」

鳳凰臺山峻，不至高頂〔一〕。

亭亭鳳凰臺，北對西康州〔二〕。西伯今寂寞①，鳳聲亦悠悠〔三〕。山峻路絶蹤，石林氣高浮。安得萬丈梯，爲君上上頭②？恐有無母雛，飢寒日啾啾③〔四〕。我能剖心出④，飲啄慰孤愁〔五〕。心以當竹實，炯然忘外求⑤〔六〕。血以當醴泉〔七〕，豈徒比清流。所重王者瑞〔八〕，敢辭微命休。坐看綵翮長⑥，舉意八極周⑦〔九〕。自天銜瑞圖⑧，飛下十二樓〔一〇〕。圖以奉至尊⑨，鳳以垂鴻猷〔一一〕。再光中興業，一洗蒼生憂。深衷正爲此，羣盜何淹留。（0151）

【校】

①西伯，《文苑英華》作「西北」。
②君上，《文苑英華》作「君居」，校：「集作上。」
③啾啾，錢箋校：「一云啁啾。」《文苑英華》校：「集作啁。」
④出，《九家》作「血」。
⑤忘，錢箋作「無」。
⑥長，錢箋校：「一作舉。」《文苑英華》作「舉」，校：「集作長。」
⑦舉，錢箋校：「一作縱。」《文苑英華》作「縱」。
⑧瑞圖，錢箋、《九家》、《草堂》校：「一作圖讖。」《文苑英華》作「圖讖」，校：「集作瑞圖。」
⑨奉，錢箋、《草堂》校：「一作獻。」《文苑英華》作「獻」，校：「集作奉。」

【注】

〔一〕鳳凰臺：《水經注》漾水：「濁水南逕槃頭郡東，而南合鳳溪水，水上承濁水於廣業郡，南逕鳳溪，中有二石雙高，其形若闕，漢世有鳳凰止焉，故謂之鳳凰臺。北去郡三里。水出臺下，東南流，左注濁水。」《方輿勝覽》卷七〇同慶府：「鳳凰臺在同谷東南十里，山腰有瀑布，名送璣泉，天寶間哥舒翰有題刻。」嚴耕望謂杜翁自成州南來不應先繞經同谷東南，似爲寓居同谷時游覽之作。

〔二〕亭亭二句：張衡《西京賦》：「干雲霧而上達，狀亭亭以苕苕。」《文選》薛綜注：「亭亭、苕苕，高貌也。」《新唐書·地理志》成州同谷郡：「同谷，中下。武德元年以縣置西康州，貞觀元年州廢，來屬。咸通十三年復置。」嚴耕望謂長慶三年、咸通七年，成州兩次徙治寶井堡，在同谷東南十里，疑即唐初西康州故治，亦即北朝廣業郡故治。

〔三〕西伯二句：《國語·周語上》：「周之興也，鸑鷟鳴於岐山。」《史記·周本紀》：「公季卒，子昌立，是爲西伯。西伯曰文王。」浦起龍云：「玆臺非岐山鳴處，公特因臺名想到鳳聲，因鳳聲想到西伯。」

〔四〕恐有二句：《相和歌辭·隴西行》：「鳳凰鳴啾啾，一母將九雛。」

〔五〕我能二句：《列女傳》卷七：「比干諫……紂怒，以爲妖言，妲己曰：『吾聞聖人之心有七竅。』於是剖心而觀之。」鄒陽《獄中上梁王書》：「兩主二臣，剖心析肝相信，豈移於浮辭哉。」《莊子·養生主》：「澤雉十步一啄，百步一飲。」

〔六〕心以二句：《説苑・辨物》：「黄帝即位……未見鳳凰，維思影像，夙夜晨興。於是乃問天老曰：『鳳像何如？』天老曰：『……故得鳳像之一者鳳過之，得二者鳳下之，得三者則春秋下之，得四者則四時下之，得五者則終身居之。』……於是鳳乃遂集東囿，食帝竹實，栖帝梧樹，終身不去。」《詩・大雅・卷阿》箋：「鳳皇之性，非梧桐不栖，非竹實不食。」

〔七〕血以句：《莊子・秋水》：「夫鵷雛，發於南海而飛於北海，非梧桐不止，非練實不食，非醴泉不飲。」

〔八〕所重句：《左傳》昭公十七年：「我高祖少皞氏之立也，鳳鳥適至，故紀於鳥，爲鳥師而鳥名。」《論衡・問孔》：「或曰：……鳳鳥、河圖，明王之瑞也。瑞應不至，時無明王。」

〔九〕坐看二句：阮籍《詠懷》：「雙翮臨長風，須臾萬里逝。」《淮南子・墜形訓》：「八紘之外，乃有八極。」曹操《氣出唱》：「遨游八極，乃到崑崙之山西王母側。」

〔一〇〕自天二句：《初學記》卷三〇引《春秋合誠圖》：「黄帝坐玄扈洛水上，與大司馬容光等臨觀。鳳皇銜圖置帝前，帝再拜受圖。」《漢書・郊祀志》：「方士有言：黄帝時爲五城十二樓，以候神人於執期，名曰迎年。」《十洲記》：「崑崙……其一角有積金，爲天墉城，面方千里。城上安金臺五所、玉樓十二所。」

〔一一〕鳳以句：《魏書・北海王詳傳》：「保乂鴻猷。」《藝文類聚》卷九九引《異苑》：「東莞劉穆之，字道民，素居京口。晋隆安中，鳳皇集其庭。相人韋藪謂之曰：『子必協贊大猷』。」

盧元昌曰：「鳳雛比太子俶。先是，張良娣生子興王佋，欲以爲嗣，譖殺建寧王倓。李泌又懼俶不免，故有一摘再摘之諷。上元元年佋薨，太子位始定。則乾元年間良娣之傾危太子，岌岌乎不得保其位，亦可知也。當時李泌久歸衡山，東宫左右無人保護，公欲效園綺之功不得，故曰『安得萬丈梯，爲君上上頭』。太子俶母妃吴氏侍肅宗於青宫，生俶即薨，故曰『上有無母雛』。咏鳳凰臺説到中興，有以夫。」

楊倫引張上若云：「此公欲捨命薦賢以致太平，殆指房琯、張鎬輩。」

浦起龍云：「《杜闡》以『無母雛』一段爲肅宗惑良娣戕諸子而發，彼盧氏不嘗讀至下文耶？下云『坐看綵翮長，舉意八極周』，是何等説話？不幾欲輔廣平以行篡逆耶？藉非中風狂易，當不至是。」

朱弁《風月堂詩話》卷上引東坡曰：「老杜自秦州越成都，所歷輒作一詩，數千里山川在人目中，古今詩人殆無可擬者。獨唐明皇遣吴道子乘傳畫蜀道山川，歸對大同殿，索其畫無有，曰：『在臣腹中，請疋素寫之。』半日而畢。明皇後幸蜀，皆默識其處。惟此可比耳。」

《苕溪漁隱叢話》前集卷一一引《少陵詩總目》：「兩紀行詩，《發秦州》至《鳳凰臺》，《發同谷縣》至《成都府》，合二十四首，皆以經行爲先後，無復差舛。昔韓子蒼嘗論此詩筆力變化，當與太史公諸贊方駕，學者宜常諷誦之。」

乾元中寓居同谷縣作歌七首〔一〕

有客有客字子美〔二〕，白頭亂髮垂過耳①。歲拾橡栗隨狙公〔三〕，天寒日暮山谷裏。中原無書歸不得②，手脚凍皴皮肉死〔四〕。嗚呼一歌兮歌已哀③，悲風爲我從天來④〔五〕。（0152）

【校】

①亂，錢箋、《九家》、《草堂》校：「一作短。」過，錢箋校：「一作兩。」《草堂》作「兩」。

②書，錢箋、《草堂》校：「一作主。」

③已，錢箋、《草堂》校：「一作獨。」

④天，錢箋、《九家》、《草堂》校：「一作東。」

【注】

黄鶴注：公乾元二年（七五九）十一月至同谷，以十二月入蜀，寓居同谷才一月耳。

〔一〕同谷：《元和郡縣圖志》卷二二成州：「同谷縣，中下。西北至州一百八十里。本漢下辨道也，屬武都郡。故氏白馬王國。……貞觀元年屬成州。」《新唐書·地理志》成州同谷郡：「寶應元年没吐蕃，貞元五年，于同谷之西境泥公山權置行州。咸通七年復置，徙治寶井堡，後徙治同谷。」唐中葉後同谷爲成州治所。《讀史方輿紀要》卷五九成縣「同谷廢縣」引王應麟曰：「成州内保蜀口，外接秦隴，山川險阻，嘗爲襟要。」

〔二〕有客句：《詩·周頌·有客》：「有客有客，亦白其馬。」

〔三〕歲拾句：施鴻保謂「歲」字疑誤，云歲若累歲矣，當作「飢」。蕭滌非謂「歲」爲歲暮之省。按，後詩云「三年饑走荒山道」，作累歲解亦無礙。《莊子·齊物論》：「狙公賦芧，曰：『朝三而暮四。』衆狙皆怒。曰：『然則朝四而暮三。』衆狙皆説。」《列子》張湛注：「好養猿猴者，因謂之狙公。芧音序，栗也。」《列子·説符》：「柱厲叔事莒敖公，自爲不知己，去居海上，夏日則食菱芰，冬日則食橡栗。」《後漢書·李恂傳》：「時歲荒……徙居新安關下，拾橡實以自資。」注：「橡，櫟實也。」

〔四〕手脚句：《梁書·武帝紀》：「執筆觸寒，手爲皴裂。」

〔五〕嗚呼二句：息夫躬《絶命辭》：「秋風爲我吟，浮雲爲我陰。」《古文苑》蘇武詩：「憂心常慘戚，晨風爲我悲。」仇注：「蔡琰《胡笳十八拍》結語曰：『笳一會兮琴一拍，心憤怨兮無人知。』……七歌結語，皆本笳曲。」

長鑱長鑱白木柄〔一〕，我生託子以爲命。黄精無苗山雪盛①〔二〕，短衣數挽不掩

脛。此時與子空歸來②，男呻女吟四壁静。嗚呼二歌兮歌始放，鄰里爲我色惆悵③。（0153）

【校】

①精，宋本、錢箋、《九家》校：「一作獨。」

②空，宋本、錢箋、《九家》、《草堂》校：「一作同。」

③鄰，錢箋校：「一作閭。」《九家》、《草堂》作「閭」，校：「一作鄰。」

【注】

〔一〕長鑱：《玉篇》：「鑱，刺也，鏨也。」《類篇》：「鑱，《説文》：鋭也。一曰犁鐵。或從岑。」

〔二〕黄精句：黄庭堅《杜詩箋》：「『精』一作『獨』。黄獨，狀如芋子，肉白皮黄，苗蔓延生，葉似蘿摩。梁漢人蒸食之，江東謂之土芋。」張耒《明道雜志》：「老杜《同谷詩》有『黄精無苗山雪盛』，後人所改也，其舊乃黄獨也。讀者不知其義，因爲精。其實黄獨自一物也，本處謂之土芋，其根唯一顆，而色黄，故名黄獨耳。饑歲土人掘食以充糧，故老杜云耳。」《苕溪漁隱叢話》後集卷五引《藝苑雌黄》：「僧惠洪則曰：『黄獨，芋魁之小者，俗人易曰黄精。子美流離，亦未至作道人劍客，食黄精也。』此語殊謬。惠洪徒見黄獨一名土芋，遂謂芋魁之小者。殊不知與芋魁懸别。觀子美詩有『三春濕黄精，一食生毛羽』、『掃除白髮黄精在，君看他時冰雪容』之句，安得云未至作道人劍客食黃精乎？東坡云：『詩人空腹待黃精，生事只看長柄械。』則坡讀杜詩，亦以黃獨爲黃精矣。」

有弟有弟在遠方①，三人各瘦何人强〔一〕？生別展轉不相見，胡塵暗天道路長。東飛駕鵝後鶖鶬〔二〕，安得送我置汝傍？嗚呼三歌兮歌三發，汝歸何處收兄骨②？（0154）

【校】

① 在遠方，錢箋、《九家》、《草堂》校：「一作各一方。」

② 收，錢箋、《九家》校：「一作取。」

【注】

〔一〕有弟二句：《九家》趙注：「江子之説：子美有四弟，此謂三弟者，潁、豐、觀也。一弟占，隨子美。」本書卷一三有《舍弟占歸草堂檢校聊示此詩》（0915）。卷一七有《遠懷舍弟潁觀等》（1300），卷一五有《第五弟豐獨在江左近三四載寂無消息覓使寄此二首》（1086、1087）等。

〔二〕東飛句：司馬相如《上林賦》：「弋白鵠，連駕鵝。」《文選》張衡《西京賦》注引張揖注：「駕鵝，野鵝。」顧炎武《日知録》卷七：「《爾雅》：舒雁，鵝。注：今江東呼爲鴚。鴚即『駕』字。古

『加』字讀如哥。《詩・君子偕老》之珈，《東山》之嘉，並與何爲韻。《左傳》魯大夫榮駕鵝，《方言》：雁自關而東謂之駉鵝。《太玄經》：裝次二，駕鵝慘於冰。一作鴚鵝。……其從馬者，傳寫之誤爾。」《楚辭・大召》：「鶤鴻羣晨，雜鶖鶬只。」王逸注：「鶖鶬，鵚鶖也。」《古今注》卷下：「扶老，秃鶖也。狀如鶴而大，大者高八尺，善與人鬭，好啖蛇。」方以智《通雅》卷四五：「鵚名秃鶖，一名扶老，或以爲爰居。秃鶖，《説文》作『鵚』，俗曰鶖鵚。如鵜鶘，爪如雞，取其毛爲鶖鶬。《本草》引景焕《閑談》云：『海鳥鶢鶋，即今之秃鶖。』《正楊》曰：『蜀景焕《閑話》云：孟昶時有鶢鶋，俗呼秃鶖。』升庵引之。又一條以秃鶬爲《急就章》之乘風，即爰居。漢元帝時瑯琊有大鳥如馬駒，時人謂之爰居。智則謂以馬駒鳥當魯爰居，豈詎是邪？秃鶖，水鳥較近耳。《急就》注：『一名雜縣。』乃因《爾雅》也。樊光云似鳳凰，皆非。」

有妹有妹在鍾離，良人早殁諸孤癡〔一〕。長淮浪高蛟龍怒〔二〕，十年不見來何時①？扁舟欲往箭滿眼，杳杳南國多旌旗〔三〕。嗚呼四歌兮歌四奏，林猿爲我啼清晝②。（0155）

【校】

① 時，錢箋、《九家》、《草堂》校：「一作遲。」

②林猿，錢箋校：「一作竹林。浩然本作竹林猿。」

【注】

〔一〕有妹二句：本書卷九《元日寄韋氏妹》(0489)：「近聞韋氏妹，迎在漢鍾離。」《九家》趙注：「蓋其夫已殁，夫之兄迎在鍾離也。」《元和郡縣圖志》卷九徐泗節度使：「濠州，鍾離，上。……濠州本屬淮南，與壽陽阻淮帶山，爲淮南之險。貞元元年，竇參爲相，於是越淮割地隸屬徐州。」

〔二〕長淮句：《宋書·桂陽王休範傳》：「況長淮戍卒，歷年思怨。」蛟龍，參本卷《夢李白二首》(0105)注。

〔三〕扁舟二句：《九家》趙注謂此詩乃聞荆南之亂。《資治通鑑》乾元二年：「八月乙巳，襄州康楚元、張嘉延據州作亂，刺史王政奔荆州。楚元自稱南楚霸王。」「九月甲午，張嘉延襲破荆州，荆南節度使杜鴻漸弃城走，澧、朗、郢、峽、歸等州官吏聞之，争潛竄山谷。」「(十一月)康楚元等衆至萬餘人，商州刺史、兼荆襄等道租庸使韋倫發兵討之，駐於鄧之境，招諭降者，厚撫之。伺其稍怠，進軍擊之，生擒楚元，其衆遂潰，得其所掠租庸二百萬緡，荆襄遂平。」

四山多風溪水急，寒雨颯颯枯樹濕①。黄蒿古城雲不開，白狐跳梁黄狐立②〔一〕。我生胡爲在窮谷，中夜起坐萬感集〔二〕。嗚呼五歌兮歌正長，魂招不來歸

故鄉〔三〕。(0156)

【校】

① 雨,錢箋校:「一作風。」 枯樹,宋本、錢箋、《九家》、《草堂》校作一云樹枝。

② 白,錢箋校:「一作玄。」 黄,《草堂》校:「一作玄。」

【注】

〔一〕黄蒿二句:《胡笳十八拍》:「塞上黄蒿兮枝枯葉乾,沙場白骨兮刀痕箭瘢。」《王梵志詩校注》三七七首:「埋著黄蒿中,猶成薄媚鬼。」《莊子·逍遥游》:「子獨不見狸狌乎?卑身而伏,以候敖者,東西跳梁,不辟高下。」《穆天子傳》卷一:「天子獵於滲澤,於是得白狐玄狢焉。」《搜神記》卷一五:「漢廣川王好發冢,發欒書冢,其棺柩盟器,悉毁爛無餘,唯有一白狐,見人驚走。」《搜神後紀》卷九:「襄陽習鑿齒字彦威,爲荆州主簿,從桓宣武出獵……見一黄物,射之,應箭死,往取,乃一老雄狐。」

〔二〕我生二句:《胡笳十八拍》:「泣血仰頭兮訴蒼蒼,胡爲生兮獨罹此殃。」《左傳》昭公四年:「深山窮谷,固陰沍寒。」陸機《苦寒行》:「俯入窮谷底,仰陟高山盤。」曹植《美女篇》:「盛年處房室,中夜起長歎。」謝靈運《入彭蠡湖口》:「千念集日夜,萬感盈朝昏。」

〔三〕魂招:參卷二《彭衙行》(0070)注。

南有龍兮在山湫，古木巃嵸枝相樛〔一〕。木葉黄落龍正蟄，蝮蛇東來水上游。我行怪此安敢出①，拔劍欲斬且復休〔二〕。嗚呼六歌兮歌思遲②，溪壑爲我回春姿。

（0157）

【校】

① 安，錢箋校：「一作寒。」

② 歌思遲，錢箋、《九家》校：「一云怨遲遲。」

【注】

〔一〕南有二句：朱鶴齡引《杜詩博議》謂指同谷萬丈潭之龍。參本卷《萬丈潭》（0138）注。巃嵸，《楚辭·招隱士》：「山氣巃嵸兮石嵯峨，溪谷嶄岩兮水曾波。」補注：「山孤貌。」《文選》司馬相如《上林賦》郭璞注：「高峻貌。」《詩·周南·樛木》：「南有樛木，葛藟累之。」傳：「木下曲曰樛。」

〔二〕木葉四句：《論衡·言毒》：「含血之蟲，有蝮蛇蜂蠆，咸懷毒螫，犯中人身，謂獲疾痛，當時不救，流遍一身。」《抱朴子·登涉》：「蛇種雖多，唯有蝮蛇及青金蛇中人爲至急，不治之，一日則煞人。」仇注：「神龍蟄伏，而蝮蛇肆行，此陽微陰盛之象。」按，此以冬日蛇出爲怪。

《九家》東坡云：「六歌一篇爲明皇作也。明皇以至德二年自蜀居興慶宫，謂之南内。明年改元乾元，時持盈公主往來宫中，李輔國常陰候其隙間之，故上元二年，帝遷西内。」朱鶴齡引《杜詩博議》：「前後六章皆自叙流離之感，不應此章獨譏時事。此蓋詠同谷萬丈潭之龍也。龍蟄而蝮蛇來游，或自傷龍蛇之混，初無所指也。古人詩文，取喻於龍者不一，未嘗專指爲九五之象。」

男兒生不成名身已老，三年飢走荒山道①〔一〕。長安卿相多少年，富貴應須致身早〔二〕。山中儒生舊相識，但話宿昔傷懷抱〔三〕。嗚呼七歌兮悄終曲，仰視皇天白日速〔四〕。（0158）

【校】

① 三，錢箋、《九家》校：「一作十。」

【注】

〔一〕男兒二句：李陵《答蘇武書》：「男兒生以不成名，死則葬蠻夷中。」《九家》趙注：「自丁酉至德二載至己亥乾元二年，爲三年也。」

〔二〕長安二句：《分門》師曰：「肅宗中興，所用皆後生晚進，元勳舊德如郭子儀尚見齟齬，它可知也，故云云。」

〔三〕但話句：蔡邕《飲馬長城窟行》：「遠道不可見，宿昔夢見之。」曹丕《見挽船士兄弟辭別》：「妻子牽衣袂，抆淚沾懷抱。」

〔四〕仰視句：王粲《雜詩》：「風飆揚塵起，白日忽已冥。」曹丕《寡婦詩》：「妾心感兮惆悵，白日急兮西頹。」

朱熹《跋杜工部同谷七歌》：「杜陵此歌，豪宕奇崛，詩流少及之者。顧其卒章歎老嗟卑，則志亦陋矣。人可以不聞道哉！」

施鴻保謂：「朱子此説蓋於君子居易行法言也。然人誠如杜陵之才之學，許身稷契，欲置君於唐虞，而使之終老不遇，既卑且貧，至於飢寒流落，白首無依，如此七章所述，則感慨亦自不免。……朱子特未遭此境耳。」

賀貽孫《詩筏》：「杜子美《同谷歌》，雖略仿《四愁》，然而出脱變化，勝平子遠矣。」

宋徵璧《抱真堂詩話》：「《離騷》不可學，嗣此，其《白馬王彪》一篇及太白《遠別離》、子美《同谷歌》，庶幾《騷》之變乎。」

方東樹《昭昧詹言》卷一：「雖杜、韓猶是先學人而後自成家，如杜《同谷七歌》從《胡笳十八拍》來，韓《南山詩》從京都賦來。」

發同谷縣乾元二年十二月一日自隴右赴劍南紀行。

賢有不黔突，聖有不暖席〔一〕。況我飢愚人，焉能尚安宅①〔二〕。始來茲山中，休駕喜地僻②。奈何迫物累，一歲四行役〔三〕。忡忡去絶境，杳杳更遠適〔四〕。停驂龍潭雲，回首白崖石③〔五〕。臨岐別數子④，握手淚再滴〔六〕。交情無舊深⑤，窮老多慘戚〔七〕。平生懶拙意，偶值棲遁跡〔八〕。去住與願違⑥，仰慚林間翮〔九〕。（0159）

【校】

① 人，錢箋、《草堂》、《文苑英華》校：「一作夫。」　能，《文苑英華》作「得」，校：「集作能。」

② 喜，錢箋、《九家》、《草堂》校：「一作嘉。」

③ 白崖，宋本、《九家》校：「一作虎崖。」錢箋校「白」字：「一作虎。」《草堂》作「虎崖」，校：「一作白崖。」

④ 岐，《草堂》作「歧」。

⑤ 交情無舊深，錢箋、《草堂》校：「一作『雖無舊深知』。一作『雖舊情深知』。」

⑥ 違，宋本作「達」，據錢箋、《草堂》、《九家》改。

【注】

〔一〕賢有二句：《淮南子・修務訓》：「孔子無黔突，墨子無暖席。」班固《答賓戲》：「孔席不暖，墨突不黔。」

〔二〕安宅：《易・剥・象》：「上以厚下安宅。」《詩・小雅・鴻雁》：「雖則劬勞，其究安宅。」

〔三〕奈何二句：《莊子・天道》：「故知天樂者，無天怨，無人非，無物累，無鬼責。」《山木》：「物物而不物於物，則胡可得而累邪。」《九家》趙注：「自東都而西趨華，自華而居秦，而赴同谷，自同谷而赴劍南，爲四度行役也。」錢箋：「夏發華州，冬離秦州，十一月至成州，十二月發同谷。」離秦至成爲一事，錢説不確。

〔四〕忡忡二句：《詩・召南・草蟲》：「未見君子，憂心忡忡。」傳：「忡忡，猶沖沖也。」《楚辭・九章・懷沙》：「眴兮杳杳，孔静幽默。」王逸注：「杳杳，深冥貌。」

〔五〕停驂二句：謝朓《新亭渚别范零陵雲》：「停驂我悵望，輟棹子夷猶。」王嗣奭《杜臆》：「龍潭即萬丈潭。虎崖石，按《志》有虎穴在成縣之西。豈《寄贊上人》所云『徘徊虎穴上』者耶。」按，贊上人所居在秦州或成州，有異説。參本卷《寄贊上人》(0103)、《别贊上人》(0137)注。虎崖、虎穴難指實爲一。

〔六〕臨岐二句：吴均《發湘州贈親故别》：「何用叙離别，臨岐贈好音。」李白《贈别從甥高五》：「去去何足道，臨岐空復愁。」歧、岐相通。《文選》蘇武詩：「握手一長歎，淚爲生别滋。」

〔七〕慘戚：《古文苑》蘇武詩：「憂心常慘戚，晨風爲我悲。」

〔八〕棲遁：虞炎《奉和竟陵王經劉巘墓下》：「聚學叢烟郊，棲遁事環蓽。」王維《過太乙觀賈生房》：「昔余棲遁日，之子烟霞鄰。」

〔九〕仰慚句：盧諶《答魏子悌》：「顧此腹背羽，愧彼排虚翮。」

木皮嶺〔一〕

首路栗亭西，尚想鳳皇村〔二〕。季冬携童稚①，辛苦赴蜀門〔三〕。南登木皮嶺，艱險不易論。汗流被我體，祁寒爲之暄〔四〕。遠岫争輔佐②，千岩自崩奔〔五〕。始知五岳外，别有他山尊③。仰干塞大明④，俯入裂厚坤〔六〕。再聞虎豹鬬，屢跼風水昏〔七〕。高有廢閣道，摧折如短轅⑤〔八〕。下有冬青林〔九〕，石上走長根。西崖特秀發，焕若靈芝繁〔一〇〕。潤聚金碧氣〔一一〕，清無沙土痕。憶觀崑崙圖⑥，目擊玄圃存〔一二〕。對此欲何適，默傷垂老魂。（0160）

【校】

① 童，宋本、錢箋、《九家》、《草堂》校：「一作幼。」

② 岫，錢箋校：「一作峘。」

③別，錢箋校：「一作更。」　有，錢箋校：「一作見。」

④干，宋本、錢箋、《九家》、《草堂》校：「一作看。」

⑤短，宋本、錢箋、《九家》、《草堂》校：「一作斷。」

⑥圖，錢箋、《九家》、《草堂》校：「一作墟。」

【注】

〔一〕木皮嶺：《方輿勝覽》卷七〇同慶府：「木皮嶺，在同谷縣東二十里。」卷六九「鳳州」：「木皮嶺，在河池縣西十里。杜甫發同谷取路栗亭，南入郡界，歷當房村，度木皮嶺，由白水峽入蜀，即此。」《新唐書・黃巢傳》：「（王鐸）置關於沮水、七盤、三溪、木皮嶺，以遮秦隴。」嚴耕望謂依《勝覽》同谷至河池三十里，必有誤。河池屬鳳州，至同谷絶不能少過六七十里。

〔二〕首路二句：鮑照《蜀四賢詠》：「首路或參差，投駕均遠託。」栗亭，見本卷《發秦州》（0140）注。鳳皇村，朱鶴齡注：「當與鳳凰臺相近。」《清一統志》卷二一一階州：「鳳凰山，在成縣東南。……漢世有鳳凰至，故謂之鳳凰臺。……《方輿勝覽》：山在縣東南十里，下爲鳳村。」嚴耕望謂據杜詩「栗亭」當在木皮嶺之西，與《清一統志》秦州山川目所載合。大約杜甫發同谷縣，當日經寶井堡，宿栗亭之西，次日又首路至木皮嶺。

〔三〕蜀門：《分門》魯曰：「即劍門也。」張載《劍閣銘》：「惟蜀之門，作固作鎮。」

〔四〕祁寒句：《書・君牙》：「冬祁寒。」傳：「冬大寒，亦天之常道。」疏：「傳以祁爲大，故云冬大寒。」庾信《奉報趙王惠酒》：「風池還更暖，寒谷遂長暄。」

〔五〕遠岫二句：謝朓《郡内高齋閑望答吕法曹》：「窗中列遠岫，庭際俯喬林。」謝靈運《入彭蠡湖口》：「洲島驟回合，圻岸屢崩奔。」朱鶴齡注：「崩奔猶云奔峭。」

〔六〕仰干二句：張衡《表求合正三史》：「臣仰干史職。」《禮記·禮器》：「大明生於東，月生於西。」注：「大明，日也。」厚坤，厚地。《易·坤·象》：「地勢坤，君子以厚德載物。」

〔七〕屢跼句：顔延之《北使洛》：「改服飭徒旅，首路跼險艱。」

〔八〕高有二句：閣道，棧道。參本卷《龍門鎮》(0147)注。《三國志·魏書·徐晃傳》：「備遣陳式等十餘營絶馬鳴閣道，晃别征破之，賊自投山谷，多死者。太祖聞，甚喜，假晃節，令曰：『此閣道，漢中之險要咽喉也。』」《晉書·王導傳》：「惟有短轅犢車。」

〔九〕冬青：周祗《執友箴》：「霜雪既至，勁柏冬青。」

〔一〇〕西崖二句：陸機《辨亡論》：「逸才命世，弱冠秀發。」張九齡《春江晚景》：「江林多秀發，雲日復相鮮。」張華《答何劭》：「穆如洒清風，焕若春華敷。」

〔一一〕潤聚句：陸機《演連珠》：「金碧之岩，必辱鳳舉之使。」《文選》李善注：「《漢書》曰：或言益州有金馬碧雞之神，可醮而致，於是遣諫議大夫王褒使持節而求之。」見《漢書·郊祀志》。庾闡《揚都賦》：「方響則金聲，比德則玉潤。」

〔一二〕目擊句：玄圃，見卷二《奉先劉少府新畫山水障歌》(0080)注。《莊子·田子方》：「目擊而道存矣。」

白沙渡〔一〕

畏途隨長江，渡口下絶岸〔二〕。差池上舟楫，杳窕入雲漢①〔三〕。天寒荒野外，日暮中流半。我馬向北嘶，山猿飲相唤。水清石礧礧，沙白灘漫漫〔四〕。迥然洗愁辛②，多病一疏散〔五〕。高壁抵嶔崟③，洪濤越凌亂〔六〕。臨風獨回首，攬轡復三歎〔七〕。（0161）

【校】

① 杳，《草堂》校：「一作窅。」

② 迥，錢箋、《九家》、《草堂》校：「一作倏。」

③ 崟，錢箋、《九家》校：「一作岑。」

【注】

〔一〕白沙渡：錢箋引《方輿勝覽》：「白沙渡、水會渡，俱屬劍州。」又引《水經注》漾水：「濁水又東逕白石縣南。《續漢書》曰：虞詡爲武都太守，下辨東三十餘里有峽，峽中白水生大石，障塞水流，春夏輒潰溢，敗壞城郭。詡使燒石，以醯灌之，石皆碎裂，因鐫去焉，遂無泛溢之害。濁水即白水之異名也。」謂：「詩云『水清石礧礧』，當即此地也。」浦起龍云：「此去劍門尚遠，當即成州渡嘉陵江處。」嚴耕望謂《勝覽》説誤，絶無可疑。此二渡當在河池與興州百數十里間無疑。又引《略陽縣志》青泥嶺之南有大八渡山在縣北七十里，小八渡山在縣北一百五里，北麓白水江，山立水環，鳳徽要路。謂杜詩之白沙渡、水會渡，當於此求之。

〔二〕畏途二句：《莊子·達生》：「夫畏途者，十殺一人。」鮑照《登翻車峴》：「畏途疑旅人，忌轍覆行箱。」長江，仇注謂乃嘉陵江，即西漢水。郭璞《江賦》：「絶岸萬丈，壁立赮駮。」

〔三〕差池二句：《詩·邶風·燕燕》：「燕燕于飛，差池其羽。」箋：「差池其羽，謂張舒其尾翼。」亦形容車騎等。吴均《登鍾山宴集望西静壇》：「高車陸離至，駿騎差池出。」杳窕，同窈窕。班固《西都賦》：「步甬道以縈紆，又杳窱而不見陽。」《文選》李善注：「《説文》：杳，杳窱也。《廣雅》曰：窈窕，深也。窈與杳同。」

〔四〕水清二句：《楚辭·九歌·山鬼》：「采三秀兮於山間，石礧礧兮葛蔓蔓。」王褒《從軍行》：「對岸渡沙白，緣河柳色青。」

〔五〕迥然二句：江淹《雜體詩·嵇中散康言志》：「咸池飡爰居，鐘鼓或愁辛。」謝靈運《過白岸亭》：「未若長疏散，萬事恒抱樸。」

〔六〕高壁二句：嶔崟，見卷二《述懷一首》(0050)「嶔岑」注。曹植《贈白馬王彪》：「泛舟越洪濤，怨彼東路長。」按，句意謂抵嶔崟高壁，越凌亂洪濤。

〔七〕臨風二句：《古詩類苑》古詩：「悵望欲何言，臨風送懷抱。」曹植《贈白馬王彪》：「欲還絶無蹊，攬轡止踟躕。」

水會渡①〔一〕

山行有常程，中夜尚未安。微月没已久，崖傾路何難。大江動我前②，洶若溟渤寬〔二〕。篙師暗理楫，歌嘯輕波瀾③〔三〕。霜濃木石滑，風急手足寒④。入舟已千憂，陟巘仍萬盤〔四〕。迴眺積水外⑤，始知衆星乾〔五〕。遠游令人瘦，衰疾慚加餐〔六〕。（0162）

【校】

① 水會渡，宋本、錢箋、《九家》、《草堂》校：「一云水回渡。」

② 動，錢箋、《草堂》校：「一作當。」

③ 嘯，錢箋、《九家》、《草堂》作「笑」。

④ 急，宋本校：「一作冽。」《九家》、《草堂》校：「一作烈。」錢箋校：「一作烈。一作冽。」

⑤ 迴，錢箋作「迴」，校：「一作迴。」 眺，錢箋、《九家》校：「一作出。」 水，錢箋、《九家》、《草堂》校：

「一作石。」

【注】

〔一〕水會渡：錢箋引《水經注》漾水：「漢水又東南逕濁水城南，又東南會平樂水……又逕甘泉戍南，又東逕平樂戍南，又東入漢，謂之會口。漢水又東南於槃頭郡南與濁水合，水出濁城北，東流與丁令溪水會。……濁水又東逕武街城南，故下辨郡治也。」仇注引黄鶴注，謂即《水經注》「濁水南逕槃頭郡東，而南合鳳溪水」。浦起龍謂即《清一統志》「嘉陵江過略陽，會東谷等水」處。嚴耕望謂鶴、浦説近是。按，此與白沙渡均不能確知，以「會口」或濁水合鳳溪水處當之者未必可據。

〔二〕大江二句：王粲《贈蔡子篤》：「舫舟翩翩，以泝大江。」錢箋等均謂大江指嘉陵江。《太平寰宇記》卷一三五興州長舉縣：「嘉陵水去縣南十里。盤頭故城在縣南三里，因水盤曲爲名。西淮水在縣西南五十里，自階州東南流合嘉陵江。」溟渤，見卷一《自京赴奉先縣詠懷五百字》（0041）注。

〔三〕篙師二句：篙師，篙工。本書卷八《詠懷二首》（0388）：「擁滯僮僕慵，稽留篙師怒。」《早發》（0398）：「早行篙師怠，席挂風不正。」杜詩屢用。左思《吴都賦》：「篙工楫師，選自閩禺。」劉孝綽《太子洑落日望水》：「榜人夜理楫，棹女暗成妝。」沈炯《長安少年行》：「杖策尋遺老，歌嘯詠悲翁。」李白《宣城送劉副使入秦》：「斗酒滿四筵，歌嘯宛溪湄。」

〔四〕陟巘句：《詩·大雅·公劉》：「陟則在巘，復降在原。」錢箋引《水經注》沔水：「漢水又東逕小成固南……東歷上濤，而逕於龍下，蓋伏石鶩湍，流屯激怒，故有上下二濤之名。」其地在漢中以東城固縣，距此懸遠，且非一水。

〔五〕迴眺二句：張謙宜《絸齋詩談》卷四：「黑夜渡江，魂魄爲水所移，心疑上下皆波瀾，抵岸回望，始知星乾。神理俱妙，他人那知此訣。」喬億《劍谿説詩》又編：「杜五言首尾一韻，韻皆平正。惟『迴眺積水外，始知衆星乾』，『乾』字險，餘皆渾渾無奇。及觀退之用韻，或轉或不轉，並神施鬼設，極搏攫之奇。此固爲大才，亦詩遜李杜專門，未免造作耳。」

〔六〕慚：信應舉釋爲少。本書卷一五《偶題》(1129)：「經濟慚長策，飛栖假一枝。」

飛仙閣〔一〕

土門山行窄①，微徑緣秋毫②〔二〕。棧雲闌干峻，梯石結構牢〔三〕。萬壑欹疏林③，積陰帶奔濤〔四〕。寒日外淡泊，長風中怒號〔五〕。歇鞍在地底〔六〕，始覺所歷高。往來雜坐卧，人馬同疲勞。浮生有定分〔七〕，飢飽豈可逃。歎息謂妻子，我何隨汝曹④〔八〕。(0163)

【校】

①土，宋本、錢箋、《九家》、《草堂》校：「一作出。」《文苑英華》作「出」。

②微徑緣秋毫，宋本、《九家》、《草堂》校：「一云『徑微上秋毫』。」「毫」錢箋作「豪」。《文苑英華》校：「集作徑微上。」

③林，宋本、錢箋、《九家》、《草堂》校：「一作竹。」

④何，《文苑英華》作「亦」，校：「集作何。」汝，錢箋、《草堂》校：「一作爾。」

【注】

〔一〕飛仙閣：《方輿勝覽》卷六九沔州：「飛仙山，在州東三十里。相傳徐佐卿化鶴跧泊之地，故名飛仙。上有閣道百餘間，即入蜀路。」《明一統志》卷三四漢中府：「飛仙嶺，在略陽縣東四十里。」《道光略陽縣志》卷一「飛仙嶺」：「此嶺在接官亭南，嶺下有洞。……洞口對岸即入蜀大路。崖間有鑿孔十一間，道左碑記有『武興之南馳三十里』數字，疑即建閣道處。」

〔二〕土門二句：土門，此爲泛稱。仇注牽言《垂老别》之土門壁，無謂。《莊子・齊物論》：「天下莫大於秋豪之末，而大山爲小。」

〔三〕闌干：左思《吴都賦》：「金鎰磊砢，珠琲闌干。」《文選》劉逵注：「闌干，猶縱横也。」

〔四〕萬壑二句：鮑照《登廬山》：「千岩盛阻積，萬壑勢回縈。」孫綽《秋日》：「疏林積涼風，虚岫結凝霄。」《淮南子・天文訓》：「積陰之寒氣爲水。」王筠《早出巡行矚望山海》：「奔濤延瀾汗，積翠遠嵯峨。」

〔五〕寒日二句：陶淵明《答龐參軍》：「慘慘寒日，肅肅其風。」《莊子·齊物論》：「夫大塊噫氣，其名爲風。是唯無作，作則萬竅怒號。」

〔六〕歇鞍：張鷟《龍筋鳳髓判》：「卧鼓歇鞍，示其閑暇。」宋之問《早發大庾嶺》：「歇鞍問徒旅，鄉關在西北。」

〔七〕浮生句：歐陽建《臨終詩》：「窮達有定分，慷慨復何歎。」

〔八〕汝曹：《後漢書·列女傳·班昭》：「念汝曹如此，每用惆悵。」《後漢書》、《三國志》屢用「汝曹」字。

五盤〔一〕

五盤雖云險，山色佳有餘。仰凌棧道細①，俯映江木疏。地僻無罟網，水清反多魚②〔二〕。好鳥不妄飛，野人半巢居〔三〕。喜見淳朴俗，坦然心神舒。東郊尚格鬬，巨猾何時除③〔四〕？故鄉有弟妹，流落隨丘墟〔五〕。成都萬事好④，豈若歸吾廬〔六〕。（0164）

【校】

①道，錢箋、《草堂》校：「一云閣。」

②罟網，錢箋、《九家》、《草堂》作「網罟」。　反，《九家》、《草堂》作「至」。《九家》校：「一作反。」

③巨，錢箋校：「一作臣。」

④好，錢箋校：「一作在。」

【注】

〔一〕五盤：《分門》魯曰：「謂棧道盤屈有五重。」岑參《早上五盤嶺》：「平旦驅駟馬，曠然出五盤。江回兩崖鬭，日隱群峰攢。」《清一統志》卷二九七保寧府：「七盤嶺，在廣元縣北一百七十里。一名五盤嶺。與陝西寧羌州接界。自昔爲秦蜀分界處。石磴七盤而上，因名。」引杜甫詩。

〔二〕地僻二句：《莊子·胠篋》：「鈎餌網罟罾笱之知多，則魚亂于水矣。」《大戴禮記·子張問入官》：「水至清則無魚。」

〔三〕野人句：《禮記·禮運》：「昔者先王未有宮室，冬則居營窟，夏則居橧巢。」注：「暑則聚薪柴居其上。」《莊子·盜跖》：「古者禽獸多而人少，於是民皆巢居以避之，晝拾橡栗，暮栖木上，故命曰有巢氏之民。」謝靈運《山居賦》序：「古巢居穴處曰岩栖，棟宇居山曰山居。」此蓋泛指岩居穴處者。

〔四〕東郊二句：指史思明陷洛陽。參本卷《龍門鎮》(0147)注。張衡《東京賦》：「巨猾間釁，竊弄神器。」

〔五〕流落句：左思《吴都賦》：「兹乃喪亂之丘墟，顛覆之軌轍。」

〔六〕豈若句：陶淵明《讀山海經》：「衆鳥欣有託，吾亦愛吾廬。」

龍門閣〔一〕

清江下龍門，絶壁無尺土〔二〕。長風駕高浪①，浩浩自太古〔三〕。危途中縈盤②，仰望垂綫縷〔四〕。滑石欹誰鑿，浮梁裊相拄〔五〕。目眩隕雜花，頭風吹過雨③〔六〕。百年不敢料，一墜那得取〔七〕。飽聞經瞿塘④，足見度大庾〔八〕。終身歷艱險，恐懼從此數。（0165）

【校】

① 高，錢箋、《九家》、《草堂》校：「一作白。」《文苑英華》校：「集作白。」

② 中縈盤，錢箋、《九家》、《草堂》校：「一作縈盤道。」《文苑英華》校：「集作縈盤道。」

③ 吹過雨，錢箋、《九家》、《草堂》校：「一云飛雨過。」《文苑英華》校：「集作過飛。」

④ 聞，錢箋、《九家》校：「一作知。」《文苑英華》校：「集作知。」

【注】

〔一〕龍門閣：《元和郡縣圖志》卷二二利州綿谷縣：「龍門山，在縣東北八十二里，出好鍾乳。」《輿地紀勝》卷一八四利州：「石欄閣在綿谷縣北一里。自城北至大安軍界，管橋欄閣共一萬五千三百一十六間，其著名者爲石櫃閣、龍洞閣。」「龍洞閣在綿谷縣。杜詩云：『清江下龍門，絶壁無尺土。』馮鈐幹田云：其他閣道雖險，然在山腰亦微有徑可以增治閣道，獨惟此閣，石壁斗立，虚鑿石竅而架木其上，比之他處極險。老杜詩『絶壁無尺土』，謂此也。」《蜀中廣記》卷二四、《清一統志》卷二九七保寧府謂龍門閣在廣元縣北十里千佛崖，引杜詩。嚴耕望《唐代交通圖考》第四卷篇貳叁金牛成都驛道謂其地去《元和志》龍門山甚遠，蓋明清後起之説。

〔二〕清江二句：《元和郡縣圖志》卷二二綿谷縣：「潛水，出縣東北龍門山。《書》曰『沱潛既道』是也。」清江蓋指此。《史記・夏本紀》正義引《括地志》：「潛水一名復水，今名龍門水，源出利州綿谷縣東龍門山大石穴也。」

〔三〕長風二句：張衡《西京賦》：「長風激於别隯，起洪濤而揚波。」郭璞《游仙詩》：「吞舟涌海底，高浪駕蓬萊。」《管子・小問》：「《詩》有之：浩浩者水，育育者魚。」《荀子・正論》：「太古薄葬。」

〔四〕危途二句：蔡邕《述行賦》：「降虎牢之曲陰兮，路丘墟以盤縈。」《楚辭・招魂》：「秦篝齊縷，鄭綿絡些。」王逸注：「篝，絡，縷綫也。」

〔五〕滑石二句：潘岳《閑居賦》：「浮梁黝以逕度，靈臺傑其高峙。」《文選》李善注：「《方言》曰：造舟謂之浮梁。郭璞曰：即今浮橋也。」此即《紀勝》所謂虚鑿石竅架木其上。《水經注》沔水：「漢水又東合褒水，水西北出衙嶺山，東南逕大石門，歷故棧道下谷，俗謂千梁無柱也。諸葛亮與兄瑾書云：『前趙子龍退軍，燒壞赤崖以北閣道，緣谷百餘里，其閣梁一頭入山腹，其一頭立柱於水中。今水大而急，不得安柱。此其窮極，不可强也。』又云：『頃大水暴出，赤崖以南，橋閣悉壞。』時趙子龍與鄧伯苗一戍赤崖屯田，一戍赤崖口，但得緣崖與伯苗相聞而已。後諸葛亮死於五丈原，魏延先退而焚之，謂是道也。自後按舊修路者，悉無復水中柱，逕涉者浮梁振動，無不摇心眩目也。」

〔六〕目眩二句：《戰國策·燕策三》：「秦王目眩良久。」王儉《春詩》：「輕風摇雜花，細雨亂叢枝。」《三國志·魏書·華佗傳》：「太祖苦頭風，每發，心亂目眩。」此借用。

〔七〕百年二句：潘岳《河陽縣作》：「人生天地間，百年孰能要。」《法苑珠林》卷七引《起世經》頌：「一墜幽暗處，萬劫履鋒鋋。」

〔八〕飽聞二句：《水經注》江水：「江水又東逕廣溪峽，斯乃三峽之首也。……峽中有瞿塘、黄龕二灘，夏水回復，沿溯所忌。瞿塘灘上有神廟，尤至靈驗。刺史二千石徑過，皆不得鳴角伐鼓。商旅上下，恐觸石有聲，乃以布裹篙足。」《舊唐書·地理志》韶州始興縣：「縣界東嶠，一名大庾嶺，南越之北塞。漢討南越時，有將軍姓庾，城於此。五嶺之最東，故曰東嶠也。」張九齡《開大庾嶺路記》：「初嶺東廢路，人苦峻極，行逕夤緣，數里重林之表；飛梁嶪巘，千丈層崖之半。……開元四載冬十有一月，俾使臣左拾遺内供奉張九齡，飲冰矢懷，執藝是度，緣磴道，披灌叢，相其山谷之宜，革其坂險之故。」按，唐人貶謫嶺南途經大庾嶺。宋之問有《早發大庾嶺》諸詩。

石櫃閣〔一〕

季冬日已長①〔二〕，山晚半天赤。蜀道多早花，江間饒奇石。石櫃曾波上，臨虛蕩高壁〔三〕。清暉回羣鷗，暝色帶遠客〔四〕。羇栖負幽意〔五〕，感歎向絕跡。信甘孱懦嬰〔六〕，不獨凍餒迫。優游謝康樂，放浪陶彭澤〔七〕。吾衰未自由②，謝爾性所適③〔八〕。（0166）

【校】

①季冬，錢箋校：「一作冬季。」　日已，《草堂》作「白日」，校：「一作『冬季日已長』。」

②由，錢箋作「安」，校：「一作由。」

③所，錢箋校：「一作有。」《九家》、《草堂》作「有」，《草堂》校：「一作頗。一作所。」

【注】

〔一〕石櫃閣：參前詩注。《讀史方輿紀要》卷六八廣元縣：「石櫃閣，《郡志》云在縣北二十五里。」

嚴耕望引王德昭《中原歸程記》：「石崖壁立，車道斷崖而成，人馬經此，如行櫃中，蓋上下左側（就由北向南言）盡爲石壁，唯右側直落千尋，嘉陵江奔涌其下。」

〔二〕季冬句：《禮記・月令》：「仲冬之月……是月也，日短至。」《淮南子・天文訓》：「陽生於子，故十一月冬至，鵲始加巢，人氣鍾首。」杜甫發同谷在十二月一日，時爲季冬。

〔三〕石櫃二句：《楚辭・招隱士》：「山氣巃嵸兮石嵯峨，溪谷嶄岩兮水曾波。」「曾」同「層」。郭璞《江賦》：「迅蜼臨虛以騁巧，孤玃登危而雍容。」

〔四〕清暉二句：阮籍《詠懷》：「微風吹羅袂，明月耀清暉。」謝靈運《石壁精舍還湖中作》：「林壑斂暝色，雲霞收夕霏。」

〔五〕羈棲：禰衡《鸚鵡賦》：「彼賢哲之逢患，猶栖遲以羈旅。」李嶠《答李清河書》：「貧病爲感慨之資，羈栖無學植之伴。」

〔六〕孱懦：玄宗《降永王璘爲庶人誥》：「不虞孱懦，遂至昏迷。」顔真卿《讓憲部尚書表》：「皆由臣孱懦無謀，致此顛沛。」

〔七〕優游二句：《宋書・謝靈運傳》：「襲封康樂公……少帝即位，位在大臣，靈運構扇異同，非毁執政，司徒徐羨之等患之，出爲永嘉太守。郡有名山水，靈運素所愛好，出守既不得志，遂肆意游遨，遍歷諸縣，動逾旬朔，民間聽訟，不復關懷。所至輒爲詩詠，以致其意焉。」陶淵明爲彭澤令，見本卷《遺興五首》「陶潛避俗翁」(0120)注。

〔八〕吾衰二句：《論語・述而》：「子曰：『甚矣吾衰也！久矣吾不復夢見周公。』」自由，見卷二

《晦日尋崔戢李封》(0075)注。謝晦《悲人道》：「長揖兮數子，謝爾兮明智。」

桔柏渡〔一〕

青冥寒江渡〔二〕，駕竹爲長橋。竿濕烟漠漠①〔三〕，江永風蕭蕭②。連笮動嫋娜〔四〕，征衣颯飄飖。急流鴇鷁散，絶岸黿鼉驕〔五〕。西轅自兹異，東逝不可要〔六〕。高通荆門路，闊會滄海潮〔七〕。孤光隱顧眄〔八〕，游子悵寂寥。無以洗心胸，前登但山椒③〔九〕。(0167)

【校】

① 竿濕烟，錢箋、《九家》、《草堂》校：「一云竹竿濕。」

② 永，錢箋、《九家》校：「一作水。」

③ 登，《草堂》校：「一作路。」

【注】

〔一〕桔柏渡：《舊唐書·玄宗紀》：「(天寶十五載七月幸蜀)壬戌，次益昌縣，渡吉柏江。」《楊復恭傳》：「奏授黔南節度，至桔柏江，覆舟而没。」《清一統志》卷二九七保寧府：「《方輿勝覽》：桔柏渡在昭化縣。今昭化縣有古柏，土人呼爲桔柏，故以名潭。舊《志》：今在縣東北三里，即嘉陵、白水二江合流處。……唐宋以來皆造浮梁於此。」

〔二〕青冥：鮑照《從登香爐峰》：「青冥摇烟樹，穹跨負天石。」

〔三〕竿濕句：謝朓《游東田》：「遠樹暖阡阡，生烟紛漠漠。」

〔四〕連笮句：《太平御覽》卷七七一引《纂文》：「竹索謂之笮，茅索謂之索。」《元和郡國圖志》卷三二茂州汶川縣：「繩橋，在縣西北三里。架大江水，篾笮四條，以葛藤緯絡，布板其上，雖從風摇動，而牢固有餘，夷人驅牛馬去來無懼。今按其橋以竹爲索，闊六尺，長十步。」翼州衛山縣：「笮橋，在縣北三十七里。以竹篾爲索，架北江水。」蕭綱《贈張纘》：「洞庭枝嫋娜，澧浦葉參差。」

〔五〕急流二句：班固《西都賦》：「鶬鴰鴇鶂。」《文選》李善注：「郭璞《上林賦注》曰：鴇，似雁，無後指。杜預《左氏傳注》曰：鶂，水鳥也。」張衡《西京賦》：「其中則有黿鼉巨鼈。」《文選》李善注：「郭璞《山海經注》曰：鼉似蜥蜴。」左思《蜀都賦》劉逵注：「黿，大龜也。」

〔六〕西轅二句：嚴耕望謂：「益昌東北通金牛道，西南通劍閣道。其西北則循白水出隴西，東南則沿嘉陵至閬、合。故爲川北交通重地。」《元和郡縣圖志》卷二二利州益昌縣：「小劍故城在縣西南五十一里。小劍城去大劍戍四十里。連山絶壁，飛閣通衢，故謂之劍閣道。自縣西南踰小山，入大劍口，即秦使張儀、司馬錯伐蜀所由路也，亦謂之石牛道。」杜甫自此西南行趨劍門。李嶠《與夏縣崔少府書》：「僕事已清白，尋就西轅。」繁欽《與魏文帝箋》：「背山臨谿，流泉東逝。」陶淵明《雜詩》：「掩淚泛東逝，順流追時遷。」

〔七〕高通二句：《後漢書·光武帝紀》：「公孫述遣將田戎、任滿據荆門。」注引《水經注》江水：「江水東歷荆門、虎牙之間。荆門山在南，上合下開，其狀似門。……此二山，楚之西塞也。」謂：「在今硤州夷陵縣東南。」《九家》趙注：「言我西往於蜀，自此分異，而水則東逝而通荆門，會滄海，爲不可要挽也。」曹操《步出夏門行》：「東臨碣石，以觀滄海。」

〔八〕孤光句：鮑照《發後渚》：「孤光獨徘徊，空烟視昇滅。」沈約《詠湖中雁》：「群浮動輕浪，單泛逐孤光。」仇注：「孤光，孤影也。」信應舉謂指月光。按，詩非寫夜行，説不確。此用鮑照詩，孤光承上，指水光。沈約詩亦指水光。曹植《美女篇》：「顧眄遺光采，長嘯氣若蘭。」隱，映也。蕭綱《夜夜曲》：「月輝横射枕，燈光半隱床。」詩意謂在孤光映照下顧眄左右。

〔九〕無以二句：《易·繫辭上》：「聖人以此洗心。」宗炳《明佛論》：「若老子、莊周之道，松喬列真之術，信可以洗心養身。」謝莊《月賦》：「菊散芳於山椒，雁流哀於江瀨。」《文選》李善注：「王逸《楚辭注》曰：土高四墮曰椒。《漢書》武帝傷李夫人賦曰：『釋子馬於山椒。』」山椒，山頂也。」

劍門〔一〕

惟天有設險，劍門天下壯①〔二〕。連山抱西南，石角皆北向〔三〕。兩崖崇墉倚〔四〕，刻畫城郭狀。一夫怒臨關②，百萬未可傍③〔五〕。珠玉走中原④，岷峨氣悽愴〔六〕。三皇五帝前，雞犬各相放⑤〔七〕。後王尚柔遠，職貢道已喪〔八〕。至今英雄人，高視見霸王〔九〕。并吞與割據〔一〇〕，極力不相讓。吾將罪真宰，意欲鏟疊嶂〔一一〕。恐此復偶然，臨風默惆悵⑥。（0168）

【校】

① 門，錢箋、《九家》、《草堂》校：「一作閣。」

② 關，錢箋、《九家》、《草堂》校：「一作門。」

③ 傍，錢箋、《九家》、《草堂》校：「一作仰。」

④ 珠玉，錢箋校：「陳作玉帛。」《草堂》校：「陳鮑皆作玉帛。」

⑤ 各，《九家》作「莫」，校：「一云各。」　相，錢箋校：「一作自。」

⑥ 默，錢箋、《草堂》校：「一作黯。」

【注】

〔一〕劍門：《太平寰宇記》卷八四劍州劍門縣：「本漢梓潼縣地，諸葛武侯相蜀，於此立劍門，以大劍山至此有隘束之路，故曰劍門。即姜維拒鍾會於此。唐聖曆二年，分普安、臨漢、陰平三縣地，於方期驛城置縣。」《輿地紀勝》卷一九二劍門關：「大劍山，在劍門縣，亦曰梁山。又有小劍山在其西北三十里，又有小劍故城在益昌縣西南五十里。……大劍雖號天險，有阨塞可守，崇墉之間，徑路頗夷。小劍則鑿石架閣，有不容越。太白所謂『猿猱欲度愁攀援』者，其謂是也。」《元和郡縣圖志》卷三三劍州普安縣：「劍閣道，自利州益昌縣界西南十里，至大劍鎮，合今驛道。」嚴耕望據此謂劍閣道在唐世已非驛道幹線，「今驛道」在此閣道之南，東自益昌與閣道分途向南沿嘉陵江西岸至望喜驛，西至開遠戍大劍鎮，復合爲一道。蓋即隋文帝初年毁弃棧閣，别開之平道。杜甫蓋至大劍鎮一帶賦此詩。

〔二〕惟天二句：《易·坎·象》：「天險，不可升也。地險，山川丘陵也。王公設險以守其國，險之時用大矣哉。」司馬相如《封禪文》：「皇皇哉斯事，天下之壯觀。」庾信《宫調曲》：「壯麗天下觀，是以從蕭相。」

〔三〕連山二句：《分門》洙曰：「劍山上石皆向北，如拜伏狀。」朱弁《風月堂詩話》卷上：「宋子京知成都過之，誦此詩，謂人曰：『此四句蓋劍閣實録也。』」《九家》趙注：「觀劍門之山，雖抱西南而石角北向，則有面内之義，豈欲使之僻爲一區哉。」浦起龍云：「角北向，見顯與我敵。爲篇末『欲鏟疊嶂』之根。」

〔四〕兩崖句：左思《魏都賦》：「於是崇墉濬洫，嬰堞帶涘。」《文選》張載注：「墉，城也。」

〔五〕一夫二句：張載《劍閣銘》：「一士荷戟，萬夫趑趄。」《文選》李善注引陳琳《爲曹洪答文帝書》：「一夫揮戟，萬人不得進。」李白《蜀道難》：「一夫當關，萬夫莫開。」

〔六〕珠玉二句：《九家》趙注：「珠玉之於中原必著『走』字者，按《地境圖》曰：玉之千歲者，行游諸國。」《太平御覽》卷一五引《地境圖》。江淹《建平王讓右將軍荊州刺史表》：「水交沅澧，山通岷峨。」《書・禹貢》傳：「岷山，江所出，在梁州。」《元和郡縣圖志》卷三二茂州汶山縣：「按汶山，即岷山也。南去青山、石山百里，天色晴明，望見成都。山嶺停雪，常深百丈，夏月融泮，江川爲之洪溢，即隴之南首也。」卷三一嘉州峨眉縣：「峨眉大山，在縣西七里。《蜀道賦》云：『抗峨眉於重阻。』兩山相對，望之如蛾眉，故名。此山亦有洞天石室，高七十六里。」

〔七〕三皇二句：《白虎通義》卷一：「三皇者，何謂也？謂伏羲、神農、燧人也。或曰伏羲、神農、祝融也。」「五帝者，何謂也？《禮》曰：黄帝、顓頊、帝嚳、帝堯、帝舜，五帝也。」《老子》八十章：「鄰國相望，雞狗之聲相聞，民至老死，不相往來。」潘岳《西征賦》：「渾雞犬而亂放，各識家而競入。」

〔八〕後王二句：《書・舜典》：「柔遠能邇。」傳：「言當安遠，乃能安近。」《禮記・中庸》子曰：「凡爲天下國家有九經：……柔遠人也，懷諸侯也。」《左傳》襄公二十九年：「魯之於晉也，職貢不乏。」《周禮・夏官・職方氏》：「制其職，各以其所能；制其貢，各以其所有。」仇注：「此段記其財賦，恐蜀人困於誅求也。」浦起龍云：「言古風闊達，而末法誅求，是則結怨之根也。」

〔九〕至今二句：班彪《王命論》：「英雄陳力，群策畢舉，此高祖之大略。」曹植《與楊德祖書》：「德璉發跡於此魏，足下高視於上京。」《孟子・公孫丑上》：「以力假仁者霸，霸必有大國。以德行仁者王，王不待大。」桓譚《新論・王霸》：「賞善誅惡，諸侯朝事，謂之王。興兵衆，約盟誓，以信義矯世，謂之霸。」《後漢書・公孫述傳》李熊説公孫述：「將軍割據千里，地什湯武，若奮威德，以投天隙，霸王之業成矣。」蕭滌非云：「是説秦漢以後的野心家據此高視，以分王霸。」按，高視用曹植書語，義近發跡。

〔一〇〕并吞句：賈誼《過秦論》：「有席卷天下，包舉宇内，囊括四海之意，并吞八荒之心。」《漢書·叙傳》：「席卷三秦，割據河山。」《九家》趙注：「并吞則欲兼乎鄰壤，割據則專有乎一方。」仇注：「并吞者王，如漢光武是也。割據者霸，如公孫述是也。」浦起龍云：「恐彼見扼險之已事而欲效之。」

〔一一〕吾將二句：真宰，見卷二《奉先劉少府新畫山水障歌》（〇〇八〇）注。木華《海賦》：「於是乎禹也，乃鏟臨崖之阜陸，決陂潢而相潑。」《文選》李善注：「《蒼頡篇》曰：鏟，削平也。」蕭衍《直石頭》：「夕池出濠渚，朝雲生疊嶂。」

黄徹《䂬溪詩話》卷一：「《劍閣》云：『吾欲罪真宰，意欲鏟疊嶂。』與太白『捶碎黄鶴樓，刬却君山好』語亦何異。然《劍閣》詩意在削平僭竊，尊崇王室，凛凛有忠義氣；『捶碎』、『刬却』之語但覺一味粗豪耳。故昔人論文字，以意爲上。」

仇注：「此詩云：『恐此復偶然，臨風默惆悵。』知蜀必有事，而深憂遠慮也。未幾段子璋、徐知道、崔旰、楊子琳輩果據險爲亂。公之料事多中如此，可見其經世之才矣。」

浦起龍云：「子美之詩，是一篇籌邊議，有懷遠以德意。故其詞曰『後王尚柔遠，職貢道已喪』，爲當宁者告也。」

施補華《峴傭説詩》：「入蜀諸詩，作游覽詩者，必須仿效。蓋平遠山水，可以王、孟派寫之；奇峭山水，須别鑱刻之筆。《劍門》詩議論雄闊，然唯劍門則可。蓋其地爲古今阨塞，英雄所必争，故有此感慨。若尋常關隘，即作此大議論，反不稱矣。此理不可不知。」

鹿頭山〔一〕

鹿頭何亭亭，是日慰飢渴〔二〕。連山西南斷，俯見千里豁〔三〕。游子出京華①，劍門不可越〔四〕。及兹阻險盡②，始喜原野闊〔五〕。殊方昔三分，霸氣曾間發〔六〕。天下今一家，雲端失雙闕〔七〕。悠然想揚馬，繼起名硉兀〔八〕。有文令人傷③，何處埋爾骨〔九〕？紆餘脂膏地，慘澹豪俠窟〔一〇〕。杖鉞非老臣④，宣風豈專達〔一一〕？冀公柱石姿，論道邦國活⑤。斯人亦何幸，公鎮踰歲月〔一二〕。僕射裴冀公冕。（0169）

【校】

①京華，錢箋、《草堂》校：「一云咸京。」

②阻險，錢箋、《草堂》作「險阻」。

③文，錢箋、《草堂》校：「一作才。」

④杖，錢箋、《九家》作「仗」。

⑤國，《草堂》作「家」。

【注】

〔一〕鹿頭山：《元和郡縣圖志》卷三一漢州德陽縣：「鹿頭戍，在縣北三十八里。」《舊唐書·高崇文傳》：「成都北一百五十里有鹿頭山，扼兩川之要，（劉）闢築城以守。又連八栅，張犄角之勢，以拒王師。」嚴耕望考鹿頭山盛唐以前尚未置關，置關蓋自安史亂後始。

〔二〕鹿頭二句：亭亭，見本卷《鳳凰臺》（0151）注。《古文苑》李陵詩：「願得萱草枝，以解飢渴情。」潘尼《贈陸機出爲吴王郎中令》：「醪澄莫飨，孰慰飢渴。」

〔三〕連山二句：張衡《南都賦》：「或嵃巘而纚連，或豁爾而中絶。」曹毗《黄帝贊》：「豁焉天扉開，飄然跨騰鱗。」

〔四〕游子二句：《古詩十九首》：「浮雲蔽白日，游子不顧返。」何遜《南還道中送贈劉咨議别》：「一官從府役，五稔去京華。」曹植《朔風詩》：「千仞易陟，天阻可越。」何遜《下直出谿邊望答虞丹徒敬》：「九重不可越，三爵何由舉。」

〔五〕及兹二句：賈誼《過秦論》：「秦人阻險不守。」《三國志·魏志·王肅傳》諫征蜀疏：「又況於深入阻險，鑿路而前。」江淹《效阮公詩》：「時寒原野曠，風急霜露多。」

〔六〕殊方二句：諸葛亮《出師表》：「今天下三分，益州疲弊。」《三國志·蜀書·諸葛亮傳》亮説先主：「益州險要，沃野千里，天府之土，高祖因之以成帝業。……若跨有荆、益，保其岩阻，西和諸戎，南撫夷越，外結好孫權，内修政理，天下有變，則命一上將將荆州之軍以向宛、洛，將軍身率益州之衆出於秦川，百姓孰敢不簞食壺漿以迎將軍者乎？誠如是，則霸業可成，漢室可興矣。」《晋書・馬隆傳》：「奇謀間發。」

〔七〕天下二句：《史記・劉敬叔孫通傳》：「夫天下合爲一家。」岑參《入劍門作寄杜楊二郎中》：「四海今一家，徒然劍門石。」左思《蜀都賦》：「内則議殿爵堂，武義虎威。宣化之闥，崇禮之闈。華闕雙邈，重門洞開，金鋪交映，玉題相暉。」《九家》趙注：「失雙闕，則以天下既一家也。」

〔八〕悠然二句：《文心雕龍・詮賦》：「枚馬播其風，王揚騁其勢。」又《練字》：「故陳思稱揚馬之作，趣幽旨深。」《漢書・司馬相如傳》：「司馬相如字長卿，蜀郡成都人也。」《揚雄傳》：「揚雄字子雲，蜀郡成都人也。」硉兀，見卷二《瘦馬行》(0073)注。

〔九〕有文二句：《論語・泰伯》：「子曰：『大哉堯之爲君也！巍巍乎！唯天爲大，唯堯則之，蕩蕩乎，民無能名焉。巍巍乎其有成功也，焕乎其有文章。』」《漢書・司馬相如傳》：「上讀《子虛賦》而善之，曰：『朕獨不得與此人同時哉。』得意曰：『臣邑人司馬相如自言爲此賦。』上驚，乃召問相如。……相如既病免，家居茂陵。天子曰：『司馬相如病甚，可往從悉取其書，若不然，後失之矣。』使所忠往，而相如已死，家無遺書。問其妻，對曰：『長卿未嘗有書也。時時著書，人又取去。長卿未死時，爲一卷書，曰「有使來求書，奏之」。』其遺札書言封禪事，所忠奏焉，天子異之。」《揚雄傳》：「孝成帝時，客有薦雄文似相如者，上方郊祠甘泉泰時、汾陰后土，以求繼嗣，召雄待詔承明之庭。……雄以病免，復召爲大夫。家素貧，耆酒，人希至其門。時有好事者載酒肴從游學，而巨鹿侯芭常從雄居，受其《太玄》、《法言》焉。劉歆亦嘗觀之，謂雄曰：『空自苦，今學者有禄利，然向不能明《易》，又如《玄》何？吾恐後人用覆醬瓿也。』雄笑而不答。年七十一，天鳳五年卒。」

〔一〇〕紆餘二句：司馬相如《上林賦》：「酆鎬潦潏，紆餘委蛇。」《周禮·冬官·旊人》：「宗廟之事，脂者膏者以爲牲。」注：「致美味也。」《禮記·内則》：「脂膏以膏之。」疏：「凝者爲脂，釋者爲膏，以膏沃之，使之香美。」此用同膏腴。左思《蜀都賦》：「外負銅梁於宕渠，内函要害於膏腴。」《文選》劉逵注：「膏腴，土地肥沃也。」慘澹，見卷二《北征》(0052)注。左思《蜀都賦》：「三蜀之豪，時來時往，養交都邑，結儔附黨。劇談戲論，扼腕抵掌。出則連騎，歸從百兩。……若夫王孫之屬，郤公之倫，從禽於外，巷無居人。」《文選》劉逵注：「郤公，豪俠也。」《華陽國志》卷三：「然秦惠文、始皇克定六國，輒徙其豪俠於蜀，資我豐土。家有鹽銅之利，户專山川之材，居給人足，以富相尚。故工商致結駟連騎，豪族服王侯美衣，娶嫁設太牢之厨膳，歸女有百兩之從車，送葬必高墳瓦槨，祭奠而羊豕夕牲，贈襚兼加，賵賻過禮。」

〔一一〕仗鉞二句：仗鉞，見卷二《北征》(0052)注。《漢書·王褒傳》：「欲宣風化於衆庶。」陸機《文賦》：「濟文武於將墜，宣風聲於不泯。」《周禮·天官·小宰》：「大事則從其長，小事則專達。」《九家》趙注：「言宣天子之風而非專自己之所爲也。」仇注引《杜臆》：「中宗時蕭至忠爲專達中丞，謂事得專達於天子，不受人節制。」《舊唐書·食貨志》貞元十三年孟簡奏：「天下州府常平、義倉等斛斗，請准舊例減估出糶，但以石數奏申，有司更不收管，州縣得專達以利百姓。」《顏真卿傳》：「諸司長官皆達官也，言皆專達於天子也。」是專達有二義，然以前義爲常。穆宗《諭刺史詔》：「刺史分憂，得以專達。」此亦專權處理義，言若非仗鉞老臣，豈能宣風專達其政。趙注、《杜臆》皆非。

〔一二〕冀公四句：《舊唐書·裴冕傳》：「裴冕，河東人也，爲河東冠族。……玄宗幸蜀，至益昌郡，遥詔太子充天下兵馬元帥，以冕爲御史中丞兼左庶子，爲之副。是時，冕爲河西行軍司馬，授御史中丞，詔赴朝廷。遇太子於平涼，具陳事勢，勸之朔方，亟入靈武。……凡勸進五上，乃依。肅宗即位，以定策功，遷中書侍郎、同中書門下平章事，倚以爲政。……肅宗移幸鳳翔，罷冕知政事，遷右僕射。兩京平，以功封冀國公，食實封五百户。尋加御史大夫、成都尹，充劍南西川節度使。又入爲右僕射。」冕爲成都尹在乾元二年六月。仇注據此詩「公鎮踰歲月」，疑《唐書》有誤。按，詩言不可過拘。《漢書·霍光傳》：「將軍爲國柱石。」

成都府〔一〕

翳翳桑榆日，照我征衣裳〔二〕。我行山川異，忽在天一方〔三〕。但逢新人民，未卜見故鄉〔四〕。大江東流去①，游子去日長②〔五〕。曾城填華屋〔六〕，季冬樹木蒼。喧然名都會，吹簫間笙篁③〔七〕。信美無與適，側身望川梁〔八〕。鳥雀夜各歸〔九〕，中原杳茫茫。初月出不高，衆星尚争光〔一〇〕。自古有羈旅，我何苦哀傷。(0170)

【校】

① 東流去，錢箋、《九家》校：「一作從東來。」《草堂》作「從東來」。
② 去日，錢箋校：「一作日月。」《草堂》校：「黄魯直作日月。」
③ 間，錢箋校：「一作奏。」　篁，錢箋作「簧」。

【注】

按，詩言「初月」，是杜甫抵成都已在上元元年（七六〇）正月初。舊説謂在乾元二年十二月末，不確。

〔一〕成都府：《元和郡國圖志》卷三一「劍南道」：「成都府，益州。大都督府。……武德元年改爲益州總管府，三年置西行臺。龍朔二年，復爲大都督府。開元二十一年，又於邊郡置節度使，以式遏四夷，成都爲劍南節度理所……西抗吐蕃，南撫蠻巢。……天寶元年，改蜀郡大都督府。十五年玄宗幸蜀，改爲成都府。」

〔二〕翳翳二句：張協《雜詩》：「翳翳結繁雲，森森散雨足。」《文選》李善注：「《毛詩》曰：曀曀其陰。毛萇曰：如常陰曀然。『翳』與『曀』古字通。《論衡》曰：初出爲雲，繁雲爲翳。」顔延之

《秋胡詩》：「日暮行采歸，物色桑榆時。」《文選》李善注：「物色桑榆，言日晚也。《東觀漢記》光武曰：日出之東隅，收之桑榆。」《陌上桑》：「日出東南隅，照我秦氏樓。」阮籍《詠懷》：「灼灼西隤日，餘光照我衣。」

〔三〕我行二句：潘岳《在懷縣作》：「眷然顧鞏洛，山川邈離異。」《文選》蘇武詩：「良友遠別離，各在天一方。」

〔四〕但逢二句：曹植《送應氏》：「不見舊耆老，但睹新少年。」

〔五〕大江二句：謝朓《暫使下都夜發新林至京邑贈西府同僚》：「大江流日夜，客心悲未央。」《古詩十九首》：「相去日已遠，衣帶日已緩。浮雲蔽白日，游子不顧返。」

〔六〕曾城句：《淮南子·墜形訓》：「掘崑崙虛以下地，中有增城九重。」曾同增。庾肩吾《侍宴應令》：「副君時暇豫，曾城聊近游。」曹植《贈丁翼》：「嘉賓填城闕，豐膳出中厨。」左思《蜀都賦》：「亞以少城，接乎其西。市廛所會，萬商之淵。列隧百重，羅肆巨千。」《文選》劉逵注：「少城，小城也。在大城西，市在其中也。」

〔七〕喧然二句：左思《蜀都賦》：「於是乎金城石郭，兼匝中區。既麗且崇，實號成都。辟二九之通門，畫方軌之廣塗。營新宫於爽塏，擬承明以起廬。」《文選》劉逵注：「漢武帝元鼎二年，立成都十八門。」《詩·小雅·鹿鳴》：「吹笙鼓簧，承筐是將。」謝莊《月賦》：「若乃涼夜自淒，風篁成韻。」江淹《還故園》：「高歌傃關國，微歎依笙篁。」是「篁」字不煩改「簧」。

〔八〕信美二句：王粲《登樓賦》：「雖信美而非吾土兮，曾何足以少留。」謝莊《月賦》：「月既没兮露欲晞，歲方晏兮無與歸。」張衡《四愁詩》：「欲往從之粱父艱，側身東望涕沾翰。」《相和歌辭・淮南王》：「我欲渡河河無梁，願化雙黄鵠還故鄉。」曹植《贈白馬王彪》：「伊洛廣且深，欲濟川無梁。」

〔九〕鳥雀句：陸機《燕歌行》：「白日既没明燈輝，夜禽赴林匹鳥栖。」蕭子顯《燕歌行》：「芳年海上水中鳧，日暮寒夜空城雀。」

〔一〇〕初月二句：何遜《入西塞示南府同僚》：「薄雲岩際出，初月波中上。」《古詩十九首》：「玉衡指孟冬，衆星何歷歷。」《淮南子・説山訓》：「日出星不見，不能與之争光也。」

杜工部集卷第四

古詩三十六首 初寓成都及至閬州作

石笋行〔一〕

君不見益州城西門，陌上石笋雙高蹲①。古來相傳是海眼②，苔蘚蝕盡波濤痕③。雨多往往得瑟瑟④，此事恍惚難明論〔二〕。恐是昔時卿相墓⑤，立石爲表今仍存〔三〕。惜哉俗態好蒙蔽，亦如小臣媚至尊。政化錯迕失大體，坐看傾危受厚恩〔四〕。嗟爾石笋擅虚名，後來未識猶駿奔〔五〕。安得壯士擲天外，使人不疑見本根〔六〕。（0171）

【校】

①陌，錢箋、《草堂》校：「一作街。」

②來，宋本、《九家》校：「一云老。」錢箋校：「一云老。又作遠。」《草堂》作「老」，校：「一作來。一作遠。」《文苑英華》作「老」，校：「集作來。」

③蝕，錢箋校：「舊作食。」《九家》作「食」。

④得，錢箋校：「一作來。」《文苑英華》作「有」，校：「集作得。」

⑤墓，錢箋、《草堂》校：「一作冢。」

【注】

黄鶴注：上元元年（七六〇）作。上元元年七月，李輔國矯稱上語，迎明皇游西内，此詩云蒙蔽、媢悦，其事隱而彰，蓋恨去輔國輩之不速，卒爲盜殺，猶不顯誅之可惜。仇注繫於上元二年（七六一）。

〔一〕石笋：《華陽國志》卷三：「九世有開明帝，始立宗廟……時蜀有五丁力士，能移山，舉萬鈞，每王薨，輒立大石，長三丈，重千鈞，爲墓志，今石笋是也，號曰笋里。」《分門》杜田曰：「杜光庭《石笋記》云：成都子城西曰興義門金容坊，有通衢幾百五十步，有石二株，挺然聳峭，高丈餘，圍八九尺。耆舊傳云其名有六，曰石笋，曰蜀妃闕，曰沈犀石，曰魚鳬仙壇，曰西海之眼，曰五丁石門，皆非也。《圖經》云：石笋街乃先（大）秦寺之遺址，殿宇樓臺咸以金寶飾之，爲一代之勝概，後遭兵火而廢。或遇夏秋霖雨，里人猶拾珠玉異物。前蜀丞相諸葛亮命掘之，俯觀方驗測，隱其象，有篆字曰『蠶叢氏啓國誓蜀之碑』。以二石柱横理連接，鐵貫其中，歷代故不可毁。復鐫五字『濁歜燭觸斶』，時人莫能曉察。惟孔明默悟斯旨，令左右瘞之。後蜀主李雄召丞相范賢，詰其所自，再掘而詳之。賢議曰：『然。厥字五，其理各有所主。亥子歲，「濁」字可記，主其水災。寅卯歲，「歜」字可記，主其飢饉。巳午歲，「燭」字可記，主其火災。申酉歲，「觸」字可記，主其兵革。辰戌丑未歲，「斶」字可記，主稼穡充益，民物富贍。』悉以年事推之，應驗符響。又云：蜀之城壘，方隅不正，以景測之石笋，於南北爲定，無所偏邪。今按石笋在西門外僅百五十步，二株雙蹲，一南一北。北笋長一丈六尺，圍極於九尺五寸。南笋長一丈三尺，圍極於一丈二尺。南笋蓋公孫述時折，故長不逮北笋。」《後漢書·方術傳》「任文公」章懷注引《蜀王本紀》「武都丈夫化爲女子，顔色美絶，蓋山精也。蜀王納以爲妃，無幾物故，乃發卒之武都擔土，葬於成都郭中，號曰『武擔』，以石鏡一枚表其墓」，謂「其石今俗名爲石笋」。姚寬《西溪叢語》卷上：「章懷太子賢乃高宗第六子，注《漢書》在儀鳳中。豈杜甫作詩時《漢注》未傳耶？抑老杜流寓四方未之見耶？或見而不以賢言爲然耶？」按，杜甫别有《石鏡》詩（本書卷一一0679）。蓋石笋傳説頗多，其事本恍惚難明，杜甫未取章懷注。

〔二〕古來四句：《魏書·西域傳》：「波斯國……多大真珠、頗梨、瑠璃、水精、瑟瑟。」《酉陽雜俎》續集卷四：「蜀石笋街，夏中大雨，往往得雜色小珠，俗謂地當海眼，莫知其故。」《分門》彦輔曰：「《成都記》：石笋及林亭池石之地，雨過必有小珠，或青黄如粟者，亦有細孔，可以貫絲。」吴曾《能改齋漫録》卷七：「按《華陽記》：『開明氏造七寶樓，以真珠結成簾。漢武帝時蜀郡遭火，燒數千家，樓亦以燼。今人往往於砂土上獲真珠。』又趙清獻《蜀郡故事》：『石笋在衙西門外，二株雙蹲，云真珠樓基也。昔有胡人於此立寺，爲大秦寺。其門樓十間，皆以真珠翠碧貫之爲簾。後摧毁墜地，至今基脚在。每有大雨，其前後人多拾得真珠、瑟瑟、金翠異物。今謂石笋，非爲樓設，而樓之建，適當石笋附近耳。蓋大秦國多璆琳琅玕、明珠、夜光璧，水道通益州永昌郡，多出異物，則此寺大秦國人所建也。』杜田嘗引《酉陽雜俎》，謂『蜀少城飾以金璧珠翠，桓温怒其大侈，焚之』之事爲證，非也。」

〔三〕恐是二句：仇注：「墓前石表，乃公之獨斷。」楊倫云：「今按杜田所云丈尺，與《志》本不相符，公故臆是卿相墓前物耳。」

〔四〕惜哉四句：《分門》師曰：「甫意謂此石必是古者卿相墓前表識，後世妄加緣飾，以爲海眼，以蔽蒙愚俗，蓋譏禄山、國忠以微賤小臣蒙蔽玄宗，致天寶末年之禍。」《九家》趙注：「此篇作於上元元年。是年李輔國日離間二宫，擅權之跡甚彰，故因賦石笋而指譏李輔國也。」浦起龍云：「《石笋》、《石犀》，爲蜀郡淫雨江泛而作也。……舊解都將本旨抛荒，純以輔國蔽主之説支離比附，已是喧賓奪主。至誤以『惜哉』四句譏傳訛之人，則所云『蒙蔽』者本是石笋也，忽又移之世人，而反以石笋比至尊。」楊倫云：「言俗人爲石笋所蒙蔽，猶至尊爲小臣所蒙蔽也。」按，趙注等皆先比附時事而後定作年，反不如師、浦之説較通達。

〔五〕駿奔：《詩·周頌·清廟》：「對越在天，駿奔走在廟。」傳：「駿，長也。」箋：「駿，大也。」

〔六〕安得二句：李尤《九曲歌》：「年歲晚暮時已斜，安得壯士翻日車。」《莊子·知北游》：「此之謂本根，可以觀於天矣。」

石犀行〔一〕

君不見秦時蜀太守，刻石立作三犀牛。自古雖有厭勝法〔二〕，天生江水向東流①。蜀人矜誇一千載，泛溢不近張儀樓②〔三〕。今年灌口損户口③，此事或恐爲神羞〔四〕。終藉隄防出衆力④，高擁木石當清秋。先王作法皆正道⑤，詭怪何得參人謀〔五〕。嗟爾三犀不經濟，缺訛只與長川逝⑥〔六〕。但見元氣常調和⑦，自免洪濤恣凋瘵〔七〕。安得壯士提天綱，再平水土犀奔茫⑧〔八〕。《後漢書》：户口減如毛米⑨。(0172)

【校】

①向，宋本、錢箋、《九家》、《草堂》校：「一云須。」《文苑英華》作「須」，校：「集作向。」

②溢，《文苑英華》作「濫」，校：「集作溢。」

③口，錢箋、《草堂》校：「一作注。」《文苑英華》校：「集作注。」

④終藉，錢箋校：「《草堂》作修築。」《草堂》校：「一作幾築。」

⑤王，宋本作「生」，據他本改。

⑥ 川，《草堂》作「江」。

⑦ 常，《文苑英華》作「相」，校：「集作恒。」

⑧ 壯士，錢箋校：「一作作者。」《文苑英華》作「作者」，校：「集作壯士。」　奔，錢箋校：「一作蒼。」

⑨ 後漢書户口減如毛米，此注他本不載。

【注】

黄鶴注：上元二年（七六一）秋八月，灌口損户口，故作是詩。然意亦有所寓也。按，其説無據，詳注。

〔一〕石犀：《華陽國志》卷三：「周滅後，秦孝文王以李冰爲蜀守。冰能知天文地理……冰乃壅江作堋，穿郫江、檢江，别支流雙過郡下，以行舟船。岷山多梓柏大竹，頹隨水流，坐致材木，功省用饒。又溉灌三郡，開稻田。於是蜀沃野千里，號爲『陸海』。旱則引水浸潤，雨則杜塞水門，故《記》曰：水旱從人，不知饑饉，時無荒年。天下謂之『天府』也。外作石犀五頭以厭水精，穿石犀溪於江南，命曰犀牛里。後轉置犀牛二頭，一在府市市橋門，今所謂石牛門是也。一在淵中。」《藝文類聚》卷九五引《蜀王本紀》：「江水爲害，蜀守李冰作石犀五枚，二枚在府中，一枚在市橋下，二在水中，以厭水精，因曰石犀里。」陸游《老學庵筆記》卷一：「石犀在廟之東階下，亦粗似一犀，正如陝之鐵牛，但望之大概似牛耳。石犀一足不備，以他石續之，氣象甚古。」

〔二〕自古句：《論衡·調時》：「世俗起土興功，歲月有所食，所食之地，必有死者。假令太歲在子，歲食於酉，正月建寅，月食於巳，子寅地興功，則酉巳之家見食矣。見食之家，作起厭勝，以五行之物，懸金木水火。假令歲月食西家，西家懸金。歲月食東家，東家懸炭。設祭禮以除其凶，或空亡徙以辟其殃。連相仿效，皆謂之然。」《晉書·藝術傳》韓友：「受《易》於會稽伍振，善占卜，能圖宅相冢，亦行京費厭勝之術。龍舒長鄧林婦病積年，垂死，醫巫皆息意。友爲筮之，使畫作野猪著卧處屏風上，一宿覺佳，於是遂差。舒縣廷掾王睦病死，已復魄，友爲筮之，令以丹畫版作日月置床頭，又以豹皮馬鄣泥卧上，立愈。」厭勝之法蓋起於漢，杜甫亦以石犀爲廣義之厭勝之術。《顔氏家訓·風操》：「偏傍之書，死有歸殺。子孫逃竄，莫肯在家。畫瓦書符，作諸厭勝。喪出之日，門前然火，户外列灰，祓送家鬼，章斷注連。凡如此者，不近有情，乃儒雅之罪人，彈議所當加也。」

〔三〕泛溢句：岑參《張儀樓》：「傳是秦時樓，巍巍至今在。樓南兩江水，千古長不改。」《元和郡縣圖志》卷三一成都府：「州城，秦惠王二十七年張儀所築。初儀築城，屢頽不立，忽有大龜周行旋走，巫言依龜行處築之，遂得堅立。城西南樓百有餘尺，名張儀樓，臨山瞰江，蜀中近望之佳處也。」《蜀中廣記》卷一引李膺《益州記》：「最東曰陽城門，次西曰宣明門，蜀時張儀樓，即宣明門樓也。重閣複道，跨陽城門，故太沖賦云『結陽城之延閣，飛觀榭乎雲中』矣。江橋者，大江水所經也。稍西爲市橋，曰市橋門，以漢舊州市在此橋南，橋下即石犀所潛淵，亦曰石牛門。」按，「不近張儀樓」，即不近益州城之意。

〔四〕今年二句：《元和郡縣圖志》卷三一彭州導江縣：「灌口山，在縣西北二十六里。漢蜀文翁穿湔江既灌，故以灌口名山。」「灌口鎮，在縣西二十六里。後魏置。自觀坂迄於頃山，五百里間，兩岸壁立如峰，瀑布飛流，十里而九，昔人以爲井陘之阸。犍尾堰，在縣西南二十五里。李冰作之，以防江決。破竹爲籠，圓徑三尺，長十丈，以石實中，累而壅水。」嚴耕望《唐代交通圖考》考犍尾堰即《水經注》江水所記李冰所作湔堋（湔堰），湔、犍同音，亦即古都安堰。《太平寰宇記》卷七三記都安堰、犍尾堰爲二，誤。詩言灌口水溢，當指犍尾堰。《舊唐書・肅宗紀》：「（上元二年八月癸丑朔）自七月霖雨，至是方止，牆宇多壞，漉魚道中。」黄鶴注引此，謂「灌口損户口」即此時。按，《肅宗紀》所言乃長安地區，以此推言灌口水溢，謬之甚矣。《書・武成》：「無作神羞。」傳：「無爲神羞辱。」

〔五〕先王二句：《淮南子・氾論訓》：「夫聖人作法，而萬物制焉。」《漢書・郊祀志下》：「成帝末年頗好鬼神，亦以無繼嗣故，多上書言祭祀方術者，皆得待詔，祠祭上林苑中長安城旁，費用甚多，然無大貴盛者。谷永説上曰：『臣聞明於天地之性，不可惑以神怪；知萬物之情，不可罔以非類。諸背仁義之正道，不遵五經之法言，而盛稱奇怪鬼神，廣崇祭祀之方……者，皆奸人惑衆，挾左道，懷詐僞，以欺罔世主。』」《後漢書・桓譚傳》：「是時帝方信讖，多以決定嫌疑，又酬賞少薄，天下不時安定。譚復上疏曰：『……凡人情忽於見事而貴於異聞，觀先王之所記述，咸以仁義正道爲本，非有奇怪虛誕之事。』」

〔六〕嗟爾二句：《晉書・石苞傳》：「經濟世務。」阮籍《詠懷》：「孔聖臨長川，惜逝忽若浮。」

〔七〕但見二句：《詩・王風・黍離》傳：「元氣廣大，則稱昊天。」班固《東都賦》：「降烟煴，調元氣。」木華《海賦》：「昔在帝媯巨唐之代，天綱浡潏，爲凋爲瘵。洪濤瀾汗，萬里無際。」《文選》

李善注：「言水之廣大，爲天綱紀。《説文》曰：凋，半傷也。《爾雅》曰：瘵，病也。」

〔八〕安得二句：王嗣奭《杜臆》：「壯士提天綱，正謂賢相操國柄也。」按，《九家》趙注謂「取《海賦》以水爲天綱」，是。岑參《上嘉州青衣山中峰題惠淨上人幽居》：「諸嶺一何小，三江奔茫茫。」奔茫或爲奔流茫茫之凝縮。

《九家》趙注：「此篇因石犀而指譏廟堂無經濟之人也。」

仇注：「乾元元年九月，置道場於三殿，以宫人爲佛菩薩，北門武士爲金剛神王，召大臣膜拜圍繞。當時黷禮不經甚矣，故有『厭勝』、『詭怪』等語。且自李峴貶斥，朝無正人，故有調和元氣之説。此詩寓言，亦確有所指矣。」

浦起龍云：「『嗟爾』以下，纔是直斥石犀，而又歸到元氣調和，乃爲探本之論。『提天綱』即調元氣也。正道伸而邪氣自屏絶矣。比前篇『擲天外』更上一層。觀此詩調氣、提綱等語，斷無從實指何人，以與朝局紐合。則前詩刺李之説，其非本旨益信。」

杜鵑行

君不見昔日蜀天子，化作杜鵑似老烏①〔一〕。寄巢生子不自啄，羣鳥至今與哺雛。雖同君臣有舊禮，骨肉滿眼身羇孤②〔二〕。業工竄伏深樹裏，四月五月偏號呼。其聲哀痛口流血〔三〕，所訴何事常區區。爾豈摧殘始發憤③，羞帶羽翮傷形愚。蒼天變化誰料得，萬事反覆何所無？萬事反覆何所無，豈憶當殿羣臣趨。

（0173）

【校】

①似，《文苑英華》作「如」，校：「集作似。」

②身，《文苑英華》作「如」，校：「集作身。」

③豈，《九家》作「惟」，校：「一作豈。」　始，錢箋校：「晋作如。」

【注】

黄鶴注：觀其詩意，乃感明皇失位而作。當是上元元年（七六〇）遷西内後。仇注繫於上元二年（七六一）。

〔一〕君不見二句：《華陽國志》卷三：「後有王曰杜宇，教民務農，一號杜主。……七國稱王，杜宇稱帝，號曰望帝，更名蒲卑。自以功德高諸王，乃以褒斜爲前門，熊耳、靈關爲後户，玉壘、峨眉爲城郭，江、潛、綿、絡爲池澤，以汶山爲畜牧，南中爲園苑。會有水災，其相開明決玉壘山以除水害。帝遂委以政事，法堯舜禪授之義，遂禪位於開明，帝升西山隱焉。時適二月，子鵑鳥鳴，故蜀人悲子鵑鳥鳴也。巴亦化其教而力務農，迄今巴蜀民農時先祀杜主君。」左思《蜀都賦》：「碧出萇弘之血，鳥生杜宇之魄。」《文選》劉逵注：「《蜀記》曰：昔有人姓杜名宇，王蜀，號曰望帝。宇死，俗説云宇化爲子規。子規，鳥名也。蜀人聞子規鳴，皆曰望帝也。」或辨子規、杜鵑爲二鳥，參卷三《法鏡寺》（0145）注。《九家》趙注：「以次公考之，此鳥乃暮春之時農夫以爲耕候，曰規曰鵑，其義取圓春之事也。王介甫於《字説》言之矣。然有二種，其一褐色，四川中亦有，而内地多有之，名曰子規，仿像其聲之四，云『不如歸去』。其一色黑，似烏而小，兩吻赤如血，而其聲二。内地亦有，而蜀中多有之，名曰杜鵑，仿像其聲之二，云『杜宇』。夫所謂鵑之名，自古有之。《漢書》謂之曰鵑，歐陽率更載《臨海異物志》（《藝文類聚》卷三引）曰：『題鴂，一名田鵑。春三月鳴，晝夜不止，音聲自呼。俗言取梅子塗其口，兩邊皆赤。至麥子熟，鳴乃止。』率更據《志》以爲塗口而後赤，蓋信所傳聞耳。蜀人既傳杜宇化爲鵑，而加杜姓，稱爲杜鵑，又曰杜宇，然其聲未必是呼『杜宇』也。蓋望帝之前，則聲云『布穀』，則催耕之鳥而已。杜公於長安《玄都壇》詩云『子規夜啼山竹裂』，於《雲安》詩云『兩邊山木合，終日子規啼』，則指『不如歸去』四聲者而言之。今有《杜鵑行》，其後又有《杜鵑詩》，則指杜宇之二聲者言之。惟其指杜宇之二聲者言之，故詩皆言帝王之事。」趙次公所考與今鳥類學觀察一致。

〔一一〕寄巢四句：《東坡志林》卷九：「按《博物志》：杜鵑生子，寄之他巢，百鳥爲飼之。」後代類書徵引皆出此。鮑照《擬行路難》：「愁思忽而至，跨馬出北門。舉頭四顧望，但見松柏荆棘鬱樽樽。中有一鳥名杜鵑，言是古時蜀帝魂。聲音哀苦鳴不息，羽毛憔悴似人髡。飛走樹間啄蟲蟻，豈憶往日天子尊。念此死生變化非常理，中心惻愴不能言。」周嬰《巵林》卷二引鮑詩謂：「然則《博物》所稱生子寄他巢，百鳥爲飼之，蓋虚説也。」按，杜鵑科鳥類中只有杜鵑亞科和雞鵑亞科有借巢産卵的習性。其孵化期短，通常將卵産到孵化期較長的鳥類巢中，孵化後幼雛會將其他鳥卵或幼雛推落，獨由他鳥哺育。古人觀察有據。

〔三〕其聲句：《異苑》卷三：「杜鵑始陽相催而鳴，先發聲者便吐血死。昔有人山行，見一群寂然，聊學其聲，便嘔血死。初鳴先聽其聲者主離别，廁上聽其聲不祥。厭之法，當爲大聲以應之。」

《苕溪漁隱叢話》前集卷七：「細詳味此詩，亦是明皇遷居西内時作，其意尤切，讀之可傷。」又引《蔡寬夫詩話》：「此鮑明遠詩（《擬行路難》）也，與子美《杜鵑行》語意極相類。或云子美此詩爲明皇作，理宜當然。」

錢箋：「上元元年七月，上皇遷居西内，高力士流巫州，置如仙媛於歸州，玉真公主出居玉真觀，上皇不懌，因不茹葷，浸以成疾。詩云『骨肉滿眼身羈孤』，蓋謂此也。移仗之日，上皇驚，欲墜馬數四，高力士躍馬厲聲曰：『五十年太平天子，李輔國汝舊臣不宜無禮。』又令輔國攏馬，護侍至西内。故曰『雖同君臣有舊禮』，蓋謂此也。」

戲作花卿歌①

成都猛將有花卿，學語小兒知姓名〔一〕。用如快鶻風火生〔二〕，見賊惟多身始輕。綿州副使著柘黄〔三〕，我卿掃除即日平。子璋髑髏血模糊②，手提擲還崔大夫〔四〕。李侯重有此節度〔五〕，人道我卿絶世無③。既稱絶世無，天子何不喚取守京都？（0174）

【校】

①花卿，《草堂》下有「二」字。

②璋，錢箋作「章」，校：「一作璋。」

③世，宋本、錢箋、《草堂》校：「一作代。」

【注】

黄鶴注：上元二年（七六一）作。

〔一〕成都二句：《舊唐書·肅宗紀》：「（上元二年四月）壬午，梓州刺史段子璋叛，襲破遂州，殺刺史嗣號王巨。東川節度使李奐戰敗，奔成都。」「（五月）乙未，劍南節度使崔光遠率師與李奐擊敗段子璋於綿州，擒子璋殺之。綿州平。」《崔光遠傳》：「（上元）二年，兼成都尹，充劍南節度營田觀察處置使，仍兼御史大夫。及段子璋反，東川節度使李奐敗走，投光遠。率將花驚定等討平之。將士肆其剽劫，婦女有金銀臂釧，兵士皆斷其腕以取之，亂殺數千人，光遠不能禁。肅宗遣監軍使按其罪，光遠憂恚成疾，上元二年十月卒。」《高適傳》：「後梓州副使段子璋反，以兵攻東川節度使李奐，適率州兵從西川節度使崔光遠攻子璋，斬之。西川牙將花驚定者，恃勇，既誅子璋，大掠東蜀。天子怒光遠不能戢軍，乃罷之，以適代光遠爲成都尹、劍南西川節度使。」黄庭堅《書花卿歌後》：「楊明叔爲余言，花卿冢在丹稜之東館鎮。至今有英氣，血食其鄉云。」邵伯温《邵氏聞見録》卷二〇：「余爲西蜀憲，其治在嘉州。州之西有花將軍廟。將軍英武，見於杜子美之詩。廟史以匣藏唐至德元年十月鄭丞相告云：『花驚定將軍也。』是歲吐蕃陷巂州，將軍與丞相豈同功者耶？告後列『金紫光禄大夫左相豳國公臣』、『正議大夫門下侍郎平章事博陵縣開國男臣』，不書姓名。右相缺。『銀青光禄大夫行中書侍郎平章事』，姓名磨滅。謹按至德元年肅宗初即位於靈武，右丞相楊國忠誅死，故缺之。是歲六月丙午，劍南節度使崔圓爲中書侍郎平章事。七月庚午，武部尚書平章事韋見素爲左相，蜀太守崔渙爲門下侍郎平章事。其不書姓名、磨滅者，此三人無疑矣。中書省官臣書姓名，門下省官臣不書姓名，當時節度廢缺如此。然花將軍之名驚定，唯得於此告也。或云將軍丹稜東館人，今東館廟貌尤盛云。」《蜀中廣記》卷一二名勝丹稜縣：「按花欽字敬定，本關中人。唐至德間從崔光遠入蜀，討段子璋有功。」此欽字疑誤。吴騫《拜經樓詩話》卷二：「今丹陵縣有花卿冢，過者多題詩，黄魯直所謂『至今有英氣，血食其鄉』者。按，孛蘭肹《元一統志》云：花驚定入蜀充牙將，先討叛將段子璋，有功。後征南蠻，又有功。唐封嘉祥縣公。後又平寇，單騎鏖戰，已喪其元，尚騎馬荷戈至鎮，下馬沃盥。適有浣紗女在旁，謂曰：『將軍無頭，何以盥爲？』遂僵仆。居民神之，葬溪上。因植戈於冢，祝曰：『戈若發生，當爲立廟。』已而戈果生，遂立廟。歷代封贈，廟食至今。杜甫詩云云。據此則花卿爲牙將時雖縱暴掠，厥後忠烈，實有過人者，轉惜少陵不及見之耳。」

〔二〕用如句：快鶻，參卷二《義鶻》(0071)注。黄徹《䂬溪詩話》卷五：「《南史》曹景宗謂所親曰：『昔在鄉里，與年少輩拓弓弦作霹靂聲，放箭如餓鴟叫，覺耳後生風，鼻尖出火。』子美蓋不拘泥於鴟鶻之異也。」

〔三〕綿州句：朱鶴齡注：「子璋，《新書》作節度兵馬使，《舊書》、《通鑑》作梓州刺史，此詩又云綿州副使，蓋以梓州刺史領副使時據綿州反，遂稱綿州副使耳。」按，節度、觀察諸使下有副使。梓州爲東川節度使理所，綿州爲其管州。《高適傳》稱子璋爲梓州副使，即東川節度副使，爲李奂屬下。節度使例兼理所州刺史，《肅宗紀》等稱子璋爲梓州刺史者不確。詩稱綿州副使，則以其據綿州作亂。《册府元龜》卷四三四《將帥部·獻捷》：「段子璋爲越巂太守，肅宗至德二年三月，太上皇在蜀郡，段子璋俘所獲吐蕃生口來獻，詰責而舍之。」則此前爲巂州刺史。王建《宫詞》：「閑著五門遥北望，柘黄新帕御床高。」元稹《酬孝甫見贈》：「雉尾扇開朝日出，柘黄衫對碧霄垂。」則柘黄爲宫禁所用。

〔四〕子璋二句：《莊子·至樂》：「莊子之楚，見空髑髏。」《説文》：「髑，髑髏，頂也。」段注：「《廣雅》：頊顱謂之髑髏。按頁部：頊顱，頭骨也。」錢箋引吴若本注：「崔大夫謂光遠。」光遠爲御史大夫。

〔五〕李侯句：錢箋引吴若本注：「李侯疑即奂。嘗領東川，以子璋亂出奔，及平，復得之鎮，故云『重有此節度』也。」按，唐有二李奂。其一爲河間司法，從顔真卿拒史思明，兵敗送至東京，被禄山所害。見《册府元龜》卷七六三《總録部·死節》、《舊唐書·史思明傳》等。東川節度使李奂疑即前任興平節度使、從郭子儀圍相州者。

《苕溪漁隱叢話》前集卷一四：「細考此歌，想花卿當時在蜀中，雖有一時平賊之功，然驕恣不法，人甚苦之。故子美不欲顯言之，但云『人道我卿絶世無，既稱絶世無，天子何不唤取守京都』，語句含蓄，蓋可知矣。」

賀裳《載酒園詩話》卷一：「余意則殊不然。此歌上言其勇，中叙其功，下則惜其不見用。其時禄山雖死，慶緒未滅，思明復叛，良將如卿，遠弃於蜀，此少陵所致歎也。至『錦城絲管日紛紛，半入江風半入雲。此曲只應天上有，人間能得幾回聞』，用修以爲花卿在蜀頗僭，子美作此諷之。則於詩意似合，疑可從耳。要之兩詩不作於一時，前自惜其功，後自譏其僭，何必牽拘。」

贈蜀僧閭丘師兄太常博士均之孫①〔一〕。

大師銅梁秀，籍籍名家孫〔二〕。嗚呼先博士，炳靈精氣奔〔三〕。惟昔武皇后②，臨軒御乾坤。多士盡儒冠，墨客藹雲屯〔四〕。當時上紫殿〔五〕，不獨卿相尊。世傳閭丘筆，峻極逾崑崙③〔六〕。鳳藏丹霄暮④，龍去白水渾⑤〔七〕。青熒雪嶺東，碑碣舊製存〔八〕。斯文散都邑，高價越璵璠〔九〕。晚看作者意，妙絶與誰論。吾祖詩冠古，同年蒙主恩〔一〇〕。豫章夾日月，歲久空深根〔一一〕。小子思疏闊，豈能達詞門。窮愁一揮淚⑥，相遇即諸昆〔一二〕。我住錦官城，兄居祇樹園〔一三〕。地近慰旅愁，往來當丘樊〔一四〕。天涯歇滯雨，粳稻臥不翻〔一五〕。漂然薄游倦，始與道旅敦⑦〔一六〕。景晏步修廊，而無車馬喧〔一七〕。夜闌接軟語⑧〔一八〕，落月如金盆。漠漠世界黑⑨，驅驅爭奪繁⑩〔一九〕。惟有摩尼珠，可照濁水源〔二〇〕。（0175）

【校】

①太常博士均之孫，七字宋本無。據錢箋、《九家》、《草堂》補。
②惟，錢箋、《草堂》校：「一云往。」
③逾，錢箋校：「樊作侔。」《草堂》校：「一作侔。」
④暮，錢箋、《九家》、《草堂》校：「一作穴。」
⑤去，錢箋、《草堂》校：「一作出。」
⑥愁，錢箋、《九家》、《草堂》校：「一作秋。」
⑦始，錢箋、《草堂》校：「晋作如。」　旅，宋本、《九家》、《草堂》校：「一作侶。」錢箋作「侶」，校：「一作旅。」
⑧夜闌接軟語，錢箋、《草堂》校：「一作『夜言詞柔軟』。」
⑨黑，錢箋校：「一作空。一作穴。」《九家》、《草堂》校：「一作空。」
⑩驅驅，《草堂》校：「一作區區。」

【注】

黄鶴注：詩云「我住錦官城」，當是上元元年（七六〇）秋冬作。

〔一〕閭丘師兄：閭丘均之孫。《舊唐書·文苑傳》：「子昂卒後，益州成都人閭丘均，亦以文章著稱。景龍中，爲安樂公主所薦，起家拜太常博士。而公主被誅，均坐貶爲循州司倉，卒。有集十卷。」侯圭《東山觀音院記》：「梓州諸寺山院陳跡……牛頭則有閭丘博士均、嚴員外碑。」《宋高僧傳》卷八《弘忍傳》：「開元中，太子文學閭丘均爲塔碑焉。」

〔二〕大師二句：左思《蜀都賦》：「外負銅梁於宕渠，内函要害於膏腴。」《文選》劉逵注：「銅梁，山名。宕渠，縣名。銅梁在巴東，宕縣在巴西，出鐵。」《元和郡縣圖志》卷三三合州石鏡縣：「銅梁山，在縣南九里。《蜀都賦》曰『外負銅梁於宕渠』是也。山出銅及桃枝竹。」袁淑《效曹子建樂府白馬篇》：「籍籍關外來，車徒傾國鄽。」《文選》李善注：「謂被徙關中也。《漢書》武帝曰：事籍籍如此。」本有紛擾、交錯義，此作顯揚解。李頎《放歌行答從弟墨卿》：「徒爾當年聲籍籍，濫作詞林兩京客。」李白《贈韋秘書子春》：「高名動京師，天下皆籍籍。」

〔三〕炳靈：左思《蜀都賦》：「近則江漢炳靈，世載其英。蔚若相如，皭若君平。」

〔四〕惟昔四句：《大唐新語》卷八：「則天初革命，大搜遺逸，四方之士應制者向萬人。則天御洛陽城南門，親自臨試。張説對策，爲天下第一。則天以近古以來未有甲科，乃屈爲第二等。」曹植《大魏篇》：「陛下臨軒笑，左右咸歡康。」多士，見卷一《自京赴奉先縣詠懷五百字》(0041)注。儒冠，見卷一《奉贈韋左丞丈二十二韻》(0001)注。揚雄《長楊賦》：「聊因筆墨之成文章，故藉翰林以爲主人，子墨爲客卿以風。其辭曰：子墨客卿問於翰林主人。」

〔五〕紫殿：謝朓《直中書省》：「紫殿肅陰陰，彤庭赫弘敞。」《文選》李善注：「紫殿，紫宮也。《漢書·成紀》曰：神光降集紫殿。」

〔六〕世傳二句：《文心雕龍·總術》：「今之常言，有文有筆。以爲無韻者筆也，有韻者文也。夫文以足言，理兼詩書。别目兩名，自近代耳。」本書卷一九《進雕賦表》(1462)：「臣幸賴先臣緒業，自七歲所綴詩筆，向四十載矣。」王縉《進王維集表》：「詩筆共成十卷。」唐以詩、筆對言。《詩·大雅·崧高》：「崧高維岳，峻極於天。」陸機《太山吟》：「峻極周已遠，曾雲鬱冥冥。」

〔七〕鳳藏二句：張衡《東京賦》：「我世祖忿之，乃龍飛白水，鳳翔參墟。」《文選》薛綜注：「白水，謂南陽白水縣也，世祖所起之處也。」仇注：「鳳藏龍去，比閭丘之殁。三鳳八龍，古人以比賢士，原不專指人君也。」引庾信《齊王憲神道碑》「鳳沉丹穴，龍亡黑陂」等。浦起龍云：「或云稱其文，或云比其殁，愚意博士必以碑版之文名世，二句當即摘其文中警策語。」

〔八〕青熒二句：《元和郡縣圖志》卷三二西川松州嘉誠縣：「雪山，在縣東八十里，春夏常有積雪，故名。」《九家》杜《補遺》：「東蜀牛頭山下有閭丘均撰《瑞聖寺磨崖碑》，嚴政書。寺今改爲天寧羅漢禪院。」參前引侯圭《東山觀音院記》。班固《西都賦》：「琳珉青熒。」仇注：「此詩言碑文之光耀。」此句法之間隔。

〔九〕璵璠：曹植《贈徐幹》：「亮懷璵璠美，積久德逾宣。」《文選》李善注引《左傳》「陽虎將以璵璠斂」杜預注：「璵璠，美玉，君所佩也。」

〔一〇〕吾祖二句：《舊唐書·文苑傳·杜審言》：「審言，進士舉，初爲隰城尉。雅善五言詩，工書翰，有能名。然恃才謇傲，甚爲時輩所嫉。乾封中，蘇味道爲天官侍郎，審言預選。試判訖，謂人曰：『蘇味道必死。』人問其故，審言曰：『見吾判，即自當羞死矣。』又嘗謂人曰：『吾之文章，合得屈宋作衙官；吾之書跡，合得王羲之北面。』其矜誕如此。累轉洛陽丞，坐事貶授吉州司户參軍。……後則天召見審言，將加擢用。問曰：『卿歡喜否？』審言蹈舞謝恩。因令作《歡喜詩》，甚見嘉賞。拜著作佐郎，俄遷膳部員外郎。神龍初，坐與張易之兄弟交往，配流嶺外。尋召授國子監主簿，加修文館直學士。年六十餘卒。」按，傅璇琮《唐才子傳校箋》考審言被召見，在武后長安二年（七〇二）葬其子杜并後。朱鶴齡注：「史稱均拜太常在中宗景龍間。據公詩，則武后時已擢用。」

〔一一〕豫章二句：司馬相如《子虛賦》：「其樹楩楠豫章。」《文選》李善注引《尸子》：「土積則生楩楠豫章。」《詩·秦風·終南》：「終南何有，有條有梅。」傳：「梅，柟也。」陸璣疏：「梅樹皮葉似豫樟，豫樟葉大如牛耳，一頭尖，赤心，華赤黃，子青，不可食。柟葉大，可三四葉一叢，木理細緻於豫樟，子赤者材堅，子白者材脆。江南及新城、上庸、蜀，皆多樟柟。」仇注：「夾日月，言其高大。」

〔一二〕昆：兄也。參卷二《彭衙行》（0070）注。

〔一三〕我住二句：《華陽國志》卷三蜀郡：「其道西城，故錦官也。錦工織錦濯其江中則鮮明，濯他江則不好，故命曰錦里。」此指成都。《法苑珠林》卷三九引《賢愚經》：「須達請太子，欲買園造精舍。祇陀太子言：若能以黃金布地，令間無空者，便當相與。須達曰：諾，謹隨其價。……佛告阿難：今此園地，須達所買，林樹華果，祇陀所有。二人同心，共立精舍，應當與號太子祇陀樹給孤獨食園。」後以祇樹園指佛寺。李迥秀《奉和九月九日登慈恩寺浮圖應制》：「言從祇樹賞，行玩菊叢秋。」

〔一四〕丘樊：謝莊《月賦》：「臣東鄙幽介，長自丘樊。」《文選》李善注：「《爾雅》曰：樊，藩也。郭璞曰：藩，籬也。」

〔一五〕天涯二句：滯雨，謂久雨。本書卷七《久雨期王將軍不至》(0318)：「天雨蕭蕭滯茅屋，空山無以慰幽獨。」卷一八《風疾舟中伏枕書懷三十六韻呈湖南親友》(1393)：「鬱鬱冬炎瘴，濛濛雨滯淫。」粳稻，見卷二《病後遇王倚飲贈歌》(0079)注。

〔一六〕漂然二句：夏侯湛《東方朔畫贊》：「以爲濁世不可以富貴也，故薄游以取位。」唐人多言道侶，如錢起《夕游覆釜山道士觀因登玄元廟》：「孤烟出深竹，道侶正焚香。」韋應物《慈恩伽藍清會》：「蔬食遵道侶，泊懷遺滯想。」

〔一七〕景晏二句：《西京雜記》卷三：「重閣修廊，行之移晷。」陶淵明《飲酒》：「結廬在人境，而無車馬喧。」

〔一八〕軟語：《維摩經·佛國品》：「所言誠諦，常以軟語。」《法苑珠林》卷八九引《大集經》：「佛言休息惡口，獲十種功德。何等爲十？一得柔軟語。」

〔一九〕漠漠二句：《法苑珠林》卷七引《立世界曇論》：「世尊説有大地獄，名曰黑闇，各各世界外邊悉有，皆無覆蓋。此中衆生自舉手，眼不能見。雖復日月具大威神，所有光明，不照彼邑。諸佛出世，大光遍照，因此光明，互得相見。」驅驅，奔競之義。敦煌詞《十二時》：「人定亥，金烏早憶改。驅驅不暫停，萬物徒喪會。」敦煌卷子P. 2555《夏日途中即事》：「何事鎮驅驅，馳驂傍海隅。」

〔二〇〕惟有二句：《法苑珠林》卷二八引《智度論》：「明月摩尼珠多在龍腦中，有福衆生自然得之。亦名如意珠，常出一切寶物。衣服飲食，隨意皆得。得此珠者，毒不能害，火不能燒。或是帝釋所執金剛與修羅鬬時，碎落閻浮提，變成此珠。又言過去久遠佛舍利，法既滅盡，變成此珠，以爲利益。」《大莊嚴論經》卷九：「猶濁水中，若置摩尼珠。水即爲澄清，更無濁穢相。」《華嚴經》卷四〇：「譬如水珠，名曰浄光。雖處濁水，寶性無異。能令濁水，皆悉清浄。菩薩亦復如是。」《宣室志》嚴生得清水珠，遇胡人識之，謂吾國之至寶故事，蓋由此衍生。

《苕溪漁隱叢話》前集卷六：「《後山詩話》云：『魯直言：杜之詩法出審言，句法出庾信，但過之耳。』苕溪漁隱曰：老杜亦自言『吾祖詩冠古』，則其詩法乃家學所傳云。」又卷四七引洪駒父《詩話》：「老杜祖審言，與沈、宋同時，詩極工，不在沈、宋下。故老杜詩云『吾祖詩冠古，同年蒙主恩』是也。」

泛溪

落景下高堂，進舟泛回溪〔一〕。誰謂築居小，未盡喬木西〔二〕。遠郊信荒僻，秋色有餘淒〔三〕。練練峯上雪，纖纖雲表霓〔四〕。童戲左右岸①，罟弋畢提攜〔五〕。翻倒荷芰亂，指揮逕路迷②〔六〕。得魚已割鱗③，采藕不洗泥〔七〕。人情逐鮮美，物賤事已睽④〔八〕。吾村靄暝姿，異舍雞亦栖〔九〕。蕭條欲何適⑤，出處庶可齊〔一〇〕。衣上見新月，霜中登故畦〔一一〕。濁醪自初熟⑥，東城多鼓鼙〔一二〕。（0176）

【校】

①童戲左右岸，宋本、錢箋、《九家》、《草堂》校：「一云『兒童戲左右』。」

②逕路，《草堂》作「路逕」。

③割，錢箋校：「一作劇。」

④已，宋本、錢箋、《九家》校：「一云迹。」

⑤何，錢箋作「無」。

⑥初，《九家》、《草堂》校：「一作新。」

【注】

黄鶴注：溪謂浣花溪也，當是上元元年（七六〇）秋晚作。

〔一〕落景二句：謝脁《還塗臨渚》：「落景皎晚陰，殘花綺餘日。」枚乘歌：「向虚壑兮背枯槐，依絶區兮臨回溪。」謝靈運《登石門最高頂》：「疏峰抗高館，對嶺臨回溪。」

〔二〕誰謂二句：謝靈運《石門新營所住四面高山回溪石瀨修竹茂林》：「躋險築幽居，披雲卧石門。」《九家》趙注：「言不必大屋綿亘，以盡喬木之地。」

〔三〕遠郊二句：喬琳《巴州化成縣新移文宣五廟頌》：「祠宇荒僻，垣墉頽圮。」謝靈運《廬山慧遠法師誄》：「習習遺風，依依餘凄。」

〔四〕練練二句：江淹《麗色賦》：「色練練而欲奪，光炎炎其若神。」吴均《遥贈周承》：「練練波中月，亭亭雲上枝。」《九家》趙注：「遠言西山之上峯雪。西山謂之雪山，四時皆雪也。雪云練練，以言其白也。」劉孝綽《望月有所思》：「秋月始纖纖，微光垂步簷。」鮑照《代陽春登荆山行》：「極眺入雲表，窮目盡帝州。」

〔五〕罥弋句：罥，參卷三《五盤》(0164)注。《莊子·則陽》：「田獵畢弋。」《説文》：「畢，田網也。」「𨾴，繳射飛鳥也。」段注：「經傳多假弋爲之。」仇注謂「畢」字作「盡」字解，不作掩禽之畢。説似不確。

〔六〕指揮：《荀子·富國》：「拱揖指揮。」

〔七〕得魚二句：張衡《七辨》：「鞏洛之鱒，割以爲鮮。」《説苑·立節》：「冬處於山林，食杼栗。夏處洲澤，食菱藕。」

〔八〕人情二句：《分門》師曰：「開元中物賤，今兵火以來，百物踊貴，與向者已睽異矣。」《九家》趙注：「而於人情以鮮美爲貴，於物以非新爲賤。物既可賤，事亦睽離矣。」仇注：「今乃傷鱗帶泥，則是賤其物而乖事理也。」楊倫云：「今以物非鮮美，故事與常異，以況人情厭故喜新。」按，詩意謂魚、藕皆賤物，故雖鮮美而不見逐者，此事之異也。

〔九〕吾村二句：陶淵明《歸園田居》：「曖曖遠人村，依依墟里烟。」又《停雲》：「靄靄停雲，濛濛時雨。」《詩・王風・君子于役》：「雞栖于塒。」

〔一〇〕出處句：《易・繫辭上》：「子曰：君子之道，或出或處，或默或語。」李康《運命論》：「出處不違其時，默語不失其人。」

〔一一〕霜中句：顔延之《和謝監靈運》：「采茨葺昔宇，剪棘開舊畦。」謝朓《和沈祭酒行園》：「霜畦紛綺錯，秋町鬱蒙茸。」

〔一二〕濁醪二句：濁醪，見卷一《夏日李公見訪》(0034)注。《九家》趙注：「是年四月，東川節度兵馬使段子璋反。……花驚定乘勝大掠東蜀，至天子聞之而怒，則雖七月兵應未定。故云。」黄希注：「『東城』謂史思明上元元年入東京。」朱鶴齡注：「成都城在草堂之東，故曰東城。舊指東都者非。」按，《元和郡縣圖志》卷三一成都府：「州城，秦惠王二十七年張儀所築。……少城，一曰小城，在縣西南一里二百步。《蜀都賦》云：『亞以少城，接乎其西。』」則東城指州城。趙、黄説皆牽强。《元和郡縣圖志》卷三一成都府：「蜀郡城内，管兵一萬四千人，馬一千八百匹。」此東城鼓鼙言郡城内兵營，亦不必皆指戰事。儲光羲《大酺得長字韻時任安宜尉》：「鼓鼙迎爽氣，羽籥映新陽。」本書卷一七《水宿遣興奉呈羣公》(1325)：「高枕翻星月，嚴城疊鼓鼙。」

題壁畫馬歌韋偃畫①〔一〕。

韋侯別我有所適，知我憐君畫無敵②。戲拈秃筆掃驊騮③，欻見騏驎出東壁〔二〕。一匹齕草一匹嘶，坐看千里當霜蹄〔三〕。時危安得真致此，與人同生亦同死。（0177）

【校】

①《九家》題作「題壁上韋偃畫馬歌」。錢箋校：「陳浩然草堂本作『題壁上韋偃畫馬歌』。」

②君，宋本、錢箋、《九家》校：「一作渠。」

③戲，錢箋校：「陳浩然本作試。」

【注】

黄鶴注：以後《韋偃爲雙松圖歌》考之，偃時在成都。此當是上元元年（七六〇）成都作。

〔一〕韋偃：張彦遠《歷代名畫記》卷一〇：「韋鑒，工龍馬。……鑒子鶠，工山水，高僧奇士，老松異石，筆力勁健，風格高舉。善小馬、牛羊、山原。俗人空知鶠善馬，不知松石更佳也。咫尺千尋，駢柯攢影，烟霞翳薄，風雨颼颼，輪囷盡偃蓋之形，宛轉極盤龍之狀。」朱景玄《唐朝名畫録》妙品上：「韋偃，京兆人。寓居於蜀。以善畫山水、竹樹、人物等，思高格逸。居閑嘗以越筆點簇鞍馬人物、山水雲烟，千變萬態，或騰或倚，或齕或飲，或驚或止，或走或起，或翹或跂，其小者或頭一點，或尾一抹。山以墨乾，水以手擦，曲盡其妙，宛然如真。亦有圖麒麟之良，畫銜勒之飾，巧妙精奇，韓幹之匹也。畫高僧松石、鞍馬人物，可居妙上品。山水人物等居能品。」錢箋引吴若本注：「張彦遠《名畫記》：鶠，韋鑒子，善小馬牛羊山原。甫他詩皆云偃，未知孰是。甫與偃同時，不應有誤。疑《畫記》失傳。」又引《東觀餘論》：「『偃』當作『鶠』，蓋傳寫之誤。《閣中集》、《名畫記》皆作『鶠』。」

〔二〕戲拈二句：《朝野僉載》卷六：「僞周滕州録事參軍袁思中，平之子，能於刀子鋒杪倒著揮蠅起，拈其後脚，百不失一。」敦煌詞、禪宗語録多用「拈」字。張懷瓘《書斷列傳》卷一：「前漢蕭何善篆籀，爲前殿成，覃思三月，以題其額，觀者如流。何使禿筆書。」《歷代名畫記》卷二：「樹古之狀，妙於韋鶠，窮於張通、張璪也。通能用紫毫禿鋒，以掌摸色，中遺巧飾，外若混成。」卷一〇「張璪」：「初畢庶子宏擅名於代，一見驚歎之，異其唯用禿毫，或以手摸絹素。」驊騮，見卷一《天育驃騎歌》(0013)注。騏驎，見卷一《驄馬行》(0039)注。

〔三〕一匹二句：《莊子·馬蹄》：「齕草飲水，翹足而陸，此馬之真性也。」蔡君知《君馬黄》：「水凍恒傷骨，蹄寒爲踐霜。」沈炯《詠老馬》：「渡水頻傷骨，翻霜屢損蹄。」

戲題畫山水圖歌①王宰畫。宰丹青絶倫〔一〕。

十日畫一水，五日畫一石。能事不受相促迫②，王宰始肯留真跡〔二〕。壯哉崑崙方壺圖③〔三〕，挂君高堂之素壁。巴陵洞庭日本東，赤岸水與銀河通④，中有雲氣隨飛龍〔四〕。舟人漁子入浦漵，山木盡亞洪濤風⑤〔五〕。尤工遠勢古莫比，咫尺應須論萬里⑥〔六〕。焉得并州快剪刀，剪取吴松半江水〔七〕。（0178）

【校】

①戲題畫山水圖歌，「戲題」下《草堂》、《文苑英華》有「王宰」二字，無題注。錢箋校：「一本『題』字下有『王宰』二字。」

②迫，《文苑英華》作「逼」，校：「一作迫。」

③壺，宋本、錢箋、《九家》、《文苑英華》校：「一作丈。」

④赤，錢箋校：「一作南。」

⑤亞，宋本、錢箋、《九家》校：「一作帶。」《文苑英華》校：「集作帶。」

⑥論，宋本、《九家》校：「一作千。」錢箋校：「一作千。一作行。」《文苑英華》校：「集作行。」

【注】

黃鶴注：梁權道謂上元元年（七六〇）成都作。若如泰伯之説，云公託意言永王璘反，吴松江爲之阻絶，時李光弼在并州，欲得李來平之。至德二年（七五七），與舊次不同。按史，上元元年劉展反，陷潤州、昇州、蘇州。乃吴松江。或者公託意以此。仇注謂黃鶴注太鑿，仍編入上元元年。

〔一〕王宰：《歷代名畫記》卷一〇：「王宰，蜀中人，多畫蜀山，玲瓏窳窆，巉差巧峭。」《唐朝名畫録》妙品上：「王宰家於西蜀，貞元中韋令公以客禮待之。畫山水樹石出於象外，故杜員外贈歌云……景玄曾於故席夔舍人廳見一圖障，臨江雙樹，一松一柏，古藤縈繞，上盤於空，下著於水。千枝萬葉，交植曲屈，分布不雜。或枯或榮，或蔓或亞，或直或倚。葉疊千重，枝分四面。達士所珍，凡目難辨。又於興善寺見畫四時屏風，若移造化。風候雲物，八節四時，於一座之内，妙之至極也。故山水松石，並可躋於妙上品。」郭若虚《圖畫見聞志》卷一：「三王則王維暨王熊、王宰，悉工山水。」《苕溪漁隱叢話》前集卷八引山谷云：「王宰丹青絶倫，如老杜此作決不虚發，而世遂無宰畫。蓋丹青山水李將軍父子最號絶倫，而宰名不著，計世間雖有宰畫，人亦以爲二李矣。」

〔二〕能事二句：陸雲《與兄平原書》：「觸類長之，能事可見。」仇注引吴金氏曰：「不受促迫，方得從容盡其能事，此見王宰品格，亦見主人知音。」盛大士《溪山卧游録》卷一：「唐人畫鈎勒工細，非旦夕可以告成，故杜陵云：『五日畫一水，十日畫一石。能事不受相促迫，王宰始肯留真跡。』自元四大家出，而氣局爲之變。學者宜成竹在胸，了無拘滯。若斷斷續續、枝枝節節而爲之，神氣必不貫注矣。」

〔三〕壯哉句：《列子·湯問》：「渤海之東不知幾億萬里，有大壑焉，實惟無底之谷，其下無底，名曰歸墟。八紘九野之水，天漢之流，莫不注之，而無增無減焉。其中有五山焉：一曰岱輿，二曰員嶠，三曰方壺，四曰瀛洲，五曰蓬萊。」《初學記》卷五引《拾遺記》：「海中三山，一名方壺方丈，二曰蓬壺蓬萊，三曰瀛洲。形如壺，上廣下狹。」

〔四〕巴陵三句：郭璞《江賦》：「爰有包山洞庭，巴陵地道。」《文選》李善注引郭璞《山海經注》：「洞庭地穴在長沙巴陵。吴縣南太湖中有苞山，山下有洞庭穴道，潛行水底，云無所不通，號爲地脈。」《史記·夏本紀》正義引《括地志》：「倭國，武皇后改曰日本國，在百濟南，隔海依島而居，凡百餘小國。」《舊唐書·東夷傳》「日本」：「日本國者，倭國之别種也。以其國在日邊，故以日本爲名。或曰倭國自惡其名不雅，改爲日本。或云日本舊小國，並倭國之地。其人入朝者，多自矜大，不以實對，故中國疑焉。又云其國界東西南北各數千里，西界、南界咸至大海，東界、北界有大山爲限，山外即毛人之國。」《江賦》：「鼓洪濤於赤岸，淪餘波乎柴桑。」《文選》李善注：「《七發》曰：凌赤岸。或曰赤岸在廣陵興縣。」又《七發》李善注：「山謙之《南徐州記》曰：京江，《禹貢》北江，春秋分朔，輒有大濤。至江乘，北激赤岸，尤更迅猛。然並以赤岸在廣陵，而此文勢似在遠方，非廣陵也。」又《吴越春秋》卷六禹周行宇内「南逾赤岸」，徐天佑注引《水經注》潤水新安縣南白石山：「世謂是山曰廣陽山，水曰赤岸水。」熊會貞《水經注疏》謂非是，《魏書·陳思王植傳》：「臣昔從先皇帝南極赤岸」，蓋即《吴越春秋》之赤岸，其地遠在南方。按，杜詩二句皆用《江賦》。《文選》注《江賦》、《七發》，皆謂廣陵赤岸，然李善亦謂「此文勢在遠方」，不必鑿實。日本東，即東海之日本。銀河通，兼用浮槎事，參卷一《送孔巢父謝病歸游江東兼呈李白》(0026)注。

〔五〕舟人二句：《楚辭・九章・涉江》：「入溆浦余儃佪兮，迷不知吾所如。」王逸注：「溆浦，水名。」《文選》吕延濟注：「溆亦浦類也。」謝靈運《登石室飯僧》：「迎旭凌絶嶝，映泫歸溆浦。」杜詩顛倒其辭，蓋取五臣注。亞，通壓，使低。杜審言《都尉山亭》：「葉疏荷已晚，枝亞果新肥。」

〔六〕尤工二句：儲光羲《游茅山》：「遠勢一峰出，近形千嶂分。」李白《代壽山答孟少府移文書》：「連翼軫之分野，控荆衡之遠勢。」《南史・齊武帝諸子賁傳》：「能書善畫，於扇上圖山水，咫尺之内，便覺萬里爲遥。」又見姚最《續畫品》。《苕溪漁隱叢話》前集卷八山谷引此謂：「故杜詩於此用之，其引事精致如此。」

〔七〕焉得二句：任華《懷素上人草書歌》：「鋒芒利如歐冶劍，勁直渾是并州鐵。」盧綸《難綰刀子歌》：「黄金鞘裏青蘆葉，麗若剪成銛且翣。輕冰薄玉狀不分，一尺寒光堪決雲。吹毛可試不可觸，似有蟲搜闕裂文。……并州難綰竟何人，每成此物如有神。」是并州以産刀著名，難綰者其工匠之名。《水經注》沔水：「岩嶺山……去太湖三十餘里，東則松江出焉，上承太湖，更逕笠澤，在吴南松江左右也。」《元和郡縣圖志》卷二五蘇州吴縣：「松江，在縣南五十里，經崑山入海。」宋之問《夜渡吴松江懷古》：「宿帆震澤口，曉渡松江濆。」王嗣奭《杜臆》：「吴淞江亦不小，而咫尺中欲剪其半，故云『戲題』。」然又引《通》云：「末二句殆不可曉。」按，詩言赤岸水通東海，松江則入海三江之一，此山水圖乃長江入海圖，故言剪取吴松江水。

《苕溪漁隱叢話》後集卷六：「許彦周《詩話》云：『畫山水詩，少陵數首，無人可繼者。惟荆公《觀燕公山水詩》前六句，東坡《烟江疊嶂圖》一詩，差近之。』苕溪漁隱曰：少陵題畫山水數詩，其間古風二篇，尤爲超絶。荆公、東坡二詩，悉録於左，時時哦之，以快滯懣。」古風二篇謂《奉先劉少府新畫山水障歌》、《戲題王宰山水圖歌》。

葉矯然《龍性堂詩話》初集：「老杜《題王宰山水圖歌》云『巴陵洞庭日本東，赤岸水與銀河通，中有雲氣隨飛龍。舟人漁子入浦漵，山木盡亞洪濤風』，又《題劉少府山水障歌》云『滄浪水深青溟闊，欹岸側島秋毫末。不見湘妃鼓瑟時，至今斑竹臨江活』等句，筆底烟雲，透出紙背，無能繼者。後子瞻《題三丈大幅圖》云：『扶桑大繭如甕盎，天女織綃雲漢上。往來不遺鳳銜梭，誰能鼓臂投三丈。』《畫竹石壁上》云：『枯腸得酒芒角出，肝肺槎丫生竹石。森然欲作不可回，吐向君家雪色壁。』亦可謂手快風雨、筆下有神者矣。」

題李尊師松樹障子歌〔一〕

老夫清晨梳白頭，玄都道士來相訪〔二〕。握髮呼兒延入户①〔三〕，手提新畫青松障。障子松林靜杳冥，憑軒忽若無丹青〔四〕。陰崖却承霜雪幹②，偃蓋反走虬龍形〔五〕。老夫平生好奇古，對此興與精靈聚〔六〕。已知仙客意相親，更覺良工心獨苦。松下丈人巾屨同③，偶坐似是商山翁④〔七〕。悵望聊歌紫芝曲⑤，時危慘淡來悲風。（0179）

【校】

①髮，錢箋校：「一云手。」

②雪，錢箋校：「一云露。一云霧。」《九家》校：「一云露。」

③屨，《草堂》作「履」。

④似，錢箋、《九家》校：「一作自。」　商，錢箋校：「一作南。」

⑤悵望，錢箋、《九家》校：「一作惆悵。」

【注】

黄鶴注：梁權道從舊編，謂上元元年（七六〇）成都作。然玄都壇在長安，今云「時危慘淡來悲風」，當在乾元元年（七五八）諫省作。仇注編入乾元元年。按，詩與玄都壇無關，玄都道士亦未必即玄都觀道士。黄、仇説鑿。

〔一〕尊師：對道士的尊稱。《三洞奉道科戒》卷四：「即法師、大德、尊師、上人，是外屬男子美出家之稱。」

〔二〕玄都句：《唐會要》卷五〇《觀》：「玄都觀，本名通達觀，周大象三年於故城中置。隋開皇二年，移至安善坊。玄都觀有道士尹崇，通三教，積儒書萬卷，開元年卒。天寶中道士荆朏，亦出道學，爲時所尚。太尉房琯每執師資之禮，當代知名之士，無不游荆公之門。」然玄都亦爲道教慣用，可用以泛稱習道之人。沈佺期《哭道士劉無得》：「聞有玄都客，成仙不易祈。」錢起《東陵藥堂寄張道士》：「玄都有仙子，采藥早相識。」

〔三〕握髮句：《説苑・敬慎》周公曰：「然嘗一沐三握髮，一食而三吐哺。」《神仙感遇傳》卷四《虬鬚客》：「妓一手握髮，一手映身，摇示靖，令勿怒，急梳頭畢。」

〔四〕無丹青：仇注：「言不異真松。」

〔五〕陰崖二句：江淹《效阮公詩》：「寧知霜雪後，獨見松竹心。」《抱朴子・對俗》：「千歲松樹，四邊披越，上杪不長，望而視之，有如偃蓋。」蕭繹《與劉智藏書》：「蔭偃蓋之松，挹璇玉之源。」何晏《景福殿賦》：「如螭之蟠，如虬之停。」李白《贈宣城趙太守悦》：「錯落千丈松，虬龍盤古根。」

〔六〕精靈：《抱朴子・至理》：「氣疲欲勝，則精靈離身矣。」康僧淵《代答張君祖》：「精靈感冥會，變化靡不經。」

〔七〕商山翁：見卷二《喜晴》(0077)注。

邵博《邵氏聞見後録》卷一九：「歐陽公於詩主韓退之，不主杜子美，劉中原父每不然之。公曰：『子美「老夫清晨梳白頭，玄都道士來相訪」之句有俗氣，退之決不道也。』中原父曰：『亦退之「昔在四門館，晨有僧來謁」之句之類耳。』公賞中原父之辯，一笑也。」

汪師韓《詩學纂聞》：「以綺麗説詩，後之君子所斥爲不知理義之歸也。……是則少陵之傑句，無如『老夫清晨梳白頭』；昌黎之佳作，莫若『老翁真個似童兒』。」

古柏行

孔明廟前有老柏①〔一〕，柯如青銅根如石。霜皮溜雨四十圍②，黛色參天二千尺〔二〕。君臣已與時際會〔三〕，樹木猶爲人愛惜。雲來氣接巫峽長，月出寒通雪山白〔四〕。憶昨路繞錦亭東③，先主武侯同閟宫〔五〕。崔嵬枝幹郊原古，窈窕丹青户牖空〔六〕。落落盤踞雖得地〔七〕，冥冥孤高多烈風。扶持自是神明力，正直元因造化功〔八〕。大厦如傾要梁棟，萬牛回首丘山重〔九〕。不露文章世已驚，未辭剪伐誰能送〔一〇〕？苦心豈免容螻蟻④，香葉終經宿鸞鳳⑤〔一一〕。志士幽人莫怨嗟⑥，古來材大難爲用⑦〔一二〕。（0180）

【校】

① 前，錢箋、《草堂》校：「一作堦。」

② 霜，錢箋、《草堂》校：「一作蒼。」 雨，錢箋、《草堂》校：「一作水。」

③ 亭，錢箋校：「一作城。」《文苑英華》作「城」，校：「一作亭。」

④ 豈，《草堂》作「不」。

⑤ 香，錢箋、《文苑英華》校：「一作密。」 終，錢箋校：「一作曾。」 經，錢箋校：「一作驚。」

⑥ 嗟，錢箋、《草堂》、《文苑英華》校：「一作傷。」

⑦ 難爲，錢箋、《文苑英華》校：「一作皆難。」

【注】

《九家》趙注：成都則先主廟而武侯祠堂附焉，夔州則先主廟、武侯廟各别，今詠柏專是孔明廟而已，豈非夔州柏乎？ 黄鶴注：此詩雖指成都孔明廟而言，而詩云「憶昨路繞錦亭東」，則不在成都作，豈非大曆元年（七六六）至夔見先主武侯廟，遂追憶錦亭所見而成？

〔一〕孔明二句：《九家》趙注謂首八句詠夔州武侯廟之柏，自「憶昨路繞錦亭東」以下追言成都先主廟之柏，引本書卷一六《夔州歌十絶句》（1295）「武侯祠堂不可忘，中有松柏參天長」證之。然宋人論此詩者，多未分别。 翁方綱《石洲詩話》卷一：「杜《古柏行》中間雖有『憶昨』一折，然『落落盤踞』以下，只是渾渾就古柏唱歎。 朱注分上二句詠成都之柏，此二句詠夔府之柏，殊可不必。要知此等處不須十分板劃也。」説亦可參。《方輿勝覽》卷五七夔州：「諸葛武侯廟，在州城中八陣臺也。後封威烈武靈仁濟王。」

〔二〕霜皮二句：范鎮《東齋記事》卷四：「武侯廟柏，其色若牙然，白而光澤，不復生枝葉矣。杜工部甫云『黛色參天二千尺』，其言蓋過，今纔十丈。古之詩人，好大其事，率如此也。工部詩及段相國文昌記石龕於廟堂中。」沈括《夢溪筆談》卷二三：「杜甫《武侯廟柏》詩云：『霜皮溜雨四十圍，黛色參天二千尺。』四十圍乃是徑七尺，無乃太細長乎？」《苕溪漁隱叢話》前集卷八引《遯齋閑覽》：「沈内翰譏『黛色參天二千尺』之句，以謂四十圍配二千尺爲太細長，不知子美之意但言其色而已。猶言其翠色蒼然，仰視高遠，有至於二千尺而幾於參天也。若如此求疵，則二千尺固未足以參天，而詩人謂『峻極於天』者更爲妄語。」又引《緗素雜記》：「予謂存中性機警，善《九章算術》，獨於此爲誤。何也？古制以圍三徑一，四十圍即百二十尺，圍有百二十尺，即徑四十尺矣。安得云七尺也？若以人兩手大指相合爲一圍，則是一小尺即徑一丈三尺三寸，又安得云七尺也？武侯廟柏，當從古制爲定，則徑四十尺，其長二千尺宜矣。豈得以太細長譏之乎？老杜號爲詩史，何肯妄爲云云也。」又引《學林新編》：「四十圍、二千尺者，亦姑言其高且大也。詩人之言當如此，而存中乃拘以尺寸校之，則過矣。」按，圍有二義。一爲圓周，一爲圓周的計量單位，其實長則説法不一，見元人《古今韻會舉要》。沈括謂四十圍乃徑七尺，則以一圍爲五寸。此説源起不明，然例以古人每稱肥腴者「腰帶十圍」，可知一圍五寸爲通行之説。至所謂「圍三徑一」乃謂圍與徑之比率，即圓周率約數。此「圍」指圓周，非計量單位。

《緗素雜記》乃據此謂一圍三尺，四十圍即百二十尺，昧於數理，錯解文意莫甚於此。其又説「一小尺即徑一丈三尺三寸」，更不知所謂，或有文字之誤。古人言樹長成，謂十圍。如《世説新語·言語》：桓温「見前爲琅邪時種柳，皆已十圍」。言巨木，則有謂數十圍者。《水經注》丹水：「（南鄉）城南門外，舊有郡社柏樹，大三十圍。」《文選》江淹《雜體詩·嵇中散言志》李善注引《莊子》：「天爲生樹名瓊枝，高百二十仞，大三十圍。」杜詩乃較此再稍事誇張而已（一仞當七尺或八尺）。至言樹之高，則有謂千丈者。《文選》枚乘《上吴王書》李善注引《尸子》：「千丈之木始若蘖。」袁宏詩：「森森千丈松，磊砢非一節。」蓋誇言高與誇言周徑，因視覺想像不同，自有不同語例。沈括謂二者比例不當，或譏其拘謹而煞風景，然亦可謂覃思精微，方蛇之笑柄不過此類誇言之反耳。

（三）君臣句：《漢書·王莽傳》：「安漢公莽輔政三世，比遭際會，安光漢室。」張衡《同聲歌》：「邂逅承際會，得充君後房。」

（四）雲來二句：《水經注》江水：「江水又東逕巫峽，杜宇所鑿以通江水也。郭仲産云：按《地理志》：巫山在縣西南，而今縣東有巫山，將郡縣治無恒故也。江水歷峽東，逕新崩灘，此山漢和帝永元十二年崩，晋太元二年又崩。當崩之日，水逆流百餘里，涌起數十丈。今灘上有石，或圓如簞，如方似屋，若此者甚衆，皆崩崖所隕，致怒湍流，故謂之新崩灘。其頹岩所餘，比之諸嶺，尚爲竦桀。其十餘里，有大巫山。」酈氏以廣溪、巫峽、西陵爲三峽。雪山，見本卷《贈蜀僧閭丘師兄》（0175）注。

〔五〕憶昨二句：《草堂》注引《成都記》：「蜀先主廟西院，即武侯廟。」《太平寰宇記》卷七二益州成都：「先主祠在府西八里，惠陵東七十步。」「諸葛武侯祠在先帝廟西。府城西有故宅。」「武侯宅在府西北二里，今爲乘烟觀，有祠在觀内。」《方輿勝覽》卷五一成都府：「武侯廟，在府西北二里。今爲乘烟觀。……李雄稱王，始爲廟於少城内。桓温平蜀，夷少城，獨存孔明廟，後封武興王廟，至今祠祀不絶。」是成都武侯祠有二處，其一在先主廟西，其一爲故宅，宋代爲乘烟觀。錦亭，不詳。有意改爲錦城者。《九家》趙注引嚴武《寄題杜二錦江野亭》（見本書卷一二），謂：「此豈所謂錦亭乎？或是當時先主廟西又有錦亭。」《蜀中廣記》卷五五引費著《歲華紀麗譜》：「八月十五日中秋望月，舊宴於西樓望月錦亭，今宴於大慈寺。」成都或有錦亭，然亦不著名，似不應特據以標方位。《詩·魯頌·閟宫》傳：「閟，閉也。先主姜嫄之廟，在周常閉而無事。」箋：「閟，神也。姜嫄神所依，故廟曰神宫。」

〔六〕窈窕句：謝瞻《於安城答靈運》：「迢遞封畿外，窈窕承明内。」《九家》趙注：「言宫殿之深邃也。」左思《魏都賦》：「丹青焕炳，特有温室。」

〔七〕落落句：孫綽《游天台山賦》：「藉萋萋之纖草，蔭落落之長松。」劉勝《文木賦》：「或如龍盤虎踞，復似鸞集鳳翔。」

〔八〕扶持二句：孫綽《游天台山賦》：「嗟台岳之所奇挺，寔神明之所扶持。」《左傳》莊公三十二年：「神，聰明正直而一者也，依人而行。」造化功，見卷二《畫鶻行》（0072）注。

〔九〕大廈二句：王褒《四子講德論》：「大廈之材，非一丘之木。」《世説新語·賞譽》：「庾子嵩目和嶠：『森森如千丈松，雖磊砢有節目，施之大廈，有棟梁之用。』」崔敦禮《種松賦》：「凜高節兮，四時不能易其操；建大廈兮，萬牛不得輕其力。」蕭滌非謂：「古柏重如丘山，故萬頭牛也拖不動。」按，此用崔敦禮賦意，謂將以萬牛運載其木。

〔一〇〕不露二句：《文木賦》：「既剥既刊，見其文章。」《詩・召南・甘棠》：「蔽芾甘棠，勿剪勿伐。」

〔一一〕苦心二句：《藝文類聚》卷八八引《漢武故事》：「柏梁臺高二十丈，悉以柏，香聞數十里。」《老子化胡經》卷一〇：「餐松食苦柏，微命乃得存。」《政和證類本草》卷一二：「柏實味甘平，無毒。」「柏葉味苦，微温，無毒。」引《圖經》：「今益州諸葛孔明廟中有大柏木，相傳是蜀世所植，故人多采收以作藥。其味甘香於常柏也。」蕭滌非謂：「柏心味苦，故曰『苦心』。柏葉有香氣，故曰『香葉』。」按，以《本草》所言，則其葉亦苦。蓋柏味苦而氣香，故既稱苦柏，亦稱香柏。

〔一二〕志士二句：《論衡・逢遇》：「孔子絶糧陳蔡，孟軻困於齊梁，非時君主不用善也，才下知淺，不能用大才也。……聖賢務高，至言難行也。夫以大才干小才，小才不能受，不遇固宜。」又《效力》：「論事者不曰才大道重，上不能用，而曰不肖不能自達。……案諸爲人用之物，須人用之，功力乃立。」

范温《潛溪詩眼》：「古人形似之語，如鏡取形，燈取影也。故老杜所題詩，往往親到其處，益知其工。激昂之言，《孟子》所謂不以文害辭，不以辭害志，初不可形跡考，然如此乃見一時之意。余游武侯廟，然後知《古柏詩》所謂『柯如青銅根如石』，信然決不可改。此乃形似之語。『霜皮溜雨四十圍，黛色參天二千尺。雲來氣接巫峽長，月出寒通雪山白』，此激昂之語，不如此則不見柏之大也。文章固多端，警策往往在此兩體耳。」

戲爲雙松圖歌韋偃①〔一〕。

天下幾人畫古松②，畢宏已老韋偃少〔二〕。絶筆長風起纖末〔三〕，滿堂動色嗟神妙。兩株慘裂苔蘚皮，屈鐵交錯回高枝〔四〕。白摧朽骨龍虎死，黑入太陰雷雨垂〔五〕。松根胡僧憩寂寞，龐眉皓首無住著〔六〕。偏袒右肩露雙脚〔七〕，葉裏松子僧前落。韋侯韋侯數相見，我有一匹好東絹③，重之不減錦繡段〔八〕。已令拂拭光凌亂，請公放筆爲直幹④。（0181）

【校】

①《草堂》題作「戲韋偃爲雙松圖歌」。《九家》題注作「韋偃畫」。

②松，錢箋校：「一作樹。」

③東，宋本、錢箋、《九家》校：「一云素。」

④直，《草堂》校：「一作真。」

【注】

黄鶴注：詩云「我有一匹好東絹」，指東川梓州鵝溪絹而言，則此詩作於成都。從舊次在上元元年（七六〇）。

〔一〕韋偃：見本卷《題壁上韋偃畫馬歌》（0177）注。

〔二〕畢宏：《歷代名畫記》卷一〇：「畢宏，大曆二年爲給事中。畫松石於左省廳壁，好事者皆許之。改京兆少尹，爲左庶子。樹石擅名於代，樹木改步變古自宏始也。」又張璪：「初畢庶子宏擅名於代，一見驚歎之，異其唯用禿毫，或以手摸絹素，因問璪所受。璪曰：『外師造化，中得心源。』畢宏於是閣筆。」《宣和畫譜》卷一〇：「畢宏，不知何許人。善工山水，乃作松石圖於左省壁間，一時文士皆有詩稱之。其落筆縱横，皆變易前法，不爲拘滯也，故得生意爲多。蓋畫家之流嘗有諺語，謂畫松當如夜叉臂、鸛鵲啄，而深坳淺凸，又所以爲石焉。而宏一切變通，意在筆前，非繩墨所能制。」高適有《同鮮于洛陽於畢員外宅觀畫馬歌》、《同河南李少尹畢員外宅夜飲時洛陽告捷遂作春酒歌》。畢宏年輩當與高適、杜甫相仿。

〔三〕絶筆句：謝赫《古畫品録》：「陵跨群雄，曠代絶筆。」宋玉《風賦》：「夫風生於地，起於青蘋之末。」馬融《笛賦》：「故其應清風也，纖末奮蕱，錚鐄謍嗃。」

〔四〕屈鐵：蘇涣《懷素上人草書歌》：「鉤鎖相連勢不絶，倔强毒蛇争屈鐵。」《歷代名畫記》卷九尉遲乙僧：「畫外國及菩薩，小則用筆緊勁，如屈鐵盤絲。」

〔五〕白摧二句：仇注引張綖注：「『白摧』言畫之枯淡處，『黑入』言畫之濃潤處。」按，句意謂白如龍虎朽骨，黑如太陰雷雨。《楚辭・九歌・東君》：「撰余轡兮高駝翔，杳冥冥兮以東行。」王逸注：「言日過太陰，不見其光，出杳杳，入冥冥。」《史記・天官書》索隱引楊泉《物理論》：「北極，天之中，陽氣之北極也。極南爲太陽，極北爲太陰。日月五星行太陰則無光，行太陽則能照，故爲昏明寒暑之限極也。」

〔六〕松根二句：《歷代名畫記》卷一〇韋鶠：「《天竺胡僧圖》、《渡水僧圖》、《小馬放牧圖》並傳於代。」胡僧圖自六朝時即爲繪畫常見題材。王褒《四子講德論》：「龐眉耆耇之老。」《文選》李善注：「龐，雜也。謂眉有白黑雜色。」《法苑珠林》卷九〇引《智度論》：「又出家之人，須常離著。若偏執一處，即多住著。」《神會和尚語録》：「但自知本體寂静，空無所有，亦無住著。」《九家》趙注：「因畫胡僧而紀詠之，故用佛書字焉。」

〔七〕偏袒句：《弘明集》卷五遠法師《沙門袒服論》：「佛出於世，因而爲教，明所行不左，故應右袒。」

〔八〕我有二句：黄希注：「鵝溪，地名。在梓州鹽亭縣，出絹甚良，時人謂之鵝溪絹，即東絹也。」蘇軾《文與可有詩見寄云待將一段鵝溪絹掃取寒梢萬尺長次韻答之》施注：「《茶録》：蜀東川鵝溪出畫絹，作羅底佳。」《新唐書・地理志》陵州仁壽郡：「土貢：麩金、鵝溪絹……」吴曾《能改齋漫録》卷七：「杜子美詩『我有一匹好東絹』，謂東絹也。梁庾肩吾《答武陵王賚絹啓》曰：

『關東之妙，潛織陋其卷綃。』」説恐誤。葛立方《韻語陽秋》卷一四：「老杜《戲韋偃爲雙松歌》云『我有一匹好東絹』，則偃筆之妙，非好東絹不與也。米元章《畫史》云：『古畫唐初皆生絹，後來皆以熟湯，半熟入粉槌如銀版，故作人物精彩。今人收唐畫，必以絹辨，見文粗便謂不唐，非也。』余謂用粉槌絹固善，然視他絹，丹青尤易渝也。」張衡《四愁詩》：「美人贈我錦繡段，何以報之青玉案。」

張謙宜《絸齋詩談》卷四：「『白摧朽骨龍虎死』，説下面突出之根。『黑入太陰雷雨垂』，説上面直起之梢。誰有此雄健沉鬱之力！聲勢色澤，謖謖驚人。題畫作此等語，所謂不經人道也。有謂此篇末五句當刈者，豈得名爲知詩人。」

翁方綱《石洲詩話》卷一：「昔太倉王宮詹原祁嘗自言：作畫使筆如金剛杵。此可以參杜詩歌屈鐵回枝之雙松，故以直幹爲出路。而説者乃以直幹難畫，謂少陵以此戲之，不亦異乎？」

喜雨

春旱天地昏，日色赤如血〔一〕。農事都已休①，兵戈況騷屑〔二〕。巴人困軍須〔三〕，慟哭厚土熱。滄江夜來雨，真宰罪一雪〔四〕。穀根小蘇息②，沴氣終不滅〔五〕。何由見寧歲，解我憂思結〔六〕。崢嶸羣山雲③〔七〕，交會未斷絶。安得鞭雷公，滂沱洗吴越〔八〕。時聞浙右多盜賊。（0182）

【校】

①已，錢箋校：「樊作未。」《草堂》校：「一作未。」

②小，錢箋校：「一作少。」

③羣，錢箋校：「一作東。」《草堂》校：「樊作東。」

【注】

黄鶴注：按史永泰元年（七六五）四月己巳，自春不雨，至是而雨。當是永泰元年。梁權道編在上元二年（七六一），而史不言是年有旱，兼滄江是指夔州、雲安。錢箋：寶應元年（七六二）八月，台州賊袁晁陷台州，連陷浙東。廣德元年（七六三）四月，李光弼奏生擒袁晁，浙東盡平。仇注編入廣德元年。按，黄鶴注以京師春旱爲説，誤同《石犀行》，最不可據。而浙右謂浙西，非袁晁舉事之區。錢箋等皆忽略不言。上元二年有平劉展事，地在揚州，屬淮南，然潤、昇州亦陷。疑指此。又寶應元年蜀中大旱，杜甫有《説旱》（本書卷一九1466）文，疑詩作於此年，浙西之亂或影響至是年。

〔一〕日色句：《漢書·武帝紀》：「四年夏，有風赤如血。」《五行志下》：「（成帝河平元年二月）甲申，日出赤如血。」

〔二〕騷屑：見卷一《自京赴奉先縣詠懷五百字》（0041）注。

〔三〕巴人句：《元和郡縣圖志》卷三三渝州：「古之巴國也。閬、白二水東南流，曲折如『巴』字，故謂之巴。然則巴國水爲名。……劉璋爲益州牧，於是分巴郡，自墊江已下爲永寧郡。先主又以固陵爲巴東郡，由是巴而爲三，號曰『三巴』。」綿州、閬州及大曆中所居夔州、雲安均屬巴地。上元二年段子璋據綿州作亂，花驚定平亂後縱兵大掠。詩或言此。

〔四〕真宰：見卷二《奉先劉少府新畫山水障歌》（0080）注。又卷三《劍門》（0168）：「吾將罪真宰，意欲鏟疊嶂。」

〔五〕沴氣：《漢書·五行志》：「氣相傷，謂之沴。沴猶臨蒞，不和意也。」

〔六〕憂思：王粲《七哀詩》：「羈旅無終極，憂思壯難任。」

〔七〕崢嶸：見卷一《自京赴奉先縣詠懷五百字》（0041）注。

〔八〕安得二句：《楚辭·遠游》：「左雨師使徑侍兮，右雷公以爲衛。」《初學記》卷一：「雷神曰雷公。」《論衡·雷虛》：「圖畫之工，圖雷之狀，累累如連鼓之形。又圖一人，若力士之容，謂之雷公。使之左手引連鼓，右手推椎，若擊之狀。」《元和郡縣圖志》卷二五潤州上元縣：「至德二年，於縣置江寧郡。乾元元年改爲昇州，並置浙西節度使。上元二年廢昇州，仍改江寧爲上元縣。」節度使後移潤州，轄常、蘇、杭、湖、睦州。《分門》師古曰：「時永王璘反漢中吴越之間，盜賊乘之而起。」時問不合。錢箋、朱注、仇注並引袁晁事，地望則非。《舊唐書・肅宗紀》：「（上元元年十一月）宋州刺史劉展赴鎮揚州，揚州長史鄧景山以兵拒之，爲展所敗，展進陷揚、潤、昇等州。」「（二年正月）乙卯，平盧軍兵馬使田神功生擒劉展，揚、潤平。」《李光弼傳》：「田神功平劉展後，逗留於揚府，尚衡、殷仲卿相攻於兖、鄆，來瑱旅拒於襄陽，朝廷患之。」《鄧景山傳》：「會劉展作亂，引平盧副大使田神功兵馬討賊。神功至揚州，大掠居人資産，鞭笞發掘略盡，商胡大食、波斯等商旅死者數千人。」此浙右亂事。

太子張舍人遺織成褥段〔一〕

客從西北來，遺我翠織成①〔二〕。開緘風濤涌，中有掉尾鯨〔三〕。逶迤羅水族，
瑣細不足名。客云充君褥，承君終宴榮〔四〕。空堂魑魅走②〔五〕，高枕形神清。領客
珍重意，顧我非公卿。留之懼不祥，施之混柴荆。服飾定尊卑，大哉萬古程。今
我一賤老，裋褐更無營③〔六〕。煌煌珠宮物〔七〕，寢處禍所嬰④。歎息當路子〔八〕，干
戈尚縱横。掌握有權柄，衣馬自肥輕⑤〔九〕。李鼎死岐陽，實以驕貴盈〔一〇〕。來瑱
賜自盡，氣豪直阻兵⑥〔一一〕。皆聞黄金多⑦，坐見悔吝生⑧〔一二〕。奈何田舍翁，受此

厚睨情。錦鯨卷還客，始覺心和平。振我粗席塵，愧客茹藜羹⑨〔一三〕。（0183）

【校】

①翠，錢箋校：「一作細。」《草堂》作「細」。
②魑魅，錢箋、《草堂》校：「一作魍魎。」
③裋，錢箋、《草堂》校：「一作短。」
④嬰，錢箋、《草堂》校：「一作縈。」
⑤自，錢箋校：「一云已。」
⑥直，錢箋校：「晋作真。」
⑦皆聞，錢箋校：「一作昔聞。」
⑧吝，《草堂》校：「一作咎。」
⑨茹，錢箋、《草堂》校：「一作飯。」

【注】

黄鶴注：來瑱伏誅在廣德元年正月，當是廣德二年（七六四）在成都作。

〔一〕太子張舍人：《唐六典》卷二六太子右春坊：「太子舍人四人，正六品上。」「太子通事舍人八人，正七品下。」此當爲幕府僚佐兼朝銜。

〔二〕客從二句：織成，一種高級織錦。《西京雜記》卷一：「綀以戚里織成錦，一曰斜文錦。」《南齊書·輿服志》記玉輅優游上刀格「織成手匡金花鈿錦文」，龍形板緣裏邊「鏤鍱玳瑁織成衣」，斗蓋絳繫絡「織成顔芼赭舌孔雀毛複錦」，錦複黄絞鄣泥「緣紅錦芼帶，織成花芼的」。又衮衣「宋末用繡及織成。建武中，明帝以織成重，乃采畫爲之，加飾金銀簿」。《舊唐書·五行志》：「中宗女安樂公主，有尚方織成裙，合百鳥毛，正看爲一色，旁看爲一色，日中爲一色，影中爲一色，百鳥之狀，並見裙中。凡造兩腰，一獻韋氏，計價百萬。」《唐會要》卷八六《市》：「開元二年閏三月勑：諸錦、綾羅、縠繡、織成、紬絹、絲、犛牛尾、真珠、金鐵，並不得與諸蕃互市。」此言來自西北。《舊唐書·西戎傳》「波斯」：丈夫「並有巾帔，多用蘇方青白色爲之，兩邊緣以織成錦」。是亦有産自西域者。

〔三〕掉尾鯨：司馬相如《上林賦》：「揵鰭掉尾，振鱗奮翼。」掉，搖也。仇注引胡夏客曰：「劉禹錫詩『華茵織鬭鯨』，知唐時錦樣多織鯨也。」

〔四〕承君句：曹植《公燕詩》：「公子敬愛客，終宴不知疲。」

〔五〕魑魅：見卷三《有懷台州鄭十八司户》(0107)注。

〔六〕裋褐：見卷一《橋陵詩三十韻因呈縣内諸官》(0037)注。

〔七〕煌煌句：《楚辭·九歌·河伯》：「魚鱗屋兮龍堂，紫貝闕兮朱宫。」王逸注：「言河伯所居。」《文選》陸倕《石闕銘》李善注引作「珠宫」。

〔八〕歎息句：《孟子·公孫丑上》：「夫子當路於齊，管仲、晏子之功，可復許乎？」

〔九〕衣馬句：《論語・雍也》：「乘肥馬，衣輕裘。」

〔一〇〕李鼎二句：《舊唐書・肅宗紀》：「（上元元年）十二月庚辰，以右羽林軍大將軍李鼎爲鳳翔尹、興鳳隴等州節度使。」「（二年六月）己卯，以鳳翔尹李鼎爲鄯州刺史、隴右節度營田等使。」《册府元龜》卷六八三《牧守部・遺愛》：「李鼎爲鳳翔尹，百姓爲立生祠。鼎表乞改置佛寺，度僧七人。許之。」卷七〇〇《牧守部・貪黷》：「李鼎自鳳翔入爲衛尉卿，寶應元年貶爲思州長史員外置，坐贓也。鼎守鳳翔，以賄聞。雖去職，姦狀皆露。既行，賜死於路。」汪師韓《詩學纂聞》：「杜詩述時事，每有史所不載者……鼎爲鄯州刺史，而岐陽之死，不知其何以死也。」諸家皆未及查《册府元龜》。

〔一一〕來瑱二句：《舊唐書・來瑱傳》：「上元三年，肅宗召瑱入京。瑱樂襄州，將士亦慕瑱之政，因諷將吏、州牧、縣宰上表請留之。身赴詔命，行及鄧州，復詔歸鎮。肅宗聞其計而惡之。後呂諲、王仲昇及中官皆言瑱布恩惠，懼其得士心，以瑱爲鄧州刺史，充山南東道襄、鄧、唐、復、郢、隨等六州節度，餘並如故。俄而淮西王仲昇與賊將謝欽讓戰於申州城下，爲賊所虜。初，仲昇被圍累月，呂諲病於江陵，瑱在襄州，又恐仲昇構己，遂顧望不救。及師出，仲昇已没。裴茙頻表陳瑱之狀，謀奪其位。……寶應元年五月，代宗即位，因復授瑱襄州節度、奉義軍渭北兵馬等使，官如故，潛令裴茙圖之。……茙軍大敗，投水而死，殺獲殆盡。……八月，瑱入朝謝罪，代宗特寵異之。……時中官驃騎大將軍程元振居中用事，發瑱言涉不順，王仲昇賊平來歸，證瑱與賊合，故令仲昇陷賊三年。代宗含怒久之，因是下詔。……寶應二年正月，貶播州縣尉員外置。翌日，賜死於鄠縣，籍没其家。……廣德元年，追復官爵。」

〔一二〕悔吝：《易·繫辭上》：「悔吝者，憂虞之象也。」

〔一三〕振我二句：傅玄《雜詩》：「机榻委塵埃。」何遜《贈族人秣陵兄弟》：「霏霏入窗雨，漠漠暗床塵。」《莊子·讓王》：「孔子窮於陳蔡之間，七日不火食，藜羹不糝。」

錢箋：「史稱嚴武累年在蜀，肆志逞欲，恣行猛政，窮極奢靡，賞賜無度。公在武幕下，此詩特藉以諷諭，朋友責善之道也。不然，辭一織成之遺而侈談殺身自盡之禍，不疾而呻，豈詩人之意乎？」按，杜甫與嚴武關係屢爲人議。趙翼《甌北詩話》卷二引此詩及《莫相疑行》等篇，亦有詳論。

浦起龍云：「題中無『答』、『謝』、『却』等字，此亦事後感賦，自存箴笥耳，非以與張也。然今人不敢學。」

張謙宜《絸齋詩談》卷四：「只是本分議論，後人大驚小怪，推爲理學，又許爲經濟，真是没見世面，不足斥也。」

丈人山〔一〕

自爲青城客，不唾青城地〔二〕。爲愛丈人山，丹梯近幽意〔三〕。丈人祠西佳氣

濃〔四〕，緣雲擬住最高峯。掃除白髮黃精在，君看他時冰雪容〔五〕。（0184）

【注】

黃鶴注：梁權道編在上元二年（七六一）。考公有《赴新城縣暫如新津》詩，當是上元元年（七六〇）作。仇注編入上元二年。

〔一〕丈人山：《太平御覽》卷四四引《玉匱經》：「青城山，黃帝封爲五岳丈人，乃岳瀆之上司，真仙之崇秩。一月之内，群岳再朝。六時洒泉，以代晷漏。一名赤城，一名青城都，一名天谷山。亦爲第五洞天、寶仙九室之天。對郡之西北，在岷山之南。群峰掩映，互相連接，靈仙所宅，祥異則多。」《太平寰宇記》卷七三永康軍導江縣：「青城山在縣西北三十二里，道書《福地志》云：上有没溺池，有甘露芝草。……黃帝刻石拜謁，篆書猶存。又有石日月，象天師立青城，治於其中。」

〔二〕不唾句：《法苑珠林》卷三七引《僧祇律》：「不得塔院内浣染曬衣唾地。」卷三九引《涅槃經》：「夫入寺者……當歌唄讚歎，不唾僧地。」

〔三〕丹梯：謝朓《敬亭山》：「要欲追奇趣，即此陵丹梯。」《文選》李善注：「丹梯，謂山也。」宋之問《發端州初入西江》：「金陵有仙館，即事尋丹梯。」

〔四〕丈人祠：《方輿勝覽》卷五五永康軍：「丈人觀，在青城北二十里。今名會慶建福宫。舊《記》云：昔甯封先生栖於北岩之上，黃帝師焉。乃築壇拜甯君爲五岳丈人。」《蜀中廣記》卷六引

《續博物志》：「青城縣歲春秋以蔬饌享青城丈人山，令躬行禮。蓋蜀之望山也。有丈人觀，在青城北二十里。《碑目》云丈人觀四碑：大殿右功德碑，鄭敖書；殿上祝文碣，進士任璠文；三門下置觀碑，徐大亨文；三山右紀符瑞碣，甘遺榮八分書。」

〔五〕掃除二句：黄精，見卷三《太平寺泉眼》(0104)注。《莊子·逍遥游》：「藐姑射之山，有神人居焉。肌膚若冰雪，綽約若處子。」

百憂集行

憶年十五心尚孩〔一〕，健如黄犢走復來。庭前八月梨棗熟，一日上樹能千回。即今倏忽已五十①，坐卧只多少行立。强將笑語供主人，悲見生涯百憂集〔二〕。入門依舊四壁空〔三〕，老妻睹我顔色同。癡兒未知父子禮，叫怒索飯啼門東〔四〕。(0185)

【校】

①即今倏忽已五十，錢箋、《草堂》校：「一作『即今年纔五六十』。」即，《文苑英華》校：「集作只。」

【注】

黄鶴注：當是上元二年（七六一）辛丑作。公生於壬子，至是年恰五十。

〔一〕憶年句：《老子》二十章：「若嬰兒未孩。」四十九章：「百姓皆注其耳目，聖人皆孩之。」《九家》趙注：「十五乃志學之時，心未免於孩，故云尚孩。」

〔二〕强將二句：黄鶴注：「上元元年三月，以京兆尹李若幽尹成都。二年三月，以崔光遠尹成都，與高適同討段子璋。史云花驚定既誅子璋，大掠東蜀，天子怒，以高適代光遠。然光遠是年建子月卒，而建丑月又除嚴武尹成都。則適代光遠在成都才一二月爾。公至成都兩年間更四尹，高適與公爲舊友，然尹時公獨無詩與之，何也？」「公素與適善，豈强供笑語？觀史云若幽後賜名國貞，爲政急，性躁辨，崔光遠無學任氣，宜與公不合。然國貞二月已去成都，光遠十一月卒。當是爲光遠作。」浦起龍云：「公在成都，與李、崔曾無往還之文，何得强派？且此詩是總慨入蜀以來落莫之況，居草堂席不及暖，之蜀州，之新津，之青城，又嘗簡彭州高適、唐興王潛。凡所待命，皆主人也；凡面談簡寄，皆笑語也。奚沾沾膠杜爲。」按，李國貞見卷一一《奉酬李都督表丈早春作》（0654），與甫有往來。《詩・王風・兔爰》：「我生之後，逢此百憂。」王筠《行路難》：「千門皆閉夜何央，百憂俱集斷人腸。」

〔三〕四壁空：《史記・司馬相如列傳》：「家居徒四壁立。」

〔四〕叫怒句：《苕溪漁隱叢話》前集卷一三引《漫叟詩話》：「『叫怒索飯啼門東』，又云『用激壯士肝』，説者謂庖厨之門在東，肝主怒，非偶就韻也。可謂至論。」《儀禮·公食大夫禮》：「凡宰夫之具，饌於東房。」曹植《當來日大難》：「日苦短，樂有餘，乃置玉樽辦東厨。」

投簡成華兩縣諸子〔一〕

赤縣官曹擁材傑〔二〕，軟裘快馬當冰雪。長安苦寒誰獨悲①，杜陵野老骨欲折〔三〕。南山豆苗早荒穢，青門瓜地新凍裂〔四〕。鄉里兒童項領成，朝廷故舊禮數絶〔五〕。自然弃擲與時異，況乃疏頑臨事拙。飢卧動即向一旬，弊裘何啻聯百結②〔六〕。君不見空牆日色晚，此老無聲淚垂血〔七〕。（0186）

【校】

①安，錢箋、《草堂》校：「一作夜。」

②裘，《九家》作「衣」。啻，《草堂》作「止」。

【注】

《九家》趙注：蔡伯世云：「此成都詩，不應言長安，其『夜』字之訛，故誤作『安』耳。況卒章之意明甚。」其説非長。此公雖在成都，而遠念長安之寒，下句「南山」、「青門」則言長安之地矣。黄鶴注：皆長安京兆事，當是天寶間在長安作。意是天寶十年（七五一）召試後送隸有司參選時作。疑是咸陽、華原二縣，咸誤作成也。朱鶴齡注：「《唐志》：成都、華陽兩縣爲附郭，次赤，而咸陽、華原乃畿縣，又相去頗遠，不應連及。則此詩之作於成都，審矣。」仇注編入天寶十載。

〔一〕成華兩縣：《九家》注：「明皇幸蜀，號成都爲南京，故成、華得稱赤縣。」《元和郡縣圖志》卷三一成都府：「成都縣，次赤。郭下。」「華陽縣，次赤。管縣東界，郭下。本漢廣都縣地，貞觀十七年分蜀縣置。乾元元年改爲華陽縣，華陽本蜀國之號，因以爲名。」《新唐書・地理志》：「成都府蜀郡，赤。至德二載曰南京，爲府，上元元年罷京。」黄鶴注謂「咸華」之誤。《元和郡縣圖志》卷一京兆府：「咸陽縣，畿。正東微南至府四十里。」卷二京兆下：「華原縣，畿。西南至府一百六十里。」咸陽、華原方位各異，杜甫在長安時亦未嘗至華原，不應無故二縣並稱。臆改原文無據。

〔二〕赤縣句：《通典》卷三三《職官・縣令》：「大唐縣有赤、畿、望、緊、上、中、下七等之差。京都所治爲赤縣，京之旁邑爲畿縣。」次赤、次畿縣，見《新唐書・地理志》、《唐會要》等。《唐會要》卷六九《縣令》大中三年九月中書門下奏「兩府畿令及次赤令」，又卷七〇「山南道」：「新升次赤縣：江陵府江陵縣，貞元元年九月升爲畿縣。」是次赤在畿縣下。仇注：「赤縣官曹本謂長安貴人，不指兩縣諸子。」牽强爲説。此概稱赤縣，以代次赤。

〔三〕杜陵句：杜陵，見卷一《醉時歌》(0019)注。《後漢書·李固傳》：「昔昌邑之立，昏亂日滋，霍光憂愧發憤，悔之折骨。」

〔四〕南山二句：楊惲《報孫會宗書》：「田彼南山，蕪穢不治。種一頃豆，落而爲萁。人生行樂耳，須富貴何時。」青門瓜，見卷二《喜晴》(0077)「東門瓜」注。

〔五〕鄉里二句：《詩·小雅·節南山》：「駕彼四牡，四牡項領。」傳：「項，大也。」箋：「四牡者人君所乘駕，今但養大其領，不肯爲用。喻大臣自恣，王不能使也。」《後漢書·宦者傳》：「群邪項領，膏脣拭舌。」《九家》趙注：「言其長成而得意也。」任昉《出郡傳舍哭范僕射》：「平生禮數絶，式瞻在國楨。」

〔六〕弊裘：《戰國策·秦策一》：「(蘇秦)黑貂之裘弊，黄金百斤盡。」《藝文類聚》卷六七引王隱《晋書》：「董威輦每得殘碎繒，輒結以爲衣，號曰百結。」

〔七〕淚垂血：參卷二《新安吏》(0060)「泣血」注。

徐卿二子歌〔一〕

君不見徐卿二子生絶奇，感應吉夢相追隨〔二〕。孔子釋氏親抱送，並是天上麒麟兒〔三〕。大兒九齡色清澈，秋水爲神玉爲骨。小兒五歲氣食牛，滿堂賓客皆回

頭〔四〕。吾知徐公百不憂，積善衮衮生公侯〔五〕。丈夫生兒有如此二雛者，名位豈肯卑微休①。（0187）

【校】

① 名位豈肯卑微休，錢箋校：「一云『異時名位豈肯卑微休』。」

【注】

黄鶴注：上元二年（七六一）作。公至成都時，徐知道爲西川兵馬使，上元二年七月反。徐卿或者爲知道，如荆南兵馬使太常趙卿是也。

〔一〕徐卿：徐知道，見本書卷一一《徐九少尹見過》（0709）注。岑參有《東歸留題太常徐卿草堂》：「不謝古名將，吾知徐太常。年纔三十餘，勇冠西南方。」注：「在蜀。」鄧紹基謂當作於大曆三年，與杜詩徐卿當爲同一人，非徐知道。徐卿與花卿及本書卷七《荆南兵馬使太常卿趙公大食刀歌》（0310）等，均以武將兼太常卿或太常少卿銜。

〔二〕吉夢：《詩·小雅·斯干》：「乃占我夢，吉夢維何。」

〔三〕孔子二句：《陳書·徐陵傳》：「母臧氏，嘗夢五色雲化而爲鳳，集左肩上，已而誕陵焉。時寶志上人者世稱其有道，陵年數歲，家人携以候之，寶志手摩其頂曰：『天上石麒麟也。』」《拾遺記》：「周靈王立二十一年，孔子生於魯襄公之世，夜有二蒼龍自天而下，來附徵在之房，因夢而生夫子。……夫子未生時，有麟吐玉書於闕里人家，文云『水精之子，繼衰周而素王』。」仇注引張邇可注引此，謂：「『麒麟兒』雙承孔、釋，故云『並是』。舊引徐陵事，得一遺一。」按，《拾遺記》乃孔子誕生故事，與詩言夢孔子抱送不符。

〔四〕小兒二句：《尸子》：「虎豹之駒，未成文而有食牛之氣。」《漢書·陳遵傳》：「每大飲，賓客滿堂。」謝莊《月賦》：「滿堂變容，回遑如失。」

〔五〕積善句：《易·坤·文言》：「積善之家，必有餘慶。」《藝文類聚》卷四引《竹林七賢論》：「裴逸民叙前言往行，衮衮可聽。」衮衮有充盈、連綿不絕義。

仇注引申涵光曰：「此等題，雖老杜亦不能佳。今人刻詩集，生子祝壽，套數滿紙，豈不可厭。」

病柏

有柏生崇岡，童童狀車蓋①〔一〕。偃蹙龍虎姿，主當風雲會〔二〕。神明依正直〔三〕，故老多再拜。豈知千年根，中路顔色壞。出非不得地，蟠據亦高大〔四〕。歲寒忽無憑②，日夜柯葉改③〔五〕。丹鳳領九鶵〔六〕，哀鳴翔其外。鴟鴞志意滿，養子穿

穴內④〔七〕。客從何鄉來，佇立久吁怪。静求元精理⑤〔八〕，浩蕩難倚賴。（0188）

【校】

① 車，宋本、錢箋、《九家》、《草堂》校：「一作青。」

② 憑，錢箋、《草堂》校：「一作用。」

③ 改，錢箋校：「一云碎。」

④ 穿，錢箋、《九家》、《草堂》校：「一作窟。」

⑤ 元精，錢箋、《九家》、《草堂》校：「一云無根。」

【注】

黄鶴注：梁權道編在上元二年（七六一）成都詩内。此詩以郭英乂爲崔旰所殺而作，當是大曆元年（七六六）作。仇注編入上元二年，謂崔、郭事在去成都後，時地未合。

〔一〕有柏二句：嵇康《琴賦》：「惟椅梧之所生兮，託峻岳之崇岡。」《三國志·蜀書·先主傳》：「舍東南角籬上有桑樹生，高五丈餘，遥望見童童如小車蓋。往來者皆怪此樹非凡，或爲當出貴人。先主少時，與宗中諸小兒於樹下戲言：『吾必當乘此羽葆蓋車。』」

〔二〕偃蹙二句：偃，偃蹇。蹙，迫蹙。此促縮其語。班固《答賓戲》：「彼皆躡風雲之會，履顛沛之勢。」

〔三〕神明句：參本卷《古柏行》(0180)注。

〔四〕出非二句：沈約《高松賦》：「鬱彼高松，栖根得地。」蟠據，同盤踞。見《古柏行》注。

〔五〕日夜句：陶淵明《擬古》：「枝條始欲茂，忽值山河改。柯葉自摧折，根株浮滄海。」

〔六〕丹鳳句：《相和歌辭・隴西行》：「桂樹夾道生，青龍對伏趺。鳳凰鳴啾啾，一母將九雛。」《宋書・何承天傳》：「卿當云鳳凰將九子。」

〔七〕鴟鴞二句：《詩・豳風・鴟鴞》：「鴟鴞鴟鴞，既取我子，無毁我室。」箋：「鴟鴞言：已取我子者，幸無毁我巢。」《荀子・賦》：「螭龍爲蝘蜓，鴟梟爲鳳皇。」東方朔《七諫》：「斥逐鴻鵠兮，近習鴟梟。」王逸注：「鴟梟，惡鳥。」《詩》傳謂鴟鴞爲鸋鴂，陸璣疏謂似黄雀而小。惡鳥乃鴟梟。《詩》意謂鴟鴞言幸無毁我巢，此言鴟鴞據樹養子。蓋混言鴞、梟。《論衡・辨崇》：「鳥有巢栖，獸有窟穴。……或人捕取以給口腹，非作窠穿穴有所觸，東西行徙有所犯也。」《説苑・敬慎》：「夫飛鳥以山爲卑，而層巢其巔；魚鱉以淵爲淺，而穿穴其中。」鳥言巢栖，魚或獸言穿穴。此亦混言。

〔八〕元精：《論衡・超奇》：「天禀元氣，人受元精。」《文選》蔡邕《陳太丘碑文》注引《易通卦驗》：「大皇之先興，耀含元精。」

葉夢得《石林詩話》卷上：「杜子美《病柏》、《病橘》、《枯㯶》、《枯楠》四詩，皆興當時事。《病柏》當爲明皇作，與《杜鵑行》同意。《枯㯶》比民之殘困，則其篇中自言矣。《枯楠》云：

『猶含棟梁具，無復霄漢志。』當爲房次律之徒作。惟《病橘》始言『惜哉結實小，酸澀如棠梨』，末以比荔枝勞民，疑若指近幸之不得志者。」

《分門》師古曰：「此詩寓意傷郭英乂也。英乂鎮成都，爲人端直，蜀人重之，不幸爲崔旰所殺，其諸孤哀泣，若無所訴。故有『鳳領九雛，哀鳴翔其外』之句。」

黃生曰：「此喻宗社攲傾之時，君子廢斥在外，無從匡救，而宵小根據於內，恣爲姦私。此真天理之不可問者。」

浦起龍云：「志士失路，用以自況焉。」

病橘

羣橘少生意①，雖多亦奚爲〔一〕。惜哉結實小②，酸澀如棠梨〔二〕。剖之盡蠹蟲③，采掇爽其宜④〔三〕。紛然不適口，豈只存其皮〔四〕。蕭蕭半死葉，未忍別故枝⑤。玄冬霜雪積〔五〕，況乃回風吹。嘗聞蓬萊殿，羅列瀟湘姿〔六〕。此物歲不稔〔七〕，玉食失光輝⑥。寇盜尚憑陵，當君減膳時〔八〕。汝病是天意，吾諗罪有司⑦〔九〕。憶昔南海使⑧，奔騰獻荔支⑨。百馬死山谷，到今耆舊悲〔一〇〕。(0189)

【校】

①羣，宋本、錢箋、《九家》、《草堂》校：「一作伊。」《文苑英華》作「伊」，校：「集作羣。」

②小，錢箋、《九家》校：「一作少。」《文苑英華》校：「集作少。」

③剖，錢箋、《九家》、《草堂》校：「一作割。」　蝕，錢箋校：「樊作蝕。」《草堂》校：「一作蝕。」《文苑英華》作「蝕」，校：「集作蝕。」

④其，錢箋、《九家》、《草堂》校：「一作所。」《文苑英華》作「所」。

⑤未忍，錢箋校：「一作怱怱。」《文苑英華》作「怱怱」，校：「集作未忍。」

⑥失，宋本、錢箋、《草堂》校：「一云少。」《九家》作「少」。

⑦諗，宋本校：「一云愁。」錢箋校：「一云愁。荆作敢。」《九家》、《草堂》作「愁」，校：「一作諗。」《文苑英華》作「意」。

⑧憶，《草堂》校：「一作聞。」錢箋此校在「南」字下，疑誤。

⑨奔，《文苑英華》作「崩」，校：「集作奔。」

【注】

黄鶴注：在成都因病橘而思物之失所，故作在上元二年（七六一）。

〔一〕羣橘二句：左思《蜀都賦》：「家有鹽泉之井，户有橘柚之園。」《文選》劉逵注：「《地理志》曰：蜀都嚴道、巴郡朐忍、魚復二縣出橘，有橘官。」《新唐書·地理志》綿州巴西郡：「有橘官。」《論語・子路》：「雖多，亦奚以爲。」

〔二〕惜哉二句：棠梨：即甘棠，實似梨而小。庾信《小園賦》：「有棠梨而無館，足酸棗而非臺。」《本草綱目》卷三〇：「時珍曰：棠梨，野梨也。處處山林有之。樹似梨而小，葉似蒼朮葉。亦有團者、三叉者，葉邊皆有鋸齒。色頗黲白。」

〔三〕爽：《老子》十二章：「五味令人口爽。」王弼注：「爽，差失也。」

〔四〕紛然二句：《九家》趙注：「橘皮可用於藥，病亦不可用也。」

〔五〕玄冬：《初學記》卷三引梁元帝《纂要》：「冬曰玄英，亦曰安寧，亦曰玄冬、三冬、九冬。」劉楨《贈五官中郎將》：「自夏涉玄冬，彌曠十餘旬。」

〔六〕嘗聞二句：《雍録》卷三：「龍朔二年，高宗染風痺，惡太極宫卑下，故就修大明宫，改名蓬萊宫，取殿後蓬萊池爲名也。至三年四月移仗御蓬萊宫之含元殿，二十五日始御紫宸，故咸亨元年改蓬萊宫爲含元殿。長安五年，又改爲大明宫。……門北三殿相沓，皆在山上。至紫宸又北則爲蓬萊殿。」張華詩（一作鮑照詩）：「橘生湘水側，菲陋人莫傳。逢君金華宴，得在玉階前。」

〔七〕此物句：《國語・吴語》：「不稔於歲。」朱鶴齡注：「橘結實，一年多必一年少。故曰『歲不稔』。」

〔八〕寇盗二句：憑陵，見卷一《今夕行》(0009)注。賈誼《新書》卷六：「歲凶穀不登，臺扉不塗，榭徹于侯，馬不食穀，馳道不除，食減膳，饗祭有闕。」

〔九〕汝病二句：《左傳》閔公二年：「昔辛伯諗周桓公。」杜預注：「諗，告也。」《九家》趙注謂當作「愁」：「言自是天意使橘病而不供，不可歸罪有司。」

〔一〇〕憶昔四句：《後漢書·和帝紀》：「舊南海獻龍眼、荔枝，十野一置，五里一候，奔騰險阻，死者繼路。」《唐國史補》卷上：「楊貴妃生於蜀，好食荔枝。南海所生，尤勝蜀者，故每歲習馳以進。然方暑而熟，經宿則敗。後人皆不知之。」《新唐書·禮樂志》：「帝幸驪山，楊貴妃生日，命小部張樂長生殿，因奏新曲，未有名，會南方進荔枝，因名《荔枝香》。」《輿地紀勝》卷一九〇：「《洋州志》：楊貴妃嗜生荔枝，詔驛自涪陵，由達州取西鄉入子午谷至長安，纔三日，色香俱未變。」《苕溪漁隱叢話》後集卷七引《復齋漫録》：「按《唐志》以荔枝貢自南方，《楊妃外傳》爲南海，杜詩亦以爲南海及炎方，則明皇時進荔枝自嶺表明矣。東坡詩乃以『永元荔枝來交州，天寶歲貢取之涪』，張君房《脞説》以爲忠州，何邪？」又苕溪漁隱曰：「蓋唐都長安，視涪州爲正南，荔枝由子午谷路進入。《唐志》云南方，杜詩云炎方，悉指其方而言之也。若《病橘》詩、《妃子外傳》以爲南海，則道里遼遠，所記必誤。」《分門》修可曰：「公借其事以譏楊妃。舊注引《唐書》，其説非。唐所貢乃涪州荔枝，由子午道而往，非南海也。」錢箋引《唐國史補》等，謂當時蓋南海與涪州並進也。

枯棕

蜀門多椶櫚①〔一〕，高者十八九。其皮割剥甚，雖衆亦易朽。徒布如雲葉②，青黄歲寒後。交横集斧斤，凋喪先蒲柳〔二〕。傷時苦軍乏，一物官盡取〔三〕。嗟爾江漢人，生成復何有〔四〕？有同枯椶木③，使我沉歎久。死者即已休，生者何自守④〔五〕？啾啾黄雀啅，側見寒蓬走〔六〕。念爾形影乾⑤，摧殘没藜莠〔七〕。（0190）

【校】

① 椶，宋本、錢箋、《九家》、《草堂》校：「一云栟。」

② 布，錢箋、《草堂》校：「一作有。」

③ 有，《草堂》校：「一作自。」

④ 何，錢箋、《九家》、《草堂》校：「一作能。」

⑤ 形影乾，錢箋校：「一作枯形影。」《草堂》校：「一作枯形乾。一作形影枯。」

【注】

黄鶴注：當是上元二年（七六一）作。時蜀有段子璋之變。

〔一〕椶櫚：《藝文類聚》卷八九引《廣志》：「椶，一名并閭。葉似車輪，乃在顛下。有皮纏之，附地起。二旬一采，轉復上生。」又引《山海經·西山經》「脆之山，其木多椶楠」注：「椶樹高二丈許，無枝條，葉大而員，岐生枝頭。美實。皮相重被，一行一皮者爲一節，可爲索也。」王褒《僮約》：「推訪塁販椶索，綿亭買席，往來都洛。」左思《蜀都賦》：「其樹則有木蘭梫桂，杞櫹椅桐，椶枒楔樅。」《文選》劉逵注：「椶枒出蜀，其皮可作繩履。」

〔二〕凋喪句：《世説新語·言語》：「顧悦與簡文同年，而髮蚤白。簡文曰：『卿何以先白？』對曰：『蒲柳之姿，望秋而落；松柏之質，經霜彌茂。』」

〔三〕傷時二句：《南齊書·高帝紀》：「太祖軍容寡闕，乃編椶皮爲馬具裝，析竹爲寄生。」椶皮可爲索，亦軍需之物。

〔四〕嗟爾二句：仇注謂江漢指巴蜀。浦起龍云：「嘉陵水兼江漢之名，全注於蜀，故謂蜀爲『江漢人』。」盧照鄰《文翁講堂》：「良哉二千石，江漢表遺靈。」王勃《普安建陰題壁》：「江漢深無極，梁岷不可攀。」王維《送崔九興宗游蜀》：「江漢風流地，游人何歲歸。」皆以江漢稱蜀地。《三國志·吴書·諸葛謹傳》：「在流隸之中，蒙生成之福。」

〔五〕死者二句：《老子化胡經》卷一〇：「死者如流水，去者如浮雲。」《王梵志詩校注》〇五三首：「死者歸長路，生者暫時行。」

〔六〕啾啾二句：秦嘉《贈婦詩》：「啾啾雞雀，群飛赴楹。」啅，聒噪。李白《觀放白鷹二首》：「寄言燕雀莫相啅，自有雲霄萬里高。」曹操《却東西門行》：「田中有轉蓬，隨風遠飄揚。」

〔七〕摧殘句：《漢書·郊祀志》：「嘉禾不生，而蓬蒿藜莠茂。」

枯柟

楩柟枯崢嶸〔一〕，鄉黨皆莫記。不知幾百歲，慘慘無生意〔二〕。上枝摩皇天①，下根蟠厚地〔三〕。巨圍雷霆坼，萬孔蟲蟻萃。凍雨落流膠，衝風奪佳氣〔四〕。白鵠遂不來，天雞爲愁思〔五〕。猶含棟梁具，無復霄漢志②〔六〕。良工古昔少，識者出涕淚。種榆水中央，成長何容易〔七〕。截承金露盤，裊裊不自畏〔八〕。（0191）

【校】

①皇，錢箋校：「一作蒼。」《草堂》作「蒼」，校：「一作皇。」

②霄漢，錢箋校：「一作雲霄。」

【注】

黄鶴注：當是爲房琯作。琯乾元間貶邠州刺史，上元元年遷漢州刺史。時公在成都。此詩二年（七六一）作。

〔一〕楩柟：左思《蜀都賦》：「楩柟幽藹於谷底，松柏蓊鬱於山峰。」《文選》劉逵注：「楩柟，二樹名，皆大木也。」

〔二〕慘慘：《詩·小雅·正月》：「憂心慘慘，念國之爲虐。」傳：「慘慘，猶戚戚也。」此形容物瘁。徐幹《室思》：「慘慘時節盡，蘭葉凋復零。」

〔三〕上枝二句：《相和歌辭·烏生》：「黄鵠摩天極高飛，後宫尚復得烹煮之。」皇天，見卷一《樂游園歌》(0030)注。《莊子·刻意》：「上際於天，下蟠於地。」厚地，見卷一《橋陵詩三十韻因呈縣内諸官》(0037)注。

〔四〕涷雨二句：《九家》趙注：「涷雨，舊本作『涷』。」《爾雅·釋天》：「暴雨謂之涷。」注：「今江東人呼夏月暴雨爲涷雨。《離騷》云：『令飄風兮先驅，使涷雨兮灑塵。』是也。」庾信《園庭》：「古槐時變火，枯楓乍落膠。」朱鶴齡注：「流膠，樹中膠液流出也。」《楚辭·九歌·河伯》：「與女游兮九河，衝風起兮横波。」王逸注：「衝，隧也。」《文選·少司命》五臣注：「衝風，暴風也。」洪興祖補注引《詩·大雅·桑柔》：「大風有隧。」

〔五〕白鵠二句：《藝文類聚》卷八七引《列仙傳》：「蕭史，秦繆公時善吹簫，能致白鵠、孔雀。」《爾雅·釋鳥》：「鶾，天雞。」注：「鶾雞，赤羽。《逸周書》曰：文鶾若彩雞，成王時蜀人獻之。」《逸周書·王會解》：「蜀人以文鶾，文鶾者若皋雞。」《急就篇》卷三：「野雞生在山野，鷂雞、鷊雞、天雞、山雞之類皆是也。」

〔六〕猶含二句：班彪《王命論》：「窾棁之材，不荷棟梁之任。」仲長統《昌言》：「如是則可以陵霄漢、出宇宙之外矣。」

〔七〕種榆二句：《齊民要術》卷七「種榆」：「五年之後，便堪作椽。不挾者即可斫賣。……斫後復生，不勞更種，所謂一勞永逸。能種一頃，歲收千疋。唯須一人守護，指揮處分，既無牛犁種子人功之費，不慮水旱風蟲之災。比之穀田，勞逸萬倍。」

〔八〕截承二句：《史記·孝武本紀》：「其後又作柏梁、銅柱、承露仙人掌之屬矣。」索隱引《三輔故事》：「建章宮承露盤高二十丈，大七圍，以銅爲之。上有仙人掌承露，和玉屑飲之。」《楚辭·九歌·湘夫人》：「嫋嫋兮秋風，洞庭波兮木葉下。」王逸注：「嫋嫋，秋風摇木貌。」楊倫云：「肅宗所相者乃吕諲、苗晋卿之屬，公故惜而悲之。」按，諸家皆襲葉夢得説，謂此詩爲房琯作。

憶昔二首①

憶昔先皇巡朔方，千乘萬騎入咸陽〔一〕。陰山驕子汗血馬，長驅東胡胡走藏〔二〕。鄴城反覆不足怪，關中小兒壞紀綱，張后不樂上爲忙〔三〕。至今今上猶撥亂，勞身焦思補四方②〔四〕。我昔近侍叨奉引，出兵整肅不可當③〔五〕。爲留猛士守未央，致使岐雍防西羌〔六〕。犬戎直來坐御床，百官跣足隨天王〔七〕。願見北地傅介子，老儒不用尚書郎〔八〕。（0192）

【校】

①憶昔二首，《文苑英華》題作「憶昔行二首」。

②身，《文苑英華》校：「集作心。」

③出兵，錢箋、《九家》校：「一作兵出。」《文苑英華》作「岳出」，校：「集作出兵。」　當，錢箋校：「一作忘。」《草堂》校：「晋作忘。」《文苑英華》作「忘」，校：「集作當。」

【注】

黄鶴注：廣德元年吐蕃陷京師，代宗幸陝。當是作於廣德二年（七六四）。

〔一〕憶昔二句：肅宗至德元載即位靈武，倚朔方軍爲恢復根本。參卷一《哀王孫》（0047）、卷二《洗兵馬》（0090）注。

〔二〕陰山二句：肅宗引回紇兵入援，收復兩京。參卷二《北征》（0052）、《留花門》（0068）、《洗兵馬》（0090）注。《漢書・匈奴傳》：「單于遣使遺漢書云：『南有大漢，北有强胡。胡者，天之驕子也。』」

〔三〕鄴城三句：鄴城，見卷二《新安吏》（0060）諸詩注。《東坡題跋》卷二：「『關中小兒壞紀綱』，謂李輔國也。『張后不樂上爲忙』，謂肅宗張皇后也。」《趙次公先後解》：「舊注至謂關中小兒爲越王係欲奪嫡，則自有東坡成説正其謬。『上爲忙』，指肅宗也。舊注云『上爲忙』者代宗畏后也，非是。」《舊唐書・宦官傳・李輔國》：「李輔國，本名静忠，閑厩馬家小兒。……從幸鳳翔，授太子詹事，改名輔國。肅宗還京，拜殿中監，閑廄、五坊、宮苑、營田、栽接、總監等使。又兼隴右群牧、京畿鑄錢、長春宮等使，勾當少府、殿中二監都使。至德二年十二月，加開府儀同三司，進封郕國公，食實封五百户。宰臣百司，不時奏事，皆因輔國上決。……二年八月，拜兵部尚書，餘官如故。……輔國驕恣日甚，求爲宰臣。……寶應元年四月，肅宗寢疾，宰臣等不可謁見，輔國誣奏（蕭）華專權，請黜之。上不許，輔國固請不已。……及帝崩，華竟被斥逐。代宗即位，輔國與程元振有定策功，愈恣横。私奏曰：『大家但内裏坐，外事聽老奴處置。』代宗怒其不遜，以方握禁軍，不欲遽責。乃尊爲尚父，政無巨細，皆委參決。……程元振欲奪其權，請上漸加禁制，乘其有間，乃罷輔國判元帥行軍事。……十月十八日夜，盗入輔國第，殺輔國，携首臂而去。」《后妃傳》：「肅宗張皇后，本南陽西鄂人。……天寶中，選入太子宫爲良娣。……乾元元年四月，册爲皇后。……皇后寵遇專房，與中官李輔國持權禁中，干預政事，請謁過當，帝頗不悦，無如之何。……先在靈武時，太子弟建寧王倓爲后誣譖而死。自是太子憂懼，常恐后之構禍，乃以恭遜取容。后以建寧之隙，常欲危之。張后生二子：興王佋、定王侗。興王早薨，侗又孩幼，故儲位獲安。寶應元年四月，肅宗大漸，后與内官朱輝光、馬英俊、啖廷瑶、陳仙甫等謀立越王係，矯詔召太子入侍疾。中官程元振、李輔國知其謀，及太子入，二人以難告，請太子在飛龍廄。元振率禁軍收越王，捕朱輝光等。俄而肅宗崩，太子監國，遂移后於別殿，幽崩。」

〔四〕至今二句：《公羊傳》哀公十四年：「撥亂世，反諸正，莫近諸《春秋》。」《史記·夏本紀》：「禹傷先人父鯀功之不成受誅，乃勞身焦思，居外十三年。」

〔五〕我昔二句：杜甫至德二載拜左拾遺，見卷二《述懷》（0050）注。《趙次公先後解》：「奉引，則供奉之事也。蓋拾遺掌供奉扈從，故子美詩每言奉引、侍祠、扈蹕。」王維《奉和聖制十五然燈繼以酺宴應制》：「奉引迎三事，司儀列萬方。」出兵句，仇注謂指代宗爲太子時拜天下兵馬元帥。《三國志・吴書・孫破虜傳》：「軍令整肅，百姓懷之。」

〔六〕爲留二句：《東坡題跋》卷三：「『爲留猛士守未央』，謂郭子儀奪兵柄入宿衛也。」《趙次公先後解》：「子儀於肅宗時召還，在乾元二年之七月，既留京師，次年吐蕃入寇，陷鄜州，而岐雍之間防賊之不暇也。」仇注謂指寶應元年八月子儀自河南入朝，程元振數譖之，子儀請解副元帥、節度使。《史記・高祖本紀》：「自爲歌詩曰：『大風起兮雲飛揚，威加海内兮歸故鄉，安得猛士兮守四方。』」岐雍，鳳翔府岐州、京兆府雍州。《舊唐書・吐蕃傳》：「吐蕃在長安之西八千里，本漢西羌之地也。」乾元後吐蕃進侵，參卷二《塞蘆子》（0069）注。

〔七〕犬戎二句：《舊唐書・代宗紀》：「（廣德元年十月）辛未，高暉引吐蕃犯京畿，寇奉天、武功、盩厔等縣。蕃軍自司竹園渡渭，循南山而東。丙子，駕幸陝州。……戊寅，吐蕃入京師，立廣武王承宏爲帝。……子儀在商州會六軍使張知節，烏崇福、長孫全緒等率兵繼至，軍威遂振。……庚寅，子儀收京城。」《宦官傳・程元振》：「來瑱名將，裴冕元勳，二人既被誣陷，天下方鎮皆解體。元振猶以驕豪自處，不顧物議。九月，吐蕃、党項入犯京畿，下詔徵兵，諸道卒無至者。十月，蕃軍至便橋，代宗蒼黄出幸陝州。賊陷京師，府庫蕩盡。及至行在，太常博士柳仇上疏切諫誅元振以謝天下，代宗顧人情歸咎，乃罷元振官，放歸田里。」《左傳》閔公二年：「虢公敗犬戎於渭汭。」杜預注：「犬戎，西戎別在中國者。」唐指吐蕃。《舊唐書·郭子儀傳》：「朔方，國之北門，西禦犬戎，北虞獫狁。」《南史·侯景傳》：「齊文宣夢獼猴坐御床。」《晉書·五行志》哀帝隆和初童謠：「桓公入石頭，陛下徒跣走。」

〔八〕願見二句：《漢書·傅介子傳》：「傅介子，北地人也。……至樓蘭，樓蘭王意不親介子……王起隨介子入帳中，屏語，壯士二人從後刺之，刃交胸，立死。……遂持王首還詣闕。」《趙次公先後解》謂杜甫時爲工部員外郎，止願見如傅介子者斬贊普之首，則老儒不復須用尚書郎也。仇注：「『老儒』句，自歎不能靖亂而尸位也。」《木蘭詩》：「可汗問所欲，木蘭不用尚書郎。」

錢箋：「《憶昔》之首章，刺代宗也。肅宗朝之禍亂，成於張后、輔國，代宗在東朝已身履其難。少屬亂離，長於軍旅，即位以來，勞心焦思，禍猶未艾，亦可以少悟矣。乃復信任程元振，解子儀兵柄，以召匈奴之禍。此不亦童昏之尤乎？公不敢斥言，而以『憶昔』爲詞，其旨意婉而切矣。」按，程元振時已罷歸，乃詩之顯斥者。錢箋乃以刺上爲説，陷詩人於刻深，且不知何以解次首「周宣中興望我皇」之語。

憶昔開元全盛日①，小邑猶藏萬家室〔一〕。稻米流脂粟米白，公私倉廩俱豐實②〔二〕。九州道路無豺虎③，遠行不勞吉日出〔三〕。齊紈魯縞車班班，男耕女桑不相失④〔四〕。宮中聖人奏雲門〔五〕，天下朋友皆膠漆。百餘年間未災變，叔孫禮樂蕭何律〔六〕。豈聞一絹直萬錢〔七〕，有田種穀今流血。洛陽宮殿燒焚盡⑤，宗廟新除狐兔穴〔八〕。傷心不忍問耆舊，復恐初從亂離説。小臣魯鈍無所能，朝廷記識蒙祿秩〔九〕。周宣中興望我皇，洒血江漢長衰疾⑥〔一〇〕。（0193）

【校】

①全，《草堂》校：「一作前。」

②豐，錢箋校：「一作富。荆作盈。」

③虎，錢箋校：「晋作狼。」《文苑英華》校：「集作狼。」

④桑，《文苑英華》校：「一作蠶。」

⑤燒焚，《文苑英華》作「焚燒」，校：「集作燒焚。」

⑥血，錢箋、《草堂》校：「晋作淚。」《文苑英華》校：「一作淚。」　長，宋本、《草堂》校：「一云身。」錢箋作「身」，校：「荆作長。」《文苑英華》作「身」。

【注】

〔一〕憶昔二句：《後漢書·崔駰傳》：「當堯舜之盛世，處光華之顯時。」李暠《手令誡諸子》：「天下全盛時，海内猶稱之。」《史記·吕不韋世家》：「後百年，旁當有萬家邑。」

〔二〕稻米二句：鄭辨志《宣州稽亭山妙顯寺碑銘》：「賜落脂米二百斛。」粟米，謂粟之米實。粟米色黄，精臼則色白。《太平廣記》卷一六五《鄭餘慶》（出《盧氏雜説》）：「每人前下粟米飯一碗，蒸胡蘆一枚。相國餐美，諸人强進而罷。」《管子·牧民》：「倉廩實則知禮節。」潘岳《藉田賦》：「展三時之弘務，致倉廩於盈溢。」《文選》李善注引蔡邕《月令章句》：「穀藏曰倉，米藏曰廩。」

〔三〕九州二句：《周禮·夏官·司險》：「掌九州之圖，以周知其山林川澤之阻，而達其道路。」《楚辭·離騷》：「靈氛既告余以吉日兮，歷吉日乎吾將行。」

〔四〕齊紈二句：《漢書·地理志》齊地：「故其俗彌侈，織作冰紈綺繡純麗之物，號爲冠帶衣履天下。」班婕妤《怨詩》：「新裂齊紈素，鮮潔如霜雪。」《史記·韓長孺列傳》：「且彊弩之極，矢不能穿魯縞。」集解：「許慎曰：魯之縞尤薄。」李白《送魯郡劉長史遷弘農長史》：「魯縞如白烟，五縑不成束。」《唐六典》卷三户部河南道：「厥賦絹、絁、綿、布。……兖州鏡花綾，齊州絲葛。」《後漢書·五行志》桓帝時京都童謡：「車班班，入河間，河間姹女工數錢。」《商君書·畫策》：「男耕而食，婦織而衣。」《鹽鐵論·園池》：「夫男耕女績，天下之大業也。」

〔五〕宫中句：《周禮·春官·大司樂》：「以樂舞教國子，舞《雲門》、《大卷》、《大咸》、《大磬》、《大夏》、《大濩》、《大武》。」注：「此周所存六代之樂。黄帝曰《雲門》、《大卷》。」《後漢書·雷義傳》：「鄉里爲之語曰：膠漆自謂堅，不如雷與陳。」《唐會要》卷三二《雅樂》：「開元十三年，詔燕國公張説改定樂章。上自定聲度，説爲之詞令，太常樂工就集賢院教習，數月方畢。因定封禪郊廟詞曲及舞，至今行焉。」《舊唐書・音樂志》：「玄宗在位多年，善音樂，若宴設酺會，即御勤政樓。……太常大鼓，藻繪如錦，樂工齊擊，聲震城闕。太常卿引雅樂，每色數十人，自南魚貫而進，列於樓下。鼓笛雞婁，充庭考擊。太常樂立部伎、坐部伎依點鼓舞，間以胡夷之伎。日旰，即内閑廐引蹀馬三十匹，爲《傾杯樂》曲，奮首鼓尾，縱横應節。又施三層板床，乘馬而上，抃轉如飛。又令宫女數百人自帷出擊雷鼓，爲《破陳樂》、《太平樂》、《上元樂》。雖太常積習，皆不如其妙也。若《聖壽樂》，則回身换衣，作字如畫。又五坊使引大象入場，或拜或舞，動容鼓振，中於音律，竟日而退。玄宗又於聽政之暇，教太常樂工子弟三百人爲絲竹之戲，音響齊發，有一聲誤，玄宗必覺而正之。號爲『皇帝弟子』，又云『梨園弟子』，以置院近於禁苑之梨園。太常又有别教院，教供奉新曲。」

〔六〕叔孫句：《史記・劉敬叔孫通列傳》：「叔孫通曰：『五帝異樂，三王不同禮。禮者，因時世人情爲之節文者也。故夏殷周之禮所因損益可知者，謂不相復也。臣願頗采古禮與秦儀雜就之。』上曰：『可試爲之，令易知，度吾所能行爲之。』……及稍定漢諸儀法，皆叔孫生爲太常所論著也。」《漢書・刑法志》：「漢興，高祖初入關，約法三章。……其後四夷未附，兵革未息，三章之法不足以禦姦，於是相國蕭何攈摭秦法，取其宜於時者，作律九章。」《舊唐書・玄宗紀》：「（開元二十年）九月乙巳，中書令蕭嵩等奏上《開元新禮》一百五十卷，制所司行用之。」「（開元二十五年）九月壬申，頒新定《令》、《式》、《格》及《事類》一百三十卷於天下。」

〔七〕豈聞句：一絹，一疋絹。據《通典》卷七，開元間絹一疋二百一十二文。《新唐書・食貨志》：「肅宗乾元元年，經費不給，鑄錢使第五琦鑄乾元重寶錢，徑一寸，每緡重十斤，與開元通寶參用，以一當十。……第五琦爲相，復命絳州諸爐鑄重輪乾元錢，徑一寸二分，其文亦曰乾元重寶，背之外郭爲重輪，每緡重十二斤，與開元通寶錢並行，以一當五十。是時民間行三錢，大而重稜者亦號重稜錢。法既屢易，物價騰踴，米斗錢至七千，餓死者滿道。……代宗即位，乾元重寶錢以一當二，重輪錢以一當三，凡三日而大小錢皆以一當一。自第五琦更鑄，犯法者日數百，州縣不能禁止，至是人甚便之。」元結《永泰二年通州問進士》：「往年粟一斛，估錢四百猶貴；近年粟一斛，估錢五百尚賤。往年帛一匹，估錢五百猶貴；近年帛一匹，估錢二千尚賤。」代宗以後，物價漸趨穩定。至大曆年間，絹一疋近四千。見權德輿《論旱災表》、李翺《疏改稅法》等。第五琦更鑄後物價騰踴，故有絹一疋直萬錢者。

〔八〕洛陽二句：《舊唐書・代宗紀》：「（寶應元年十月）乙亥，雍王奏收東京、河陽、汴、許、鄭、滑、相、魏等州。」此言「宮殿燒焚盡」，有誇言。宗廟句，指廣德元年吐蕃陷京師。參前詩注。顏之推《古意》：「狐兔穴宗廟，霜露沾朝市。」仇注：「宗廟毀則狐兔穴除矣。」按，除謂掃除，掃除狐兔謂收復京師。長安宗廟此前曾爲安禄山所焚，乾元元年新修九廟成。

〔九〕小臣二句：劉楨《贈五官中郎將》：「小臣信頑鹵，僶勉安能追。」《文選》李善注：「《論語》曰：參也魯。孔安國曰：魯，鈍也。『魯』與『鹵』同。」本書卷一三《奉寄別馬巴州》（0836）注：「時甫除京兆功曹，在東川。」在廣德二年。《舊唐書・杜甫傳》：「久之，召補京兆府功曹。上元二年冬，黄門侍郎、鄭國公嚴武鎮成都，奏爲節度參謀、檢校尚書工部員外郎，賜緋魚袋。」杜甫入嚴武幕在廣德二年六月。《舊唐書》有誤。

〔一〇〕周宣二句：周宣中興，見卷二《北征》(0052)注。洒血，猶言泣血。參卷二《新安吏》(0060)注。江漢，見本卷《枯椶》(0190)注。

《通典》卷七《食貨・户口》：「至(開元)十三年封泰山，米斗至十三文，青、齊穀斗至五文。自後天下無貴物，兩京米斗不至二十文，麵三十二文，絹一疋二百一十二文。東至宋汴，西至岐州，夾路列店肆待客，酒饌豐溢。每店皆有驢賃客乘，倏忽數十里，謂之驛驢。南詣荆襄，北至太原、范陽，西至蜀川、涼府，皆有店肆，以供商旅。遠適數千里，不持寸刃。二十年，户七百八十六萬一千二百三十六，口四千五百四十三萬一千二百六十五。」趙子櫟《杜工部年譜》引柳芳《唐曆》：「開元二十八年，天下雄富，西京米價不盈二百，絹亦如之。東由汴宋，西歷岐鳳，夾路列店，陳酒饌待客。行人萬里，不持寸刃。」

冬狩行

時梓州刺史章彝兼侍御史留後東川〔一〕。

君不見東川節度兵馬雄，校獵亦似觀成功〔二〕。夜發猛士三千人，清晨合圍步驟同〔三〕。禽獸已斃十七八，殺聲落日回蒼穹。幕前生致九青兕，馲駝㠑峞垂玄熊〔四〕。東西南北百里間，髣髴蹴踏寒山空〔五〕。有鳥名鸜鵒〔六〕，力不能高飛逐走蓬。肉味不足登鼎俎，胡爲見羈虞羅中〔七〕？春蒐冬狩侯得同①，使君五馬一馬驄〔八〕。況今攝行大將權，號令頗有前賢風。飄然時危一老翁，十年厭見旌旗紅〔九〕。喜君士卒甚整肅，爲我回轡擒西戎。草中狐兔盡何益，天子不在咸陽宮〔一〇〕。朝廷雖無幽王禍，得不哀痛塵再蒙〔一一〕！嗚呼，得不哀痛塵再蒙！

（0194）

【校】

①侯，錢箋校：「一作候。」《草堂》校：「王荆公作候。」

【注】

黄鶴注：當是廣德元年（七六三）作。

〔一〕章彝：《舊唐書·嚴武傳》：「前後在蜀累年，肆志逞欲，恣行猛政。梓州刺史章彝初爲武判官，及是小不副意，赴成都，杖殺之。」《新唐書·杜甫傳》：「一日欲殺甫及梓州刺史章彝，集吏於門。武將出，冠鈎於簾三，左右白其母，奔救得止，獨殺彝。」武殺章彝事，又見《唐國史補》卷上等。《古今姓氏書辨證》卷一三：「梓州刺史章彝，湖州人。」《通典》卷三二《職官・都督》：「開元中，凡八節度使……若朝覲則置留後，擇其人而任之。」宰相遥領節度及未有正授者亦置留後。《唐會要》卷七八《宰相遥領節度使》：「蕭嵩以牛仙客爲留後，李林甫以杜希望爲留後，楊國忠以崔圓爲留後。」

〔二〕君不見二句：《元和郡縣圖志》卷三三東川節度使：「梓州，梓潼，上。……今爲東川節度使理所。」《唐會要》卷七八《節度使》：「劍南節度使……至上元二年二月，分爲兩川。廣德二年正月八日，合爲一道。大曆二年正月二十日，又分爲兩川，至今不改。」錢箋：「是時已廢東川節度使，故章以刺史領留後事。詩云『東川節度』，則循其舊稱也。」仇注引《會要》，謂廣德元年冬宜有東川節度。按，仇説是。廢節度則留後亦不應置。章之銜僅爲留後，詩稱「東川節度」，因留後攝節度之職，且詩云「節度兵馬」，不可謂留後兵馬也。司馬相如《上林賦》：「天子校獵。」《文選》郭璞注：「李奇曰：以五校兵出獵也。」《漢書・成帝紀》：「從胡客大校獵。」注：「如淳曰：《周禮》：校人掌王田獵之馬，故曰校獵。師古曰：校，謂以木自相貫穿爲闌校耳。校獵者，大爲闌校以遮禽獸而獵取也。」

〔三〕清晨句：《禮記・王制》：「天子不合圍。」《荀子・禮論》：「故君子上致其隆，下盡其殺，而中處其中。步驟馳騁厲鶩不外是矣。」

〔四〕幕前二句：青兕，見卷二《送韋十六評事充同谷郡防禦判官》（0088）注。馲駝，同橐駝，駱駝。《初學記》卷二九：「《淮南萬畢術》曰：橐駝之本出泉渠。《廣志》曰：天竺以北多馲駝。」王延壽《魯靈光殿賦》：「瞻彼靈光之爲狀也，則嵯峨嶵嵬，峞巍嵒嵲。」《文選》李善注：「皆高峻之貌。」又：「玄熊舑談以齗齗，却負載而蹲跠。」玄熊，黑熊。《分門》洙曰：「以馱負熊也。」

〔五〕蹴踏：見卷一《自京赴奉先縣詠懷五百字》(0041)注。

〔六〕有鳥句：《説文》：「鳹，鳹鴒也。」段注：「今之八哥也。《左氏春秋》昭二十五年『有鸜鴒來巢』，鸜，本又作『鳹』。《公羊》作『鸛』，音權。《穀梁》作『鸜』，亦作『鸛』。《考工記》作『鸛』，亦作『鸜』。」

〔七〕肉味二句：《左傳》隱公五年：「鳥獸之肉不登於俎，皮革齒牙、骨角毛羽不登於器，則公不射，古之制也。」《周禮·天官·獸人》：「及弊田，令禽注於虞中。」注引鄭司農云：「虞中，謂虞人釐所田之野，及弊田，植虞旗於其中，致禽而珥焉。」陳子昂《感遇》：「豈不在遐遠，虞羅忽見尋。」

〔八〕春蒐二句：《左傳》隱公五年：「故春蒐、夏苗、秋獮、冬狩，皆於農隙以講事也。」杜預注：「狩，圍守也。冬物畢成，獲則取之，無所擇也。」《相和歌辭·陌上桑》：「使君從南來，五馬立踟躕。」程大昌《演繁露》卷一：「太守五馬，莫知的據。古樂府『五馬立躊躇』，即其來已久。或言《詩》有『良馬五之』，侯國事也。然上言『良馬四之』，下言『良馬六之』，則或四或六，元非定制也。漢有駟馬車，正用四馬，而鄭玄注《詩》曰：『《周禮》：州長建旟。漢太守比州長，法御五馬。』玄以州長比方漢州，大小相絶遠矣。周之州乃反統隸於縣，比漢太守品秩殊不侔，不足爲據。然鄭後漢時人，則太守之用五馬，後漢已然矣。……老杜亦曰：『使君五馬一馬驄。』則是真有五馬矣。若其制之所始，則未有知者。」《苕溪漁隱叢話》前集卷六：「《遯齋閑覽》云：『世謂太守爲五馬，人罕知其故事。或言《詩》云……後見龐幾先云：古乘駟馬車，至漢時，太守出則增一馬，事見《漢官儀》也。』……苕溪漁隱曰：五馬事當以《遯齋》、《學林》二説出《漢官儀》者爲是。余嘗細考《詩》注『孑孑干旟』：『鳥隼曰旟』。後人多用隼旟爲太守事，又見注云『州長之屬』，因以《詩》之五馬爲太守，誤矣。」浦起龍云：「馬驄，兼侍御也。」驄馬御史，見卷二《送長孫九侍御赴武威判官》(0085)注。

〔九〕十年句：《舊唐書・玄宗紀》：「(天寶十載)五月丁亥，改諸衛幡旗緋色者爲赤黄，以符土運。」黄鶴注引此而漏「黄」字，謂：「所以《諸將》詩云『曾閃朱旗北斗閑』也。」按，緋色者紅，赤黄則非紅旗。王昌齡《從軍行》：「大漠風塵日色昏，紅旗半卷出轅門。」岑參《白雪歌送武判官歸京》：「紛紛暮雪下轅門，風掣紅旗凍不翻。」紅旗乃軍中常見。

〔一〇〕草中二句：仇注引申涵光曰：「即賈生『不獵猛敵而獵禽獸』意。」賈誼《上疏陳政事》：「今不獵猛敵而獵田彘，不搏反寇而搏畜菟，玩細娱而不圖大患，非所以爲安也。」

〔一一〕朝廷二句：《史記・周本紀》：「申侯怒，與繒、西夷犬戎攻幽王。幽王舉烽火徵兵，兵莫至。遂殺幽王驪山下。」《分門》洙曰：「時代宗在陝，詔徵天下兵，而程元振用事，媒蘖大臣，皆疑懼不進，天下無一人應召者。故此詩末章有感激也。」《九家》趙注：「塵再蒙，則言明皇以禄山之禍已蒙塵於蜀，今天子又以吐蕃之故蒙塵於外。」蒙塵，見卷三《兩當縣吴十侍御江上宅》(0139)注。

羅大經《鶴林玉露》丙編卷五：「杜陵《冬狩行》曰：『草間狐兔盡何益，天子不在咸陽宮。』規警將帥也。又曰：『朝廷雖無幽王禍，得不哀痛塵再蒙。』規警人主也。然人主者，本也。人主果有興衰撥亂之志，其誰敢不從？故又曰『烏乎，得不哀痛塵再蒙』，所以深規警人主也。」

王嗣奭《杜臆》：「此詩所致規於章公不淺，非止陰諷之。至云『亦似觀成功』、『頗有前賢風』，俱致不滿之意。此公竟爲嚴武所殺，得非有可指之罪乎？」按，詩人借題發揮固不假，然欲就此以坐實章氏之罪，則穿鑿甚矣。

韋諷録事宅觀曹將軍畫馬圖①〔一〕

國初已來畫鞍馬，神妙獨數江都王〔二〕。將軍得名三十載，人間又見真乘黃②〔三〕。曾貌先帝照夜白③，龍池十日飛霹靂〔四〕。内府殷紅馬腦盤④，婕妤傳詔才人索。盌賜將軍拜舞歸，輕紈細綺相追飛⑤〔五〕。貴戚權門得筆跡，始覺屏障生光輝。昔日太宗拳毛騧，近時郭家師子花〔六〕。今之新圖有二馬⑥，復令識者久歎嗟。此皆騎戰一敵萬，縞素漠漠開風沙。其餘七匹亦殊絶，迥若寒空動烟雪⑦。

霜蹄蹴踏長楸間，馬官廝養森成列〔七〕。可憐九馬争神駿，顧視清高氣深穩〔八〕。借問苦心愛者誰，後有韋諷前支遁〔九〕。憶昔巡幸新豐宮，翠華拂天來向東〔一〇〕。騰驤磊落三萬匹⑧〔一一〕，皆與此圖筋骨同。自從獻寶朝河宗，無復射蛟江水中〔一二〕。君不見金粟堆前松柏裏⑨，龍媒去盡鳥呼風〔一三〕。（0195）

【校】

① 韋諷録事宅觀曹將軍畫馬圖，《文苑英華》題末有「歌」字，校：「集作引。」

② 三，錢箋、《草堂》校：「樊作四。」　又，《文苑英華》作「不」，校：「一作又。」

③ 貌，宋本缺，據錢箋、《草堂》、《九家》補。

④ 盤，錢箋作「盌」，校：「一作盤。」《文苑英華》校：「一作盌。」

⑤ 盌，《文苑英華》校：「一作盤。」《草堂》作「盤」，校：「一作盌。」　飛，錢箋校：「一作隨。」《文苑英華》作「隨」，校：「集作飛。」

⑥ 新，錢箋、《草堂》校：「一作畫。」《文苑英華》校：「集作畫。」

⑦ 動烟，《文苑英華》作「雜霞」，校：「集作動烟。」

⑧ 驤，《文苑英華》校：「一作躍。」

⑨ 前，《文苑英華》作「邊」，校：「集作前。」

【注】

黃鶴注：詩云「君不見金粟堆前松柏裏，龍媒去盡鳥呼風」，當是葬明皇後作。梁權道編在寶應元年（七六二）梓州詩內，恐非。當在廣德二年（七六四）公再到成都時作。韋諷爲閬州録事，諷之居在成都。

〔一〕韋諷：董逌《廣川書跋》卷八：「唐軒轅鑄鼎原銘，虢州刺史王顔撰，華州刺史袁滋籀書。其作銘在貞元十一年九月。至十七年韋諷復書識其後。」未知是否同人。《唐六典》卷三〇上州：「録事參軍事一人，從七品上。録事二人，從九品上。」曹將軍：曹霸。見後注。

〔二〕國初二句：《歷代名畫記》卷一〇：「江都王緒，霍王元軌之子，太宗皇帝猶子也。多才藝，善書畫，鞍馬擅名。垂拱中官至金州刺史。」《唐朝名畫録》：「江都王善畫雀蟬、驢子，應制明皇《潞府十九瑞應圖》，實造神極妙。」

〔三〕將軍二句：《歷代名畫記》卷九：「曹霸，魏曹髦之後。髦畫稱於魏代。霸在開元中已得名，天寶末，每詔畫御馬及功臣。官至左武衛將軍。」乘黃，見卷二《瘦馬行》（0073）注。

〔四〕曾貌二句：《開天傳信記》：「上封泰山回，車駕次上黨。……遂詔吴道玄、韋無忝、陳閎，令同制金橋圖。聖容及上所乘照夜白馬，陳閎主之。」《能改齋漫録》卷六引《明皇雜録》：「上所乘馬，有玉花驄、照夜白。」《天中記》卷五五引《畫鑒》：「曹霸《人馬圖》，紅衣美髯奚官牽玉面騂，緑衣閹官牽照夜白。」《雍録》卷四興慶宮：「大興京城東南角有坊名隆慶，中有明皇爲諸王時故宅。宅有井，井溢成池。中宗時，數有雲龍之祥，帝以數幸以厭當之。後引龍首堰水注池，池面益廣，即龍池也。明皇開元二年七月，以宅爲宮，既取隆慶坊名以爲宮名，而帝之二名其一爲隆，故改隆爲興，是爲興慶宮也。」《明皇雜録》卷下：「唐開元中，關輔大旱，京師闕雨尤甚。亟命大臣遍禱於山澤間，而無感應。上於龍池新創一殿，因召少府監馮紹正，令於四壁各畫一龍。紹正乃先於西壁畫素龍，奇狀蜿蜒，如欲振躍。繪事未半，若風雲隨筆而生。上及從官於壁下觀之，鱗甲皆濕。設色未終，有白氣若簾廡間出，入於池中。波涌濤洶，雷電隨起。侍御數百人皆見白龍自波際乘雲而上，俄頃陰雨四布，風雨暴作，不終日而甘霖遍於畿内。」詩意所言傳説類此，因馬八尺爲龍而與繪龍牽合。

〔五〕内府四句：王嗣奭《杜臆》：「出盤、詔索，正索其貌照夜白也。拜賜以歸，而紈綺追飛，乃貴戚權門之求畫也。此正倒插法，唯公最善用之。」浦起龍云：「言皇情好畫，貴臣争效。」《梁書·諸夷傳》波斯國：「亦有琥珀、馬腦、真珠、玫珍等，國内不以爲珍。」《舊唐書·裴行儉傳》：「初，平都支、遮匐，大獲瑰寶……有馬腦盤，廣二尺餘，文彩殊絶。」《唐六典》卷二内命婦：「婕好九員，正三品。」「才人九員，正五品。」

〔六〕昔日二句：《長安志》卷一六太宗昭陵：「所乘六駿石像在陵後……拳毛騧，平劉黑闥時乘。有石真容自拔箭處。」《宣和畫譜》卷一三江都王緒：「寫拳毛騧圖一。」《杜陽雜編》卷上：「上（代宗）因命御馬九花虯並紫玉鞭轡以賜郭子儀，子儀知九花之異，固陳讓者久之。上曰：『此馬高大，稱卿儀質，不必讓也。』子儀身高七尺餘，九花虯即范陽節度使李德山所貢，額高九寸，毛拳如鱗，頭頸鬃鬣，真虬龍也。每一嘶，則群馬聳耳。以身被九花文，號九花虬。」《天中記》卷五五引此，謂：「杜詩『近時郭家師子花』，注『即九花虬』也。」

〔七〕霜蹄二句：曹植《名都篇》：「鬬雞東郊道，走馬長楸間。」《文選》李周翰注：「古人種楸於道，故曰長楸。」

〔八〕可憐二句：《九家》趙注：「自『昔日太宗』至『氣深穩』十二句，正是韋諷家所見之畫，凡九疋也。」仇注：「此記九馬之圖，正寫本題。」

〔九〕借問二句：《世説新語・言語》：「支道林常養數匹馬，或言：『道人畜馬不韻。』支曰：『貧道重其神駿。』」

〔一〇〕憶昔二句：新豐宮，指驪山華清宮。《舊唐書・地理志》：「昭應，隋新豐縣。……天寶二年，分新豐、萬年置會昌縣。七載，省新豐縣，改會昌爲昭應，治温泉宮之西北。」參卷一《奉同郭給事湯東靈湫作》(0035)注。翠華，見《奉同郭給事湯東靈湫作》「翠旗」注。

〔一一〕騰驤句：騰驤，見卷二《瘦馬行》(0073)注。潘岳《閑居賦》：「石榴蒲陶之珍，磊落蔓衍乎其側。」《文選》李善注：「磊落，實貌。」吕延濟注：「磊落蔓衍，衆多貌。」《舊唐書・王毛仲傳》：「扈從東封，以諸牧馬數萬匹從，每色爲一隊，望如雲錦。」

〔一二〕自從二句：《穆天子傳》卷一：「戊寅，天子西征，鶩行至於陽紆之山，河伯無夷之所都居，是惟河宗氏。河宗伯夭逆天子燕然之山。……天子授河宗璧，河宗伯夭受璧，西向沉璧於河，再拜稽首。」《玉海》卷一四引《水經注》：「《穆天子傳》曰：天子西征至陽紆之山……河伯乃與天子披圖視典，以觀天子之寶器，玉果、璿珠、燭銀、金膏等物，皆河圖所載，河伯以禮穆王。」《分門》趙注：「所謂朝河宗者，河宗朝而獻寶也。」《九家》趙注：「言先皇之出狩而遂上昇乎。」按，二句兼用漢武帝事。《史記・封禪書》：「過祠泰山。還至瓠子，自臨塞決河，留二日，沈祠而去。」《漢書・武帝紀》：「五年冬，行南巡狩，自尋陽浮江，親射蛟江中，獲之。」玄宗開元十四年冬東封泰山。

〔一三〕君不見二句：《舊唐書・玄宗紀》：「初，上皇親拜五陵，見金粟山崗有龍盤鳳翥之勢，復近先塋，謂侍臣曰：『吾千秋後宜葬此地，得奉先陵，不忘孝敬矣。』至是，追奉先旨以創寢園，以廣德元年三月辛酉葬於泰陵。」龍媒，見卷一《沙苑行》(0038)注。

《唐語林》卷二：「杜善鄭廣文，嘗以《花卿》及《姜楚公畫鷹歌》示鄭。鄭曰：『足下此詩可以療疾。』他日鄭妻病，杜曰：『爾但言「子章髑髏血模糊，手提擲還崔大夫」。如不瘥，即云「觀者徒驚帖壁飛，畫師不是無心學」。未間，更有「太宗拳毛騧」、「郭家師子花」。如又不瘥，雖和扁不能爲也。』其自得如此。」唐蘭考此條出《劉賓客嘉話録》。按，此小説家言。鄭虔早卒於乾元二年，無緣覩《戲作花卿歌》及此詩。

施補華《峴傭説詩》：「前半平叙將軍之畫，『憶昔』一段追溯明皇收馬之蕃、將軍畫馬之妙。今則翠華已逝，畫手猶存。絶大波瀾，無窮感慨。學者熟此，可悟開拓之法。」

送韋諷上閬州録事參軍〔一〕

國步猶艱難〔二〕，兵革未衰息。萬方哀嗷嗷①〔三〕，十載供軍食②。庶官務割剥，不暇憂反側〔四〕。誅求何多門，賢者貴爲德③〔五〕。韋生富春秋，洞澈有清識〔六〕。操持紀綱地，喜見朱絲直〔七〕。當令豪奪吏④〔八〕，自此無顔色。必若救瘡痍，先應去蝥賊〔九〕。揮淚臨大江，高天意悽惻。行行樹佳政，慰我深相憶。（0196）

【校】

① 哀，錢箋、《九家》、《草堂》校：「一作尚。」

② 載，錢箋、《九家》校：「一作年。」

③ 賢者貴爲德，宋本、《九家》校：「一云『賢俊愧爲力』。」錢箋、《草堂》校：「晋作『賢俊愧爲力』。」

④ 當令，錢箋、《草堂》校：「晋作因循。」

【注】

黄鶴注：廣德二年（七六四）作。詩云「十載供軍食」，當是廣德元年。然是年春公在閬，春晚自閬再歸成都。當在成都作，不應在閬更送諷上閬録參也。意諷居於成都。仇注：自天寶十四載（七五五）至廣德二年爲十載。

〔一〕閬州：《舊唐書·地理志》劍南道：「閬州，隋巴西郡。……天寶元年，改爲閬中郡。乾元元年，復爲閬州。」

〔二〕國步：《詩·大雅·桑柔》：「於乎有哀，國步斯頻。」

〔三〕萬方句：《詩·小雅·鴻雁》：「鴻雁于飛，哀鳴嗸嗸。」傳：「未得所安集則嗸嗸。」嗷同嗸。

〔四〕庶官二句：《書·説命》：「惟治亂在庶官。」《書·湯誓》孔傳：「言奪民農功而爲割剥之政。」《後漢書·光武帝紀》：「收文書，得吏人與郎交關謗毁者數千章。光武不省，會諸將軍燒之，曰：『令反側子自安。』」

〔五〕誅求二句：《左傳》襄公三十一年：「以敝邑褊小，介於大國，誅求無時。」杜預注：「誅，責也。」《梁書·武帝紀》：「至於民間誅求萬端，或供厨帳，或供廄庫，或遣使命，或待賓客，皆無自費，取給於民。」《易·繫辭上》：「有親則可久，有功則可大。可久則賢人之德，可大則賢人之業。」《禮記·曲禮上》：「太上貴德，其次務施報。」《中庸》：「去讒遠色，賤貨而貴德，所以勸賢也。」

〔六〕韋生二句：《史記·秦始皇本紀》：「今陛下富於春秋。」《世説新語·德行》：「荀君清識難尚。」

〔七〕操持二句：《唐六典》卷三〇州縣官吏：「司録、録事參軍，掌付事勾稽，省署抄目，糾正非違，監守符印。若列曹有異同，得以聞奏。」《唐會要》卷五八《左右丞》會昌二年左丞孫簡奏：「京兆、河南司録及諸州府録事參軍，皆操紀律，糾正諸曹。與尚書省左右丞紀綱六聯略同。」鮑照《代白頭吟》：「直如朱絲繩，清如玉壺冰。」

〔八〕當令句：《管子・國蓄》：「故大賈蓄家不得豪奪吾民矣。」

〔九〕必若二句：《漢書・季布傳》：「今瘡痍未瘳，噲又面諛。」《詩・小雅・大田》：「去其螟螣，及其蟊賊。」傳：「食根曰蟊，食節曰賊。」

陪章留後惠義寺餞嘉州崔都督赴州〔一〕

中軍待上客，令肅事有恒〔二〕。前驅入寶地，祖帳飄金繩〔三〕。南陌既留歡①〔四〕，兹山亦深登。清聞樹杪磬〔五〕，遠謁雲端僧。回策匪新岸②，所攀仍舊藤〔六〕。耳激洞門飇，目存寒谷冰〔七〕。出塵閟軌躅，畢景遺炎蒸〔八〕。永願坐長夏，將衰栖大乘〔九〕。羈旅惜宴會，艱難懷友朋。勞生共幾何，離恨兼相仍〔一〇〕。

（0197）

【校】

① 陌，宋本、錢箋校：「一云伯。」

②岸，錢箋、《草堂》校：「樊作崖。」

黄鶴注：公寶應元年(七六二)雖至梓州，而在秋冬間。此詩云「永願坐長夏」、「畢景遺炎蒸」，當是廣德元年(七六三)作。

【注】

〔一〕章留後：章彝。見本卷《冬狩行》(0194)注。惠義寺：楊炯《梓州惠義寺重閣銘》：「長平山兮建重閣，上穹窿兮下磅礴。」《宋高僧傳》卷六《梓州慧義寺神清傳》：「《北山參玄語録》十卷……寺居郪城之北長平山，故云北山。」又卷二五有《梓州慧義寺清虚傳》。《蜀中廣記》卷二九潼川州：「《高僧傳》云：梓州城北有白門蘭若，在長平山，即北山也。山長而平，故名。」《元和郡縣圖志》卷三一《劍南道》：「嘉州，犍爲，中。……武德二年改爲嘉州，割通義、洪雅等四縣別置眉州。」《舊唐書・地理志》：「天寶元年，改爲犍爲郡。乾元元年復爲嘉州。三月，劍南節度使盧元裕請升爲中都督府。尋罷。」《唐六典》卷三〇都督府：「中都督府，都督一人，正三品。」

〔二〕令肅句：《易・家人・象》：「君子以言有物而行有恒。」

〔三〕前驅二句：寶地，指佛寺。王臺卿《奉和望同泰寺浮圖》：「寶地若池沙，風鈴如樹響。」《雜曲歌辭・舍利佛》：「金繩界寶地，珍木蔭瑶池。」《法華經・譬喻品》：「以琉璃爲地，金繩界其道。」《漢書・疏廣傳》：「公卿大夫故人邑子設祖道，供張東都門外。」張九齡《餞王尚書出邊》：「祖帳傾朝列，軍麾駐道傍。」

〔四〕南陌句：沈君攸《采桑》：「南陌落花移，蠶妾畏桑萎。」沈約《長歌行》：「局塗頓遠策，留歡恨奔箭。」

〔五〕清聞句：《法苑珠林》卷九九引《宣律師住持感應記》：「阿難房前有一鐘磬，可受五升。磬子四邊悉黄金鏤，作過去佛教弟子文。鼻上以紫磨金爲九龍形，背上立天人像。執椎擊之，聲震三千，音中亦説諸佛教誡弟子法。此磬梵天王造，及佛滅後，娑竭龍王亦收入海宫中。」

〔六〕回策二句：佛教以涅槃爲彼岸，此暗用其語。《增壹阿含經》卷三八：「汝等比丘亦如是，設不著此岸，又不中没，復非在岸上，不爲人非人所捉，亦不爲水所回轉，亦不腐敗，便當漸漸至涅槃處。」《大寶積經》卷三二：「雖瞭種種言，世論及諸法。無眼盡邊智，如墜險攀藤。」

〔七〕耳激二句：曹植《贈徐幹》：「春鳩鳴飛棟，流猋激櫺軒。」《文選》李善注：「《爾雅》曰：扶摇謂之飇。郭璞曰：暴風從上下者。『猋』與『飇』同，古字通。」江淹《雜體詩·許徵君詢自叙》：「曲櫺激鮮飇，石室有幽響。」左思《吴都賦》：「高闈有閌，洞門方軌。」《論衡·寒温》：「燕有寒谷，不生五穀，鄒衍吹律，寒谷可種。」

〔八〕出塵二句：《法苑珠林》卷三九引《郁迦長者經》：「我何時當得如是居寺，出塵垢之外。」孔稚圭《北山移文》：「夫以耿介拔俗之標，蕭洒出塵之想。」《詩·鄘風·載馳》：「視爾不臧，我思不閟。」傳：「閟，閉也。」《漢書·叙傳》：「伏周孔之軌躅。」注：「鄭氏曰：躅，跡也。三輔謂牛蹄處爲躅。」鮑照《上潯陽還都道中作》：「侵星赴早路，畢景逐前儔。」《文選》李周翰注：「畢景，落日也。」

〔九〕永願二句：《佛本行集經》卷三九：「爾時世尊還在於彼波羅奈城鹿苑坐夏。」長夏，季夏。《黄帝内經素問》卷一：「所謂得四時之勝者，春勝長夏，長夏勝冬，冬勝夏，夏勝秋，秋勝春。」注：「春木，夏火，長夏土，秋金，冬水。」此以五行配四季，而以土配季夏。醫家稱長夏。《維摩經·弟子品》：「此比丘久發大乘心，中忘此意，如何以小乘法而教導之。」

〔一〇〕離恨句：鮑照《代白頭吟》：「何慚宿昔意，猜恨坐相仍。」《文選》李善注：「《爾雅》曰：仍，因也。」

閬州東樓筵奉送十一舅往青城縣得昏字〔一〕

曾城有高樓①，制古丹雘存〔二〕。迢迢百餘尺〔三〕，豁達開四門。雖有車馬客②，而無人世喧〔四〕。游目俯大江，列筵慰别魂〔五〕。是時秋冬交，節往顔色昏。天寒鳥獸休③，霜露在草根〔六〕。今我送舅氏，萬感集清樽〔七〕。豈伊山川間，回首盜賊繁〔八〕。高賢意不暇，王命久崩奔〔九〕。臨風欲慟哭，聲出已復吞〔一〇〕。（0198）

【校】

① 樓，錢箋校：「舊作會。」

②有，錢箋、《草堂》校：「一作會。」

③休，錢箋校：「一作伏。」《九家》、《草堂》作「伏」，《草堂》校：「一作休。」

【注】

黄鶴注：當是廣德元年（七六三）初至閬州時作。

〔一〕十一舅：崔姓，名未詳。本書卷一八補遺有《閬州奉送二十四舅使自京赴任青城》（1437）。盧元昌注：「赴青城任者二十四舅，十一舅偕之往耳。」《元和郡縣圖志》卷三一蜀州：「青城縣，望。南至州四十一里。……垂拱二年改屬蜀州，開元十八年改爲青城。」

〔二〕曾城二句：曾城，見卷三《成都府》（0170）注。《書・梓材》：「惟其塗丹雘。」傳：「惟其當塗以漆，丹以朱而後成。」顔延之《赭白馬賦》：「具服金組，兼飾丹雘。」《文選》李善注：「丹、雘，二色也。郭璞《山海經注》曰：雘，黝屬。」

〔三〕迢迢：陸機《擬西北有高樓》：「高樓一何峻，迢迢峻而安。」

〔四〕雖有二句：陶淵明《飲酒》：「結廬在人境，而無車馬喧。」

〔五〕游目二句：曹植《五游詠》：「逍遥八紘外，游目歷遐荒。」曹丕《雜詩》：「俯視清水波，仰看明月光。」謝靈運《石門新營所住四面高山回溪》：「庶持乘日車，得以慰營魂。」儲光羲《舟中别武金壇》：「漾舟清潭裏，慰我别離魂。」

〔六〕霜露句：沈約《宿東園》：「樹頂鳴風飆，草根積霜露。」

〔七〕今我二句：《詩·秦風·渭陽》：「我送舅氏，曰至渭陽。」謝靈運《入彭蠡湖口》：「千念集日夜，萬感盈朝昏。」謝朓《和别沈右率諸君》：「春夜别清樽，江潭復爲客。」

〔八〕豈伊二句：《詩·小雅·頍弁》：「豈伊異人，兄弟匪他。」箋：「豈有異人疏遠者乎。」張衡《西京賦》：「豈伊不虔思於天衢。」《文選》李善注：「伊，惟也。」顔延之《應詔宴曲水作》：「豈伊人和，寔靈所貺。」《文選》李善注：「言化之所感，豈止人和乎。」此作豈止解。《穆天子傳》卷三：「道里悠遠，山川間之。」《九家》趙注：「言一别之後，豈只是山川間隔，回首則有盜賊繁多爲可憂。蓋吐蕃之勢未已，有吞蜀之意。」仇注：「二句傷長安亂離也。」按，當指蜀地之亂，然亦非止憂吐蕃。

〔九〕高賢二句：《九家》趙注：「高賢，指言十一舅。所以不遑暇給者，以王命所在，久崩奔而遵承之。」仇注謂指前奉命而任青城之二十四舅，崩奔比行役之匆遽。謝靈運《入彭蠡湖口》：「洲島驟回合，圻岸屢崩奔。」儲光羲《舟中别武金壇》：「偶坐爛明星，歸志潛崩奔。」王昌齡《詠史》：「明夷方遘患，顧我徒崩奔。」杜詩用法同儲、王，謂奔走匆遽。

〔一〇〕聲出句：鮑照《擬行路難》：「心非木石豈無感，吞聲躑躅不敢言。」江淹《恨賦》：「自古皆有死，莫不飲恨而吞聲。」

將適吴楚留别章使君留後兼幕府諸公得柳字〔一〕

我來入蜀門①，歲月亦已久。豈唯長兒童，自覺成老醜〔二〕。常恐性坦率，失身爲杯酒〔三〕。近辭痛飲徒，折節萬夫後②〔四〕。昔如縱壑魚③，今如喪家狗〔五〕。既無游方戀，行止復何有〔六〕？相逢半新故，取別隨薄厚〔七〕。不意青草湖，扁舟落吾手〔八〕。眷眷章梓州〔九〕，開筵俯高柳。樓前出騎馬，帳下羅賓友。健兒簸紅旗〔一〇〕，此樂或難朽④。日車隱崑崙，鳥雀噪户牖〔一一〕。波濤未足畏⑤，三峽徒雷吼〔一二〕。所憂盜賊多，重見衣冠走〔一三〕。中原消息斷，黄屋今安否〔一四〕？終作適荆蠻，安排用莊叟〔一五〕。隨雲拜東皇，挂席上南斗〔一六〕。有使即寄書，無使長回首〔一七〕。（0199）

【校】

① 我，錢箋、《草堂》校：「一作甫。」
② 夫，錢箋、《草堂》校：「一作人。」
③ 如，錢箋、《草堂》校：「樊作若。」
④ 或，錢箋、《草堂》校：「一作幾。」《九家》作「幾」。
⑤ 畏，宋本作「慰」，據錢箋、《九家》、《草堂》改，錢箋校：「一作慰。」

【注】

黄鶴注：當是廣德元年（七六三）十一月代宗未還京時作。

〔一〕章使君留後：章彝。見本卷《冬狩行》(0194)注。

〔二〕豈唯二句：《漢書·食貨志》：「爲吏者長子孫。」阮籍《詠懷》：「朝爲媚少年，夕暮成醜老。」

〔三〕常恐二句：《晋書·庾亮傳》：「便據胡床與浩等談詠竟坐。其坦率行己，多此類也。」仇注謂此暗用灌夫罵座事。《史記·魏其武安侯列傳》：「杯酒責望，陷彼兩賢。」鮑照《代結客少年場行》：「失意杯酒間，白刃起相仇。」

〔四〕折節：《史記·游俠列傳》：「及解年長，更折節爲儉。」

〔五〕昔如二句：王襃《聖主得賢臣頌》：「翼乎如鴻毛遇順風，沛乎如巨魚縱大壑。」《史記·孔子世家》：「累累若喪家之狗。」

〔六〕既無二句：《論語·里仁》：「子曰：『父母在，不遠游，游必有方。』」集解：「鄭曰：方猶常也。」疏：「游必有常所，欲使父母呼己得即知其處也。」《易·艮·彖》：「時止則止，時行則行。」

〔七〕相逢二句：王嗣奭《杜臆》：「各有餽贐，可爲行資，故湖舟落手也。」

〔八〕不意二句：《元和郡縣圖志》卷二七岳州巴陵縣：「巴丘湖，又名青草湖，在縣南七十九里。」《方輿勝覽》卷二九岳州：「洞庭湖在巴陵縣西，西接赤沙，南連青草，横亘七八百里。」《史記·貨殖列傳》：「(范蠡)乃乘扁舟，浮於江湖。」《九家》趙注：（二句）「以言將適吴楚，可謂奇句矣。」

〔九〕眷眷：王粲《登樓賦》：「情眷眷而懷歸兮，孰憂思之可任。」《文選》李善注：「《韓詩》曰：眷眷懷顧。」

〔一〇〕健兒句：健兒，見卷一《哀王孫》(0047)注。簸旗，摇旗。白居易《新豐折臂翁》：「張弓簸旗俱不堪，從兹始免征雲南。」《敦煌變文集・韓擒虎話本》：「直到衾虎陣前，一齊簸旗大喊。」

〔一一〕日車二句：《莊子・徐无鬼》：「若乘日之車而游於襄城之野。」李尤《九曲歌》：「年歲晚暮時已斜，安得壯士翻日車。」高孝緯《空城雀》：「啾啾雀噪城，鬱鬱無歡賞。」

〔一二〕三峽：見本卷《古柏行》(0180)注。

〔一三〕所憂二句：仇注：「禄山、吐蕃兩陷京師，故曰重見衣冠奔走。」參本卷《憶昔二首》(0192)注。

〔一四〕黄屋：見卷二《晦日尋崔戢李封》(0075)注。

〔一五〕終作二句：王粲《七哀詩》：「復弃中國去，委身適荆蠻。」《莊子・大宗師》：「安排而去化，乃入於寥天一。」郭象注：「安於推移，而與化俱去，故乃入於寂寥，而與天惟一也。」謝靈運《登石門最高頂》：「居常以待終，處順故安排。」王嗣奭《杜臆》：「用《莊子》語，以起下文拜東皇、上南斗，等於入寥天也。」

〔一六〕隨雲二句：東皇，見卷三《幽人》(0098)注。謝靈運《游赤石進帆海》：「揚帆采石華，挂席拾海月。」左思《吴都賦》：「仰南斗以斟酌，兼二儀之優渥。」《文選》劉逵注：「《春秋説題辭》曰：南斗爲吴。」

〔一七〕有使二句：釋寶月《估客樂》：「有信數寄書，無信心相憶。」

椶拂子

椶拂且薄陋〔一〕，豈知身效能。不堪代白羽，有足除蒼蠅①〔二〕。熒熒金錯刀，擢擢朱絲繩〔三〕。非獨顔色好，亦用顧眄稱②〔四〕。吾老抱疾病，家貧卧炎蒸。咂膚倦撲滅，賴爾甘服膺〔五〕。物微世競弃〔六〕，義在誰肯徵？三歲清秋至，未敢闕緘縢〔七〕。（0200）

【校】

①蒼，錢箋、《草堂》校：「一作青。」

②用，錢箋校：「晋作由。」

【注】

黄鶴注：當是廣德元年（七六三）夏末間作。

〔一〕椶拂句：《宋書·武帝紀》：「床頭有土鄣，壁上挂葛燈籠、麻繩拂。」《獨異志》卷上：「宋劉裕貧賤時，嘗蓋布被，用牛尾作蠅拂子。及登極，亦不弃之。」韋應物《椶櫚蠅拂歌》：「椶櫚爲拂登君席，青蠅掩亂飛四壁。」是唐人亦以椶爲蠅拂。《漢書・鄒陽傳》：「竊自薄陋，不敢道也。」

〔二〕不堪二句：《初學記》卷二五引裴啓《語林》：「諸葛武侯持白羽扇，指麾三軍。」蕭綱《賦得白羽扇》：「可憐白羽扇，却暑復來氛。終無顧庶子，誰爲一揮軍。」《苕溪漁隱叢話》前集卷一四苕溪漁隱曰：「山谷言：……有足除蒼蠅。事見《新唐書》『適從何處來者』是也，注乃引『營營青蠅』，其義安在哉。余謂此説誤矣。此乃元稹事，在子美後。子美以對白羽，皆前代事。」王楙《野客叢書》卷一八：「杜詩此聯，初非用故事。蓋椶拂者，唐人用以驅蠅。杜詩之意，謂此雖不足以代白羽，亦可以驅蒼蠅，非謂代白羽以除蒼蠅也。」

〔三〕熒熒二句：秦嘉《贈婦詩》：「飄飄帷帳，熒熒華燭。」張衡《四愁詩》：「美人贈我金錯刀，何以報之英瓊瑶。」《漢書・食貨志》：王莽更造大錢，「錯刀，以黄金錯其文，曰一刀直五千」。此錢刀。《後漢書・輿服志》：「佩刀……諸侯王黄金錯環。」錢箋謂此指佩刀。擢擢，同濯濯。《詩・大雅・崧高》：「四牡蹻蹻，鉤膺濯濯。」傳：「濯濯，光明也。」

〔四〕非獨二句：顧眄，見卷三《桔柏渡》(0167)注。《九家》趙注：「言椶拂之柄朴而無飾，非若金錯刀之熒熒。……刀用以佩，弦用以彈，皆係乎人之顧眄焉。」朱鶴齡注：「錯刀、絲繩，皆椶拂之飾。」按，當從趙注。詩謂錯刀、絲繩雖華美，然其被顧眄亦非僅因華美。椶拂能驅蠅，故雖薄陋而不弃。

〔五〕咂膚二句：《莊子・天運》：「蚊虻噆膚，則通昔不寐矣。」《廣韻》：「噆，蚊蟲噆人。咂，入口。」二字音同義通。《禮記・中庸》：「得一善，則拳拳服膺弗失之矣。」仇注：「服膺，持拂於胸前也。」虛義實解，不可從。

〔六〕物微句：傅玄《鴻雁生塞北行》：「常恐物微易歇，一朝見弃忘。」

〔七〕三歲二句：班婕妤《怨詩》：「常恐秋節至，涼飆奪炎熱。弃捐篋笥中，恩情中道絶。」此反其意。《莊子·胠篋》：「攝緘縢，固扃鐍。」

丹青引 贈曹將軍霸〔一〕。

將軍魏武之子孫，於今爲庶爲清門〔二〕。英雄割據雖已矣①，文彩風流今尚存②〔三〕。學書初學衛夫人，但恨無過王右軍③〔四〕。丹青不知老將至，富貴於我如浮雲〔五〕。開元之中常引見④，承恩數上南薰殿〔六〕。凌烟功臣少顔色，將軍下筆開生面〔七〕。良相頭上進賢冠，猛將腰間大羽箭〔八〕。褒公鄂公毛髮動，英姿颯爽來酣戰⑤〔九〕。先帝天馬玉花驄⑥，畫工如山貌不同〔一〇〕。是日牽來赤墀下，迥立閶闔生長風⑦〔一一〕。詔謂將軍拂絹素，意匠慘淡經營中〔一二〕。斯須九重真龍出〔一三〕，一洗萬古凡馬空。玉花却在御榻上，榻上庭前屹相向〔一四〕。至尊含笑催賜金，圉人太僕皆惆悵〔一五〕。弟子韓幹早入室，亦能畫馬窮殊相⑧。幹惟畫肉不畫骨，忍使驊騮氣凋喪〔一六〕。將軍盡善蓋有神⑨，必逢佳士亦寫真⑩〔一七〕。即今飄泊干戈際，屢貌尋常行路人。途窮反遭俗眼白〔一八〕，世上未有如公貧⑪。但看古來盛名下，終日坎壈纏其身〔一九〕。（0201）

【校】

① 雖，錢箋校：「一作皆。」《文苑英華》作「皆」，校：「集作雖。」

② 今，錢箋、《草堂》作「猶」，錢箋校：「荆作今。」《草堂》校：「一作皆。王作今。」《文苑英華》作「猶」，校：「集作今。」

③ 無，錢箋、《草堂》校：「晋作未。」

④ 中，錢箋校：「一作年。」《文苑英華》作「年」。

⑤ 颯爽，錢箋校：「一作颯颯。」《文苑英華》作「颯颯」。　來，錢箋校：「樊作猶。」《草堂》作「猶」，校：「一作來。」《文苑英華》作「猶」，校：「集作颯爽來。」

⑥ 天，錢箋、《草堂》校：「一作御。」

⑦ 迥，錢箋、《草堂》校：「一作敻。」

⑧ 相，錢箋校：「一作狀。」《文苑英華》作「狀」，校：「集作相。」

⑨ 盡，錢箋、《草堂》作「畫」，錢箋校：「一作盡。」　善，錢箋、《草堂》校：「一作妙。」

⑩ 必，錢箋校：「一作偶。」

⑪ 世上未有如公貧，《文苑英華》校：「一作『他富至今吾徒貧』。」

【注】

黄鶴注：公有《韋諷宅觀曹將軍畫馬》詩，在廣德二年（七六四）成都作。意其亦廣德二年作。

〔一〕曹將軍霸：見本卷《韋諷録事宅觀曹將軍畫馬圖》（0195）注。

〔二〕將軍二句：《三國志·魏書·文帝紀》：「追尊皇祖太王曰太皇帝，考武王曰武皇帝。」《左傳》昭公三十二年：「三后之姓，於今爲庶。」清門，清流、清貫。張説《贈户部尚書河東公楊君神道碑》：「清門祖德，勢冑能貧。」《太平廣記》卷三三四《鄭德懋》（出《宣室志》）：「且以清門令族，宜相匹敵。」

〔三〕英雄二句：《漢書·叙傳》：「席卷三秦，割據河山。」《禮記·樂記》：「廣其節奏，省其文采。」《文心雕龍·情采》：「文采所以飾言。」嵇康《琴賦》：「其體制風流，莫不相襲。」《文選》李善注：「《淮南子》曰：晚世風流俗敗，禮義廢。仲長子《昌言》：乘此風順此流而下走，誰復能爲此限者哉。」任昉《王文憲集序》：「自非可以引獎風流，增益標勝，未嘗留心。」《文選》李善注引習鑿齒《晉陽秋》：「王夷甫、樂廣俱以宅心事外，名重於時。故天下之言風流者，稱王、樂焉。」此言風流，亦近風習、體制之義。

〔四〕學書二句：《法書要録》卷八：「衛夫人，名鑠，字茂猗，廷尉展之女弟，恒之從女，汝陰太守李矩之妻也。隸書猶善規矩。鍾公云：碎玉壺之冰，爛瑶臺之月，婉然芳樹，穆若清風。右軍少常師之。永和五年卒，年七十八。子克，爲中書郎，亦工書。」《晋書・王羲之傳》：「王羲之，字逸少，司徒導之從子也。……既拜護軍，又苦求宣城郡，不許，乃以爲右軍將軍、會稽内史。……羲之書初不勝庾翼、郗愔，及其暮年方妙。嘗以章草答庾亮，而翼深歎伏。」

〔五〕丹青二句：左思《吴都賦》：「丹青圖其珍瑋。」《論語・述而》：「葉公問孔子於子路，子路不對。子曰：『女奚不曰其爲人也，發憤忘食，樂以忘憂，不知老之將至云爾。』」又：「不義而富且貴，於我如浮雲。」

〔六〕承恩句：《長安志》卷九南内興慶宮：「宮内正殿曰興慶殿，其後曰文泰殿。前有瀛洲門，内有南薰殿。」平冽《開元字舞賦》：「横御樓於北極，張古樂於南薰。」李白《宮中行樂詞》：「水緑南薰殿，花紅北闕樓。鶯歌聞太液，鳳吹繞瀛洲。」

〔七〕凌烟二句：《舊唐書・長孫無忌傳》：「（貞觀）十七年，令圖畫無忌等二十四人於凌烟閣。」《封氏聞見記》卷五：「貞觀十七年，又使（閻）立本圖太原幕府功臣長孫無忌等二十四人於凌烟閣，太宗自爲贊，褚遂良題之。其後侯君集謀逆，將就刑，太宗與之訣，流涕曰：『吾爲卿，不復上凌烟閣矣。』中宗曾引修文館學士内燕，因賜游觀。至凌烟閣，見君集像有半涂之跡。傳云君集誅後，將盡涂之，太宗念其功而止。玄宗時以圖畫歲久，恐漸微昧，使曹霸重摹飾之。」《南部新書》甲卷：「凌烟閣在西内三清殿側，畫皆北面。閣中有中隔，隔内面北寫功高宰輔，南面寫功高侯王，隔外面次第功臣。」《雍録》卷四：「按，西内者，太極宮也。太宗時建閣畫功臣在宮内也。畫皆北向者，閣中凡設三隔以爲分際，三隔内一層畫功高宰輔，外一層寫功高侯王，又外一層次第功臣。此三隔者雖分内外，其所畫功臣像貌皆面北者，恐是在三清殿側，故以北面爲恭耶？」《左傳》僖公三十三年：「（先軫）免胄入狄師，死焉。狄人歸其元，面如生。」《北齊書・王琳傳》：「沾巾雨袂，痛可識之顔；回腸疾首，切猶生之面。」

〔八〕良相二句：《後漢書・輿服志》：「進賢冠，古緇布冠也，文儒者之服也。前高七寸，後高三寸，長八寸。公侯三梁，中二千石以下至博士兩梁，自博士以下至小史私學弟子皆一梁。」《舊唐書・輿服志》：「進賢冠，三品以上三梁，五品以上兩梁，九品以上一梁，皆三公、太子三師三少、五等爵、尚書省、秘書省、諸寺監學、太子詹事府、三寺及散官，親王師友、文學、國官，若諸州縣、關津岳瀆等流内九品以上服之。」《新唐書・劉黑闥傳》：「初秦王建天策府，其弧矢制倍於常。逐黑闥也，爲突厥所窘，自以大箭射却之。突厥得箭傳觀，以爲神。後餘大弓一、長矢五，藏之武庫，世寶之。每郊丘重禮，必陳於儀物之首，以識武功云。」《酉陽雜俎》前集卷一：「太宗虬鬚，嘗戲張弓挂矢，好用四羽大笴長常箭，一膚射洞門闔。」

〔九〕褒公二句：《舊唐書・長孫無忌傳》：「令圖畫無忌等二十四人於淩烟閣，詔曰：……開府儀同三司、鄂國公敬德（第七）……故輔國大將軍、揚州都督、褒忠壯公志玄（第九）……」尉遲敬德封鄂國公，段志玄封褒國公，謚忠壯。颯爽，見卷二《畫鶻行》（0072）注。

〔一〇〕先帝二句：《能改齋漫録》卷六引《明皇雜録》：「上所乘馬，有玉花驄、照夜白。」貌，見卷二《奉先劉少府新畫山水障歌》（0080）注。蕭滌非云：「貌不同，畫不像。」徐仁甫謂畫工之多，所繪各不相同。

〔一一〕是日二句：《漢書・元后傳》：「曲陽侯根驕奢僭上，赤墀青瑣。」《説文》：「墀，涂地也。《禮》：天子赤墀。」閶闔，見卷一《樂游園歌》(0030)注。

〔一二〕詔謂二句：綃素，素綃，又稱紙之良者。《唐國史補》卷下：「又宋亳間有織成界道絹素，謂之烏絲欄、朱絲欄。」任華《懷素上人草書歌》：「或逢花箋與絹素，凝神執筆守恒度。」陸機《文賦》：「辭程才以效伎，意司契而爲匠。」楊炯《王勃集序》：「故能使六合殊材，並推心於意匠；八方好事，咸受氣於文樞。」慘澹，見卷二《北征》(0052)注。謝赫《古畫品》：「六法者何？一氣韻生動是也，二骨法用筆是也，三應物象形是也，四隨類賦彩是也，五經營位置是也，六傳移模寫是也。」

〔一三〕斯須句：宋玉《九辯》：「豈不鬱陶而思君兮，君之門以九重。」真龍，喻馬。參卷一《沙苑行》(0038)注。

〔一四〕玉花二句：仇注：「榻上畫馬，庭前御馬，彼此交映，故云『屹相向』。」王延壽《魯靈光殿賦》：「屹然特立，的爾殊形。」

〔一五〕至尊二句：《周禮・夏官・圉人》：「圉人掌養馬芻牧之事，以役圉師。」《漢書・百官公卿表》：「太僕，秦官，掌輿馬。」《唐六典》卷一七太僕寺：「太僕寺，卿一人，從三品；少卿二人，從四品上。太僕卿之職，掌邦國厩牧、車輿之政令，總乘黄、典厩、典牧、車四署及諸監牧之官屬。」晁説之《晁氏客語》引孫莘老云：「謂小人乘君子之器，圉人太僕養馬者不得賜，而爲假馬者得，故惆悵也。」洪邁《容齋續筆》卷三：「讀者或不曉其旨，以爲畫馬奪真，圉人太僕所爲不樂，是不然。圉人太僕蓋牧養官曹及馭者，而黄金之賜乃畫史得之，是以惆悵。杜公之意深矣。」《許彦周詩話》：「此語微而顯，《春秋》法也。」《九家》趙注：「公詩微意可推矣。」仇注引申涵光曰：「訝其畫之似真耳，非妬其賜金也。」徐仁甫謂惆悵只能訓失意，不能訓驚訝，則申説非而洪説是。鄧紹基引杜甫《畫馬贊》（本書卷一九1467）「良工惆悵，落筆雄才」諸句，謂惆悵亦可訓驚訝。按，王褒《九懷》：「惆悵兮自憐。」王逸注：「悵然失志，嗟厥命也。」鮑照《舞鶴賦》：「仰天居之崇絶，更惆悵以驚思。」是惆悵有自失義，亦含吃驚、贊歎、傷感等義。徐説非。然訝畫之似真，似不必特由圉人太僕言之。洪説（襲孫莘老説）謂畫之假者價值更勝真者，亦屬藝之趣事，可供參思。

〔一六〕弟子四句：《歷代名畫記》卷九：「韓幹，大梁人。王右丞維見其畫，遂推奬之。官至太府寺丞。善寫貌人物，尤工鞍馬。初師曹霸，後自獨擅。杜甫《贈霸畫馬歌》曰：『……幹唯畫肉不畫骨，忍使驊騮氣凋喪。』彦遠以杜甫豈知畫者，徒以幹馬肥大遂有畫肉之誚。古人畫馬有《八駿圖》，或云史道碩之跡，或云史秉之跡，皆螭頸龍體，矢激電馳，非馬之狀也。晉宋間顧、陸之輩已稱改步，周齊間董展之流亦云變態。……玄宗好大馬，御厩至四十萬，遂有沛艾大馬。……時主好藝，韓君間生。遂命悉圖其駿，則有玉花驄、照夜白等。時岐、薛、寧、申王厩中皆有善馬，幹並圖之，遂爲古今獨步。禄山之亂，沛艾馬種遂絶。韓君端居亡事，忽有人詣焉，稱鬼使請馬一匹，韓君畫馬焚之，他日見鬼使乘馬來謝。其感神如此。」曾季貍《艇齋詩話》：「王平甫在三館曝書，見韓幹所畫馬，作《畫馬行》，又作《畫馬跋》云：明皇召幹上南薰殿，問曰：『汝奚不師陳閎？』是時閎擅名天下。幹奏曰：『臣不願也。』明皇曰：『然則汝以何爲師？』幹曰：『飛龍厩數萬匹，皆臣師也。』余於是知幹真善畫者。蓋以筆墨之跡、口耳之傳而臻神妙之品者，古今未之有也。又以爲彼一畫史耳，且能不怵於形勢，而信其所知如此，學士大夫其可愧於幹哉！又云：所見畫病馬甚膌，疑少陵所謂畫肉不畫骨者，殆於此有遺恨焉。然少陵爲幹贊，則又愛其駿健清新，疑其論曹、韓二人之詞，不能無抑揚耳。善論文者，當知昔人所謂言豈一端而已，因此可以求著書之意。」揚雄《法言·吾子》：「如孔氏之門用賦也，則賈誼升堂，相如入室矣。」

〔一七〕寫真：畫像。《封氏聞見記》卷五：「閻立本善畫，尤工寫真。太宗之爲秦王也，使立本圖秦府學士杜如晦等一十八人。」

〔一八〕途窮句：《晉書·阮籍傳》：「時率意獨駕，不由徑路，車跡所窮，輒慟哭而反。」又：「籍又能爲青白眼，見禮俗之士，以白眼對之。」庾信《擬行路難》：「唯彼窮途慟，知余行路難。」

〔一九〕但看二句：《後漢書·黄瓊傳》：「盛名之下，其實難副。」劉向《九歎》：「惟鬱鬱之憂毒兮，志坎壈而不違。」王逸注：「坎壈，不遇貌也。」

《許彦周詩話》：「老杜作《曹將軍丹青引》云：『一洗萬古凡馬空。』東坡《觀吴道子畫壁詩》云：『筆所未到氣已吞。』吾不得見其畫矣。此兩句，二公之詩各可以當之。」

施補華《峴傭説詩》：「《丹青引》畫人是賓，畫馬是主。却從善書引起善畫，從畫人引起畫馬，又用韓幹之畫肉墊將軍之畫骨，末後搭到畫人。章法錯綜絶妙，學者亟宜究心。唯收處悲颯，不可學。」

桃竹杖引 贈章留後〔一〕。

江心蟠石生桃竹①，蒼波噴浸尺度足〔二〕。斬根削皮如紫玉，江妃水仙惜不得〔三〕。梓潼使君開一束②〔四〕，滿堂賓客皆歎息。憐我老病贈兩莖，出入爪甲鏗有聲〔五〕。老夫復欲東南征，乘濤鼓枻白帝城③〔六〕。路幽必爲鬼神奪，拔劍或與蛟龍爭④〔七〕。重爲告曰杖兮杖兮，爾之生也甚正直，慎勿見水踴躍學變化爲龍〔八〕。使我不得爾之扶持，滅跡於君山湖上之青峯〔九〕。噫！風塵澒洞兮豺虎咬人，忽失雙杖兮吾將曷從〔一〇〕？（0202）

【校】

① 心，錢箋、《草堂》校：「一作上。」

②君，錢箋、《九家》校：「一作者。」
③柮，錢箋、《九家》、《草堂》校：「一作棹。」
④拔，錢箋、《草堂》校：「一作杖。」《九家》作「杖」，校：「一作拔。」

【注】

黄鶴注：廣德元年（七六三）作。其時公欲下荆岳。後雖不果，然是年秋入閬州，明年以嚴武再鎮蜀，復歸成都。

〔一〕章留後：章彝。見本卷《冬狩行》(0194)注。

〔二〕江心二句：《爾雅·釋草》：「桃枝，四寸有節。」邢昺疏：「此辨竹節希數及中空實萌篠之異名也。凡竹……相去四寸有節者名桃枝。」《苕溪漁隱叢話》前集卷一一引東坡云：「桃竹葉如椶，身如竹，密節而實中，犀理瘦骨，天成拄杖也。嶺外人多種此，而不知其爲桃竹。流傳四方，視其端有眼者，蓋自東坡出也。」《韻語陽秋》卷一六：「竹固多種，所謂桃枝竹者，叢生而節疏，亦謂之慈竹，言生不離本也。王勃所謂『宗生族茂，天長地久。萬柢争盤，千株競紏』者也。梁簡文《答獻簟書》云『五離九折，出桃枝之翠笋』，皆言桃枝竹也。若桃竹，則異是矣。老杜《桃竹杖引》云『……斬根削皮如紫玉』，則其色正紫。今桃枝竹不然。東坡援柳子厚詩云：『盛時一失貴反賤，桃笙葵扇安可常。』初不知桃笙爲何物，偶閲《方言》：宋魏之間，謂簟爲笙。方悟桃笙，以桃竹爲簟也。坡又云：桃竹葉如椶……豈非以此竹爲簟邪？」《蜀中廣記》卷六三：「《巴國志》：竹木之瓚，則有靈壽桃枝。桃枝，竹屬也。《竹譜》云：桃枝竹皮滑而黄，可以爲席。今渝、瀘、合三州有桃竹簟，即此物。杜甫有《桃竹杖贈章留後》詩。」方以智《通雅》卷四二：「桃枝非一種。范成大言桃枝似小椶。劉美之亦曰椶竹皮葉皆似椶，亦謂之桃竹。則與《爾雅》桃枝四寸有節者又殊。今南都扇肆中假充椶竹者，名桃絲竹，或即桃竹。贊寧《笋譜》有三棱竹笋，狀若椶，闊莖，柄有三脊。東坡曰：子厚詩：『桃笙葵扇安可常。』偶閲《方言》：簟謂之笙。乃悟桃笙，以桃竹爲簟也。梁簡文曰：五離九折，出桃枝之翠笋。桃竹出巴渝間，杜子美有《桃竹杖引》。智考：桃竹，簕竹、蔓竹之類也。最細，然大於篠簳。《肇慶志》有桃竹。東壁曰：滑者爲席，曰桃枝。凱之曰：《方志》賦：桃枝皮赤，編之滑勁。《顧命》篇所謂『篾席』也。郭璞注《爾雅》加『竹』字。人言桃竹短節，余見節長踰尺，豫章有之。《山海經》木有桃枝，又《廣志》桃枝出朱提郡，曹爽所用者也。則草族木類自别有桃枝耳。」按，諸家所説不同，桃竹似亦有多種。《韻語陽秋》及《通雅》所引東坡説，見《東坡志林》。漁隱所引另有出處，其言嶺外多有，葉如椶，「天成拄杖」，似近杜詩所言。蘇軾蜀人，所説或有據。又詩言「如紫玉」，乃削皮成杖之後。竹成器則或赤或黄，難以此喻辨其類。

〔三〕江妃句：《列仙傳》卷上：「江妃二女者，不知何所人也。出游於江漢之湄，逢鄭交甫。見而悦之，不知其神人也。……遂手解佩與交甫，交甫悦，受而懷之中當心。趨去數十步，視佩，空懷無佩。顧二女，忽然不見。」《太平御覽》卷二四引《聖賢記》：「馮夷，弘農潼鄉堤首里人，服八石得道，爲水仙河伯。又一説，華陰人，八月上庚日渡河溺死，天帝署爲河伯。」《楚辭·遠游》

王逸注：「馮夷，水仙人。」

〔四〕梓潼使君：《舊唐書·地理志》梓州：「天寶元年，改爲梓潼郡。乾元元年，復爲梓州。」章彝兼梓州刺史。

〔五〕出入句：《法苑珠林》卷三八引《宣律師住持感應傳》：「佛告阿難：我初成道時，從河洗浴訖，我苦行六年，手足爪甲不剪，皆長七寸許。……佛開函取爪甲，普示大衆，我之手足二十爪甲，猶如赤銅色。佛告大衆：汝等天人龍神等，可將我爪甲當細熟視。恐未來世中諸魔及外道别將相似物换我真甲。汝若疑非者，當以金剛錘砧，以甲置鐵砧上，以錘打擊，無片損者，乃我真甲。若以火燒煉，變爲金色，出五色光，上照有頂，見此相者，是我真爪甲也。」此喻杖之末端。

〔六〕乘濤句：鼓枻，見卷三《幽人》(0098)注。白帝城，在夔州。詳後注。

〔七〕拔劍句：仇注謂用澹臺子羽拔劍碎璧事。按，卷三《夢李白二首》(0105)：「水深波浪闊，無使蛟龍得。」詩意近之，未必用典。參該詩注。

〔八〕慎勿句：《神仙傳》卷九壺公：「長房憂不能到家，公以竹杖與之曰：『但騎此到家耳。』長房辭去，騎杖，忽然如睡，已到家……長房以所騎竹杖投葛陂中，視之，乃青龍耳。」《九家》趙注謂用此事。仇注引楊德周曰：「此兼用豐城之劍，躍出延津。」《晋書·張華傳》：「華誅，失劍所在。焕卒，子華爲州從事，持劍行經延平津，劍忽於腰間躍出墮水，使人没水取之，不見劍，但見兩龍各長數丈，蟠縈有文章，没者懼而反。須臾光彩照水，波浪驚沸，於是失劍。」

〔九〕君山：《元和郡縣圖志》卷二七巴陵縣：「君山，在縣西三十里青草湖中。昔秦始皇欲入洞庭觀衡山，遇風浪，至此山止泊，因號焉。又云湘君所游止，故名之也。」

〔一〇〕風塵二句：澒洞，見卷一《自京赴奉先縣詠懷五百字》（〇〇四一）注。《玉篇》：「咬，古爻切，鳥聲也。俗亦爲『齩』字。」《説文》：「齩，齧骨也。」段注：「俗以鳥鳴之咬爲齩嚙。」此作齩之俗體。《艇齋詩話》：「『雙杖喻李、郭二人也。』」黄鶴注：「喻嚴武、章彝也。是時武已召還，而公又欲舍彝下東南，故云失雙杖。」黄説較可取。《九家》趙注：「觀公重告之辭，以正直美之，以學爲龍戒之，其所望於章留後可謂忠矣。」轉似穿鑿。朱鶴齡注：「蓋借竹杖規諷章留後也。既以踴躍爲龍戒之，又以忽失雙杖危之，其微旨可見。」尤近臆測。

潘德輿《養一齋李杜詩話》卷二：「李氏東陽曰：『古律詩各有音節，然皆限於字數，求之不難。惟樂府長短句初無定數，最難調協，然亦有自然之聲。故隨其長短，皆可以播之律吕。而其太長太短之無節者，則不可以爲樂。如太白《遠别離》、子美《桃竹杖》，皆極其操縱，曷嘗按古人聲調？而和順委曲乃如此，固初學所未到，然學而未至於是，亦未可與言詩也。』按，西涯此則論樂府，頗得懸解，不似于鱗等摹襲爲古，割裂爲奇。然論杜則獨以《桃竹杖引》爲極則，何也？太白《遠别離》一作，怳惚變化，實造絶之構。若《桃竹杖引》特一時興到語耳，非其至也。必求其至，《兵車行》爲杜集樂府首篇。其長短音節，拍拍入神，在《桃竹杖引》之上。西涯殆捨熟就新，遂不知其偏耳。」李東陽説見《麓堂詩話》。

寄題江外草堂 梓州作。寄成都故居。

我生性放誕，難欲逃自然①〔一〕。嗜酒愛風竹〔二〕，卜居必林泉②。遭亂到蜀江，臥痾遺所便③〔三〕。誅茅初一畝，廣地方連延④〔四〕。經營上元始⑤，斷手寶應年〔五〕。敢謀土木麗，自覺面勢堅⑥〔六〕。臺庭隨高下⑦，敞豁當清川。雖有會心侶⑧，數能同釣船。干戈未偃息，安得酣歌眠。蛟龍無定窟，黄鵠摩蒼天⑨〔七〕。古來達士志⑩，寧受外物牽〔八〕？顧惟魯鈍姿，豈識悔吝先〔九〕？偶携老妻去，慘淡凌風烟。事跡無固必，幽貞愧雙全〔一〇〕。尚念四小松，蔓草易拘纏⑪。霜骨不甚長〔一一〕，永爲鄰里憐。（0203）

【校】

① 難，錢箋作「雅」。

② 風，宋本、錢箋、《草堂》校：「一作修。」　必，錢箋、《九家》、《草堂》校：「一作此。」

③遺，錢箋校：「晉作遺。」《草堂》校：「一作遺。」

④方，錢箋、《草堂》校：「一作必。」

⑤始，《草堂》校：「一作初。」

⑥堅，錢箋校：「一作賢。」

⑦臺庭，錢箋作「臺亭」，校：「一作亭臺。」

⑧雖，錢箋校：「樊作惟。」《草堂》校：「一作惟。」

⑨鵠，《草堂》校：「或作鶴。」

⑩達士志，宋本、錢箋、《九家》、《草堂》校：「一作賢達士。」

⑪易，錢箋、《草堂》校：「一作已。」

【注】

黄鶴注：寶應元年公避徐知道之亂至梓州，今詩云「顧惟魯鈍姿，豈識悔吝先」，蓋謂不能前知徐知道之反也。詩云「經營上元始，斷手寶應年」，則此詩當是廣德元年（七六三）作。

〔一〕我生二句：《晉書·何曾傳》：「阮籍負才放誕，居喪無禮。」陶淵明《歸園田居》：「久在樊籠裏，復得返自然。」《分門》覺範曰：「自然，道也。釋氏謂之逃禪，儒者謂之逃自然。」按，逃禪語有歧解。此爲逃於自然之意。張説《聞雨》：「誤將心徇物，近得還自然。」張九齡《題畫山水障》：「變化合群有，高深侔自然。」所言皆近自然界之義。

〔二〕風竹：庾信《園庭》：「水蒲開晚結，風竹解寒苞。」

〔三〕臥痾句：謝靈運《登池上樓》：「徇禄反窮海，臥痾對空林。」遺所便，即便所遺，便於遺興。謝靈運《從斤竹澗越嶺溪行》：「情用賞爲美，事昧竟誰辨。觀此遺物慮，一悟得所遺。」

〔四〕誅茅二句：《楚辭・卜居》：「寧誅草茅，以力耕乎。」枚乘《七發》：「沇沇湲湲，蒲伏連延。」《文選》李善注：「連延，相續貌。」

〔五〕經營二句：《九家》趙注：「公以乾元二年十二月末至成都，明年即上元元年，乃公建草堂之始。又二年，即寶應元年，乃公成草堂之日。」《淳化閣帖釋文》卷一唐高宗書：「使至，知玄堂已成，既得早了，深以爲慰。不知諸作早晚總得斷手，日月猶賒，必須牢固。」此斷手爲停手之義。

〔六〕自覺句：《周禮・冬官考工記》：「或審曲面勢，以飭五材。」注引鄭司農云：「審察五材曲直方面形勢之宜以治之，及陰陽之面背是也。」

〔七〕黄鵠句：《相和歌辭・烏生》：「黄鵠摩天極高飛，後宮尚復得烹煮之。」

〔八〕外物牽：見卷一《渼陂西南臺》(0032)注。

〔九〕顧惟二句：顧惟，見卷一《自京赴奉先縣詠懷五百字》(0041)注。魯鈍，見本卷《憶昔二首》(0193)注。悔吝，見本卷《太子張舍人遺織成褥段》(0183)注。識先，即先識之倒。

〔一〇〕事跡二句：《論語・子罕》：「子絶四：毋意，毋必，毋固，毋我。」《易・履》：「履道坦坦，幽人貞吉。」顔延之《拜陵廟作》：「幼壯困孤介，末暮謝幽貞。」仇注：「幽貞，謂隱居守正。」「惜前此不能遠去，覺有愧於古人。但欲身名兩全，不得不携家他適耳。」

〔一一〕霜骨：鍾嶸《詩品》魏文學劉楨：「真骨凌霜，高風跨俗。」吴均《贈王桂陽》：「未見籠雲心，誰知負霜骨。」

述古三首

赤驥頓長纓，非無萬里姿。悲鳴淚至地，爲問馭者誰〔一〕？鳳凰從天來①，何意復高飛？竹花不結實，念子忍朝飢〔二〕。古時君臣合，可以物理推〔三〕。賢人識定分，進退固其宜②〔四〕。（0204）

【校】

①天，錢箋、《草堂》作「東」，校：「一作天。」

②退，錢箋校：「一作用。」固，錢箋、《草堂》校：「一作因。」

【注】

黄鶴注：當是寶應元年代宗即位後作。時公在梓州。詩意主於任賢耳。仇注編入廣德元年（七六三〕。

〔一〕赤驥四句：《戰國策・楚策四》：「夫驥之齒至矣，服鹽車而上太行。蹄申膝折，尾湛胕潰，漉汁灑地，白汗交流。中坂遷延，負轅不能上。伯樂遭之，下車攀而哭之，解紵衣以冪之。驥於是俯而噴，仰而鳴，聲達於天，若出金石聲者，何也？彼見伯樂之知己也。」嵇康《與山巨源絶交書》：「禽鹿少見馴育，則服從教制，長而見羈，則狂顧頓纓。」陸機《赴洛道中作》「頓轡倚嵩岩」《文選》李善注：「頓，猶舍也。」此亦作舍解。仇注：「長纓，馬鞅也。」

〔二〕鳳凰四句：《莊子・秋水》：「夫鵷雛，發於南海而飛於北海，非梧桐不止，非練實不食，非醴泉不飲。」成玄英疏：「練實，竹實也。」《韓詩外傳》卷八：「黃帝即位……鳳乃止帝東園，集帝桐樹，食帝竹實，没身不去。」《詩・周南・汝墳》：「未見君子，惄如調飢。」傳：「調，朝也。」箋：「未見君子之時，如朝飢之思食。」

〔三〕可以句：《淮南子・覽冥訓》：「耳目之察，不足以分物理。」

〔四〕賢人二句：歐陽建《臨終詩》：「窮達有定分，慷慨復何歎。」《易・乾・文言》：「知進退存亡而不失其正者，其唯聖人乎。」《禮記・表記》：「子曰：事君難進而易退，則位有序，易進而難退則亂也。故君子三揖而進，一辭而退，以遠亂也。」

市人日中集，於利競錐刀〔一〕。置膏烈火上，哀哀自煎熬〔二〕。農人望歲稔〔三〕，

相率除蓬蒿。所務穀爲本①，邪贏無乃勞〔四〕。舜舉十六相，身尊道何高〔五〕。秦時任商鞅，法令如牛毛〔六〕。（0205）

【校】

① 穀，錢箋校：「一作農。」

【注】

〔一〕市人二句：《易·繫辭下》：「日中爲市，致天下之民，聚天下之貨，交易而退，各得其所。」《左傳》昭公六年：「民知争端矣，將弃禮而徵於書。錐刀之末，將盡争之。」

〔二〕置膏二句：《莊子·人間世》：「山木自寇也，膏火自煎也。」阮籍《詠懷》：「膏火自煎熬，多財爲患害。」

〔三〕農人句：《左傳》昭公三十二年：「閔閔焉如農夫之望歲，懼以待時。」陶淵明《歸去來兮辭》：「猶望一稔。」

〔四〕所務二句：《吕氏春秋·士容論》：「后稷曰：所以務耕織者，以爲本教也。」王符《潛夫論·務本》：「夫富民者以農桑爲本，以游業爲末。」張衡《西京賦》：「何必昏於勞作，邪贏優而足恃。」《文選》薛綜注：「言何必當勉力作勤勞之事乎，欺僞之利，自饒足恃也。」

〔五〕舜舉二句：《左傳》文公十八年：「昔高陽氏有才子八人……天下之民謂之八愷。高辛氏有才子八人……天下之民謂之八元。……舜臣堯，舉八愷，使主后土，以揆百事，莫不時序，地平天成。舉八元，使布五教於四方。」

〔六〕秦時二句：《史記·商君列傳》：「卒定變法之令，令民爲什伍，而相牧司連坐。……令行於民期年，秦民之國都言初令之不便者以千數。……行之十年，秦民大説，道不拾遺，山無盜賊，家給人足。民勇於公戰，怯於私鬬，鄉邑大治。秦民初言令不便者有來言令便者，衛鞅曰：『此皆亂化之民也。』盡遷之於邊城。其後民莫敢議令。」

《九家》趙注：「得其人則治，如舜之舉十六相也。非其人則亂，如秦任商鞅也。明皇初用姚、宋，猶前；終用林甫、國忠，猶後。此其驗也。詳彼所注之意，分爲三：以商之爲末，不如農爲本，不如任人之爲本。夫任人者君也，豈可與商、農爲甲乙哉！」

朱鶴齡注：「是時第五琦、劉晏皆以宰相領度支鹽鐵使，榷税四出，利悉錐刀。故言爲治之道，在乎敦本抑末，舉良相以任之，不當用興利之臣以滋民邪僞也。」盧元昌曰：「寶應間元載代劉晏，專判財利，按籍舉八年租調之違負者，計其大數，籍其所有，謂之白著。故曰商鞅。注家謂指劉晏、第五琦，非也。」

漢光得天下，祚永固有開〔一〕。豈唯高祖聖，功自蕭曹來〔二〕。經綸中興業，何

代無長才？吾慕寇鄧勳〔三〕，濟時信良哉。耿賈亦宗臣〔四〕，羽翼共徘徊。休運終四百①，圖畫在雲臺〔五〕。（0206）

【校】

① 休，《草堂》作「漢」。

【注】

〔一〕漢光二句：《後漢書·光武帝紀》：「世祖光武皇帝諱秀，字文叔，南陽蔡陽人，高祖九世之孫也。……（建武元年）六月己未，即皇帝位。」《禮記·孔子閑居》：「嗜欲將至，有開必先。」注：「謂其王天下之期將至也，神有以開之，必先爲之生賢知之輔佐。」

〔二〕豈唯二句：《史記·曹相國世家》：「參始微時，與蕭何善。及爲將相，有郤。至何且死，所推賢唯參。參代何爲漢相國，舉事無所變更，一遵蕭何約束。……曰：『陛下觀臣能孰與蕭何賢？』上曰：『君似不及也。』參曰：『陛下言之是也。且高帝與蕭何定天下，法令既明，今陛下垂拱，參等守職，遵而勿失，不亦可乎？』惠帝曰：『善。』」《漢書·魏相丙吉傳》贊：「高祖開基，蕭曹爲冠；孝宣中興，丙魏有聲。」豈唯，豈只。詩謂豈只漢高祖時有蕭、曹之功。

〔三〕吾慕句：《後漢書·鄧寇列傳》：「鄧禹字仲華，南陽新野人也。……及聞光武安集河北，即杖策北渡，追及於鄴。……天下平定，諸功臣皆增户邑，定封鄧禹爲高密侯。」「寇恂字子翼，上谷昌平人也，世爲著姓。……乃拜恂河内太守，行大將軍事。」

〔四〕耿賈句：《後漢書·耿弇傳》：「耿弇字伯昭，扶風茂陵人也。……帝謂弇曰：『昔韓信破歷下以開基，今將軍攻祝阿以發跡，此皆齊之西界，功足相方。而韓信襲擊已降，將軍獨拔勁敵，其功乃難於信也。』」《賈復傳》：「賈復字君文，南陽冠軍人也。……復從征伐，未嘗喪敗，數與諸將潰圍解急，身被十二創。帝以復敢深入，希令遠征，而壯其勇節，常自從之，故復少方面之勳。諸將每論功自伐，復未嘗有言。帝輒曰：『賈君之功，我自知之。』」《漢書·蕭何曹參傳》：「聲施後世，爲一代之宗臣。」

〔五〕休運二句：《後漢書·獻帝紀》贊：「終我四百，永作虞賓。」《後漢書·朱景王杜馬劉傅堅馬傳》：「永平中，顯宗追感前世功臣，乃圖畫二十八將於南宫雲臺，其外又有王常、李通、竇融、卓茂，合三十二人。」

《九家》趙注：「此篇大意，言中興者必得其人耳。」

仇注：「其引寇、鄧、耿、賈，比肅宗恢復諸將，但昔則圖畫雲臺，生享爵禄，而没垂令名，今則功臣疑忌，忠如李、郭，尚憂讒畏譏，故借漢事以諷唐。」按，《舊唐書·代宗紀》：「（寶應二年七月，改元曰廣德）功臣皆賜鐵券，藏名太廟，畫像凌烟閣。」《德宗紀》：「與郭子儀等八人圖形凌烟閣。」詩蓋言此時事，未必有諷意。

杜工部集卷第五

古詩五十二首 居東川再至閬州復還成都作

冬到金華山觀因得故拾遺陳公學堂遺跡〔一〕

涪右衆山内〔二〕，金華紫崔嵬。上有蔚藍天，垂光抱瓊臺〔三〕。繫舟接絶壁，杖策窮縈回。四顧俯層巔，淡然川谷開。雪嶺日色死①，霜鴻有餘哀〔四〕。焚香玉女跪，霧裏仙人來〔五〕。陳公讀書堂，石柱仄青苔〔六〕。悲風爲我起，激烈傷雄才②。（0207）

【校】

① 色，錢箋校：「一作光。」

② 烈，《草堂》作「洌」。

【注】

黃鶴注：公寶應元年（七六二）秋自梓歸成都迎家，再至梓，十一月往射洪，乃是時作。

〔一〕金華山觀：《方輿勝覽》卷六二潼川府：「金華山，在射洪縣。有陳拾遺學堂。」《蜀中廣記》卷二九射洪縣：「子昂讀書堂在金華山。《志》云：上拂霄漢，下瞰涪江，有玉京觀，在本山上。《方輿》云：東晋陳勳學道山中，白日仙去。梁天監中建觀，有唐明皇所鑄老君像。陳拾遺祠中有盧藏用祭文。陸魯望云：枝峰蔓壑，秀氣磅礴，不啻神仙登臨也。」陳子昂有《春日登金華觀》：「白玉仙臺古，丹丘別望遥。山川亂雲日，樓榭入烟霄。鶴舞千年樹，虹飛百尺橋。還疑赤松子，天路坐相邀。」

〔二〕涪右句：黃希注：「《水經》云：涪水東南合射江。故梓州云涪右。」《讀史方輿紀要》卷七一「射洪縣」：「涪江，縣東北七里。自州境流入，經獨坐山下，合於射江，又東南入遂寧縣界。」

〔三〕上有二句：《九家》杜田《補遺》：「《度人經》：三十二天、三十二帝，諸天皆有隱諱隱名。第一太黃皇曾天，鬱鑑玉明。鑑音藍，蔚藍即鬱鑑也。」趙注：「蔚藍即茂蔚之藍，天之青色如此，杜田亦穿鑿相去之遠。蓋此乃經中言東方八天首兩句之文，上句言天名，下句言帝名。既以鬱鑑玉明爲天帝隱諱，不應直言其隱名爲天而垂光也。況鬱差爲蔚，鑑差爲藍，豈有兩字改易之理耶？」陸游《老學庵筆記》卷六：「蔚藍用隱語天名，非可以義理解也。杜子美《梓州金華山》詩云：『上有蔚藍天，垂光抱瓊臺。』猶未有害。韓子蒼乃云：『水色山光共蔚藍。』乃直謂天與水之色俱如藍耳，恐又因杜詩而失之。」方以智《通雅》卷一一：「蔚藍猶碧落也。或曰紫落，或曰青冥，或曰黄乾，或曰泰鴻，猶今之言彼蒼、言蒼穹耳。……放翁泥矣。蔚藍正猶碧落，亦指天之色也。」陳僅《竹林答問》：「杜詩誤用之典甚多，若蔚藍天，竟成杜撰。炙手可熱，借取方言。其來歷殊不足恃。如必求來歷，何必杜詩。」

〔四〕雪嶺二句：雪嶺，見卷四《贈蜀僧閭丘師兄》(0175)注。《詩·小雅·鴻雁》：「鴻雁于飛，哀鳴嗷嗷。」曹植《七哀詩》：「上有愁思婦，悲歎有餘哀。」

〔五〕焚香二句：仇注：「玉女，謂燒香者。仙人，謂訪道者。」按，仙人當指陳勳。

〔六〕仄：側也。王維《輞川集·宮槐陌》：「仄徑蔭宮槐，幽陰多緑苔。」

陳拾遺故宅〔一〕

拾遺平昔居①，大屋尚修椽②。悠揚荒山日③，慘淡故園烟④。位下曷足傷，所貴者聖賢〔二〕。有才繼騷雅，哲匠不比肩〔三〕。公生揚馬後，名與日月懸〔四〕。同游英俊人，多秉輔佐權。彦昭趙玉價⑤，郭振起通泉⑥〔五〕。到今素壁滑，洒翰銀鉤連〔六〕。盛事會一時，此堂豈千年。終古立忠義⑦，感遇有遺篇⑧。(0208)

【校】

①平昔，《文苑英華》作「昔日」，校：「集作平昔。」

②屋，錢箋、《草堂》校：「一作宅。」

③悠揚，錢箋校：「一作悠悠。」

④慘淡，錢箋校：「一作崔崒。」《文苑英華》作「摧崒」，校：「集作慘淡。」　園，錢箋校：「一作國。」《文苑英華》作「國」。

⑤趙，宋本校：「一云超。」錢箋、《九家》、《草堂》、《文苑英華》作「超」，錢箋、《九家》校：「一作趙。」

⑥振，錢箋、《草堂》校：「晋作震。」

⑦立，錢箋校：「一作占。」《草堂》作「占」。

⑧篇，錢箋、《草堂》、《九家》作「編」。

【注】

黃鶴注：同寶應元年（七六二）作。

〔一〕陳拾遺故宅：《舊唐書·文苑傳》「陳子昂」：「陳子昂，梓州射洪人也。家世富豪，子昂獨苦節讀書，尤善屬文。初爲《感遇詩》三十首，京兆司功王適見而驚曰：『此子必爲天下文宗矣。』由是知名。舉進士。會高宗崩，靈駕將還長安，子昂詣闕上書，盛陳東都形勝，可以安置山陵……則天召見，奇其對，拜麟臺正字。……再轉右拾遺。數上疏陳事，詞皆典美。……子昂父在鄉，爲縣令段簡所辱，子昂聞之，遽還鄉里。簡乃因事收繫獄中，憂憤而卒，時年四十餘。」《蜀中廣記》卷二九射洪縣：「陳子昂故宅，在東武山下。本集云子昂四世祖陳方慶好道，隱於此，有唐朝道觀址，而真諦寺在其左。……《碑目》云：陳拾遺故宅有趙彦昭、郭元振題壁。……《圖經》載《陳拾遺建德碑》，大曆六年趙儋代梓州鮮于刺史作。予過縣之東門，闤闠中榜曰『唐拾遺陳公宗祠』。想必其後遷徙入城者。」

〔二〕位下二句：翁方綱《石洲詩話》卷一：「伯玉《峴山懷古》云：『丘陵徒自出，賢聖幾凋枯。』《感遇》諸作，亦多慨慕古聖賢語。杜公《陳拾遺故宅》詩云：『位下曷足傷，所貴者聖賢。』正謂此也。今之解杜者，乃謂以聖賢指伯玉，或又怪『聖賢』字太過，何歟？」

〔三〕有才二句：《文心雕龍・辨騷》：「自風雅寢聲，莫或抽緒，奇文鬱起，其《離騷》哉。」殷仲文《南州桓公九井作》：「哲匠感蕭晨，肅此塵外軫。」《文選》李善注引《鄧析子》：「聖人逍遥一世間，宰匠萬物之形。」《吕氏春秋・先識覽》：「千里而有一士，比肩也；累世而有一聖人，繼踵也。」不比肩，謂不能與其比肩。

〔四〕公生二句：揚馬，見卷三《鹿頭山》(0169)注。李白《古風》：「揚馬激頹波，開流蕩無垠。」《荀子・不苟》：「名聲若日月，與舜禹俱傳而不息。」

〔五〕同游四句：《舊唐書・趙彦昭傳》：「趙彦昭者，甘州張掖人也。……少以文辭知名，中宗時累遷中書侍郎、同中書門下三品，兼修國史，充修文館學士。……彦昭素與郭元振、張説友善，及蕭至忠等伏誅，元振、説等稱彦昭先嘗密圖其事，乃以功遷刑部尚書，封耿國公，賜實封一百户。殿中侍御史郭震奏：『彦昭以女巫趙五娘左道亂常，託爲道姑，潛相影援。既因提挈，乃踐臺階。……』俄而姚崇入相，甚惡彦昭之爲人，由是累貶江州別駕，卒。」郭振，即郭元振。《舊唐書·郭元振傳》：「郭元振，魏州貴鄉人。舉進士，授通泉尉。任俠使氣，不以細務介意。前後掠賣所部千餘人，以遺賓客，百姓苦之。則天聞其名，召見與語，甚奇之。」參本卷《過郭代公故宅》(0213)注。元振以字顯。其名《舊唐書》本傳作「振」，張説所撰《行狀》、《新唐書》本傳作「震」。《九家》趙注：「彦昭本傳雖云以權幸進，然亦必有才智者。……二人皆作宰相，秉輔佐權也。」

〔六〕到今二句：湛方生《七歡》：「幽籠納響，素壁流光。」索靖《草書狀》：「婉若銀鉤，漂若驚鴻。」張戒《歲寒堂詩話》卷上：「此宅蓋拾遺與趙彦昭、郭元振輩嘗題字於壁間，云後登宰輔。少陵詩紀此而已。」此近臆説。據《蜀中廣紀》引《碑目》，拾遺故宅只有趙、郭題壁。

王嗣奭《杜臆》：「『終古立忠義』，觀集中所上書疏及本傳可見，非謂《感遇詩》。若《感遇詩》當世推爲文宗，人皆知之。而公復推于忠義，特闡其幽，亦見所重自有在也。」

朱鶴齡注：「《感遇詩》多感歎武后革命，時寓旨神仙，故公以『忠義』稱之。」

何焯《義門讀書記》卷五二杜甫《陳拾遺故宅》「感遇有遺編」：「《感遇詩》皆言僞周變革之故，『微月生西海』，即指武氏。『本爲貴公子』，指敬業。『玉馬去朝周』，指相王。『樂羊爲魏將』，指李勣。『聖人秘元命』，指李淳風。『穰侯富秦寵』，指無忌。聞我言者，疑其鑿讀。此詩結句，可涣然矣。碎胡琴而出《感遇詩》，人贈一編，小説之不可信者，即王適事亦失實也。」

潘德輿《養一齋詩話》卷一：「唐之復古者，始於張曲江，大於李太白，子昂與曲江先後不遠。子昂《感遇》之詩，按之無實理。曲江《感遇》之詩，皆性情之中也。安得以復古之功歸子昂哉！或謂昌黎稱唐之文章，子昂、李、杜並列，而杜公於子昂尤三致意。……杜公尊子昂詩，至以『騷雅』、『忠義』目之，子烏得異議？曰：子昂之忠義，忠義於武氏者也。其爲唐之小人無疑也。其詩雖能掃江左之遺習，而諷諫施諸篡逆，烏得與曲江例觀之？杜、韓之推許，許其才耳。吾不謂其才之劣也。若爲千秋詩教定衡，吾不妨與杜、韓異。王元美云：『孔雀雖有毒，不掩其文章。』謂嚴嵩也。究竟今人誰肯讀嚴嵩詩者？於嚴嵩則嚴之，而寬黨逆之阮籍、陳子昂，此人之顛也。不明辨，則詩教在聖教之外，而才士一門，遂爲小人之逋逃藪，害豈小哉！」按，《感遇》詩旨，説者不同，杜公推美，遂生歧義。何氏所解，自是一偏之論；潘氏之責，恐亦難乎衆議。要之，武周之變雖爲唐禍，然玄宗固不能詆其祖母，當時文士亦皆回避不談。杜甫乃審言之後，與沈佺期等爲通家，故於武周朝諸人絶少譏談，而多稱美之語。後人妄揣其忠義，不可爲據。

謁文公上方〔一〕

野寺隱喬木，山僧高下居。石門日色異，絳氣横扶疏〔二〕。窈窕入風磴①〔三〕，長蘿紛卷舒。庭前猛虎卧〔四〕，遂得文公廬。俯視萬家邑，烟塵對階除。吾師雨花外，不下十年餘〔五〕。長者自布金，禪龕只晏如〔六〕。大珠脱玷翳②，白月當空虚③〔七〕。甫也南北人〔八〕，蕪蔓少耘鋤。久遭詩酒污，何事忝簪裾〔九〕？王侯與螻蟻，同盡隨丘墟〔一〇〕。願聞第一義，回向心地初〔一一〕。金篦刮眼膜，價重百車渠〔一二〕。無生有汲引，兹理儻吹嘘〔一三〕。（0209）

【校】

①窈，錢箋校：「晋作窅。」

②大，錢箋校：「一作火。」

③月，錢箋、《草堂》校：「一作日。」

黄鶴注：當在梓州作。文公，未詳何所人。寶應元年（七六二）。

【注】

〔一〕上方：《維摩經·香積佛品》：「以神通力，示諸大衆上方界分。」此指佛寺上方院。劉長卿有《登思禪寺上方題修竹茂松》，又《禪智寺上方懷演和尚》，皇甫冉有《清明日青龍寺上方賦得多字》。《景德傳燈録》卷二五羅漢守仁：「止東安興教寺上方院。」

〔二〕絳氣句：江淹《從冠軍建平王登廬山香爐峰》：「絳氣下縈薄，白雲上杳冥。」《文選》李周翰注：「絳氣，赤霞氣也。」司馬相如《上林賦》：「垂條扶疏，落英幡纚。」《説文》：「扶疏，四布也。」

〔三〕風磴：即石磴。鮑照《過銅山掘黄精》：「既類風門磴，復像天井壁。」

〔四〕庭前句：《高僧傳》卷六《晉廬山釋慧永傳》：「永屋中常有一虎，人或畏者，輒驅令上山，人去後，還復馴伏。」翁方綱《石洲詩話》卷六：「庭前猛虎，謂石也。」可備一説。

〔五〕吾師二句：《法華經·化城喻品》：「常雨於天花，以供養彼佛。」《法苑珠林》卷二四唐西京勝光寺釋道宗：「每講大論，天雨衆華，繞旋講堂。」仇注：「文公於説法之外，久不下接塵世矣。」

〔六〕長者二句：布金，見卷四《贈蜀僧閭丘師兄》（0175）「祇樹園」注。禪龕，修行所居。《法苑珠林》卷二八隋終南山楩梓谷釋普安：「有人於子午、虎林兩谷合澗之側，鑿龕結庵，延而住之。」何處士《通士人篇》：「禪龕八想浄，義窟四塵輕。」《漢書·揚雄傳》：「家産不過十金，乏無儋石之儲，晏如也。」

〔七〕大珠二句：《大般若波羅蜜多經》卷一二八：「譬如無價大寶神珠……若有持此神珠令見珠威勢，故毒即消滅，若諸有情身嬰癩疾、惡瘡、腫皰、目�翳等。」此謂大珠神力可除眼翳。詩謂珠脱玷翳，似同於《景德傳燈録》卷二師子比丘：「如浄明珠，内外無翳。」《楞嚴經》卷三：「是諸師等，於白月晝，手執方諸，承月中水，此水爲復從珠中出？空中自有，爲從月來？……若從珠出，則此珠中常應流水，何待中宵承白月晝？」詩意似出此。《祖堂集》卷一五東寺和尚：「師曰：『見説廣南有鎮海明珠，還是也無？』對曰：『是也。』師云：『此珠作麼生？』對曰：『白月則隱，黑月則現。』」《法苑珠林》卷四：「初月一日至十五日名爲白月，十六日已去至於月盡名爲黑月。」

〔八〕甫也句：《禮記·檀弓上》：「今丘也，東西南北人也。」

〔九〕久遭二句：荀濟《贈陰梁州》：「詩酒悦風雲，琴歌賞桃李。」盧照鄰《春晚山莊率題》：「唯餘詩酒意，當了一生中。」裴之横《答貞陽侯書》：「僕早預簪裾，夙叨眷與。」劉孝綽《歸沐呈任中丞昉》：「圓淵倒荷芰，方鏡寫簪裾。」

〔一〇〕王侯二句：《列子·楊朱》：「萬物所異者生也，所同者死也。生則有賢愚貴賤，是所異也。死則有臭腐消滅，是所同也。……十年亦死，百年亦死。仁聖亦死，凶愚亦死。」鮑照《代蒿里行》：「同盡無貴賤，殊願有窮伸。」《王梵志詩校注》〇六二首：「世間何物平，不過死一色。老小終須去，信前業道力。縱使公王侯，用錢遮不得。」《敦煌變文集·八相變》：「王侯凡庶一般，死相亦無二種。」

〔一一〕願聞二句：《大方等大集經》卷二八：「復有三諦，何等三？俗諦、第一義諦、相諦。云何俗諦？若世間所用言語文字假名法等。云何第一義諦？乃至無有心行，何況當有言語文字。云何相諦？觀一切相同於一相，一相者即是無相。」《觀無量壽經》：「一者至誠心，二者深心，三者回向發願心。」心地初，謂初心或初發心。《大般涅槃經》卷二三：「夫聽法者名初發心，乃究竟阿耨多羅三藐三菩提心，以因初心得大涅槃，不以聞故得大涅槃。」《九家》趙注謂乃初地之倒言，引《楞嚴經》「修行有十地，以歡喜爲初地」，似不確。心地，即心。《楞嚴經》卷五：「如來示我：一味清浄，心地法門。」《楞嚴經》神龍中譯出，然真僞有争議。又敦煌本《壇經》多用「心地」字，其寫定亦約在此時或稍後。此前佛典偶有用「心地」字者，均無深意。

〔一二〕金篦二句：《大般涅槃經》卷八：「佛言：善男子，如百盲人爲治目故，造詣良醫。是時良醫即以金鎞抉其眼膜。」鎞通篦。《法華經·信解品》：「多諸金銀，車渠馬瑙，真珠琉璃。」慧琳《一切經音義》卷二五：「七寶：一金、二銀、三琉璃、四頗梨、五車渠、六赤真珠、七瑪瑙也。」

〔一三〕無生二句：《圓覺經》：「一切衆生，於無生中，妄見生滅，是故説名輪轉生死。」智顗《摩訶止觀》卷五下：「因果不生，亦復不滅。不生不滅，名無生忍。是爲無生門，通於止觀。」沈約《宿東園》：「若蒙西山藥，頽齡儻能度。」儻，或也。《歲寒堂詩話》卷上：「汲引吹噓，皆傳法之意。」

《東坡題跋》卷二：「子美自比稷與契，人未必許也。然其詩云：『舜舉十六相，身尊道益高。秦時用商鞅，法令如牛毛。』此自是契稷輩人口中語也。又云：『知名未足稱，局促商山芝。』又云：『王侯與螻蟻，同盡隨丘墟。願聞第一義，回向心地初。』乃知子美詩外尚有事在也。」

陳善《捫虱新話》下集卷一：「老杜詩當是詩中六經，他人詩乃諸子之流也。杜詩有高妙語，如云：『王侯與螻蟻，同盡隨丘墟。願聞第一義，回向心地初。』可謂深入理窟。晉宋以來詩人無此句也。『心地初』乃《莊子》所謂『游心於淡，合氣於漠』之義也。」

奉贈射洪李四丈①〔一〕

丈人屋上烏，人好烏亦好〔二〕。人生意氣豁，不在相逢早〔三〕。南京亂初定〔四〕，所向邑枯槁②。游子無根株，茅齋付秋草。東征下月峽③，挂席窮海島〔五〕。萬里須十金，妻孥未相保。蒼茫風塵際，蹭蹬騏驎老〔六〕。志士懷感傷，心胸已傾倒。（0210）

【校】

① 題下錢箋注：「明甫。」

②邑，錢箋校：「一作色。」《九家》、《草堂》作「色」。
③下月，《草堂》作「月下」。

【注】

黄鶴注：寶應元年（七六二）七月徐知道反，公避之至梓州，九月歸成都迎家居梓州，十一月嘗往射洪，當是其時作。

〔一〕射洪：《元和郡縣圖志》卷三三梓州：「射洪縣，上。西北至州六十里。本漢郪縣地，後魏分置射洪縣。縣有梓潼水，與涪江合流，急如箭，奔射洪口，蜀人謂水口曰洪，因名射洪。」李四丈：事迹不詳。
〔二〕丈人二句：《説苑·貴德》太公曰：「臣聞愛其人者，兼屋上之烏；憎其人者，惡其餘胥。」
〔三〕人生二句：《北史·序傳》：「古人相知，未必在早。」
〔四〕南京句：《九家》趙注謂指東川段子璋之亂。黄鶴注謂指徐知道之亂。《舊唐書·肅宗紀》：「（至德二載十二月）改蜀郡爲南京。」「（上元元年）九月甲午，以荆州爲南都，州曰江陵府，官吏制置同京兆。其蜀郡先爲南京，宜復爲蜀郡。」詩蓋沿舊稱。
〔五〕東征二句：《太平寰宇記》卷一三六巴縣：「明月峽在縣東八十里。《華陽國志》云：郡東枳縣有明月峽，即此。李膺《益州記》：廣陽州東七里，水南有遮要三塠石，石東二里至明月峽。峽首南岸壁高四十丈，其壁有孔，形似滿月，因以爲名。」《方輿勝覽》卷六六利州：「晏公《類要》：巫峽、巴峽、明月峽，三峽惟明月在此界。」挂席，見卷一《苦雨奉寄隴西公兼呈王徵士》(0022)注。

〔六〕蒼茫二句：蹭蹬，見卷一《奉贈韋左丞丈二十二韻》(0001)注。騏驎，見卷一《驄馬行》(0039)注。

早發射洪縣南途中作

將老憂貧窶〔一〕，筋力豈能及。征途乃侵星①〔二〕，得使諸病入②。鄙人寡道氣〔三〕，在困無獨立。俶裝逐徒旅，達曙陵險澀③〔四〕。寒日出霧遲，清江轉山急。僕夫行不進，駑馬若維縶④〔五〕。汀洲稍疏散，風景開怏悒⑤〔六〕。空慰所尚懷，終非曩游集〔七〕。衰顔偶一破〔八〕，勝事難屢挹⑥。茫然阮籍途，更洒楊朱泣〔九〕。

(0211)

【校】

①乃，宋本、《九家》《草堂》校：「一作復。」錢箋校：「吴作後。一作復。」《文苑英華》作「復」。

②病，《九家》校：「一作疾。」

③曙，《九家》校：「一本作曉。」　陵，錢箋作「凌」。
④若，《九家》作「苦」，校：「一作若。」
⑤怏，錢箋校：「一云悁。」《文苑英華》校：「一作悁。」
⑥難屢，錢箋、《草堂》校：「一云皆空。」

【注】

黄鶴注：當是寶應元年（七六二）十一月南之通泉時作。

〔一〕將老句：《詩·邶風·北門》：「終窶且貧，莫知我艱。」傳：「窶者，無禮也。貧者，困於財。」釋文：「窶，無禮也。《爾雅》云：貧也。案，謂貧無可爲禮。」
〔二〕侵星：鮑照《還都道中作》：「侵星赴早路，畢景逐前儔。」
〔三〕道氣：徐陵《天台山館徐則法師碑》：「法師蕭然道氣，卓矣仙才。」
〔四〕俶裝二句：張衡《思玄賦》：「占既吉而無悔兮，簡元辰而俶裝。」《文選》舊注：「俶，始也。裝，束也。」謝靈運《七里瀨》：「孤客傷逝湍，徒旅苦奔峭。」江總《别南海賓化侯》：「崤函多險澀，星琯壯環周。」
〔五〕駑馬句：《詩·小雅·白駒》：「皎皎白駒，食我場苗。縶之維之，以永今朝。」傳：「賢者有乘白駒而去者，縶絆維繫也。」此謂受羈絆。
〔六〕怏悒：即悒怏，同鬱怏。《廣弘明集》卷七：「（荀）濟以不得志，常懷悒怏。」《梁書·侯景傳》：

「於是鬱怏，更成失志。」

〔七〕空慰二句：仇注：「所尚懷，謂意所好尚。」按，即所尚所懷。左思《招隱詩》：「相與觀所尚，逍遥撰良辰。」向秀《思舊賦》序：「追思曩昔游宴之好，感音而歎。」

〔八〕衰顏：邢邵《冬夜酬魏少傅直史館》：「衰顏依候改，壯志與時闌。」

〔九〕茫然二句：《晋書·阮籍傳》：「時率意獨駕，不由徑路，車跡所窮，輒慟哭而反。」《太平御覽》卷一九五引《淮南子》：「楊朱見歧路而哭，曰：可以南，可以北。」

通泉驛南去通泉縣十五里山水作〔一〕

溪行衣自濕，亭午氣始散〔二〕。冬温蚊蚋在①，人遠鳧鴨亂。登頓生曾陰，欹傾出高岸〔三〕。驛樓衰柳側，縣郭輕烟畔〔四〕。一川何綺麗，盡目窮壯觀②〔五〕。山色遠寂寞，江光夕滋漫③。傷時愧孔父④，去國同王粲〔六〕。我生苦飄零，所歷有嗟歎。（0212）

【校】

①在，錢箋校：「一作集。」

②目，錢箋校：「一作日。」《九家》、《草堂》作「日」，《草堂》校：「一作目。」

③夕，《九家》校：「一作日。」

④傷，錢箋、《文苑英華》校：「一作知。」

【注】

黄鶴注：作於寶應元年（七六二）十一月，故詩云「冬温蚊蚋集」。

〔一〕通泉：《元和郡縣圖志》卷三三梓州：「通泉縣，緊。西北至州一百四十里。本漢廣漢縣地。……通泉山，在縣南二里。山前有石蝦蟆，高七八尺。涪江水，經縣東三里。」《太平寰宇記》卷八二梓州：「通泉山在縣西北二十里，東臨涪江，絶壁二百餘丈，水從山頂涌出，下注於涪江，絶壁涌泉，郡故城在此。」《蜀中廣記》卷五四射洪縣：「《志》云：治南五十里通泉古驛，即杜甫題詩處。」

〔二〕亭午：見卷三《寄贊上人》（0103）注。

〔三〕登頓二句：謝靈運《過始寧墅》：「山行窮登頓，水涉盡洄沿。」《文選》李周翰注：「登頓，謂上下也。」高適《入昌松東界山行》：「鳥道幾登頓，馬蹄無暫閑。」皆謂山行。江淹《從冠軍建平王登廬山香爐峰》：「日落長沙渚，曾陰萬里生。」范縝《擬招隱士》：「杳冥兮吁可畏，嶔崟兮傾欹。」

〔四〕驛樓二句：謝朓《始出尚書省》：「衰柳尚沉沉，凝露方泥泥。」何遜《落日前墟望贈范廣州雲》：「輕烟澹柳色，重霞映日餘。」

〔五〕一川二句：劉楨《公宴詩》：「投翰長歎息，綺麗不可忘。」《史記・司馬相如列傳》：「天下之壯觀。」

〔六〕傷時二句：《論語・子罕》：「子曰：『鳳鳥不至，河不出圖，吾已矣夫。』」《公羊傳》哀公十四年：「西狩獲麟，孔子曰：『吾道窮矣。』」《孔子家語》卷四：「孔子曰：『麟之至，爲明王也。出非其時而害，吾是以傷焉。』」王粲《七哀詩》：「西京亂無象，豺虎方構患。復弃中國去，遠身適荆蠻。」

過郭代公故宅〔一〕

豪俊初未遇，其跡或脱略①〔二〕。代公尉通泉，放意何自若。及夫登衮冕，直氣森噴薄②〔三〕。磊落見異人，豈伊常情度。定策神龍後〔四〕，宫中翕清廓。俄頃辨尊親，指麾存顧託③〔五〕。羣公有慚色④，王室無削弱。迥出名臣上，丹青照臺閣〔六〕。我行得遺跡⑤，池館皆疏鑿。壯公臨事斷〔七〕，顧步涕横落⑥。高詠寶劍篇，神交付冥寞⑦。（0213）

【校】

①略，《草堂》作「落」。

②直氣森噴薄，錢箋校：「一本此下有『精魄凛如在，所歷終蕭索』。」《草堂》校：「或本以『精魄凛如在，所歷終蕭索』一聯在此下，非是。」

③麾，錢箋、《九家》、《草堂》作「揮」。

④有，錢箋校：「一作見。」

⑤跡，宋本、錢箋、《九家》、《草堂》校：「一作址。」

⑥顧步涕横落，《草堂》此下有「精凛魄如在，所歷終蕭索」一聯。

⑦寞，錢箋、《九家》、《草堂》作「漠」。

【注】

黄鶴注：當是指郭公作尉通泉時所居而言，寶應元年（七六二）十一月自射洪之通泉時作。

〔一〕郭代公：張説《兵部尚書代國公贈少保郭公行狀》：「公名震，字元振，本太原陽曲人也。大父任相州湯陰令，因居於魏。……十六入太學，與薛稷、趙彦昭同業。……十八擢進士第，其年判入高等，時輩皆以校書正字爲榮，公獨請外官，授梓州通泉尉。至縣，落拓不拘小節，嘗鑄錢，掠良人財以濟四方，海内同聲合氣有至千萬者。則天聞其名，驛徵引見，語至夜，甚奇之。問蜀川之跡，對而不隱。令録舊文，乃上《古劍歌》……則天覽而佳之，令寫數十本，遍賜學士李嶠、閻朝隱等。遂授右武衛胄曹、右控鶴内供奉，尋遷奉宸監丞。屬吐蕃和親，令報命至境上，與贊普相見，宣國威命，責其翻覆，長揖不拜。……無何，吐蕃君臣果相疑貳，遂誅欽陵，弟贊婆及其兄子莽布支並來降。公聲名籍甚。……會太平公主、竇懷貞潛結凶黨，謀廢皇帝，睿宗猶豫不決，諸相皆阿諛順旨，惟公廷争不受詔。及舉兵誅竇懷貞等，宫城大亂，睿宗步出肅章門觀變，諸相皆竄外省，公獨登奉天門樓躬侍。睿宗聞東宫兵至，將欲投於樓下，公親扶聖躬，敦勸乃止。及上即位，宿中書十四日，獨知政事。」

〔二〕脱略：放誕疏失，不拘流俗。《晋書・謝尚傳》：「脱略細行，不爲流俗之事。」王昌齡《宿灞上寄侍御璵弟》：「知我滄溟心，脱略腐儒輩。」《太平廣記》卷二七九《孟德崇》（出《野人閑話》）：「自恃貴族，脱略傲誕。」

〔三〕及夫二句：《周禮・春官・司服》：「公之服，自衮冕而下，如王之服。」左思《吴都賦》：「濆薄沸騰，寂寥長邁。」《文選》李周翰注：「水相激盪曰濆薄。」沈佺期《過蜀龍門》：「流水無晝夜，噴薄龍門中。」

〔四〕定策句：《九家》趙注：「太平擅權自中宗來，則禍胎在神龍而下也。……太平擅寵自中歷睿，至明皇始定。今杜公微意不欲指中睿之失，故追言神龍後，以見代公贊翊除患，召自神龍來也。……直氣噴薄以下，是專説誅太平事。」錢箋：「按代公定策在先天二年，而杜詩云『定策神龍後』。蓋太平、安樂二公主及韋后用事，俱在神龍二年，故云神龍後也。吴若本注云：『明皇與劉幽求平韋庶人之亂，正在神龍後，元振常有功其間，而史失之。微此詩無以見。』不知元振爲宗楚客等所嫉，出之安西，幾爲所陷，楚客等被誅，始得徵還，何從與平韋后之亂？此泥詩而不考古之過也。」

〔五〕俄頃二句：《宋書·謝景仁傳》：「玄性促急，俄頃之間，騎詔續至。」《漢書·路温傳》：「皆以昌邑尊親，援而立之。」《晋書·阮孚傳》：「今欲屈卿，同受顧託。」

〔六〕迥出二句：《唐會要》卷一八《配享功臣》：「玄宗廟三人，贈太師燕文貞公張説、贈太子少師代國公郭元振、中書令趙國公王琚。」

〔七〕壯公句：《禮記·樂記》：「臨事而屢斷，勇也。」

觀薛稷少保書畫壁〔一〕

公詩曰：「驅車越陜郊，北顧臨大河。」①

少保有古風，得之陜郊篇〔二〕。惜哉功名忤，但見書畫傳。我游梓州東，遺跡涪江邊。畫藏青蓮界〔三〕，書入金榜懸。仰看垂露姿，不崩亦不騫〔四〕。鬱鬱三大字，蛟龍岌相纏〔五〕。又揮西方變，發地扶屋椽〔六〕。慘淡壁飛動，到今色未填〔七〕。此行疊壯觀，郭薛俱才賢。不知百載後，誰復來通泉。（0214）

【校】

①公詩曰驅車越陝郊北顧臨大河，錢箋此注在「少保」二句下，以此注爲吴若本注。

【注】

黄鶴注：當是寶應元年（七六二）在通泉作。

〔一〕薛稷：《舊唐書·薛收傳》：收子元超，「元超從子稷。稷舉進士，累轉中書舍人。……景龍末，爲諫議大夫、昭文館學士。好古博雅，尤工隸書。自貞觀、永徽之際，虞世南、褚遂良時人宗其書跡，自後罕能繼者。稷外祖魏徵家富圖籍，多有虞、褚舊跡，稷鋭精模仿，筆態遒麗，當時無及之者。又善畫，博採古跡。睿宗在藩，留意於小學，稷於是特見招引，俄又令其子伯陽尚仙源公主。……以翊贊睿宗功封晋國公，賜實封三百户，除太子少保。睿宗常召稷入宫中參決庶政，恩遇莫與爲比。及竇懷貞伏誅，稷以知其謀，賜死於萬年縣獄中」。《歷代名畫記》卷九：「薛稷字嗣通……尤善花鳥人物雜畫。畫鶴知名，屏風六扇鶴樣自稷始也。」《唐朝名畫録》：「薛稷，天后朝位至宰輔，文章學術，名冠時流。學書師褚河南，時稱『買褚得薛，不失其節』。畫蹤如閻立本，今秘書省有畫鶴，時號一絶。曾旅游新安郡，遇李白，因相留，請書永安寺額，兼畫西方佛一壁。筆力瀟洒，風姿逸秀，曹、張之匹也。二跡之妙，李翰林題讚見在。又蜀郡亦有鶴並佛像菩薩青牛等傳於世，並居神品。」《苕溪漁隱叢話》後集卷六苕溪漁隱曰：「余觀《法帖》載褚遂良帖云：『舅遂良報薛八侍中。』則稷之外家乃褚氏，而《唐史》云魏氏者，何邪？」岑仲勉《唐人行第録》考此帖薛八侍中爲薛元超，侍中爲侍郎之訛。稷爲元超從子，元超之舅非稷之外家。

〔二〕少保二句：薛稷有《秋日還京陝西十里作》，注所引爲首二句。仇注：「古風，謂詩體。」李白有《古風》。吴師道《吴禮部詩話》：「薛稷詩明健激昂，有建安七子之風，不類唐人。其字偉麗，亦稱之。」

〔三〕青蓮界：指佛寺。蕭綱《善覺寺碑》：「陽燧暉朝，青蓮開夜。」宋之問《宿雲門寺》：「龕緣緑筱岸，遂得青蓮宫。」慧琳《一切經音義》卷三：「嗢鉢羅花，唐云青蓮花。其花青色，葉細長，香氣遠聞，人間難有，唯無熱惱大龍池中有。或名優鉢羅。」

〔四〕仰看二句：《法書要録》卷一王愔《文字志》目「古書三十六種」有「垂露篆」；卷二：「曹喜字仲則……善懸針、垂露之法，後世行之。」《詩・小雅・天保》：「如南山之壽，不騫不崩。」傳：「騫，虧也。」

〔五〕鬱鬱二句：《蜀中廣記》卷二九射洪縣：「《碑目》云：唐薛稷書『慧普寺』三字，方徑三尺，筆畫雄勁，在通泉壽聖寺聚古堂。按慧普寺梁大同中建，初造彌勒下生一座，相好端足。唐貞觀年放光，户牖皆明燭，人稱異焉。」米芾《海岳名言》：「薛稷書『慧普寺』，老杜以爲『蛟龍岌相纏』。今觀其本，乃如奈重兒握蒸餅勢，信老杜不能書也。」「今有石本，得視之。乃是勾勒，倒收筆鋒，筆筆如蒸餅，『普』字如人倔兩拳，伸臂而立，醜怪難狀。」《白家注》趙注：「八分及草書之纏糾，然後可言有蛟龍之勢也。然稷三大字乃真書，其勢豈若蛟龍耶？」《九家》趙注：「（碑）傍有贔屭纏捧，乃『龍蛇岌相纏』也。……余嘗到寺觀之，三字之傍有贔屭纏捧，詩人道實事爲『壯觀』之句耳。」

〔六〕又揮二句：佛教題材繪畫稱變相，經變。《酉陽雜俎》前集卷五：「方欲水再三噀壁上，成維摩問疾變相。」《歷代名畫記》卷三西京寺觀等畫壁：「光宅寺，東菩提院内北壁東南偏，尉遲畫降魔等變。殿内吴生、楊廷光畫，又尹琳畫西方變。」西方變描繪西方極樂世界。沈約《游鍾山詩應西陽王教》：「發地多奇嶺，干雲非一狀。」仇注引遠注：「謂西方之像，起自地面，直至屋椽。」

〔七〕慘淡二句：《九家》趙注：「『填』字即『窴』字，《字書》云：塞也。又訓久。今公『色未填』，則色未昏滅之意。豈言其色未久而尚如新邪。」《廣韻》先韻：「填，塞也，加也，滿也。又陟陳切。」真韻：「填，壓也。」訓久者則以「填」通「鎮」，然「鎮」字亦無此種用法。此即指填色。《歷代名畫記》卷三西京寺觀等畫壁：「慈恩寺……大殿東廊從北第一院，鄭虔、畢宏、王維等白畫。」「浄土院……吴畫金剛變，工人成色。」白畫，即不著色者。工人成色，則由工人填色。

葛立方《韻語陽秋》卷一四：「薛稷不特以書名，而畫亦成神品。老杜所謂『我游梓州東，遺跡涪江邊。畫藏青蓮界，書入金榜懸』是也。杜又有《薛少保畫鶴》一篇，所謂『薛公十一鶴，皆寫青田真』是也。余謂陸探微作一筆畫，實得張伯英草書訣。張僧繇點曳斫拂，實得衛夫人《筆陣圖》訣。吴道子又授筆法張長史。信書畫用筆，同一三昧。薛稷書法雁行褚河南，而丹青之妙乃復如詩，當是書法三昧中流出也。」

潘德興《養一齋李杜詩話》卷二：「嚴氏羽曰：『少陵詩憲章漢魏，而取材於六朝。至其自得之妙，則前輩所謂「集大成」者也。』按，言憲章必當言祖述。少陵所祖述者，其《風》《騷》乎？滄浪不言，何也？且少陵取材，奚啻六朝？觀其《過宋之問舊莊》云：『枉道祇從入，吟詩許更過。』《陳拾遺故宅》云：『公生揚馬後，名與日月懸。』《郭代公故宅》云：『高詠寶劍篇，神交付冥漠。』《觀薛稷書畫壁》云：『少保有古風，得之陝郊篇。』《贈蜀僧閭丘師兄閭丘均》云：『晚看作者意，妙絶與誰論。』《哀故國相張公九齡》云：『自我一家則，未缺隻字警。』則知少陵於本朝諸巨公靡不息心研玩，安得以其『熟精文選理』、『續兒誦文選』之句，遂謂其取資止於六朝哉！」

通泉縣署屋壁後薛少保畫鶴

薛公十一鶴，皆寫青田真〔一〕。畫色久欲盡，蒼然猶出塵〔二〕。低昂各有意〔三〕，磊落如長人。佳此志氣遠，豈唯粉墨新。萬里不以力，羣游森會神〔四〕。威遲白鳳態，非是蒼鷓鄰①〔五〕。高堂未傾覆，幸得慰佳賓②。曝露牆壁外，終嗟風雨頻。赤

霄有真骨，恥飲洿池津〔六〕。冥冥任所往③，脱略誰能馴〔七〕？（0215）

【校】

① 蒼，錢箋、《九家》、《草堂》作「倉」。

② 幸，錢箋作「常」，校：「一作幸。」《草堂》校：「一作常。」　佳，錢箋作「嘉」。

③ 往，《草堂》作「適」。

【注】

黄鶴注：寶應元年（七六二）十一月，自梓州之通泉時作。

〔一〕薛公二句：《藝文類聚》卷九〇引《永嘉郡記》：「有洙沐溪，野青田九里中，有雙白鶴，年年生子，長大便去，只恒餘父母一雙在耳。」虞世南《飛來雙白鶴》：「雙栖集紫蓋，一舉背青田。」

〔二〕畫色二句：《南史・劉訏傳》：「歘矯矯出塵，如雲中白鶴。」

〔三〕低昂句：蕭綱《舞賦》：「或低昂而失侶，乃歸飛而相附。」

〔四〕會神：王褒《聖主得賢臣頌》：「聚精會神，相得益章。」

〔五〕威遲二句：威遲，見卷三《鐵堂峽》（0142）注。《殷芸小説》卷二：「揚雄著《太玄經》，夢吐白鳳凰，集於《玄》上。」蒼鶊，同倉庚。《詩・豳風・七月》：「春日載陽，有鳴倉庚。」傳：「倉庚，離黄也。」釋文：「離，本又作『鵹』，作『鸝』。」《葛覃》陸璣疏：「黄鳥，黄鸝留也。或謂之黄栗留，幽州人謂之黄鸝，或謂之黄鳥。一名倉庚，一名商庚，一名鵹黄，一名楚雀，齊人謂之搏黍，關西謂之黄鳥。當葚熟時，來在桑間。」

〔六〕赤霄二句：劉向《九歎》：「譬若王僑之乘雲兮，載赤霄而凌太清。」王逸注：「游天庭也。」張協《七命》：「挂歸翮於赤霄之表，出華鱗於紫淵之裏。」《孟子·梁惠王上》：「數罟不入洿池。」洿同污。江淹《雜體詩·嵇中散康言志》：「朝食琅玕玉，夕飲玉池津。」

〔七〕脱略句：脱略，見本卷《過郭代公故宅》(0213)注。此謂不受羈束。顔延之《五君詠·嵇中散》：「鸞翮有時鎩，龍性誰能馴。」

陪王侍御同登東山最高頂宴姚通泉晚携酒泛江〔一〕

姚公美政誰與儔，不減昔時陳太丘〔二〕。邑中上客有柱史，多暇日陪驄馬游〔三〕。東山高頂羅珍羞，下顧城郭銷我憂。清江白日落欲盡，復携美人登綵舟〔四〕。笛聲憤怒哀中流①〔五〕，妙舞逶迤夜未休。燈前往往大魚出，聽曲低昂如有求〔六〕。三更風起寒浪涌，取樂喧呼覺船重。滿空星河光破碎，四座賓客色不動〔七〕。請公臨深莫相違②〔八〕，回船罷酒上馬歸。人生歡會豈有極，無使霜過霑人

衣③〔九〕。（0216）

【校】

① 怒，錢箋、《草堂》作「怨」，錢箋校：「一作怒。」

② 深，錢箋校：「一作江。」

③ 過，宋本、錢箋校：「一作露。」《草堂》作「露」，校：「一作過。」

【注】

黃鶴注：寶應元年（七六二）十一月公至通泉時作。

〔一〕王侍御：陳冠明謂是王掄。見卷一一《王十七侍御掄許携酒至草堂奉寄此詩便請邀高三十五使君同到》（0711）。東山：《方輿勝覽》卷六二潼川府：「東山，在城東。」「東山寺，名普惠寺。在城東涪江之外，去城三里。寺有蘇公泉、臨川門，下瞰涪江。」《明一統志》卷七一潼川府：「東山，在州東四里，隔涪江，修阜若長城。有蘇公泉暨石塔存焉。以山在州東，故名。」姚通泉：名不詳。通泉縣令。

〔二〕陳太丘：陳寔爲太丘長。《世説新語·德行》：「客有問陳季方：『足下家君太丘有何功德而荷天下重名？』」

〔三〕邑中二句：杜史，見卷二《送樊二十三侍御赴漢中判官》（0086）注。驄馬，見卷二《送長孫九侍御赴武威判官》(0085)注。

〔四〕美人：仇注：「官妓也。」

〔五〕笛聲句：漢武帝《秋風辭》：「横中流兮揚素波，簫鼓鳴兮發棹歌。」

〔六〕燈前二句：《荀子·勸學》：「昔者瓠巴鼓瑟而流魚出聽。」

〔七〕滿空二句：張融《海賦》：「湍轉則日月似驚，浪動而星河如覆。」賈誼《旱雲賦》：「正惟布而雷動兮，相擊衝而破碎。」仇注：「色不動，斂容知懼。」按，言衆人驚悚。

〔八〕請公句：《詩·小雅·小旻》：「如臨深淵，如履薄冰。」《禮記·曲禮上》：「爲人子者……不登高，不臨深。」《九家》趙注：「如言請公莫違捩臨深之戒。」仇注：「莫相違，毋忘警戒也。」按，相違即相背、相亂之義。張率《白紵歌》：「俱動齊息不相違，令彼嘉客澹忘歸。」此請諸公在船上莫驚慌相亂。

〔九〕人生二句：曹植《雜詩》：「歡會難再遇，芝蘭不重榮。」《秋風辭》：「歡樂極兮哀情多，少壯幾時兮奈老何。」阮籍《詠懷》：「良辰在何許，凝霜霑衣襟。」

趙翼《甌北詩話》卷二：「書生窮眼，偶值聲伎之宴，輒不禁見吟詠而力爲鋪張。杜集中如《陪諸公子丈八溝納涼》則云：『公子調冰水，佳人雪藕絲。』《陪李梓州泛江》有伎樂，則戲爲艷曲云：『江清歌扇底，野曠舞衣前。』《陪王侍御宴姚通泉携酒泛江》有伎，則云：『復携美人登綵舟，笛聲憤怨哀中流。』《戎州宴楊使君東樓》則云：『座從歌伎密，樂任主人爲。』《江畔獨步尋花》至黄四娘家，則云：『黄四娘家花滿蹊，千朵萬朵壓枝低。』皆不免有過望之喜，而其詩究亦不工。如《陪李梓州艷曲》云：『使君自有婦，莫學野鴛鴦。』固已毫無醞藉。《戲題惱郝使君》云：『願攜王趙兩紅顏，再騁肌膚如素練。』則更惡俗，殺風景矣。」

翁方綱《石洲詩話》卷一：「《陪姚通泉宴東山》一首，即《渼陂行》也。更不用『湘妃漢女』等迷離之幻字，而直用真景，則晚年之境更大也。」

春日戲題惱郝使君兄〔一〕

使君意氣凌青霄①〔二〕，憶昨歡娱常見招。細馬時鳴金騕褭，佳人屢出董嬌饒〔三〕。東流江水西飛燕〔四〕，可惜春光不相見。願攜王趙兩紅顏，再騁肌膚如素練。通泉百里近梓州，請公一來開我愁②〔五〕。舞處重看花滿面，樽前還有錦纏頭〔六〕。（0217）

【校】

① 意，錢箋校：「一作俊。」

②請，錢箋、《草堂》校：「一作諸。」

【注】

黄鶴注：廣德元年（七六三）春在梓州作。郝使君當是居通泉，公在梓州作此以戲之。按，郝使君宰梓州，此前宴杜甫亦在梓州，更不能離州治而遠駐通泉。此詩乃杜甫在通泉未還梓州前作。諸家拘於寶應二年（即廣德元年）春杜甫已還梓州，乃顛倒二人居止。當從舊編作於通泉。

〔一〕郝使君：名不詳。寶應元年當任梓州刺史。

〔二〕使君句：曹植《盤石篇》：「高彼凌雲霄，浮氣象螭龍。」張華《鷦鷯賦》：「或凌赤霄之際，或託絶垠之外。」

〔三〕細馬二句：細馬，良馬。《舊唐書·職官志》車府署：「凡馬有左右監，以別其粗良。以數紀名，著之簿籍。細馬稱左，粗馬稱右。」騕褭，見卷一《天育驃騎歌》（0013）注。黄希注：「馬謂之金騕褭，因漢武帝鑄金爲麟趾褭蹄，詩人遂用之。」按，蕭統《上林》：「千金騕褭騎，萬斥流水車。」孔奂《賦得名都一何綺》：「黄金絡騕褭，蓮花裝鹿盧。」原指以黄金裝飾名馬。《玉臺新詠》收宋子侯《董嬌饒詩》一首。《分門》洙曰：「嬌饒，名姬也。」

〔四〕東流句：蕭衍《東飛伯勞歌》：「東飛伯勞西飛燕，黄姑織女時相見。」沈約《送别友人》：「遥裔發海鴻，連翻出簷燕。春秋更去來，參差不相見。」《九家》趙注：「燕以比佳人。」

〔五〕願攜四句：《九家》趙注：「公在通泉，郝在梓州，欲郝自梓州攜二妓來通泉耳。」

〔六〕舞處二句：《酉陽雜俎》前集卷八「黥」：「今婦人面飾用花子，起自昭容上官氏所制以掩黥跡。大曆已前，士大夫妻多妒悍者，婢妾小不如意輒印面，故有月黥、錢黥。」《中華古今注》卷中「花子」：「至後周，又詔宫人帖五色雲母花子，作碎妝，以侍宴。如供奉者，帖勝花子，作桃花妝，插通草朵子，著短袖衫子。」《分門》洙曰：「唐王元寶富而無學識，嘗會賓客。明日親友謂之曰：『昨日必多佳論。』元寶曰：『但費錦纏頭爾。』」杜田曰：「唐明皇宴於清元小殿，自打羯鼓，曲終戲謂八姨曰：『樂籍今日有幸，約供養夫人，請一纏頭。』」《九家》趙注：「唐人以綵賞舞者之稱。」《資治通鑑》廣德元年胡注：「唐人宴集，酒酣爲人舞，當此禮者，以綵物爲贈，謂之纏頭。倡伎當宴舞者，亦有纏頭喝賜。杜甫詩所謂『舞罷錦纏頭』者也。」

天邊行

天邊老人歸未得，日暮東臨大江哭。隴右河源不種田〔一〕，胡騎羌兵入巴蜀。洪濤滔天風拔木，前飛禿鶖後鴻鵠①〔二〕。九度附書向洛陽，十年骨肉無消息〔三〕。

（0218）

【校】

① 鴻，錢箋、《草堂》校：「一作黄。」

【注】

《九家》趙注謂廣德二年（七六四）在閬州作。黃鶴注：詩云「十年骨肉無消息」，當是永泰元年（七六五）在成都，未下忠渝時作。錢箋：至德二載吐蕃侵取廓、霸、岷等州及河源、莫門軍，寶應元年陷臨洮，取秦、成、渭等州。此云「河源隴右不種田」，則河隴尚未盡失。至廣德元年，始盡取隴右之地也。仇注編入永泰元年。川《譜》編入廣德元年（七六三）。按，鶴注過泥，「十年」乃約數。錢箋謂河隴未盡失，亦不足據。廣德元年十二月吐蕃陷松、維等州，進危巴蜀，詩人蓋感此而作。趙注近是。

〔一〕隴右句：《舊唐書・代宗紀》：「（廣德元年七月）是月，吐蕃大寇河隴，陷我秦、成、渭三州，入大震關，陷蘭、廓、河、鄯、洮、岷等州，盜有隴右之地。」「（十二月）吐蕃陷松州、維州、雲山城、籠城。」河源，唐亦指隴右地區。《元和郡縣圖志》卷三九隴右道鄯州：「河源軍，州西一百二十里。」《九家》趙注：「謂之胡騎羌兵，羌與胡素自交結。」

〔二〕洪濤二句：《書・堯典》：「蕩蕩懷山襄陵，浩浩滔天。」禿鶖，見卷三《乾元中寓居同谷縣作歌七首》（0154）注。

〔三〕骨肉：黃鶴注：「指弟在東都。」

大麥行

大麥乾枯小麥黃，婦女行泣夫走藏①〔一〕。東至集壁西梁洋②，問誰腰鐮胡與

羌〔二〕。豈無蜀兵三千人③，部領辛苦江山長④〔三〕。安得如鳥有羽翅，託身白雲還故鄉。（0219）

【校】

① 女，錢箋、《草堂》校：「一作人。」
② 西，《九家》校：「趙作北。」《草堂》校：「一作北。」
③ 三千人，宋本、錢箋、《九家》校：「一云千人去。」
④ 部，錢箋校：「一作簿。」《草堂》校：「晋作簿。」

【注】

黄鶴注：當是寶應元年（七六二）成都作。

〔一〕大麥二句：《後漢書·五行志》桓帝之初天下童謡：「小麥青青大麥枯，誰當獲者婦與姑。丈人何在西擊胡，吏買馬，君具車，請爲諸君鼓嚨胡。」錢箋引吴若本注：「此詩源流出此。」

〔二〕東至二句：《舊唐書·肅宗紀》：「（寶應元年建辰月）甲午，党項、奴刺寇梁州，刺史李勉弃郡走。丙申，党項寇奉天。」《新唐書·肅宗紀》：「（寶應元年建卯月）壬子，羌、渾、奴刺寇梁州。……（建辰月）甲午，奴刺寇梁州。」黄鶴注：「此詩當是指其年吐蕃、羌、渾、奴刺而言。今云『大麥乾枯小麥黄』，正是夏初事。自是年至大曆三年，無歲無吐蕃、党項、渾、奴刺之亂，而俱不在春夏。」《舊唐書·地理志》山南西道梁州興元府：「（貞觀）六年，廢都督府。八年又置，依舊督梁、洋、集、壁四州。……乾元元年，復爲梁州。興元元年六月，昇爲興元府。」按，集、壁州在梁、洋之南，故《九家》趙注謂「西梁洋」當作「北梁洋」。

〔三〕豈無二句：朱鶴齡注：「應是蜀兵調發，策應山南者。」《隋書·長孫晟傳》：「詔晟部領降人。」此指部屬。本書卷二〇《爲閬州王使君進論巴蜀安危表》(1486)：「惟獨劍南自用兵以來，税斂則殷，部領不絶。」則疑當作「簿領」。

苦戰行

苦戰身死馬將軍，自云伏波之子孫〔一〕。干戈未定失壯士，使我歎恨傷精魂〔二〕。去年江南討狂賊①，臨江把臂難再得〔三〕。别時孤雲今不飛，時獨看雲淚橫臆。(0220)

【校】

① 江南，《文苑英華》作「南行」，校：「一作江南。」

【注】

《九家》鮑注：「段子璋戰遂州時，公與此人送別江上。」趙注：「吐蕃去冬陷松、維、保三州，用兵豈便息邪。」去冬謂廣德元年（七六三）。黄鶴注：段子璋以上元二年又陷遂州、綿州，遂州在涪江之南，今詩云「去年江南討狂賊」，當是寶應元年（七六二）作。

〔一〕苦戰二句：黄鶴注：「疑是爲馬巴州。」本書卷一三有《奉寄别馬巴州》（0836），作於廣德二年，與此詩諸家繫年不合。錢箋：「蓋必死於段子璋之亂者。」《後漢書·馬援傳》：「璽書拜援伏波將軍。」

〔二〕精魂：《易·繫辭上》：「精氣爲物，游魂爲變。」《左傳》昭公二十五年：「心之精爽，是謂魂魄。」阮瑀《七哀詩》：「身盡氣力索，精魂靡所能。」

〔三〕把臂：劉峻《廣絶交論》：「自昔把臂之英，金蘭之友。」

去秋行

去秋涪江木落時，臂槍走馬誰家兒①〔一〕？到今不知白骨處，部曲有去皆無歸〔二〕。遂州城中漢節在，遂州城外巴人稀〔三〕。戰場冤魂每夜哭，空令野營猛士悲。（0221）

【校】

①槍，錢箋校：「一作蒼。」《文苑英華》作「蒼」，校：「集作槍。」

【注】

《分門》魯曰：「時段子璋反於東川。」《九家》趙注：「此廣德二年詩，不是段子璋事。段子璋反……當年夏時已平矣。今云『去秋涪江木落時』。」黄鶴注：當是寶應元年（七六二）作。朱鶴齡襲趙説。仇注：蓋至秋末而寇始削平也，此時舍子璋之外，别無叛東川者。仍編入寶應元年。

〔一〕去秋二句：《元和郡縣圖志》卷三三遂州方義縣：「涪江水，北去縣八十步。」李白《獨不見》：「白馬誰家子，黄龍邊塞兒。」

〔二〕部曲：《後漢書·百官志》：「大將軍營五部，部校尉一人，比二千石；軍司馬一人，比千石。部下有曲，曲有軍候一人，比六百石。」後代多指私人部屬。《唐律疏議》卷六「官户部曲官私奴婢有犯」疏：「部曲，謂私家所有。」

〔三〕遂州二句：《舊唐書·肅宗紀》：「（上元二年四月）壬午，梓州刺史段子璋叛，襲破遂州，殺刺史嗣虢王巨。東川節度使李奂戰敗，奔成都。」《九家》鮑注：「故詩云『遂州城中漢節在』，蓋傷之也。」

光禄坂行[一]

山行落日下絶壁，西望千山萬山赤①。樹枝有鳥亂鳴時②，暝色無人獨歸客[二]。馬驚不憂深谷墜，草動只怕長弓射。安得更似開元中③，道路即今多擁隔④。白日賊多，翻是長弓子弟⑤[三]。(0222)

【校】

① 萬山，宋本、錢箋、《九家》、《草堂》校「山」字：「一作水。」
② 鳴，宋本、錢箋、《九家》、《草堂》校：「一作栖。」
③ 中，《九家》、《草堂》校：「一作年。」
④ 多，錢箋校：「一云何。」
⑤ 白日賊多翻是長弓子弟，錢箋以爲吴若本注。《分門》引此謂「洙曰」。

【注】

黄鶴注：當是寶應元年(七六二)作，公時在梓州。

〔一〕光禄坂：《草堂》夢弼注：「光禄坂在梓州銅山縣。」《元和郡縣圖志》卷三三梓州：「銅山縣，中。東北至州一百二十里。本郪縣地，有銅山。」按，杜甫在梓州曾往射洪、通泉，又至閬、至綿，銅山在梓州西南，不在以上行程中。《全宋詩》卷一一四九收薛紹彭《崇寧元年閏六月廿五日道祖再按鹽亭經光禄坂留題頓軒》：「光禄坂高鹽亭東，潼江直下如彎弓。山長水遠快望眼，少陵過後名不空。」又程公許《鹽亭登高山廟》：「曉馳光禄坂，暑憩鹽亭縣。」知光禄坂在鹽亭縣。《元和郡縣圖志》卷三三梓州：「鹽亭縣，上。西南至州九十三里。本漢廣漢縣地。」夢弼注不確。

〔二〕暝色：謝靈運《石壁精舍還湖中作》：「林壑斂暝色，雲霞收夕霏。」

〔三〕馬驚四句：《舊唐書·崔寧傳》：「寶應初，蜀中亂，山賊擁絶縣道，代宗憂之。嚴武薦旰爲利州刺史，既至，山賊遁散，由是知名。」《分門》鮑曰引此，黄鶴注謂與此詩相合。此蓋亂世常景。按，《唐六典》卷一六武庫令：「弓之制有四：一曰長弓，二曰角弓，三曰稍弓，四曰格弓。……今長弓以桑柘，步兵用之。」長弓乃唐軍步兵所用。宋本注乃甫自注，謂擁隔道路者竟是軍兵。子弟則指軍職世襲者。《唐會要》卷七二《京城諸軍》：「至德二年十月十四日，左右神武兩軍，先取扈從官子弟充。」《新唐書·史朝義傳》：「飯已，軍子弟稍稍辭去。」

山寺 得開字。章留後同游〔一〕。

野寺根石壁①，諸龕遍崔嵬〔二〕。前佛不復辨，百身一莓苔。雖有古殿存②，世尊亦塵埃〔三〕。如聞龍象泣〔四〕，足令信者哀。使君騎紫馬，捧擁從西來〔五〕。樹羽静千里，臨江久徘徊。山僧衣藍縷〔六〕，告訴棟梁摧。公爲顧賓徒③，咄嗟檀施開〔七〕。吾知多羅樹〔八〕，却倚蓮華臺。諸天必歡喜〔九〕，鬼物無嫌猜。以兹撫士卒，孰曰非周才〔一〇〕。窮子失浄處，高人憂禍胎〔一一〕。歲晏風破肉〔一二〕，荒林寒可回。思量入道苦④，自哂同嬰孩〔一三〕。（0223）

【校】

①根，錢箋、《草堂》校：「一作限。」

②雖，錢箋校：「一作唯。」

③顧，錢箋校：「一作領。」《草堂》作「領」。　賓徒，錢箋校：「荆作從。一作兵從。」　顧賓徒，《草堂》校：「一作顧賓從。一作願賓從。」

④入，錢箋校：「一作人。」《草堂》校：「一作大。」

【注】

黄鶴注：當是寶應元年（七六二）自通泉回梓州作。仇注編入廣德元年（七六三）冬。

〔一〕章留後：章彝。見卷四《冬狩行》（0194）注。

〔二〕諸龕句：崔嵬謂山，此言佛龕布於山壁。

〔三〕世尊：釋迦牟尼稱號。慧琳《一切經音義》：「《大智度》云：如來尊號有無量名，略而言之有其六種。薄伽梵是總稱也。義曰衆德之美，尊敬之極也。古譯爲世尊。世尊，出世間咸尊重。」

〔四〕龍象：《一切經音義》：「摩訶那伽，此云龍，亦云象。今此力士，力如龍象，故名耳。」《維摩經·不思議品》：「譬如龍象蹴踏，非驢所堪。」

〔五〕捧擁：《敦煌變文集·降魔變文》：「唯見須達大臣，兼有龍神八部，前後捧擁，四面周回。」

〔六〕藍縷：《左傳》宣公十二年：「篳路藍縷，以啓山林。」杜預注：「藍縷，敝衣。」《方言》：「南楚凡人貧衣被醜弊，謂之須捷，或謂之褸裂，或謂之襤褸。故《左傳》曰：『篳路襤褸，以啓山林』，殆謂此也。」襤褸同藍縷。

〔七〕咄嗟句：《世説新語·汰侈》：「石崇爲客作豆粥，咄嗟便辦。」《一切經音義》：「檀波羅蜜，具云檀那波羅蜜多。檀那，此云施也。波羅蜜云彼岸也。多云到也。言施能到彼岸。」盧照鄰《益州長史胡樹禮爲亡女造畫贊》：「追慟幽途，載營檀施。」

〔八〕多羅樹：《一切經音義》：「多羅者，西域樹名也。其形似椶櫚樹也。體堅如鐵，葉長稠密，縱多時大雨，其葉蔭處乾若屋下。」《中阿含經》卷一四：「阿難：拘尸王城周匝七重，行四寶多羅樹，金銀琉璃及水精。……彼多羅樹間作種種華池，青蓮華池，紅蓮、赤蓮、白蓮花華池。」

〔九〕諸天：《法苑珠林》卷二諸天部：「如《婆沙論》中説：天有三十二種：欲界有十，色界有十八，無色界有四，合有三十二天也。……問曰：未知此三十二天幾凡幾聖？答曰：二唯凡住，五唯聖住，自餘二十五天凡聖共住。」

〔一〇〕以茲二句：王康琚《反招隱詩》：「周才信衆人，偏智任諸己。」朱鶴齡注：「欲其用此道以治兵敵愾，無但廣求福田也。」

〔一一〕窮子二句：《法華經·信解品》：「譬如童子，幼稚無識，舍父逃逝，遠到他土。……窮子見父，豪貴尊嚴，謂是國王。……長者知子，愚疾狹劣，不信我言，不信是父。……云當相僱，除諸糞穢，倍與汝價。窮子聞之，歡喜隨來，爲除糞穢，浄諸房舍。長者於牖，常見其子。……父知子心，漸已廣大，欲與財物，即聚親族。……佛亦如是，知我樂小，未曾説言：汝等作佛。而説我等：得諸無漏，成就小乘，聲聞弟子。」《漢書·枚乘傳》：「福生有基，禍生有胎。納其基，絶其胎，禍何自來。」張戒《歲寒堂詩話》卷上：「夫窮子以浄處爲安，高人隱士以避世爲福，以近人爲禍。今山寺以使君之威咄嗟檀施開，雖棟宇興修，而煩憂之禍必自此始矣。」《九家》趙注：「窮子，指言藍縷之山僧。高人，指言章留後。章公所以修建僧寺，意欲諸僧得其清浄，而免於梁棟摧壓之禍。」《草堂》夢弼注：「窮子，甫自稱。甫謂己之處心不能以清浄持守，每詩酒所污也。高人指山僧，福有基，禍有胎，山僧以禍福爲憂，則修行務作福田也。」朱鶴齡注：「諷其（章彝）不修臣節，妄覬非分，猶窮子之離浄處而甘糞穢也。浄處失矣，能無禍胎之憂乎？」仇注：「此借修寺託諷。……若移此奉佛之心，以撫恤軍士，豈非弘濟才乎？蓋窮子多行穢不浄，高見者宜防禍於未萌。窮子指士卒。」補注又謂窮子原就佛徒言，指窮子爲士卒終覺未當。

浦起龍云：「窮子泛指士卒，不便斥言章留後也。」按，「窮子失浄」用《法華經》本義，其除糞穢，喻小乘聲聞之人，不能遽喻以大道。未必如夢弼説爲甫自喻，但以其爲高人之反襯則無疑。謂其指言僧徒、士卒者皆不確，蓋泛言世人未向道、達道者。高人則指章留後無疑，憂禍胎謂有遠慮。蓋此詩通篇皆譽美章之擅施功德，「以兹」二句以下言其为政亦周備，並無不敬之意。而朱、仇諸家必以諷刺求之，故不免顛倒詩意，扞格難通。趙注平實，反得其解。

〔一二〕歲晏句：《九家》趙注：「言風淒緊，至於破肉。」

〔一三〕思量二句：《老子》二十章：「我魄未兆，若嬰兒未孩。」《法苑珠林》卷五受苦部：「故《經》説：由色苦故，十時差別：一者膜時，二者泡時，三者皰時，四者肉團時，五者肢時，六者嬰孩時，七者童子時，八者少年時，九者盛壯時，十者衰老時。若非時無常，不應從膜乃至老死。」此言人生無常。《九家》趙注：「公自傷也。言入道如小童之就學辛苦。」仇注：「言當此寒盡春來之候，方欲如嬰孩之自適，豈能與山僧輩爲此入道之艱苦乎。」詩明言「自哂」，仇氏曲解。

南池〔一〕

峥嶸巴閬間〔二〕，所向盡山谷。安知有蒼池，萬頃浸坤軸〔三〕。呀然閬城南，枕帶巴江腹①〔四〕。芰荷入異縣，粳稻共比屋〔五〕。皇天不無意，美利戒止足〔六〕。高田失西成，此物頗豐熟〔七〕。清源多衆魚，遠岸富喬木。獨歎楓香林〔八〕，春時好顏色②。南有漢王祠③〔九〕，終朝走巫祝。歌舞散靈衣，荒哉舊風俗。高堂亦明王④，魂魄猶正直〔一〇〕。不應空陂上，縹緲親酒食。淫祀自古昔〔一一〕，非唯一川瀆。干戈浩茫茫，地僻傷極目〔一二〕。平生江海興⑤，遭亂身局促。駐馬問漁舟，躊躇慰羈束〔一三〕。（0224）

【校】

① 杭，宋本、錢箋、《九家》、《草堂》校：「一作控。」

② 時，《草堂》作「將」。

③ 王，錢箋、《草堂》校：「晋作主。」

④ 堂，錢箋、《草堂》校：「一作皇。」

⑤ 江海，錢箋校：「一云溟渤。」

【注】

黄鶴注：詩云「高田失西成，此物頗豐熟」，當是廣德元年（七六三）秋在閬州作。仇注：詩云「春時顏色好」，應是廣德二年（七六四）春作。

〔一〕南池：《漢書・地理志》巴郡：「閬中，彭道將池在南，彭道魚池在西南。」王嗣奭《杜臆》：「即今之南池也。」《太平寰宇記》卷八六閬州：「彭道將池，《郡國志》云：彭道魚池在州西南。《四夷述》云：州東南池，東西二里，南北約五里。州城西南十里有郭池，周約五十畝。二池與《漢志》注相符。」《方輿勝覽》卷六七閬州：「南池，在高祖廟傍。東西四里，南北八里。《漢志》彭道將池，在今南池也。魚池在今郭池也。」《明一統志》卷六八保寧府：「南池，在府城南，漢高祖廟東。自漢以來堰大斗小斗之水灌田，里人賴之。唐時堰壞，遂成陸田。至今遺址可見。」

〔二〕巴閬：閬州爲古巴國地。《華陽國志》卷一《巴志》：「巴子時雖都江州，或治墊江，或治平都，後治閬中。」

〔三〕坤軸：地軸。見卷一《三川觀水漲二十韻》（0043）注。

〔四〕呀然二句：班固《西都賦》：「建金城而萬雉，呀周池而成淵。」《文選》李善注：「呀，大空貌。」《水經注》江水：「綿水至江陽縣方山下入江，謂之綿水口，亦曰中水。江陽縣枕帶雙流，據江洛會也。」《元和郡縣圖志》卷三四渝州：「古之巴國也。閬、白二水東南流，曲折如『巴』字，故謂之『巴』。然則巴國因水爲名。」《方輿勝覽》卷六〇重慶府：「巴江，在巴縣，水折三面如『巴』字。」

〔五〕芰荷二句：芰荷，見卷一《曲江三章章五句》（0028）「蔆荷」注。入異縣，言池水之廣。秔稻，見卷二《病後遇王倚飲贈歌》（0079）注。《文選》沈約《奏彈王源》李善注引《尚書大傳》：「周民可比屋而封。」此言秔稻之茂盛。

〔六〕美利句：《老子》四十四章：「知足不辱，知止不殆。」桓範《世要論・臣不易》：「知虧盈之數，達止足之義。」

〔七〕高田二句：《書・堯典》：「平秩西成。」傳：「秋，西方，萬物成。平序其政，助成物。」《九家》趙注：「言高田不豐而失西成，故此稉稻之物爲池水所溉者却豐熟焉。無它，乃皇天之意使人止足之分也。」

〔八〕楓香林：《爾雅・釋木》郭璞注：「楓樹似白楊，葉員而岐，有脂而香，今之楓香是也。」《南方草木狀》卷中楓木、楓香分列，《説文》段注謂其實一也。

〔九〕漢王祠：漢高祖廟。陸游《劍南詩稿》卷三有《唐長慶中南池新亭碑在漢高帝廟側亭已失所在矣》。《蜀中廣記》卷二四保寧府：「南池有漢高祖廟。」

〔一〇〕高堂二句：《書・説命》：「明王奉若天道。」《左傳》莊公三十二年：「神，聰明正直而一者也。」

〔一一〕淫祀：《舊唐書・太宗紀》：「（武德九年九月）壬子，詔私家不得輒立妖神，妄設淫祀，非禮祠禱，一皆禁絶。其龜易五兆之外，諸雜占卜，亦皆停斷。」《狄仁傑傳》：「吴楚之俗多淫祠，仁傑奏毁一千七百所，唯留夏禹、吴太伯、季札、伍員四祠。」

〔一二〕地僻句：《楚辭・招魂》：「湛湛江水兮上有楓，目極千里兮傷春心。」

〔一三〕羈束：張協《雜詩》：「述職投邊城，羈束戎旅間。」

《苕溪漁隱叢話》前集卷三八：「《緗素雜記》云：世俗相傳，古詩不必拘於用韻。余謂不然。如杜少陵《早發射洪縣南途中作及字韻》詩，皆用緝字一韻，未嘗用外韻也。及觀東坡《與陳季常》汁字韻，一篇詩而用六韻，殊與老杜異。其他側韻詩多如此。以其名重當世，無敢訾議。至荆公則無是弊矣。其《得子固書因寄以及字韻》詩，其一篇中押數韻，亦止用緝字一韻。他皆類此，正與老杜合。苕溪漁隱曰：黄朝英之言非也。老杜側韻詩何嘗不用外韻？如《戲呈元二十一曹長》末字韻，一篇詩而用五韻。《南池》谷字韻，一篇詩而用四韻。《客堂》蜀字韻，一篇詩而用三韻。此特舉其二三耳，其他如此者甚衆。今若以一篇詩偶不用外韻，遂爲定格，則老杜何以謂之能兼衆體也？黄既不細考老杜諸詩，又且輕議東坡，尤爲可笑。」

發閬中①〔一〕

前有毒蛇後猛虎，溪行盡日無村塢〔二〕。江風蕭蕭雲拂地，山木慘慘天欲雨。女病妻憂歸意速②，秋花錦石誰復數③？别家三月一得書④，避地何時免愁苦？

（0225）

【校】

①《文苑英華》題作「發閬中歌」。

②速，錢箋校：「一作急。」《草堂》作「急」。

③復，錢箋、《草堂》校：「樊作能。」

④得書，錢箋校：「一作書來。」《文苑英華》作「書來」，校：「集作得書。」

【注】

黄鶴注：公廣德元年（七六三）九月自梓入閬，冬晚復歸梓，明年初春又至閬。此詩云「别家三月一得書」，當是元年冬晚歸梓時作。

〔一〕閬中：《舊唐書・地理志》：「閬州，隋巴西郡。……先天元年，改爲閬州。天寶元年，改爲閬中郡。乾元元年，復爲閬州。」《太平寰宇記》卷八六引《地形志》：「閬中居蜀漢之半，當東道要衝。今郡城之右之閬中城，梁天監中又於此立東梁州及巴北郡。西魏廢帝二年平蜀，改爲隆州，取其連崗地勢高隆爲郡名。後魏《典略》云：此州故有隆城堅隆，因置隆州。」《方輿勝覽》卷六七閬州：「閬中，閬山四合於郡，故曰閬中。」

〔二〕前有二句：《分門》洙曰：「時盜賊縱横，政役煩重，而民不安居也。」《九家》趙注：「實道其事，非以興託，舊注非是。」

閬山歌

閬州城東靈山白①，閬州城北玉臺碧②〔一〕。松浮欲盡不盡雲，江動將崩已崩

石③〔二〕。那知根無鬼神會④，已覺氣與嵩華敵〔三〕。中原格鬭且未歸〔四〕，應結茅齋看青壁⑤。（0226）

【校】

①州，《文苑英華》校：「一作山。」　靈，錢箋、《九家》、《草堂》校：「一作雪。」《文苑英華》校：「集作雪。」

②臺，錢箋校：「一作壺。」《文苑英華》校：「一作壺。」

③已，宋本、《九家》校：「一作未。」錢箋作「未」。《文苑英華》校：「集作未。」

④根，《草堂》校：「一作眼。」《文苑英華》校：「集作眼。」

⑤應結茅齋看青壁，錢箋校：「一作『應著茅齋向青壁』。」　結，《文苑英華》校：「一作著。」　看，錢箋、《草堂》校：「一作著。」《文苑英華》校：「一作向。」

【注】

黃鶴注：與後篇《閬水歌》當同是廣德二年（七六四）初春之時作。

〔一〕閬州二句：《太平寰宇記》卷八六閬中縣：「仙穴山，在縣東北十里。《周地圖記》云：靈山峰多雜樹，昔蜀王鱉靈帝登此，因名靈山。山東南有五女擣練石，山頂有池常清，有洞穴絕微。有一小徑通舊靈山。天寶六年，敕改爲仙穴山。」《方輿勝覽》卷六七閬州：「玉臺觀，在州北七里。唐滕王嘗游，有亭及墓。」

〔二〕松浮二句：《九家》趙注：「蓋欲盡不盡、將崩未崩方成語脈。已崩矣，豈復能動邪？」

〔三〕那知二句：《太平寰宇記》卷八六閬州引《名山志》：「閬中山多仙聖游集焉。」嵩華，嵩山、華山。張載《劍閣銘》：「狹過彭碣，高逾嵩華。」

〔四〕中原句：《九家》趙注：「去歲廣德元年，吐蕃十月陷京師、邠州，寇奉天、武功，車駕幸陝。十二月，陷松、維、保三州。」

張表臣《珊瑚鈎詩話》卷二：「陳無己先生語余曰：『今人愛杜甫詩，一句之内，至竊取數字以仿像之，非善學者。學詩之要，在乎立格、命意、用字而已。』余曰：『如何等是？』曰：『《冬日謁玄元皇帝廟》詩叙述功德，反復外意，事核而理長。《閬中歌》辭致峭麗，語脈新奇，句清而體好。兹非立格之妙乎？《江漢詩》言乾坤之大，腐儒無所寄其身。《縛雞行》言雞蟲得失，不如兩忘而寓於道，兹非命意之深乎？《贈蔡希魯》詩云「身輕一鳥過」，力在一「過」字。《徐步》詩云「蕊粉上蜂鬚」，功在一「上」字。兹非用字之精乎？學者體其格，高其意，煉其字，則自然有合矣。何必規規然仿像之乎！』」

趙翼《甌北詩話》卷二：「杜詩又有獨創句法，爲前人所無者。……《閬山歌》之『松浮欲盡不盡雲，江動將崩未崩石』……皆是創體。」

閬水歌〔一〕

嘉陵江色何所似①，石黛碧玉相因依〔二〕。正憐日破浪花出②，更復春從沙際歸。巴童蕩槳欹側過，水雞銜魚來去飛〔三〕。閬中勝事可腸斷，閬州城南天下稀〔四〕。（0227）

【校】

①色，錢箋校：「一作山。」《九家》、《草堂》作「山」，《草堂》校：「一作色。」

②浪花，錢箋、《草堂》校：「一云閬山。」

【注】

〔一〕閬水：《水經注》漾水：「漢水又東南逕津渠戍東，又南逕閬中縣東，閬水出閬陽縣，而東逕其縣南，又東注漢水。」《太平寰宇記》卷八六閬州：「嘉陵水又名西漢水，又名閬中水。《周地圖記》云：水源出秦州嘉陵，因名嘉陵。經閬中，即閬中水。」《水經注》楊守敬疏：「《寰宇記》……皆以西漢水爲閬水。依此注則別有閬水，出西漢之西。《隋志》亦云晉成縣有閬水。

蓋因閬水入西漢，互受通稱，後人遂即以西漢當閬水也。舊《志》：今有北溪，自南部縣流入閬中縣，入嘉陵江，亦謂之老溪。閬、老聲近而誤。其説是矣。《一統志》必謂閬水即嘉陵江，以此水源流甚微駁之，非也。」杜詩即以嘉陵水爲閬水。

〔二〕嘉陵二句：樓鑰《答杜仲高旃書》引蜀士黄文叔裳云：「『嘉陵江水何所似』，一本作『山水』者是。蓋嘉陵江至閬州西北，折而趨南，横流而東，復折而北。州城三面皆水，故亦謂之閬中，閬内，如河内然。地勢平闊，江流舒緩，城南正當佳處。對面即錦屏山。蓋山如石黛，水如碧玉，故云『嘉陵山水何所似，石黛碧玉相因依』，真絶唱也。」

〔三〕水雞：朱鶴齡注：「聞蜀士云：水雞狀如雄雞，短尾，好宿水田中，今川人呼爲水雞公。」陸游《雨中作》：「山雉尾垂衝靄去，水雞翅重蹋波飛。」當與此近同，然或襲杜詩語。

〔四〕閬州句：《方輿勝覽》卷六七閬州：「錦屏山，在城南三里，對郡治。其山四合於郡，山上有四院，曰碼碯寺、羅漢院、畫錦院、西橋院。後又築閬峰臺，以眺望焉。」

三絶句

前年渝州殺刺史①，今年開州殺刺史〔一〕。羣盜相隨劇虎狼，食人更肯留妻子。（0228）

【校】

①前，錢箋、《草堂》校：「一作去。」

【注】

黄鶴注：梁權道編在廣德二年（七六四）。詳考詩中事，當是大曆三年（七六八）作。朱鶴齡謂以後二章證之，此乃永泰元年（七六五）事。

〔一〕前年二句：《元和郡縣圖志》卷三三東川節度使：「渝州，南平，下。……《禹貢》梁州之域，古之巴國也。」《舊唐書·地理志》山南西道：「開州，隋巴東郡之盛山縣。……天寶元年，改爲盛山郡。乾元元年，復爲開州。」《分門》鮑曰：「《崔寧傳》所書山賊也。『前年渝州殺刺史』，謂段子璋陷綿、遂。『今年開州殺刺史』，謂徐知道之反，有乘亂者。」師曰：「步將吴璘殺渝州刺史劉汴以反，杜鴻漸討平之。又部卒翟封殺開州刺史蕭崇之以叛，楊子琳討平之。」黄鶴注：「杜鴻漸平吴璘，楊子琳平翟封，在大曆元年與三年。」錢箋：「考《杜鴻漸傳》，無討平吴璘事。大曆三年楊子琳攻成都，爲崔寧妾任氏所敗，何從討平開州？天寶亂後蜀中山賊塞路，渝、開之亂，史不及書，而杜詩載之。師古妄人，因杜詩而曲爲之説。並吴璘等姓名，皆師古僞撰以欺人也。」

二十一家同入蜀，唯殘一人出駱谷〔一〕。自説二女齧臂時〔二〕，回頭却向秦雲哭。（0229）

【注】

〔一〕駱谷：《元和郡縣圖志》卷二京兆府盩厔縣：「駱谷關，在縣西南一百二十里。……駱谷道，漢魏舊道也，南通蜀漢。」卷二二洋州興道縣：「儻谷，一名駱谷，在縣北三十里。……駱谷路，在今洋州西北二十里，州至谷四百二十里。……按駱谷在長安西南，南口曰儻谷，北口曰駱谷。」此言駱谷南口。

〔二〕自説句：《史記·孫子吴起列傳》：「與其母訣，齧臂而盟。」

殿前兵馬雖驍雄，縱暴略與羌渾同。聞道殺人漢水上，婦女多在官軍中〔一〕。（0230）

【注】

〔一〕殿前四句：《分門》洙曰：「時神策軍恣横。」《舊唐書·代宗紀》：「（永泰元年九月）丁酉，僕固懷恩死於靈州之鳴沙縣。時懷恩誘吐蕃數十萬寇邠州，客將尚品息贊磨、尚悉東贊等寇奉天、醴泉，党項、羌、渾、奴刺寇同州及奉天，逼鳳翔府、盩厔縣，京師戒嚴。」朱鶴齡注引此，謂即此詩羌渾爲寇者，二十一家因避羌渾而入蜀。按，《舊唐書・職官志》：「神威軍，本號殿前射生左右廂，貞元二年九月改殿前左右射生軍。」《唐代墓志彙編》建中〇一八《故雲麾將軍守左金吾衛大將軍試鴻臚卿上柱國宋公墓志銘》：「隴右道李懷光領秦兵及殿前兵馬同廿餘萬。」殿前兵馬蓋泛指諸衛禁軍。然僕固懷恩引兵未至漢水。《舊唐書・代宗紀》：「（寶應二年）三月甲辰朔，襄州右兵馬使梁崇義殺大將李昭，據城自固，仍授崇義襄州刺史、山南東道節度使。」《來瑱傳》：「先是，瑱行軍司馬龐充統兵二千人赴河南，至汝州聞瑱死，將士魚目等回兵襲襄州，左兵馬使李昭禦之，奔房州。昭及薛南陽與右兵馬使梁崇義不叶相圖，爲崇義所殺。朝廷授崇義節度使、兼御史中丞以代瑱。」詩所言或指此。

莫相疑行

男兒生無所成頭皓白①，牙齒欲落真可惜。憶獻三賦蓬萊宮〔一〕，自怪一日聲輝赫②。集賢學士如堵牆，觀我落筆中書堂〔二〕。往時文彩動人主，此日飢寒趨路傍③。晚將末契託年少④，當面輸心背面笑⑤〔三〕。寄謝悠悠世上兒，不爭好惡莫相疑⑥〔四〕。（0231）

【校】

① 男兒生無所成頭皓白，錢箋、《草堂》校：「樊作『男兒一生無成頭皓白』。」

② 輝，錢箋校：「一作燀。 荆作烜。」

③ 此，《唐文粹》作「今」。

④ 契，《唐文粹》作「節」。　託，《唐文粹》作「契」。

⑤ 輸，宋本、錢箋、《九家》、《草堂》校：「一作論。」《唐文粹》作「論」。

⑥ 不，錢箋校：「一作莫。」

【注】

《分門》洙曰：「時甫依嚴武，幾爲武所殺。」黄鶴注：公待武初無間，應無此作。郭英乂帥蜀時年方三十餘，當是永泰元年（七六五）與英乂不合去成都時作。

〔一〕憶獻句：本書卷一九有《進三大禮賦表》（1456）及三賦。又《進封西岳賦表》（1460）：「臣本杜陵諸生，年過四十……頃歲國家有事於郊廟，幸得奏賦待制於集賢，委學官試文章。」《舊唐書・玄宗紀》：「（天寶）十載春正月乙酉朔。壬辰，朝獻太清宫。癸巳，朝饗太廟。甲午，有事於南郊，合祭天地。禮畢，大赦天下。」獻三賦在此年。《新唐書・杜甫傳》繫於天寶十三載，誤。《唐會要》卷三〇《大明宫》：「至龍朔二年，高宗染風痺，以宫内湫濕，乃修舊大明宫，改名蓬萊宫，北據高原，南望爽塏。……（三年）四月二十二日，移仗就蓬萊宫新作含元殿。二十五日，始御紫宸殿聽政。」

〔二〕集賢二句：《新唐書·杜甫傳》：「甫奏賦三篇，帝奇之，使待制集賢院，命宰相試文章。」《唐會要》卷六四《集賢院》：「（開元）十三年四月五日，因奏封禪儀注，敕中書門下及禮官學士等，賜宴於集仙殿。上曰：『今與卿等賢才，同宴於此，宜改集仙殿麗正書院爲集賢院。』乃下詔曰：……院内五品已上爲學士，六品已下爲直學士。」卷五一「中書令」：「舊制，宰相常於門下省議事，謂之政事堂。至永淳三年七月，中書令裴炎以中書執政事筆，其政事堂合在中書，遂移在中書省。至開元十一年，張説奏改政事堂爲中書門下，其政事印亦改爲中書門下之印。」詩稱中書堂，當指政事堂。然詩或有誇言。《新唐書》謂「命宰相試文章」，或據此敷衍。《禮記·射義》：「孔子射於矍相之圃，蓋觀者如堵牆。」

〔三〕晚將二句：陸機《歎逝賦》：「託末契於後生，余將老而爲客。」黄生曰：「公以白頭趨幕，不免爲同列少年所侮。」

〔四〕不争句：浦起龍云：「『不争好惡』，猶言不與汝鬬高低也。盧注讀去聲，作此輩好惡無常解，語氣不順。」按，此「好」字讀去聲爲常。詩意謂不與汝争論是非。

黄徹《䂬溪詩話》卷五：「杜云『曲直吾不知，負暄候樵牧』、『是非何處定，高枕笑浮生』、『洗眼看輕薄，虚懷任屈伸』、『寄謝悠悠世上兒，不争好惡莫相疑』，其寄傲疏放、擺脱世網，所謂兩忘而化其道者也。」

遭田父泥飲美嚴中丞〔一〕

步屧隨春風〔二〕，村村自花柳。田翁逼社日〔三〕，邀我嘗春酒。酒酣誇新尹，畜眼未見有〔四〕。回頭指大男，渠是弓弩手。名在飛騎籍，長番歲時久〔五〕。前日放營農，辛苦救衰朽。差科死則已〔六〕，誓不舉家走。今年大作社，拾遺能住否？叫婦開大瓶，盆中爲吾取〔七〕。感此氣揚揚，須知風化首〔八〕。語多雖雜亂，説尹終在口。朝來偶然出，自卯將及酉。久客惜人情，如何拒鄰叟？高聲索果栗，欲起時被肘〔九〕。指揮過無禮，未覺村野醜。月出遮我留，仍嗔問升斗〔一〇〕。（0232）

【注】

黄鶴注：當是寶應元年（七六二）春社作。詩云「拾遺能住否」，則是未爲參謀時。奏爲參謀在二年。今曰「嚴中丞」，則是未爲大夫時作。蓋公有與嚴中丞、嚴大夫、嚴侍郎、嚴鄭公，先後可辨也。

〔一〕嚴中丞：嚴武。《舊唐書·嚴武傳》：「既收長安，以武爲京兆少尹、兼御史中丞，時年三十二。

以史思明阻兵不之官，優游京師，頗自矜大。出爲綿州刺史，遷劍南東川節度使。入爲太子賓客，兼御史中丞。上皇誥以劍、兩川合爲一道，拜武成都尹，兼御史大夫，充劍南節度使。」《杜甫傳》：「上元二年冬，黄門侍郎、鄭國公嚴武鎮成都，奏爲節度參謀、檢校尚書工部員外郎，賜緋魚袋。」嚴武代崔光遠爲成都尹在上元二年冬，《舊唐書·高適傳》誤高適代光遠。參本書卷七《八哀詩·嚴公武》(0332)注。泥，貪戀，糾纏。楊慎《升庵詩話》卷六：「俗謂柔言索物曰泥，乃計切。諺所謂『軟纏』也。杜子美詩：『忽忽窮秋泥殺人。』元微之《憶内》詩：『顧我無衣搜畫匣，泥他沽酒拔金釵。』《非烟傳》詩曰：『郎心應似琴心怨，脈脈春情更泥誰。』楊乘詩：『畫泥琴聲夜泥書。』……字又作『詎』。《花間集》：『黄鶯嬌囀詎芳妍。』又：『記得詎人微斂黛。』字又作『妮』。王通叟詩：『十三妮子緑窗中。』今山東目婢曰『小妮子』，其語亦古矣。」楊謂「泥」字又作「妮」，不確。蕭滌非謂：「泥飲，纏著對方喝酒。」「泥」讀去聲，今或寫作「膩」。

〔二〕步屧：《南齊書·高帝紀》：「疏放好酒，步屧白楊郊野間，道遇一士大夫，便呼與酣飲。」《廣韻》：「屧，屐也，履中薦也。」

〔三〕社日：《禮記·月令》仲春之月：「擇元日，命民社。」注：「社，后土也。使民祀焉。神其農業也。祀社日用甲。」《郊特牲》：「社祭土而主陰氣也。……日用甲，用日之始也。」《宋書·禮志》：「祠太社、帝社、太稷，常以歲二月、八月二社日祠之。」丘光庭《兼明書》卷一：「或問曰：《月令》曰：擇元日命民社。注云：元日，近春分前後戊日。《郊特牲》云：日用甲，日之始也。與今注《月令》不同，何也？答曰：《召誥》云：越翌日戊午，乃社於新邑。則是今注《月令》取

《召誥》爲義也。」《歲時廣記》卷一四：「《統天萬年曆》曰：立春後五戊爲春社，立秋後五戊爲秋社。如戊日立春、立秋，則不算也。一云春分日，時在午時以前用六戊，在午時以後用五戊。國朝乃以五戊爲定法。」顧炎武《日知録》卷六：「《月令》：擇元日，命民社。注：祀社日用甲。據《郊特牲》文：日用甲，用日之始也。正義曰：《召誥》：戊午乃社於新邑。用戊者，周公告營洛邑位成，非常祭也。《墨子》云：吉日丁卯，周伐祝社。疑不可信。《禮》：外事用剛日。丁卯非也。漢用午，魏用未，晋用酉。各因其行運。潘尼《皇太子社詩》：孟月涉初旬，吉日惟上酉。則不但用酉，又用孟月。唐武后長壽元年制，更以九月爲社。玄宗開元十八年，詔移社日就千秋節。皆失古人用甲之義矣。」是春社日在春分前後戊日。

〔四〕畜眼：蕭滌非謂：「畜同蓄，畜眼猶老眼。」《王梵志詩校注》〇四九首：「雖然畜兩眼，終是一雙盲。」項楚謂：「畜兩眼，長着兩眼。長眼爲畜眼。」

〔五〕回頭四句：《新唐書·兵志》：「（開元）十三年，始以彍騎分隸十二衛，總十二萬，爲六番，每衛萬人。……其制皆擇下户白丁、宗丁、品子强壯五尺七寸以上，不足則兼以户八等、五尺以上，皆免徵鎮賦役，爲四籍，兵部及州、縣、衛分掌之。十人爲火，五人爲團，皆有首長。又擇材勇者爲番頭，頗習弩射。又有羽林軍飛騎，亦習弩。」天寶以後彍騎之法稍變廢。然此詩所云大體從其制，其人當爲成都軍府内弓弩手。《唐六典》卷五兵部郎中：「任三衛者，配玄武門上，一日上，兩日下。配南衙者，長番，每年一月上。」長番謂輪換期長者。此詩所云似是長年服役。

〔六〕差科句：《唐律疏議》卷一三「差科賦役違法」疏：「依令：凡差科，先富强，後貧弱。先多丁，後少丁。」賦役指賦税丁役，差科指臨時差科。此兼指賦役。仇注：「差科不避，下以義報上也。」

〔七〕盆中句：本書卷一一《少年行二首》（0713）：「莫笑田家老瓦盆，自從盛酒長兒孫。」盛酒以盆。

〔八〕感此二句：《史記·管晏列傳》：「意氣揚揚，甚自得也。」《分門》洙曰：「郡守縣令，風化之首。」

〔九〕欲起句：《左傳》成公二年：「從韓厥，曰：『請寓乘。』從左右，皆肘之，使立於後。」《戰國策·秦策四》：「魏桓子肘韓康子，康子履魏桓子躡其踵，肘足接於車上。」皆謂以肘加於人。蕭滌非釋此爲掣其肘，不確。

〔一〇〕仍嗔句：蕭滌非謂：田父謂客不必問酒喝了多少。或謂田父謂家人只管添酒，不必問多少。

賀貽孫《詩筏》：「遭田父泥飲與嚴中丞何干？發題便妙。篇中政簡俗龐、家給户饒景象，盡從田父口中寫出，却將大男放營一事點綴生動。前後形容，只一真字，别無奇特鋪張，而頌聲已溢如矣。既自占地步，又爲中丞占地步，又爲田父占地步。若在今人，不知如何醜態也。」

施補華《峴傭説詩》：「《遭田父泥飲美嚴中丞》一首，前輩多賞之。然此詩實有村氣。真則可，村則不可。幾微之界，學者自辨。」

别唐十五誡因寄禮部賈侍郎〔一〕

九載一相逢，百年能幾何〔二〕？復爲萬里别，送子山之阿〔三〕。白鶴久同林，潛魚本同河〔四〕。未知栖集期〔五〕，衰老强高歌。歌罷兩悽惻，六龍忽蹉跎〔六〕。相視髮皓白，况難駐羲和〔七〕。胡星墜燕地，漢將仍横戈〔八〕。蕭條四海内，人少豺虎多。少人慎莫投，多虎信所過〔九〕。飢有易子食，獸猶畏虞羅〔一〇〕。子負經濟才，天門鬱嵯峨〔一一〕。飄飄適東周①，來往若崩波②〔一二〕。南宫吾故人，白馬金盤陁〔一三〕。雄筆映千古，見賢心靡他③〔一四〕。念子善師事，歲寒守舊柯。爲吾謝賈公，病肺卧江沱〔一五〕。（0233）

【校】

①飄，《草堂》作「飃」。

②若，錢箋校：「一作亦。」若崩，《草堂》校：「一作亦奔。」

③靡，錢箋、《草堂》校：「一作匪。」

【注】

黃鶴注：當是廣德二年（七六四）作。

〔一〕唐誡：事跡不詳。賈侍郎：賈至。《舊唐書·賈至傳》：「至，天寶末爲中書舍人。禄山之亂，從上皇幸蜀。時肅宗即位於靈武，上皇遣至爲傳位册文。……寶應二年，爲尚書左丞。……廣德二年，轉禮部侍郎。是歲，至以時艱歲歉，舉人赴省者，奏請兩都試舉人，自至始也。」仇注引張遠注：「時唐十五必往東都赴舉，公故寄詩爲之先容也。」按，自蜀往東都赴舉，路轉懸遠。且唐與甫爲舊人，恐已過應舉之年。浦起龍云：「唐必是老舉子。」亦想當然之詞。兩都試舉人，據《册府元龜》卷六四〇、《唐會要》卷七六記載，實在永泰元年。《舊唐書·代宗紀》記於廣德二年九月，是動議之時。

〔二〕百年句：《相和歌辭·怨詩行》：「天道悠且長，人命一何促。百年未幾時，奄若風吹燭。」

〔三〕山之阿：《楚辭·九歌·山鬼》：「若有人兮山之阿，被薜荔兮帶女蘿。」

〔四〕白鶴二句：陸機《贈馮文羆遷斥丘令》：「出自幽谷，及爾同林。」曹植《公燕詩》：「潛魚躍清波，好鳥鳴高枝。」

〔五〕栖集：潘岳《西征賦》：「匪擇木而栖集，鮮林焚而鳥存。」

〔六〕六龍句：《易·乾·象》：「時乘六龍以御天。」阮籍《詠懷》：「娛樂未終極，白日忽蹉跎。」

〔七〕羲和：《楚辭·離騷》：「吾令羲和弭節兮，望崦嵫而勿迫。」王逸注：「羲和，日御也。」曹植《贈王粲》：「悲風鳴我側，羲和逝不留。」

〔八〕胡星二句：《九家》趙注：「『胡星墜燕地』，言今歲上元二年三月史朝義弒其父思明。『漢將仍橫戈』，言朝義襲僞位復爲亂，而常休明、衛伯玉、尚衡、侯希逸、來瑱之屬，復與之戰也。」黄鶴注：「『胡星』指史朝義廣德元年已縊死，李懷仙取其首至京師。『仍橫戈』者，以吐蕃未息。」《新唐書・代宗紀》：「（廣德元年正月）甲申，史朝義自殺，其將李懷仙以幽州降。」此年十月，吐蕃陷京師。廣德二年十月，僕固懷恩引吐蕃寇邠州。《漢書・天文志》：「昴曰旄頭，胡星也。」

〔九〕少人二句：投謂投宿。《太平廣記》卷一三《成仙公》（出《神仙傳》）：「還過長沙郡，投郵舍不及。」張九齡《當塗界寄裴宣州》：「日夕遵前渚，江村投暮烟。」仇注：「『信所過』，謂經過方信。」按，謂所經信多虎。

〔一〇〕飢有二句：《左傳》宣公十五年：「易子而食，析骸而爨。」陳子昂《感遇》：「豈不在遐遠，虞羅忽見尋。」仇注：「畏虞羅，民飢捕獸也。」

〔一一〕天門句：《楚辭・九歌・大司命》：「廣開兮天門，紛吾乘兮玄雲。」仇注：「天門，謂君門。」司馬相如《上林賦》：「嶔岩倚傾，嵯峨嶕嶪。」

〔一二〕飄颻二句：東周，洛陽。《史記・周本紀》：「王赧時東西周分治。」索隱：「高誘曰：西周王城，今河南。東周成周，故洛陽之地。」鮑照《上潯陽還都道中作》：「客行惜日月，崩波不可留。」

〔一三〕南宫二句：南宫，尚書省。蘇頲《奉和魏僕射秋日還鄉有懷之作》：「南宫夙拜罷，東道晝游初。」此指賈至任尚書左丞及禮部侍郎。《後漢書·張湛傳》：「常乘白馬，帝每見湛，輒言『白馬生且復諫矣』。」《草堂》夢弼注：「昔賈逵爲禮部侍郎，常乘白馬，故於賈至亦云。」未詳所據，不可從。本書卷八《魏將軍歌》（0366）：「星纏寶校金盤陀，夜騎天駟超天河。」《分門》時可曰：「蓋馬裝也。」《新唐書·食貨志》：「先是諸爐鑄錢窳薄，熔破錢及佛像，謂之盤陀。」朱鶴齡注引《杜詩博議》引此，謂：「此與『金銅飾盤陀』語頗相合。蓋雕飾鞍勒，以銅雜金爲之，故有日照星纏之麗。而鎔破錢及佛像者取其金銅相和，亦名盤陀也。」參該詩注。按，盤陁當爲譯音。《大唐西域記》卷一二「朅盤陀國」，季羨林注引波斯文《世界疆域志》稱爲「石塔」。此即盤陀山、盤陀石之語源。然與馬裝似無關。《陀羅尼集經》真言有「盤陀盤陀」bandha-bandha，意爲捆綁、扎緊。見Robert Heinemann《漢梵梵漢陀羅尼用語用句辭典》。似與此意有關。仇注謂金盤陀指馬鞍。畢仲游《送范德孺使遼》：「都門冠蓋如雲多，馬頭匼匝金盤陀。」則似指馬頭或馬鬃裝飾。

〔一四〕見賢句：《論語·公冶長》：「見賢思齊焉。」《詩·鄘風·柏舟》：「之死矢靡它。」

〔一五〕病肺句：《黄帝内經素問》卷五：「病肺脉來，不上不下，如循雞羽，曰肺病。」《詩·召南·江有汜》：「江有沱，之子歸。」傳：「沱，江之别名。」箋：「岷山道江，東别爲沱。」仇注：「卧江沱，公自謂。」

柟樹爲風雨所拔歎①

倚江柟樹草堂前〔一〕，故老相傳二百年②。誅茅卜居總爲此〔二〕，五月髣髴聞寒蟬。東南飄風動地至〔三〕，江翻石走流雲氣。幹排雷雨猶力争③，根斷泉源豈天意。滄波老樹性所愛④，浦上童童一青蓋〔四〕。野客頻留懼雪霜，行人不過聽竽籟〔五〕。虎倒龍顛委榛棘⑤〔六〕，淚痕血點垂胸臆。我有新詩何處吟，草堂自此無顔色。（0234）

【校】

① 柟，錢箋校：「一作高。」

② 故，錢箋、《草堂》校：「一作古。」

③ 幹，錢箋校：「晋作榦。」《九家》校：「一作榦。」

④ 滄波，錢箋、《草堂》校：「一云蒼茫。」

⑤ 榛，錢箋、《草堂》校：「樊作荆。」

【注】

黃鶴注：柟木在成都草堂之前，而師古以「虎倒龍顛」喻嚴武之死，則是詩作於永泰元年（七六五）五月。按史，永泰元年三月大風拔木。朱鶴齡注：黃鶴注太泥。從《草堂》本編入上元二年（七六一）。按，《草堂》夢弼注亦引師古説，未執定上元二年。

〔一〕柟樹：見卷四《枯柟》(0191)注。

〔二〕誅茅：見卷四《寄題江外草堂》(0203)注。

〔三〕東南句：《詩・大雅・卷阿》：「有卷者阿，飄風自南。」傳：「飄風，回風也。」《古詩十九首》：「回風動地起，秋草萋已緑。」

〔四〕童童句：見卷四《病柏》(0188)注。

〔五〕竽籟：宋玉《高唐賦》：「纖條悲鳴，聲似竽籟。」

〔六〕虎倒句：《分門》師曰：「柟樹爲風雨所拔，喻嚴武死於蜀。……今也如虎倒龍顛，使草堂之人憔悴而無所栖託。」

茅屋爲秋風所破歌

八月秋高風怒號，卷我屋上三重茅。茅飛渡江洒江郊①，高者挂罥長林梢，下者飄轉沉塘坳〔一〕。南村羣童欺我老無力，忍能對面爲盜賊〔二〕。公然抱茅入竹去，脣焦口燥呼不得〔三〕，歸來倚杖自歎息。俄頃風定雲墨色②，秋天漠漠向昏黑。布衾多年冷似鐵③，嬌兒惡卧踏裏裂〔四〕。床床屋漏無乾處④，雨脚如麻未斷絶〔五〕。自經喪亂少睡眠，長夜沾濕何由徹〔六〕？安得廣廈千萬間，大庇天下寒士俱歡顔，風雨不動安如山〔七〕。嗚呼！何時眼前突兀見此屋〔八〕，吾廬獨破受凍死亦足⑤。（0235）

【校】

① 洒，宋本、錢箋、《九家》、《草堂》校：「一作滿。」

② 墨，《草堂》作「黑」。

③ 似，錢箋、《草堂》校：「一作象。」

④ 床床，《九家》作「床頭」。

⑤ 破，《草堂》作「壞」，校：「鮑作破。」　死，錢箋、《草堂》校：「一作意。」

【注】

《百家注》趙注：上二詩皆上元二年（七六一）之作。黄鶴注：永泰元年（七六五）作。師古謂此詩託以諭崔旰之亂，要之自不必專指旰而作。其作此詩者，以郭英乂好殺如秋風，公在成都值嚴武之死，欲再依英乂，而英乂驕縱不可托，故舍之而去，所以托言茅風爲秋風所破。仇注編入上元二年。

〔一〕高者二句：木玄《海賦》：「或挂罥於岑嶅之峰。」《文選》李善注：「《聲類》曰：罥，繫也。」蕭綱《爲子大心讓當陽公表》：「坳塘之水，豈議大瀆之流。」庾信《小園賦》：「山爲簣覆，地有堂坳。」塘坳同堂坳。

〔二〕忍能：能，蕭滌非據張相《詩詞曲語辭彙釋》釋爲這樣。段成式《桃源僧舍看花》：「今日長安已灰燼，忍能南國對芳枝。」司馬光《柳枝詞》：「歡似白花飄蕩去，忍能弃擲博山爐。」黄庭堅《幾復寄檳榔且答詩》：「鑒中已失兒時面，忍能乞與賓作郎。」忍當作何忍、豈忍、竟忍解，忍能即何能、竟能。

〔三〕脣焦句：《淮南子・主術訓》：「民至於焦脣沸肝。」《史記・仲尼弟子列傳》：「日夜焦脣乾舌。」《相和歌辭・善哉行》：「來日大難，口燥脣乾。」

〔四〕惡卧：《荀子・解蔽》：「有子惡卧而粹掌。」

〔五〕雨脚句：《齊民要術》卷二種麻：「截雨脚即種者，地濕，麻生瘦。」白居易《竹枝詞》：「巴東船舫上巴西，波面風生雨脚齊。」

〔六〕徹：仇注：「徹乃徹曉，即達旦。」

〔七〕安得三句：《淮南子・齊俗訓》：「廣廈闊屋，連闥通房，人之所安也。」《鹽鐵論・取下》：「夫高堂邃宇、廣廈洞房者，不知專屋狹廬、上漏下濕者之瘠也。」《左傳》昭公元年：「子盍亦遠績禹功，而大庇民乎。」《三國志・魏書・王基傳》：「今與賊家對敵，當不動如山。」

〔八〕突兀：曹毗《涉江賦》：「狂飆蕭瑟以洞駭，洪濤突兀而橫峙。」

陳岩肖《庚溪詩話》卷上：「白樂天有《新製綾襖》詩曰：『水波文襖造新成，綾軟綿勻温復輕。百姓多寒無可救，一身獨暖亦何情。』卒章曰：『爭得大裘長萬丈，與君都蓋洛陽城。』可謂有善推其所爲之心矣。又觀《新製布裘》詩曰：『桂布白似雪，吴綿軟於雲。布重綿且厚，爲裘有餘温。誰知嚴冬月，支體暖如春。中夕忽有念，撫裘起逡巡。丈夫貴兼濟，豈獨善一身。安得萬里裘，蓋裹週四垠。穩暖皆如我，天下無寒人。』後詩正與杜子美《茅屋爲秋風所破歌》曰『安得廣廈千萬間，大庇天下寒士俱歡顔，風雨不動安如山』同。觀樂天前詩，則與楚人亡弓楚人得之相類。觀樂天後詩及子美詩，可與人亡弓人得之其意同也。」

黄徹《䂬溪詩話》卷九：「（老杜、樂天）皆伊尹身任一夫不獲之辜也。或謂子美詩意寧苦身以利人，樂天詩意推身利以利人，二者較之，少陵爲難。然老杜飢寒而憫人飢寒者也，白氏飽暖而憫人飢寒者也。憂勞者易生於善慮，安樂者多失於不思，樂天宜優。或又謂白氏之官稍達，而少陵尤卑，子美之語在前，而長慶在後。達者宜急，卑者可緩也。前者唱導，後者和之耳。同合之論，而老杜之仁心差賢矣。」

入奏行 贈西山檢察使竇侍御①〔一〕。

竇侍御，驥之子，鳳之雛〔二〕。年未三十忠義俱，骨鯁絶代無〔三〕。炯如一段清冰出萬壑，置在迎風寒露之玉壺②〔四〕。蔗漿歸厨金碗凍③，洗滌煩熱足以寧君軀〔五〕。政用疏通合典則④，戚聯豪貴耽文儒〔六〕。兵革未息人未蘇⑤，天子亦念西南隅。吐蕃憑陵氣頗粗⑥，竇氏檢察應時須⑦〔七〕。運糧繩橋壯士喜，斬木火井窮猿呼⑧〔八〕。八州刺史思一戰，三城守邊却可圖〔九〕。此行入奏計未小，密奉聖旨恩宜殊⑨。繡衣春當霄漢立⑩，綵服日向庭闈趨⑪〔一〇〕。省郎京尹必俯拾⑫，江花未落還成都〔一一〕。江花未落還成都⑬，肯訪浣花老翁無⑭〔一二〕？爲君酤酒滿眼酤，與奴白飯馬青芻⑮〔一三〕。（0236）

【校】

① 入奏行，《文苑英華》題作「入奏行贈竇侍御」，注：「時統檢察使。」

② 寒露，《九家》校：「一作露寒。」

③蔗，《文苑英華》作「柘」，校：「一作蔗。」
④政，宋本、錢箋、《九家》、《草堂》校：「一作整。」《文苑英華》校：「卞圜杜詩注作整。」
⑤兵革，《文苑英華》作「甲兵」，校：「集作兵革。」
⑥氣，《草堂》作「志」。
⑦應時須，錢箋、《草堂》校：「樊作才能俱。」《文苑英華》校：「一作才能俱。」
⑧窮，《文苑英華》校：「集作寒。」
⑨旨，《文苑英華》作「主」，校：「集作旨。」　宜，錢箋校：「一作應。」《草堂》作「應」。
⑩春當，錢箋校：「一云飄飄。」《草堂》校：「一作飄颻。」《文苑英華》校：「卞氏注作飄飄。」
⑪日向，錢箋、《草堂》校：「一云粲粲。」《文苑英華》校：「卞氏注作燦燦。」　闌趨，此下錢箋校：「樊本此下有開濟人所仰飛騰正時須。」《草堂》同，「正時」作「時所」。《文苑英華》校：「一有『開濟人所仰，飛騰時正須』十字。」
⑫俯拾，錢箋校：「一云相付。」
⑬江花未落還成都，《九家》、《文苑英華》此七字不重。　錢箋校：「此句一云還成都多暇。」《草堂》校：「一有重句。」　江花未落，《文苑英華》校：「四字卞氏注作多暇。」
⑭肯訪浣花老翁無，宋本、錢箋、《九家》、《草堂》校：「一云『公來肯訪浣花翁』。」
⑮爲君酤酒滿眼酤與奴白飯馬青芻，宋本校：「一云『携酒肯訪浣花翁，爲君著衫捋髭鬚』。」錢箋、《草堂》此校在「爲君酤酒滿眼酤」句下。《文苑英華》作「携酒肯訪浣花老，爲君著衫捋髭鬚」，校：「十

四字一作『肯訪浣花老翁無，爲君酤酒滿眼酤，與奴白飯馬青芻』。」酤酒，《九家》作「酣酒」。

【注】

黄鶴注：寶應元年（七六二）春在成都作。蓋廣德元年、二年春，公俱不在成都。詩又云「天子亦念西南隅」，則是西山諸州未没吐蕃前作。末云「江花未落還成都」，以爲廣德二年（七六四）春在梓州、閬州，公知嚴武再鎮成都，期於必歸浣花，故有此語。然八州又已没於吐蕃。仇注編入寶應元年。按，竇侍御即竇少尹，亦嘗至梓州。此詩當亦作於梓州。詳注。廣德元年（七六三）吐蕃大寇隴右，高適率兵出其南鄙，欲牽制其力，既無功，遂亡松、維等州及雲山城。詩所言正此時事。據《章梓州橘亭餞成都竇少尹》詩，入奏當在此年秋。詩言「繡衣春當」，當爲設想之詞。

〔一〕竇侍御：名不詳。按，本書卷一二《章梓州橘亭餞成都竇少尹》（0822）：「預傳籍籍新京尹，青史無勞數趙張。」本詩亦云：「省郎京尹必俯拾，江花未落還成都。」二詩當爲同一人。其人必爲少尹，故許還京尹以賀。侍御爲所帶憲銜，成都少尹與西山檢察使則爲兼銜。時成都尹常兼西山防禦使。黄鶴注：「考新舊史、《會要》諸書，無檢察使，唯有巡察、觀察、按察之名而已。然《歐陽詹集》乃有《送韋檢察》詩，又似史失書。」錢箋謂《唐會要》有「劍南西山運糧使，檢校户部員外郎」，即此官。按，運糧使專督糧草，檢校員外是其所帶朝銜，與此無關。《舊唐書・王鉷傳》：「七載，又加檢察内作事。」《新唐書》作「加檢察内作、閑厩使」。歐陽詹有《詠德上韋檢察》。是唐代使職有稱檢察者。此使職爲少尹所兼，則職權遜於防禦使。《舊唐書・高適傳》：「適練兵於蜀，臨吐蕃南境以牽制之，師出無功，而松、維等州尋爲蕃兵所陷。」《資治通鑑》繫其事於廣德元年：「吐蕃陷松、維、保三州及雲山新築二城，西川節度使高適不能救，於是劍南西山諸州亦入於吐蕃矣。」竇侍御入奏而至梓州，蓋取閬中道。此道雖較劍門道紆遠，但稍平坦。本書卷一八補遺有《閬州奉送二十四舅使自京赴任青城》(1437)，亦自閬中道入蜀。參嚴耕望《唐代交通圖考》。

〔二〕驥之二句：《北史·裴宣明傳》：「二子景鸞、景鴻，並有逸才，河東呼景鸞爲驥子，景鴻爲龍文。」《三國志·蜀書·龐統傳》注引《襄陽記》：「龐士元爲鳳雛。」《晋書·陸雲傳》：「此兒若非龍駒，當是鳳雛。」

〔三〕骨鯁：《史記·吴太伯世家》：「方今吴外困於楚，而内空無骨鯁之臣，是無奈我何。」

〔四〕炯如二句：鮑照《代白頭吟》：「直如朱絲繩，清如玉壺冰。」《分門》洙曰：「漢有迎風寒露之館。」《九家》趙注：「舊本作寒露，豈傳者惑於句律而倒寫邪？公有《槐葉冷淘》云：『萬里露寒殿，開冰清玉壺。』則用字初未嘗倒。」露寒殿，見司馬相如《子虚賦》。《漢書·揚雄傳》：「甘泉本因秦離宫，既奢泰，而武帝復增通天、高光、迎風。宫外近則洪崖、旁皇、儲胥、弩陆，遠則石闕、封巒、枝鵲、露寒、棠梨、師得。」

〔五〕蔗漿二句：《漢書·禮樂志》郊祀歌《天門》：「泰尊柘漿析朝酲。」注：「應劭曰：柘漿，取甘柘汁以爲飲也。言柘漿可以解朝酲也。」謝敷《食檄》：「日醉之後，悶下慷除，應有蔗漿木瓜，玄李楊梅。」《華嚴經》卷五：「普使滌除煩惱闇。」又卷七六：「以甘露雨滌生死熱。」《九家》趙

注：「『寧君軀』，言寧君王之軀也。」王嗣奭《杜臆》：「時吐蕃分道入寇，上方煩熱，宵旰不寧，得此清直人從公簡較，不徇情面，然後可以制强寇而釋主上之憂也。」

〔六〕政用二句：《禮記·經解》：「疏通知遠而不誣，則深於《書》者也。」詩稱「戚聯豪貴」，扶風竇孝諶女爲睿宗昭成皇后，生玄宗。孝諶孫鍔，尚玄宗女昌樂公主。曾孫克良，尚代宗女壽昌公主。疑與此家族有關。文儒，見卷二《送韋十六評事充同谷郡防禦判官》(0088)注。

〔七〕兵革四句：廣德元年十月，吐蕃陷京師。同月，郭子儀收京城。此言「亦念」，高適蓋奉朝命率兵出擊以牽制吐蕃。

〔八〕運糧二句：繩橋，見卷三《桔柏渡》(0167)「連笮」注。《舊唐書·玄宗紀》：「西蕃酋長，越繩橋而競款玉關。」左思《蜀都賦》：「火井沈熒於幽泉，高焰飛煽於天垂。」《文選》劉逵注：「蜀郡有火井，在臨邛縣西南。火井，鹽井也。欲出其火，先以家火投之，須臾許，隆隆如雷聲，焰出通天，光輝十里。以筩盛之，接其光而無炭也。」《元和郡縣圖志》卷三一邛州臨邛縣：「火井，廣五尺，深三丈，在臨邛縣南一百里。」

〔九〕八州二句：《舊唐書·地理志》：「劍南節度使，西抗吐蕃，南撫蠻獠，統團結營及松、維、蓬、恭、雅、黎、姚、悉等八州兵馬，天寶、平戎、昆明、寧遠、澄川、南江等六軍鎮。」仇注引此。錢箋引《高適傳》，以八州爲梓、遂、果、閬等東川八州。按，梓、遂等州不當吐蕃，其説不確。楊譚《兵部奏劍南節度破西山賊露布》：「領八郡驍勇，並蕃漢武士等七千人。」文又稱「八國」，蓋指松、維等州内附部落。《舊唐書·德宗紀》「加韋皋統押近界諸蠻及西山八國、雲南安撫等使」，所指亦同。三城，《草堂》夢弼注：「謂姚、維、松也，皆當吐蕃之要衝。」朱鶴齡注引《新唐書·地理志》彭州濛陽郡：「有羊灌田、朋笮、繩橋三守捉城，有七盤、安遠、龍溪三城。」浦起龍云：「彭去成都僅百里，蕃馬之所不及，當時並未於此專設重戍。若所云守捉城，則西川諸州在處有之。」按，《舊唐書·高適傳》：「適因出西山三城置戍，論之曰：劍南雖名東西兩川，其實一道。自邛關、黎、雅，界於南蠻也。茂州而西，經羌中至平戎城，界於吐蕃也。……今所界吐蕃城堡而疲於蜀人，不過平戎以西數城矣。邈在窮山之巔，垂於險絶之末，運糧於束馬之路，坐甲於無人之鄉。」高適所置戍之三城，必當時與吐蕃争奪之地，應含《通鑑》所云「雲山新築二城」（《新唐書·吐蕃傳》作「雲山新籠城」）。《舊唐書·地理志》劍南道保州：「天寶元年，改爲雲山郡。八載，移治所於天保軍，乃改爲天保郡。乾元元年二月，西山子弟兵馬使嗣歸誠王董嘉俊以西山管内天保郡歸附，乃爲保州，以嘉俊爲刺史。」其地在維州西境。楊譚《兵部奏劍南節度破西山賊露布》有「雲山守捉使折衝姚高倡」，知天寶末曾置雲山守捉。又平戎城即安戎城，爲茂州以西之要塞。《元和郡縣圖志》卷三一四川節度使：「平戎城，恭化郡南八十里。開元二十八年章仇兼瓊置，管兵千人。去蜀郡八百里。恭化，今恭州。」《舊唐書·吐蕃傳》記開元末章仇兼瓊誘降安戎、維州兩城，遣兵鎮守。據《高適傳》，松、維州未陷前，平戎、雲山仍爲唐守。松、維州既陷，則其地亦失。

〔一〇〕繡衣二句：繡衣，見卷二《送長孫九侍御赴武威判官》（0085）注。綵服，見卷二《送李校書二十六韻》（0089）「綵衣」注。束晳《補亡詩·南陔》：「眷戀庭闈，心不遑安。」《文選》李善注：「庭闈，親之所居。」

〔一一〕省郎二句：省郎，尚書省郎官。京尹，京兆尹。《漢書・夏侯勝傳》：「始，勝每講授，常謂諸生曰：『士病不明經術，經術苟明，其取青紫如俯拾地芥耳。』」江花，仇注：「指荷。」施鴻保謂：「後《不離西閣》詩云：『江花冷色頻。』《短歌行送祁録事》云：『江花未盡會江樓。』皆非專言荷花。……蓋遷就行在夏時之説，附會清冰等句。」

〔一二〕浣花，本卷《溪漲》（0239）：「當時浣花橋，溪水纔尺餘。」參該詩注。

〔一三〕爲君二句：仇注：「滿眼酤，謂滿前皆酒酤也。舊注謂蜀人以竹筒沽酒，酒滿筒眼，似近於俚。」又謂上「酤」字，買酒也；下「酤」字，一宿酒也。按，《詩・商頌・伐木》：「有酒湑我，無酒酤我。」傳：「酤，一宿酒也。」箋：「酤，買也。」疏：「毛以爲言無酒，明是卒爲之，故云一宿酒。蓋於時有之。箋以經傳無名一宿酒爲酤者。既有一宿之酒，不得謂之無酒。……故易之爲『酤，買也。』」傳、箋義歧，然杜詩只用一意，無前後之别。滿眼，謂舉目皆是。《太平廣記》卷三三《顔真卿》：「但滿眼榛蕪，一無所有。」《晋書・五行志》京口百姓謡：「昔年食白飯，今年食麥麩。」又識者曰：「昔年食白飯，言得志也。今年食麥麩，麩粗穢，其精已去。」白飯屬精舂之食。青芻，青草，新鮮飼料。本書卷七《甘林》（0312）：「青芻適馬性，好鳥知人歸。」《九家》趙注：「雖不言主人，而待其奴馬如此，則主人可知。」

大雨

西蜀冬不雪，春農尚嗷嗷〔一〕。上天回哀眷，朱夏雲鬱陶①〔二〕。執熱乃沸鼎，纖絺成緼袍〔三〕。風雷颯萬里，霈澤施蓬蒿。敢辭茅葦漏，已喜黍豆高。三日無行人，二江聲怒號②〔四〕。流惡邑里清，矧兹遠江皐〔五〕。荒廷步鸛鶴，隱几望波濤〔六〕。沉痾聚藥餌，頓忘所進勞〔七〕。則知潤物功，可以貸不毛〔八〕。陰色静壟畝，勸耕自官曹。四鄰耒耜出③〔九〕，何必吾家操。（0237）

【校】

①朱，宋本、錢箋、《九家》、《草堂》校：「一作清。」

②二，宋本、錢箋、《九家》校：「一作大。」

③耒耜出，錢箋、《草堂》校：「一作出耒耜。」《九家》作「出耒耜」。

【注】

黄鶴注：公寶應元年（七六二）《説旱》云：「蜀自十月不雨，抵建卯非雩之時，奈久旱何。」意此詩是寶應元年在浣花作。故詩云「朱夏雲鬱陶」，乃夏方雨至。梁權道編在廣德二年（七六四），若在其年夏，公自閬州歸至嚴公幕中，豈有「敢辭茅葦漏」等句。

〔一〕嗷嗷：見卷四《送韋諷上閬州録事參軍》(0196)注。

〔二〕上天二句：《書・召誥》：「天亦哀於四方民，其眷命用懋。」《爾雅・釋天》：「夏爲朱明。」徐幹《答劉楨詩》：「陶陶朱夏德，草木昌且繁。」《書・五子之歌》：「鬱陶乎予心。」傳：「鬱陶，言哀思也。」江淹《雜體詩・謝惠連贈别》：「解纜候前侶，還望方鬱陶。」仇注引趙注：「蓋陶窑之氣鬱結，此形容夏雲也。」

〔三〕執熱二句：《詩・大雅・桑柔》：「誰能執熱，逝不以濯。」《周禮・夏官・挈壺氏》：「以火爨鼎水而沸之。」司馬相如《上林賦》：「潏潏淈淈，湁潗鼎沸。」《詩・周南・葛覃》：「爲絺爲綌，服之無斁。」傳：「精曰絺，粗曰綌。」釋文：「葛之精者曰絺。」潘岳《秋興賦》：「於是乃屏輕箑，釋纖絺。」《論語・子罕》：「衣敝緼袍，與衣狐貉者立而不恥者，其由也與。」集解：「孔曰：緼，枲著也。」疏：「《玉藻》云：纊爲繭，緼爲袍。鄭玄云：衣有著之異名也。纊謂今之新綿，緼謂今纊及舊絮也。然則今云枲著者，雜用枲麻以著袍也。」

〔四〕二江句：左思《蜀都賦》：「帶二江之雙流，抗峨眉之重阻。」《文選》劉逵注：「江水出岷山，分爲二江，經成都南，東流經之，故曰帶也。揚雄《蜀都賦》曰：兩江珥其前。」《元和郡縣圖志》卷三一成都府：「大江，一名汶江，一名流江，經縣南七里。蜀守李冰穿二江成都中，皆可行舟，溉田萬頃。蜀人又謂流江爲懸笮橋水，此水濯錦，鮮於他水。」

〔五〕流惡二句：《左傳》成公六年：「有汾、澮以流其惡。」杜預注：「惡，垢穢。」《書・大禹謨》：「至諴感神，矧茲有苗。」《楚辭・九歌・湘君》：「朝騁鶩兮江皋，夕弭節兮北渚。」

〔六〕荒廷二句：《詩・豳風・東山》：「鸛鳴于垤，婦歎于室。」箋：「鸛，水鳥也。將陰雨則鳴。」《莊子・徐无鬼》：「南伯子綦隱几而坐，仰天而噓。」

〔七〕沉痾二句：沈約《齊故安陸昭王碑》：「感絶移時，因遘沉痾。」《九家》趙注：「頓忘供進藥餌之勞。」

〔八〕則知二句：《書・洪範》傳：「雨以潤物。」《周禮・地官・載師》：「凡宅不毛者，有里布。」注：「鄭司農云：宅不毛者，謂不樹桑麻也。」《九家》趙注：「因雨之潤，雖不毛之地，亦假貸而生。」

〔九〕耒耜：《禮記・月令》孟春之月：「乃擇元辰，天子親載耒耜。」注：「耒，耜之上曲也。」

揚旗

二年夏六月，成都尹鄭公置酒公堂，觀騎士試新旗幟①〔一〕。

江雨颯長夏②，府中有餘清。我公會賓客，肅肅有異聲〔二〕。初筵閱軍裝〔三〕，羅列照廣庭。庭空六馬入③，駊騀揚旗旌④〔四〕。回回偃飛蓋，熠熠迸流星〔五〕。來纏風飇急⑤，去擘山岳傾〔六〕。材歸俯身盡，妙取略地平〔七〕。虹霓就掌握⑥，舒卷隨人輕〔八〕。三州陷犬戎⑦，但見西嶺青〔九〕。公來練猛士，欲奪天邊城。此堂不易升，庸蜀日已寧〔一〇〕。吾徒且加餐，休適蠻與荆〔一一〕。（0238）

【校】

① 鄭，錢箋作「嚴」。

② 江，宋本、錢箋、《九家》、《草堂》校：「一作風。」

③ 六，宋本、錢箋、《九家》、《草堂》校：「一作四。」

④ 旗，錢箋校：「一作旆。」

⑤ 纏，宋本、錢箋、《九家》、《草堂》校：「一作衝。」

⑥ 霓，《九家》、《草堂》作「蜺」。

⑦ 三，《草堂》作「二」。

【注】

黃鶴注：廣德元年十二月吐蕃陷松、維、保三州，則詩作於廣德二年（七六四）。

〔一〕成都尹鄭公：《舊唐書·嚴武傳》：「改吏部侍郎，尋遷黃門侍郎。與宰臣元載深相結託，冀其引在同列。事未行，求爲方面，復拜成都尹，充劍南節度等使。」《高適傳》：「適練兵於蜀，臨吐蕃南境以牽制之，師出無功，而松、維等州尋爲蕃兵所陷。代宗以黃門侍郎嚴武代還。」武再拜成都尹在廣德二年二月。

〔二〕肅肅：《詩・周南・兔罝》：「肅肅兔罝，椓之丁丁。」傳：「肅肅，敬也。」疏：「此美其賢人衆多，故爲敬。……《黍苗》説宫室，箋云肅肅嚴正之貌。各隨文勢也。」

〔三〕軍裝：揚雄《甘泉賦》：「八神奔而警蹕兮，振殷轔而軍裝。」

〔四〕庭空二句：仇注：「節度使何以有六馬，前《冬狩行》云『使君五馬一馬驄』亦是一證。」按，此言騎士隊列，非使君之馬，《冬狩行》言五馬中一馬驄也。《甘泉賦》：「崇丘陵之駊騀兮，深溝嶔岩而爲谷。」《文選》李善注：「駊騀，高大貌也。」《説文》：「駊騀，馬摇頭也。」《廣韻》：「駊騀，馬惡行也。」此當同《説文》義。

〔五〕回回二句：張衡《思玄賦》：「紛翼翼以徐戾兮，焱回回其揚靈。」《文選》舊注：「回回，光明貌。」劉楨《雜詩》：「沈迷簿領書，回回自昏亂。」《文選》李善注引《楚辭》「腸回回兮盤紆」。劉良注：「回回，心亂貌。」此當作閃亮、閃爍義。王羲之《用筆賦》：「鬱高峰兮偃蓋，如萬歲兮千秋。」蕭繹《與劉智藏書》：「登却月之嶺，蔭偃蓋之松。」謂蓋低偃。曹植《公燕詩》：「清夜游西園，飛蓋相追隨。」謂車蓋。此指旗幟。阮籍《清思賦》：「色熠熠以流爛兮，紛雜錯以葳蕤。」吴均《入關》：「馬頭要落日，劍尾掣流星。」

〔六〕擘：木華《海賦》：「擘洪波。」《文選》李善注引鄭衆《周禮注》：「擘，破裂也。」

〔七〕材歸二句：曹植《白馬篇》：「仰手接飛猱，俯身散馬蹄。」仇注：「言其奇妙則馬上俯身，而旗尾略地。」《九家》趙注：「『略地』字借取《漢書》『攻城略地』。」楊倫謂即「掠」字。劉禹錫《白鷹》：「輕拋一點入雲去，喝殺三聲掠地來。」易静《兵要望江南》：「挂翳蔽天兼掠地，蔓瓜蓋路覆平川。」

〔八〕虹霓二句：司馬相如《上林賦》：「拖霓旌，靡雲旗。」《文選》郭璞注：「張揖曰：析羽毛，染以五彩，綴以縷爲旌，有似虹霓之氣也。」《晋鼓吹曲辭·順天道》：「鳴鐲振鼓鐸，旌旗象虹霓。」《淮南子·精神訓》：「玩天地於掌握之中。」鮑照《扶風歌》：「寒烟空徘徊，朝日乍舒卷。」

〔九〕三州二句：《草堂》夢弼注引柳芳《唐曆》：「廣德元年糧運絶，劍南節度高適不能軍，吐蕃陷松、維、保三州。」參本卷《入奏行》(0236)注。犬戎，指吐蕃。見卷四《憶昔二首》(0192)注。西嶺，西山。詩指玉壘山、天彭闕以西之邛崍山脈。《元和郡縣圖志》卷三一彭州：「垂拱二年，於此置彭州，以岷山導江、江出山處，兩山相對，古謂之天彭門，因取以名州。」「灌口山西嶺有天彭闕，亦曰天彭門，兩石相立如闕，故名之。」《讀史方輿紀要》卷六七青城山：「自是而西南有成都高臺、天倉、天國諸山，又有聖母山及便傍諸山。便傍山外即番境，蓋天所以界華夷也。」

〔一〇〕庸蜀句：《書·牧誓》：「及庸、蜀、羌、髳、微、盧、彭、濮人。」傳：「八國皆蠻夷戎狄屬文王者國名。……庸、濮在江漢之南。」《華陽國志》卷二：「上庸郡，古庸國，楚與巴、秦所共滅者也。秦時屬蜀，後屬漢中。」

〔一一〕休適句：王粲《七哀詩》：「復弃中國去，遠身適荆蠻。」

溪漲

當時浣花橋〔一〕，溪水纔尺餘。白石明可把①，水中有行車〔二〕。秋夏忽泛溢，豈唯入吾廬②。蛟龍亦狼狽〔三〕，况是鼈與魚。兹晨已半落，歸路跬步疏〔四〕。馬嘶未敢動，前有深填淤〔五〕。青青屋東麻，散亂床上書。不意遠山雨③，夜來復何如？我游都市間④，晚憩必村墟。乃知久行客，終日思其居。（0239）

【校】

①石，宋本、錢箋校：「一作日。」《九家》、《草堂》校：「一作月。」

②惟，錢箋校：「一作伊。」

③意，錢箋、《草堂》校：「一作知。」

④間，錢箋、《草堂》校：「一云或作所。」

【注】

黄鶴注：寶應元年（七六二）作。梁權道編在廣德二年（七六四），恐非。仇注編入寶應元年。

〔一〕當時句：《方輿勝覽》卷五一成都府：「浣花溪，在城西五里，一名百花潭。」韋藹《浣花集序》：「明年，浣花溪尋得杜工部舊址，雖蕪没已久，而柱砥猶存。因命芟夷，結茅爲一室。」

〔二〕水中句：《分門》洙曰：「《華陽風俗録》：浣花亭在州之西南，有江流，至清之所也。其淺可涉，故中有行車。甫有宅在焉。」按，楊伯嵒《六帖補》卷九引《華陽風俗録》，無「其淺可涉，故中有行車」九字。注蓋叙詩意摻入。

〔三〕狼狽：潘岳《西征賦》：「據天位其若兹，亦狼狽而可愍。」《文選》李善注引《文字集略》：「狼狽，猶狼跋也。」《類篇》：「狽，狼屬也。生子或欠一足，二足相附而行，離則躓，故猝遽謂之狼狽。」蘇鶚《蘇氏演義》卷上：「狼狽者，事之乖舛也。狼者豺也，狽者狼之類。《神異經》云：狽無前足。一云前足短，不能自行，附狼背而行，如水母之有蝦也。若狼爲巨獸或獵人逐之而逸，則狽墜於地不能取濟，遂爲衆工所獲。失狼之背，故謂之狼狽。狽字者，形聲也。犬，獸也。貝者，背也。以狽附於狼背，遂犬邊作貝。」《酉陽雜俎》前集卷一六説略同。《九家》趙注：「狼狽本一獸，各半其體，相附而行，苟失其一，無據矣。倉皇失據者謂之狼狽。」據小説而衍變。

〔四〕跬步：《荀子·勸學》：「故不積跬步，無以致千里。」《説文》：「趌，半步也。」

〔五〕填淤：《漢書·溝洫志》：「渠成而用注填閼之水，溉舄鹵之地。」注：「師古曰：閼讀與淤同，音於據反。填淤，謂壅泥也。」

戲贈友二首

元年建巳月，郎有焦校書〔一〕。自誇足膂力，能騎生馬駒〔二〕。一朝被馬踏，脣裂板齒無〔三〕。壯心不肯已〔四〕，欲得東擒胡。（0240）

【注】

黄鶴注：寶應元年（七六二）作。

〔一〕元年二句：《新唐書·肅宗紀》：「（上元二年九月壬寅）去上元號，稱元年，以十一月爲歲首，月以斗所建辰爲名。」「（元年建巳月）甲寅，聖皇天帝崩。乙丑，皇太子監國。大赦，改元年爲寶應元年，復以正月爲歲首，建巳月爲四月。」錢箋：「詩云元年建巳月，記其初也。」仇注：「公詩作於未改元之時，故仍前稱爲建巳月。」焦校書：名不詳。唐秘書省、著作局及弘文館設校書郎，正九品上。

〔二〕自誇二句：《後漢書·陽興傳》：「爲人有膂力。」生馬，未馴育之馬。張籍《老將》：「不怕騎生馬，猶能挽强弓。」孫樵《與王霖秀才書》：「讀之如赤手捕長蛇，不施控騎生馬。」

〔三〕板齒：即門牙。《法苑珠林》卷四七引《僧祇律》：「爾時驢聞復瞋，即説頌曰：安立前二足，雙飛後兩蹄。折汝前板齒，然後自當知。」

〔四〕壯心句：曹操《步出夏門行》：「烈士暮年，壯心不已。」

元年建巳月，官有王司直〔一〕。馬驚折左臂，骨折面如墨〔二〕。駑駘漫深泥①〔三〕，何不避雨色？勸君休歎恨，未必不爲福〔四〕。（0241）

【校】

① 漫，錢箋、《草堂》校：「一作慢。」深，錢箋校：「陳浩然本作染。」《九家》作「染」，校：「一作深。」

【注】

〔一〕王司直：名不詳。《唐六典》卷一八大理寺：「司直六人，從六品上。」

〔二〕面如墨：《淮南子·修務訓》：「面若死灰，顔色霉墨。」

〔三〕駑駘：見卷二《李鄠縣丈人胡馬行》(0084)注。

〔四〕勸君二句：《淮南子·人間訓》：「近塞上之人有善術者，馬無故亡而入胡，人皆弔之。其父曰：『此何遽不爲福乎？』居數月，其馬將胡駿馬而歸，人皆賀之。其父曰：『此何遽不能爲禍乎？』家富良馬，其子好騎，墮而折其髀，人皆弔之。其父曰：『此何不遽爲福乎？』居一年，胡人大入塞，丁壯者引弦而戰，近塞之人，死者十九，此獨以跛之故，父子相保。」

黄徹《䂬溪詩話》卷一：「子美詩號詩史。觀《北征》詩云『皇帝二載秋，閏八月初吉』、《送李校書》云『乾元元年春，萬姓始安宅』，又《戲友》二詩『元年建巳月，郎有焦校書』、『元年建巳月，官有王司直』，史筆森嚴，未易及也。」

仇注引胡夏客曰：「焦校書、王司直，一爲乘生駒而墮，一爲乘駑駘而墮，天下事之難料如此。公於此有深感焉，非僅戲筆而已也。」

觀打魚歌

綿州江水之東津①，魴魚鱍鱍色勝銀〔一〕。漁人漾舟沉大網，截江一擁數百鱗。衆魚常才盡却弃，赤鯉騰出如有神〔二〕。潛龍無聲老蛟怒，回風颯颯吹沙塵②。饔子左右揮霜刀〔三〕，鱠飛金盤白雪高。徐州禿尾不足憶③，漢陰槎頭遠遁逃〔四〕。魴魚肥美知第一，既飽歡娱亦蕭瑟。君不見朝來割素鬐〔五〕，咫尺波濤永相失。（0242）

【校】

① 之，錢箋校：「一作水。」

② 回，錢箋、《草堂》校：「晋作西。」

③憶，錢箋、《草堂》校：「一作惜。」

【注】

黃鶴注：公以寶應元年（七六二）秋送嚴武至綿州，此詩乃其時作。

〔一〕綿州二句：《元和郡縣圖志》卷三三東川節度使：「綿州，巴西，上。……大業三年改爲金山郡，武德元年復爲綿州。按州理城，漢涪縣也。去成都三百五十里。依山作固，東據天池，西臨涪水，形如北斗，卧龍伏馬，爲蜀東北之要衝。」巴西縣：「涪江水，經縣西，去縣五十步。」黃鶴注：「唐子西《將家游治平院》詩注：蓋老杜所謂『東津』也。」又陸游在綿州有《東津》詩。《爾雅·釋魚》：「魴，魾。」郭璞注：「江東呼魴魚爲鯿。」陸璣疏：「魴，今伊洛濟潁魴魚也。廣而薄肥，恬而少肉，細鱗，魚之美者。遼東梁水魴，特肥而厚，尤美於中國魴。」《詩·衛風·碩人》：「鱣鮪發發。」傳：「發發，盛貌。」釋文：「馬云：魚著罔尾發發然。《韓詩》作『鱍』。」

〔二〕赤鯉句：《列仙傳》卷上琴高：「入涿水中取龍子，與諸弟子期曰：『皆潔齋待於水傍，設祠。』果乘赤鯉來，出坐祠中。旦有萬人觀之，留一月餘，復入水去。」《舊唐書·玄宗紀》：「（開元三年）二月，禁斷天下采捕鯉魚。」又：「（十九年正月）禁采捕鯉魚。」錢箋引《酉陽雜俎》：「國朝律，取得鯉魚即宜放，仍不得喫。號赤鯉公。賣者決六十。」

〔三〕饔子句：饔子，見卷二《閿鄉姜七少府設鱠戲贈長歌》（0082）注。浦起龍云：「以魴爲鱠，且須霜刀割鬐，幾令人不可解，更使篇末數語索然。今詳玩詩意，乃知作鱠者謂赤鯉，魴其陪襯也。」

〔四〕徐州二句：《詩・齊風・敝笱》：「敝笱在梁，其漁魴鱮。」陸璣疏：「鱮似魴，厚而頭大，魚之不美者。故里語曰『網魚得鱮，不如啗茹』。其頭尤大而肥者，徐州人謂之鰱，或謂之鱅。」錢箋引此，謂「殆所謂『徐州禿尾』也」。槎頭，見卷三《遣興五首》「清江空舊魚」(0122)注。

〔五〕君不見句：潘岳《西征賦》：「華魴躍鱗，素鱮揚鬐。」施補華《峴傭説詩》：「詠物必有寄託。如《觀打魚歌》『衆魚常才盡却弃，赤鯉騰躍如有神。潛龍無聲老蛟怒，回風颯颯吹沙塵』，見賢才被困，憤懣無聊光景。『君不見朝來割素鬐，咫尺波濤永相失』，告以愛惜賢才之意。『既飽歡娱亦蕭瑟』，更爲饕餮者戒。」

又觀打魚

蒼江漁子清晨集①，設網提綱萬魚急②〔一〕。能者操舟疾若風，撐突波濤挺叉入〔二〕。小魚脱漏不可紀③，半死半生猶戢戢〔三〕。大魚傷損皆垂頭，屈强泥沙有時立④〔四〕。東津觀魚已再來，主人罷鱠還傾盃。日暮蛟龍改窟穴，山根鱣鮪隨雲雷⑤〔五〕。干戈兵革鬬未止⑥，鳳凰麒麟安在哉〔六〕？吾徒胡爲縱此樂，暴殄天物聖

所哀〔七〕。（0243）

【校】

①漁，《草堂》作「魚」。

②萬，宋本、錢箋、《九家》、《草堂》校：「一作取。」

③漏，《草堂》校：「或作網。」　紀，錢箋作「記」，校：「一作紀。」

④泥沙，錢箋、《草堂》校：「一作沙頭。」

⑤雲，《草堂》作「風」。

⑥干戈兵革鬬未止，宋本、錢箋、《九家》、《草堂》校：「一云干戈格鬬尚未已。」　未止，《草堂》作「未已」。

【注】

黄鶴注：當是同上年作。雖廣德元年（七六三）公再至綿，乃春晚。

〔一〕設網提綱：《書・盤庚》：「若網在綱，有條而不紊。」顧歡《獻治綱表》：「臣聞舉網提綱，振裘持領。」

〔二〕能者二句：蕭子顯《南征曲》：「棹歌來揚女，操舟驚越人。」撑，撑船。李白《下涇縣陵陽溪至澀灘》：「漁子與舟人，撑折萬張篙。」錢起《江行無題》：「撑開小漁艇，應到月明歸。」李之儀《次韻孔經甫題剡縣史氏競秀堂》：「崢嶸不知盡何如，撑突雲烟隨望隕。」張耒《春日雜書》：

「徒能出八極，撐突干雲天。」蓋襲杜語，而義衍爲枝撐。潘岳《西征賦》：「垂餌出入，挺叉來往。」

〔三〕戢戢：叢聚貌。韓愈《贈崔立之評事》：「深藏篋笥時一發，戢戢已多如束筍。」張籍《采蓮曲》：「青房圓實齊戢戢，争前競折漾微波。」

〔四〕屈强：陳琳《檄吴將校部曲文》：「驕恣屈强，猖猾始亂。」《文選》李周翰注：「屈强，不順貌。」《分門》鄭曰：「屈强，正作『倔』，渠勿切，梗戾也。」

〔五〕山根句：《爾雅・釋魚》郭璞注：「鱣，大魚，似鱏而短，鼻口在頷下，體有邪行甲，無鱗，肉黄，大者長二三丈。今江東呼爲黄魚。」「鮪，鱣屬也。大者名王鮪，小者名鮇鮪。」張衡《東京賦》：「王鮪岫居。」《文選》薛綜注：「山有穴曰岫也。王鮪，魚名也。居山穴中。……其穴在河南小平山。」《埤雅》卷一：「鮪仲春從河西上，得過龍門則化爲龍，否則點額而還。」《九家》趙注引此，謂：「鮪岫居而能變化，故云『山根鱣鮪隨雲雷』。」

〔六〕干戈二句：《九家》趙注：「是年建卯月，河東軍亂，殺其節度使鄧景山，兵馬使辛雲京自稱節度使。河中軍亂，殺李國正（貞）及其節度使荔非元禮。郭子儀爲兵馬副元帥，屯絳州。而七月十六日徐知道反於成都。皆其事也。」黄鶴注：「蓋指吐蕃與史朝義之亂未息而言也。」《白虎通義》卷五：「德至鳥獸，則鳳皇翔，鸞鳥舞，麒麟臻，白虎至。」

〔七〕暴殄天物：《書・武成》：「今商王受無道，暴殄天物。」傳：「暴絶天物，言逆天也。」

黃徹《䂬溪詩話》卷三：「老杜《觀打魚》云設網萬魚急，蓋指聚斂之臣，苛法侵漁，使民不聊生，乃『萬魚急』也。又云『能者操舟疾若風，撐突波濤挺叉入』，小人舞智趨時，巧宦數遷，所謂『疾若風』也。殘民以逞，不顧傾覆，所謂『挺叉入』也。『日暮蛟龍改窟穴，山根鱣鮪隨雲雷』，魚不得其所，龍豈能安居？君與民猶是也，此與六義比興何異？『吾徒何爲縱此樂，暴殄天物聖所哀』，此樂而能戒，又有仁厚意。亦如『前王作網罟，設法害生成』，不專爲取魚也。」

越王樓歌〔一〕

綿州州府何磊落，顯慶年中越王作〔二〕。孤城西北起高樓〔三〕，碧瓦朱甍照城郭。樓下長江百丈清，山頭落日半輪明〔四〕。君王舊跡今人賞，轉見千秋萬古情〔五〕。（0244）

【注】

黃鶴注：此詩當是寶應元年（七六二）初至綿時作。

〔一〕越王樓：錢箋引《綿州圖經》：「在綿州城外，西北有臺，高百尺，上有樓，下瞰州城。唐顯慶中，太宗子越王貞爲綿州刺史日建。」喬琳有《綿州越王樓即事》。

〔二〕綿州二句：《舊唐書・太宗諸子傳》：「越王貞，太宗第八子也。貞觀五年，封漢王。七年，授徐州都督。十年，改封原王，尋徙封越王，拜揚州都督。」垂拱中起兵反武氏，兵敗飲藥而死。黄鶴注：「越王貞，太宗第八子，未嘗爲綿州。第始封漢王，漢與綿爲鄰耳。前乎貞有衛王泰，以貞觀二年封越王。後乎貞有趙王係，以乾元二年封越王。然亦皆未嘗刺綿州。……意是中、睿宗曾受此封及刺此州，故曰君王。蓋史失書。」錢箋：「貞刺綿州，本傳不載，蓋史闕也。」

〔三〕孤城句：《古詩十九首》：「西北有高樓，上與浮雲齊。」

〔四〕半輪明：江總《關山月》：「兔月半輪明，狐關一路平。」

〔五〕轉見句：劉希夷《公子行》：「百年同謝西山日，千秋萬古北邙塵。」

海棕行〔一〕

左綿公館清江濆〔二〕，海棕一株高入雲。龍鱗犀甲相錯落，蒼稜白皮十抱文〔三〕。自是衆木亂紛紛①，海棕焉知身出羣。移栽北辰不可得，時有西域胡僧識〔四〕。（0245）

【校】

①自，錢箋、《草堂》校：「一作但。」

【注】

黄鶴注：棧在綿州，乃寶應元年（七六二）至綿州作。

〔一〕海椶：椶，同棧。宋祁《益部方物略記》海棧：「棧皆褫皮，此獨自榦攢葉於顛，矗首披散。秋華而實，其值則罕。」注：「大抵棧類，然不皮而榦，葉叢於杪，至秋乃實，似楝子。今城中有四株。」陸游《老學庵筆記》卷五：「老杜《海椶》詩，在左綿所賦，今已不存。成都有一株，在文明廳東廊前，正與制置司簽廳門相直。簽廳乃故錦官閣。聞潼川尤多，予未見也。」劉恂《嶺表録異》卷中：「波斯棗，廣州郭内見其樹，樹身無閑枝，直聳三四十尺，及樹頂，四向共生十餘枝，葉如海棧。」浦起龍引此，而增「彼土人呼爲海棧」語。劉恂原書非謂波斯棗即海棧。方以智《通雅》卷四四：「《魏王花木志》言：……海棧即海棗，一名無漏子。智按即鳳尾蕉，多年高大者葉心漏日不漏月，燒紅鐵釘之則茂。因其辟火，曰火蕉。」

〔二〕左綿句：左思《蜀都賦》：「於東則左綿巴中，百濮所充。」《文選》吕向注：「綿，歷也。巴中，地名。」是舊不以左綿爲地名。《分門》師曰：「綿州，涪水所經。涪居其右，綿居其左，故曰左綿。」按，綿州即漢涪縣地。唐涪城在綿州南，涪水下游，非與綿州夾涪並峙。浦起龍云：「左綿，對蜀都而言。」張説《送嚴少府赴萬安詩序》：「蜀門勝地，邑雄左綿。」常衮《授杜濟東川防禦使制》：「左綿之東，地方千里。」是綿以東爲東川，故稱左綿。唐庚《將家游治平院》：「昨日西樓弔王孫，今日東津悲逐臣。江邊勝事略尋遍，不見海棱高入雲。」黄鶴注：「據此，則館與棱皆在涪江之東津也。」

〔三〕龍鱗二句：曹丕《柳賦》：「上扶疏而孛散兮，下交錯而龍鱗。」王嗣奭《杜臆》：「十抱，十把也。」按，十抱乃形容巨木，不似棱類。汪師韓《詩學纂聞》：「七字難解，或是訛闕。」

〔四〕移栽二句：王嗣奭《杜臆》：「移栽北辰更奇，此從『天上種白榆』脱來。」《高僧傳》卷一《竺法蘭傳》：「昔漢武穿昆明池底得黑灰，以問東方朔，朔云：『不解，可問西域人。』後法蘭既至，衆人追以問之。蘭云：『世界終盡，劫火洞燒，此灰塵是也。』」

姜楚公畫角鷹歌〔一〕

楚公畫鷹鷹戴角，殺氣森森到幽朔①〔二〕。觀者貪愁掣臂飛②，畫師不是無心學〔三〕。此鷹寫真在左綿，却嗟真骨遂虚傳〔四〕。梁間燕雀休驚怕，亦未摶空上九天〔五〕。（0246）

【校】

① 森森，下「森」字宋本、錢箋、《九家》校：「一作如。」

②貪愁，錢箋校：「舊作徒驚。」《草堂》校：「一作徒驚。」　臂，錢箋校：「一作壁。」

【注】

黄鶴注：寶應元年（七六二）送嚴武至綿州之時作。

〔一〕姜楚公：姜皎。《舊唐書·姜柔遠傳》：「柔遠子皎，長安中，累遷尚衣奉御。時玄宗在藩，見而悦之。……及竇懷貞等潛謀逆亂，玄宗將討之，皎協贊謀議，以功拜殿中監，封楚國公。……（開元）十年，坐漏泄禁中語，爲嗣濮王嶠所奏……既決杖，行至汝州而卒。」《歷代名畫記》卷九：「姜皎，上邽人。善鷹鳥。」

〔二〕楚公二句：《酉陽雜俎》卷二〇《肉攫部》：「雕角鷹等，三月一日停放，四月上旬置籠。」白居易《與嚴礪詔》：「省所進蒼角鷹六聯。」《埤雅》卷六：「鷹鷂，二年之色也。頂有毛角微起，今通謂之角鷹。」《書·堯典》：「申命和叔，宅朔方，曰幽都。」《分門》師曰：「幽，陰也。朔，北也。幽朔，肅殺之方。此鷹殺氣，窮極幽朔。」《九家》趙注：「蓋名鷹出於此地。」

〔三〕觀者二句：仇注：「貪愁有二義，貪其能飛，又愁其飛去。」蔣紹愚謂貪有欲義。此句貪愁，亦作欲愁解。《分門》師曰：「掣臂，掣臂韝而欲飛。」「『畫師不是無心學』，蓋恐人之未信也。」王嗣奭《杜臆》：「『畫師不是無心學』，但不能學耳。」

〔四〕此鷹二句：吴曾《能改齋漫録》卷七：「杜子美《賦姜楚公畫角鷹》，本綿州司録廳照屏。皇祐中，任是官者竊去，易以他畫。」真骨，真鷹。仇注：「世人奈何好畫鷹，而不好真鷹乎？」

〔五〕梁間二句：《分門》洙曰：「言有其質無其才也。」師曰：「末章譏朝廷之士稱才角出者，率有虚名而無實效。」《九家》趙注：「亦詩人變化形容其晝耳。舊注非。」

嚴氏溪放歌行①〔一〕

天下甲馬未盡銷②，豈免溝壑常漂漂。劍南歲月不可度，邊頭公卿仍獨驕③〔二〕。費心姑息是一役，肥肉大酒徒相要〔三〕。嗚呼古人已糞土，獨覺志士甘漁樵。況我飄轉無定所④，終日慽慽忍羈旅。秋宿霜溪素月高⑤，喜得與子長夜語。東游西還力實倦，從此將身更何許〔四〕？知子松根長茯苓〔五〕，遲暮有意來同煮。

(0247)

【校】

①嚴氏溪放歌行，《草堂》題無「行」字，校：「一有行字。」

②甲，錢箋、《草堂》校：「晋作兵。」

③仍獨驕，錢箋、《草堂》校：「樊作何其驕。」

④轉，《草堂》作「蓬」，校：「一作轉。」

⑤宿，錢箋校：「樊作夜。」　霜，錢箋校：「一作清。」　溪，《草堂》校：「一作天。」

【注】

黄鶴注：當是寶應元年（七六二）避徐知道亂入梓州時作。錢箋考嚴氏溪在閬州。仇注從朱鶴齡注，編入廣德元年（七六三）。

〔一〕嚴氏溪：顏真卿《鮮于氏離堆記》：「閬州之東百餘里，有縣曰新政。新政之南數千步，有山曰離堆。斗入嘉陵江，直上數百尺，形勝縮矗，欹壁峻肅，上峥嶸而下回洑，不與衆山相連屬，是之謂離堆。東面有石堂焉，即故京兆尹鮮于君之所開鑿也。……堂北磐石之上，有九曲流杯池焉。懸源螭首，蹙噴鶴咮，釃渠股引，洄坐環溜。若有良朋，以傾醇酎。堂東面有茅齋焉……其壁間有詩焉，皆君舅著作郎嚴從、君甥殿中侍御史嚴銑之等美君考槃之所作也。」錢箋：「按嚴氏溪疑即此地。」《舊唐書・李叔明傳》：「大曆末，有閬州嚴氏子上疏稱叔明少孤，養子於外族，遂冒姓焉，請復之。詔從焉。叔明初不知其從外氏姓，意醜其事，遂抗表乞賜宗姓。」《華陽國志》卷一閬中縣：「大姓有三狐、五馬、蒲、趙、任、黄、嚴等。」

〔二〕劍南二句：《分門》彦輔曰：「時郭英乂代嚴武鎮蜀，粗暴不能容甫，故有公卿獨驕之作。」《苕溪漁隱叢話》前集卷一三：「甫未嘗爲英乂幕客，何爲不見容？」謂指嚴武。《九家》趙注：「英乂乃成都尹，豈得謂邊頭乎？公直言邊之守臣不遵王命，豈若崔旰者乎？」錢箋：「舊注紛紛，指郭英乂、嚴武，皆説夢耳。」仇注：「恐指章彝。」

〔三〕費心二句：《分門》洙曰：「此詩譏邊臣顧望，不爲朝廷憂也。」《九家》趙注：「彼其獨驕而徒於我費心姑息，特一役耳，何補於事哉。所以姑息者，酒肉相招要而已。」王嗣奭《杜臆》：「言公卿費心，不過如小人愛人以姑息，肥酒大肉用以相要，徒以此一役了事而已。」一役，一次而已，不作下回打算。《左傳》僖公十五年：「此一役也，秦可以霸。」

〔四〕從此句：將身，表示自身的意願、行動。將，介詞。《敦煌變文集·伍子胥變文》：「我今更無眷戀處，恨不將身自滅亡。」王建《公無渡河》：「幸無白刃驅向前，何用將身自弃捐。」仇注：「更何許，言此身更往何所乎。」

〔五〕茯苓：《抱朴子·仙藥》：「及夫木芝者，松柏脂淪入地千歲化爲茯苓，茯苓萬歲，其上生小木，狀似蓮花，名曰木威喜芝。」「任子季服茯苓十八年，仙人玉女往從之，能隱能彰，不復食穀，灸瘢皆滅，面體玉光。」

相從歌 贈嚴二別駕①〔一〕。

我行入東川〔二〕，十步一回首。成都亂罷氣蕭瑟②〔三〕，浣花草堂亦何有。梓中豪俊大者誰③，本州從事知名久〔四〕。把臂開樽飲我酒，酒酣擊劍蛟龍吼。烏帽拂塵青螺粟④〔五〕，紫衣將炙緋衣走。銅盤燒蠟光吐日⑤，夜如何其初促膝〔六〕。黃昏始扣主人門，誰謂俄頃膠在漆⑥〔七〕。萬事盡付形骸外〔八〕，百年未見歡娱畢⑦。神傾意豁真佳士，久客多憂今愈疾。高視乾坤又可愁⑧，一軀交態同悠悠⑨〔九〕。垂老遇君未恨晚，似君須向古人求〔一〇〕。（0248）

【校】

① 相從歌贈嚴二別駕，《文苑英華》題作「贈嚴二別駕相逢歌」，「逢」校：「集作從。」《九家》、《草堂》題注：「時方經崔旰之亂。」錢箋謂吴若本無此注。錢箋「贈嚴二別駕」大字，校：「一云『嚴別駕相逢歌』。」

② 瑟，錢箋作「颯」，校：「一作瑟。一作索。」《九家》、《草堂》、《文苑英華》作「瑟」。

③ 中，錢箋校：「一作州。」《九家》、《草堂》作「州」。《九家》校：「一作中。」《文苑英華》校：「卞氏杜詩作州。」俊，錢箋校：「一作貴。」《文苑英華》作「貴」，校：「卞氏作俊。」

④ 螺，錢箋校：「一作騾。」《草堂》校：「一作織。一作騾。」《文苑英華》校：「卞氏注作織。又注作騾。」

⑤ 蠟，宋本作「臘」，據錢箋改。光，宋本、錢箋、《九家》、《草堂》校：「一作炎。」《文苑英華》校：「卞氏注作炎。」

⑥ 俄頃，錢箋、《草堂》校：「晋作我傾。」《文苑英華》校：「卞氏注作我傾。」

⑦ 見，錢箋校：「一作及。」《文苑英華》作「及」，校：「集作見。」

⑧ 可，錢箋、《草堂》校：「一作何。」《九家》作「何」。《文苑英華》校：「卞氏注作何。」

⑨ 同，錢箋校：「一作真。」

【注】

黄鶴注：魯、師二注及梁權道編皆以爲永泰元年（七六五）梓州避亂時作。然崔旰之亂在是年閏十月，公已次雲安矣。當是寶應元年（七六二）避徐知道反入梓州時作。

〔一〕嚴二别駕：名不詳。《唐六典》卷三〇州縣：「上州，刺史一人，從三品。别駕一人，從四品下。」又中督府：「永徽中，改别駕爲長史。垂拱初，又置别駕員，多以皇家宗枝爲之。神龍初罷，開元初復置，始通用庶姓焉。」諸州准此。此嚴二别駕爲梓中豪俊，疑與嚴震同宗。參卷一二《行次鹽亭縣聊題四韻奉簡嚴遂州蓬州兩使君咨議諸昆季》（0789）注。

〔二〕東川：《舊唐書·地理志》：「至德之後，中原用兵，刺史皆治軍戎，遂有防禦、團練、制置之名。要衝大郡，皆有節度之額。寇盜稍息，則易以觀察之號。……劍南東川節度使，治梓州，管梓、綿、劍、普、榮、遂、合、渝、瀘等州。」

〔三〕成都句：《新唐書·代宗紀》：「（寶應元年七月）癸巳，劍南西川兵馬使徐知道反。八月己未，知道伏誅。」《册府元龜》卷一二九《帝王部·封建》：「（寶應元年）八月，劍南狂賊徐知道爲麾下將李忠勇所殺，劍南州縣盡平。封忠勇爲臨晋郡王。」《資治通鑑》寶應元年七月：「癸巳，劍南兵馬使徐知道反，以兵守要害，拒嚴武，武不得進。」八月：「己未，徐知道爲其將李忠厚所殺，劍南悉平。」

〔四〕從事：州郡屬官及幕府僚佐皆可稱從事。李頎《送馬録事赴永陽》：「子爲郡從事，主印清淮邊。」錢起《送唐别駕赴郢州》：「少年從事好，此去别愁輕。」

〔五〕烏帽句：烏帽，烏紗帽。楊巨源《見薛侍御戴不損裹帽子因贈》：「潘郎對青鏡，烏帽似新裁。曉露鴉初洗，春荷葉半開。堪將護巾櫛，不獨隔塵埃。已見籠蟬翼，無因映鹿胎。」劉禹錫《插田歌》：「路旁誰家郎，烏帽衫袖長。自言上計吏，年幼離帝鄉。」《九家》趙注：「烏帽青螺紫衣走，言供過之人。粟，則帽之紋也。」仇注謂當作「青騾」：「烏帽則拂其塵，青騾則飼以粟。紫衣者進肉，緋衣者奔走。皆席中實事。」按，宴席上不當摻入青騾。青螺謂髮髻。雍裕之《大言》：「四溟杯淥醑，五岳髻青螺。」《朝野僉載》卷三：「鼎曰：『如來螺髻，菩薩寶首，若能修道，何必剃除。』遂長髮。」《中華古今注》卷下：「童子結髮，亦曰結髻，亦謂其形似螺殼也。」青螺粟，即青螺者供粟，動詞承上下文省。

〔六〕銅盤二句：仇注：「銅盤，燭臺也。」《詩·小雅·庭燎》：「夜如何其，夜未央。」

〔七〕誰謂句：《後漢書·雷義傳》：「鄉里爲之語曰：膠漆自謂堅，不如雷與陳。」

〔八〕萬事句：《莊子·德充符》：「今子與我游於形骸之内，而子索我於形骸之外，不亦過乎？」

〔九〕交態：《史記·汲鄭列傳》：「一貧一富，乃知交態。」

〔一〇〕似君句：《晉書·王衍傳》：「武帝聞其名，問戎曰：『夷甫當世誰比？』戎曰：『未見其比，當從古人中求之。』」

短歌行①贈王郎司直〔一〕。

王郎酒酣拔劍斫地歌莫哀，我能拔爾抑塞磊落之奇才〔二〕。豫樟翻風白日動，鯨魚跋浪滄溟開，且脱佩劍休徘徊〔三〕。西得諸侯棹錦水，欲向何門颯珠履②〔四〕？仲宣樓頭春已深③，青眼高歌望吾子，眼中之人吾老矣〔五〕。（0249）

【校】

①短歌行，《文苑英華》題作「短歌」。

②颯，錢箋、《九家》、《草堂》作「趿」。錢箋校：「吴作颯」。

③已，錢箋作「色」，校：「一作已。」

【注】

黄鶴注：王郎司直即前所賦《戲友》云「官有王司直」者，梁權道編在永泰元年（七六五）成都詩内，然不應與前作相去三年，意同是寶應元年（七六二）作。朱鶴齡注：此詩「仲宣樓頭」二句，乃在荆南時作。編入大曆三年（七六八）。

〔一〕王郎司直：參本卷《戲贈友二首》(0241)注。兩詩作年既遠，未必爲同一人。施鴻保謂《簡吴郎司法》(本書卷一四1026)之吴郎疑是公壻，此題王郎司直亦不兼行第，疑亦是公之壻。公本有兩女，惟不知吴郎與王郎娶者，誰長誰次耳。其説未有確證。

〔二〕抑塞：阻抑、阻塞。元稹《胡旋女》：「傾天側地用君力，抑塞周遮恐君見。」

〔三〕豫樟三句：豫樟，見卷四《贈蜀僧閭丘師兄》(0175)注。鯨魚，見卷一《自京赴奉先縣詠懷五百字》(0041)注。

〔四〕西得二句：《元和郡縣圖志》卷三一成都府：「大江，一名汶江，一名流江，經縣南七里。蜀守李冰穿二江成都中，皆可行舟，溉田萬頃。蜀人又謂流江爲懸笮橋水，此水濯錦，鮮於他水。」《太平寰宇記》卷七二益州成都縣：「濯錦江，即蜀江。水至此濯錦，錦彩鮮潤於他水，故曰濯錦江。」陶淵明《歸去來兮辭》：「或命巾車，或棹孤舟。」《史記·春申君列傳》：「春申君客三千餘人，其上客皆躡珠履以見趙使。」《説文》：「跛，進足有所擷取也。」

〔五〕仲宣三句：《文選》王粲《登樓賦》李善注：「盛弘之《荆州記》曰：當陽縣城樓，王仲宣登之而作賦。」劉良注：「仲宣避難荆州，依劉表，遂登江陵城樓，因懷歸而有此作。」《方輿勝覽》卷二七江陵府：「仲宣樓，在府城東南。後梁時高季興建，名以望沙樓。」《清一統志》卷二六五安陸府：「仲宣樓，在當陽縣東南。《水經注》：漳水南逕麥城，王仲宣登其東南隅，臨漳水而賦之。按仲宣樓，《荆州記》以爲當陽城樓，與《水經注》合。唐劉良《文選注》以爲在江陵，明王世貞以爲在襄陽。諸説不同，自以在當陽者爲定論。」朱鶴齡謂引《方輿勝覽》後梁所建仲宣樓者非是，而含糊謂此詩作於荆南。按，杜甫下峽至江陵，未嘗往當陽。詩所謂仲宣樓，或據《文選》劉良注之説，即指江陵城樓。青眼，見卷四《丹青引》（0201）「俗眼白」注。曹丕詩：「回頭四向望，眼中無故人。」陸機《答張士然》：「感念桑梓域，仿佛眼中人。」

仇注：「全詩皆贈王郎司直，單復將上截作王郎勸公者非是。諸侯指成都節鎮，黄氏謂司直刺蜀中者非是。仲宣樓乃送别之地，蔡氏謂公欲依司直者非是。高歌望子蓋望司直遇合，朱氏謂望其早還江陵者非是。」

短歌行 送祁録事歸合州因寄蘇使君①〔一〕。

前者途中一相見，人事經年記君面。後生相動何寂寥②，君有長才不貧賤。君今起柂春江流〔二〕，余亦沙邊具小舟。幸爲達書賢府主，江花未盡會江樓〔三〕。（0250）

【校】

①短歌行，《文苑英華》題作「短歌」。《草堂》題注連題作大字，「祁録事」作「邛州録事」。

②動，宋本、錢箋、《九家》、《草堂》校：「一作勸。」《文苑英華》作「勸」，校：「一作動。」

【注】黃鶴注：意是廣德元年（七六三）梓州作。公在梓州有詩云「應須理舟楫，長嘯下荆門」，正是時也。

〔一〕祁録事：名不詳。朱鶴齡注：「乃合州録事，故詩稱蘇使君爲賢府主。魯旹作邛州録事，誤也。」《唐六典》卷三三上州：「録事參軍事一人，從七品上。録事二人，從九品上。」《元和郡縣圖志》卷三三東川節度使：「合州，巴川，中。……以涪江自梓、遂州來，至州南與嘉陵江合流，因名合州。」蘇使君：名不詳。按，蘇使君未必爲合州刺史。本書卷一二有《陪李梓州王閬州蘇遂州李果州四使君登惠義寺》（0802），疑蘇使君即蘇遂州。自梓歸合經遂州，故因寄詩蘇使君。

〔二〕君今句：王粲《爲荀彧與孫權檄》：「今皆擊棹若飛，回柂若環者也。」

〔三〕江花句：《方輿勝覽》卷六四合州：「江樓，在郡治。」「學士山，在石照東五里，直郡治之江樓。其高不踰旁山，而南峰斜崖諸山班班若出其下，亦甚異也。」《蜀中廣記》卷一八合州：「《志》云：會江門樓即唐之江樓也。杜詩：『……江花未盡會江樓。』」

草堂

昔我去草堂，蠻夷塞成都。今我歸草堂，成都適無虞①〔一〕。請陳初亂時，反覆乃須臾②。大將赴朝廷，羣小起異圖。中宵斬白馬，盟歃氣已粗〔二〕。西取邛南兵，北斷劍閣隅〔三〕。布衣數十人，亦擁專城居。即楊子琳、柏貞節之徒③〔四〕。其勢不兩大，始聞蕃漢殊〔五〕。西卒却倒戈④，賊臣互相誅〔六〕。焉知肘腋禍，自及梟鏡徒〔七〕。義士皆痛憤⑤，紀綱亂相踰〔八〕。一國實三公，萬人欲爲魚⑥〔九〕。唱和作威福，孰肯辨無辜⑦〔一〇〕。眼前列杻械⑧，背後吹笙竽〔一一〕。談笑行殺戮，濺血滿長衢⑨。到今用鉞地，風雨聞號呼〔一二〕。鬼妾與鬼馬⑩〔一三〕，色悲充爾娛。國家法令在，此又足驚吁。賤子且奔走，三年望東吳〔一四〕。弧矢暗江海，難爲游五湖〔一五〕。不忍竟舍此，復來薙榛蕪〔一六〕。入門四松在，步堞萬竹疏⑪〔一七〕。舊犬喜我歸，低徊入衣裾⑫。鄰舍喜我歸⑬，沽酒携胡蘆⑭〔一八〕。大官喜我來⑮〔一九〕，遣騎問所須。城郭喜我來⑯，賓客隘村墟⑰〔二〇〕。天下尚未寧⑱，健兒勝腐儒。飄飄風塵際⑲，何地置老夫⑳？於時見疣贅㉑〔二一〕，骨髓幸未枯。飲啄愧殘生，食薇不敢餘〔二二〕。（0251）

【校】

①成，錢箋校：「一作此。」《文苑英華》作「此」，校：「集作成。」　適，《文苑英華》校：「一作此。」

②須臾，錢箋、《草堂》校：「一作斯須。」《文苑英華》校：「集作斯須。」

③即楊子琳柏貞節之徒，錢箋謂此爲吴若本注。
④却倒戈，《文苑英華》校：「集作倒干戈。」
⑤皆，《文苑英華》作「猶」，校：「集作皆。」
⑥人，《文苑英華》校：「集作民。」
⑦肯，錢箋校：「一作能。」《草堂》作「能」。
⑧列，《草堂》校：「晋作引。」
⑨濺血，《文苑英華》作「血流」，校：「集作濺血。」　濺，錢箋、《草堂》校：「一作流。」
⑩鬼妾，「鬼」宋本、錢箋、《九家》、《草堂》校：「一作人。」《文苑英華》校：「集作人。」
⑪堞，錢箋作「屧」，校：「一作堞。」《文苑英華》作「屧」，校：「集作堞。」《九家》校：「一云步屧。」　竹，《文苑英華》作「行」。
⑫衣，錢箋校：「舊作我。」
⑬舍，《草堂》作「里」。
⑭携胡盧，宋本、錢箋、《九家》、《草堂》校：「一云提榼壺。」　携，《文苑英華》作「提」，校：「集作携榼壺。」
⑮喜，錢箋、《草堂》校：「一作知。」《文苑英華》作「知」，校：「集作喜。」
⑯喜，錢箋、《草堂》校：「一作知。」《文苑英華》作「知」，校：「集作喜。」
⑰隘，錢箋校：「一作溢。」《文苑英華》校：「集作溢。」

⑱尚，《文苑英華》作「方」，校：「集作尚。」

⑲飄颻，錢箋校：「一作飄飄。」《草堂》作「飄飄」，校：「王作飄颻。」　風塵，《文苑英華》作「塵埃」，校：「集作風塵。」

⑳置，錢箋校：「一作致。」

㉑見，錢箋校：「一作是。」《文苑英華》作「是」。

【注】

黄鶴注：當是廣德二年（七六四）自梓閬歸成都依嚴武時作。若是避崔旰之亂，何至涉三年而始歸。

〔一〕昔我四句：黄鶴注：「公以寶應元年秋，避成都之亂去草堂入梓州，殆是草堂方畢工而遂去也。是年七月，徐知道反。大將赴朝廷，謂嚴武以召去爲京兆尹。廣德二年武再鎮蜀，公復往依之，於是始歸草堂。王洙以爲是崔寧入朝，楊子琳爲亂。然崔旰、楊子琳之亂乃是永泰元年冬，時公在雲安矣。」徐知道反，參本卷《相從歌》（0248）注。高適《賀斬逆賊徐知道表》：「逆賊前成都少尹兼侍御史、僞稱成都尹兼御史中丞劍南節度使徐知道，中官携養，莫知姓族，熒惑主司，叨竊憲臺。不能輸瀝肝膽，以荅休明，而懷挾奸邪，嘯聚同惡，傾竭府庫，塗炭黎甿。遂爲欃槍，恣行蠆毒，杜塞劍道，擁遏朝經，部署兇殘，統領州縣。曾未數日，蕩壞一隅，郊原已空，市井如掃。臣與邛南鄰境，左右叶心，積聚軍糧，應接師旅。以今月二十三日大破賊衆，同惡翻然，共殺知道。」盧元昌曰：「知道非蠻夷，糾合蠻夷爲亂也。」按，蠻夷即下文「西取邛南兵」之邛南諸羌。

〔二〕中宵二句：《戰國策・趙策》：「（蘇秦）令天下之將相相與會於洹水之上，通質，刑白馬以盟之。」《漢書・高惠高后文功臣表》：「申以丹書之信，重以白馬之盟。」《周禮・天官・玉府》注：「合諸侯者，必割牛耳，取其血，歃之以盟。」

〔三〕西取二句：《舊唐書・郭英乂傳》：「乃以黄門侍郎平章事杜鴻漸兼成都尹、山南西道、東川西川邛南等道副元帥、劍南西川節度使。」《代宗紀》：「（永泰二年二月）邛州刺史柏茂林充邛南防禦使。」「（八月）邛南防禦使、邛州刺史柏茂林爲邛南節度使。」《地理志》：「雅州下都督府……乾元元年，復爲雅州，都督羈縻一十九州也。……並生羌、生獠羈縻州，無州縣。」「黎州下……乾元元年復爲黎州，領羈縻五十四州也。……皆徼外生獠，無州，羈縻而已。」邛南即指邛、雅、黎及羈縻之州，亦即西山之地。一度稱邛南道，設節度使。其地爲羌、獠所居，西鄰吐蕃。本書卷二〇《東西兩川説》（1487）：「聞西山漢兵食糧者四千人……兼羌堪戰子弟向二萬人，實足以備邊守險。脱南蠻侵掠，邛、雅子弟不能獨制。……八州素歸心於其世襲刺史，獨漢卒自屬裨將主之。」邛、雅子弟即内屬羌獠之族。黄鶴注：「或者取邛南之兵，以斷劍閣之路爾。」按，二句分述二事。叛者西取羌、獠之兵爲助，又北斷劍閣阻來援之師。北斷劍閣，參卷一二《九日奉寄嚴大夫》（0775）注。

〔四〕布衣句注：錢箋以注文爲吴若本注，然已見於宋本，且洙注誤據此謂詩因楊子琳之亂作，可見舊本有之，實爲甫自注。《舊唐書・代宗紀》：「（永泰元年閏十月）劍南節度使郭英乂爲其檢校西山兵馬使崔旰所殺，邛州柏茂林、瀘州楊子琳、劍南李昌巙皆起兵討旰。」柏茂林，《杜鴻漸傳》作「柏貞節」。錢箋：「王洙、梁權道輩以爲永泰元年避崔旰之亂，而吳若本於布衣專城之下注云『即楊子琳、柏貞節之徒』。是時嚴武已没，公下峽適楚，何嘗復歸草堂哉。注家唯黄鶴能辨之。」按，《九家》趙注：「專城亦指徐知道輒遂爲守，而數十布衣擁扶之。公自有本注爲『即楊子琳、柏正節之徒』。是時二人必白衣而已。後三年乃永泰元年乙巳，楊子琳、柏正節各以牙將同討崔旰之亂，自别一事。蓋杜公注直云『楊子琳、柏正節之徒』可也，而上更有『即』字，作詩在後三年，是時二人已爲牙將，乃著『即』字明之。」趙注在黄鶴前已辨明此詩言徐知道之亂，其釋注文之意甚有理。然此注或爲杜甫日後整理舊作時所加。《杜鴻漸傳》記柏貞節永泰元年爲「邛州衙將」，後表爲邛州刺史，是必發跡於邛。徐知道爲亂西取邛南兵，必參與其事。後反覆倒戈，以功擢任，亦在情理中。楊子琳大曆三年再攻破成都，五年爲澧州刺史。《新唐書・崔寧傳》：「子琳者本瀘南賊帥，既降，詔隸劍南節度，屯瀘州。」《舊唐書・地理志》：「瀘州，都督十州，皆招撫夷獠置，無户口、道里，羈縻州。」注文乃追述其初跡。

〔五〕其勢二句：《左傳》莊公二十四年：「物莫能兩大。」蕃，當指邛、雅羌、獠之屬。

〔六〕西卒二句：據《册府元龜》，徐知道爲麾下將李忠勇所殺。《資治通鑑》作李忠厚。楊子琳、柏茂林當亦參與倒戈者。

〔七〕焉知二句：《三國志・蜀書・法正傳》：「懼孫夫人生變於肘腋之下。」《史記・孝武本紀》：

「祠黄帝用一梟破鏡。」集解：「孟康曰：梟，鳥名，食母。破鏡，獸名，食父。黄帝欲絶其類，使百物祠皆用之。破鏡如貙而虎眼。」孫萬壽《遠戍江南寄京邑親友》：「牛斗盛妖氛，梟獍已成群。」

〔八〕紀綱句：《書・五子之歌》：「亂其紀綱，乃底滅亡。」《禮記・王制》：「朋友不相踰。」

〔九〕一國二句：《左傳》僖公五年：「一國三公，吾誰適從。」《左傳》昭公元年：「微禹，吾其魚乎。」

〔一〇〕唱和二句：《書・洪範》：「惟辟作福，惟辟作威。」朱鶴齡注：「忠厚既殺知道，縱兵殘害無辜，如往時花驚定之事，故又備述其事而驚歎之。」

〔一一〕眼前二句：《魏書・刑法志》：「諸犯年刑已上枷鎖，流徙已上增以杻械。」《説文》：「械，桎梏也。」「杽，械也。」段注：「『械』當作『梏』。字從木手，則爲手械無疑也。《廣雅》曰：杽謂之梏。杽、杻古今字。」《雜曲歌辭・艷歌》：「南斗工鼓瑟，北斗吹笙竽。」

〔一二〕到今二句：《左傳》襄公三年：「不能致訓，至於用鉞。」仇注：「濫殺非命，含冤者多，故曰風雨呼號。」

〔一三〕鬼妾句：《九家》趙注：「已殺其主矣，則妾謂之鬼妾，馬謂之鬼馬。如匈奴以亡者之妻爲鬼妻也。」

〔一四〕賤子二句：《九家》趙注：「奔走三年，則其游梓閬三年也。」

〔一五〕弧矢二句：弧矢，見卷三《鐵堂峽》(0142)注。《史記・河渠書》：「於吴，則通渠三江五湖。」集解：「韋昭曰：五湖，湖名耳。實一湖，今太湖是也，在吴西南。」索隱：「五湖者，郭璞《江賦》

云具區、洮滆、彭蠡、青草、洞庭是也。又云太湖周五百里，故曰五湖。」
〔一六〕薙：《周禮·秋官·薙氏》：「薙氏掌殺草。」注：「書或作夷，此皆剪草也。」
〔一七〕步堞：見本卷《遭田父泥飲美嚴中丞》（0232）注。
〔一八〕沽酒句：《世説新語·簡傲》：「東吴有長柄壺盧，卿種來不？」《太平廣記》卷一五三《李藩》（出《逸史》）：「盧生好飲酒，人詣之，必携一壺，故謂之胡盧生。」
〔一九〕大官：仇注：「謂嚴武。」
〔二〇〕舊犬八句：《九家》趙注：「此四韻，《木蘭歌》格也。」曾季貍《艇齋詩話》：「本古樂府《木蘭詩》『爺娘聞我歸』、『阿姊聞我歸』之語，老杜用此體。」
〔二一〕於時句：《莊子·大宗師》：「彼以生爲附贅縣疣。」
〔二二〕飲啄二句：《莊子·養生主》：「澤雉十步一啄，百步一飲，不蘄畜乎樊中。」《史記·伯夷列傳》：「隱於首陽山，采薇而食之。」索隱：「薇，蕨也。」庾信《擬詠懷》：「避讒應采葛，忘情遂食薇。」

四松

四松初移時，大抵三尺强。别來忽三歲①，離立如人長〔一〕。會看根不拔，莫計枝凋傷。幽色幸秀發②，疏柯亦昂藏③〔二〕。所插小藩籬，本亦有隄防。終然振撥損，得愜千葉黄④〔三〕。敢爲故林主，黎庶猶未康。避賊今始歸，春草滿空堂。覽物歎衰謝，及兹慰淒涼。清風爲我起，洒面若微霜〔四〕。足以送老姿⑤，聊待偃蓋張⑥〔五〕。我生無根蔕⑦〔六〕，配爾亦茫茫⑧。有情且賦詩，事迹可兩忘⑨〔七〕。勿矜千載後，慘澹蟠穹蒼〔八〕。（0252）

【校】

① 歲，錢箋作「載」，校：「一作歲。」

② 幸，錢箋校：「一作會。」《文苑英華》校：「集作會。」

③ 亦，錢箋校：「一作已。」《文苑英華》作「已」。

④ 愜，錢箋校：「一作愧。」《九家》、《草堂》作「愧」，校：「一作愜。」《文苑英華》作「愧」，校：「集作愜。」

⑤ 足以送老姿，宋本、錢箋校：「一作『足爲送老資』。」以，《九家》、《草堂》校：「一作爲。」《文苑英華》作「足爲送老資」。

⑥ 待，錢箋、《草堂》校：「一作將。」

⑦ 蔕，錢箋作「帶」，校：「一作蔕。」

⑧ 爾，錢箋校：「一作汝。」《文苑英華》校：「集作汝。」

⑨可兩，錢箋校：「一作兩可。」《文苑英華》校：「集作兩可。」

【注】

黄鶴注：詩云「別來忽三歲」，廣德二年（七六四）歸成都作。

〔一〕離立：兩立，並立。《禮記·曲禮上》：「離坐離立，毋往參焉。」注：「離，兩也。」疏：「若見彼二人並坐，或兩人並立。」王中《頭陀寺碑文》：「丹刻翬飛，輪奐離立。」

〔二〕幽色二句：左思《蜀都賦》：「王褒韡曄而秀發。」昂藏，偉岸貌。《北史·高昂傳》：「其父曰：『此兒不滅吾族，當大吾門。』以其昂藏敖曹，故以名字之。」

〔三〕終然二句：《玉篇》：「振，觸也。」振亦作棖。謝惠連《祭古冢文》：「初開見，悉是人形。以物棖撥之，應手灰滅。」《文選》李善注：「《説文》曰：棖，杖也。然南人以物觸物爲棖也。」恡同吝。《龍龕手鑑》：「恡、悋，恡惜，貪鄙也。」翁方綱《石洲詩話》卷一：「得吝者，不得吝也。或作得愧，非。」

〔四〕清風二句：張華《答何劭》：「穆如洒清風，焕若春華敷。」《法華經·信解品》：「以冷水洒面，令得醒悟。」

〔五〕偃蓋：《抱朴子·對俗》：「千歲松樹，四邊披越，上杪不長，望而視之，有如偃蓋。」

〔六〕我生句：陶淵明《雜詩》：「人生無根蔕，飄如陌上塵。」

〔七〕有情二句：謝朓《晚登三山還望京邑》：「有情知望鄉，誰能鬒不變。」道安《道行般若多羅蜜經序》：「兩忘玄莫，隤然無主。」《魏書·裴伯茂傳》：「物我兩忘，是非俱遣。」

〔八〕慘澹句：慘澹，見卷二《北征》(0052)注。《詩·大雅·桑柔》：「靡有旅力，以念穹蒼。」

水檻

蒼江多風飈，雲雨晝夜飛。茅軒駕巨浪〔一〕，焉得不低垂。游子久在外，門户無人持〔二〕。高岸尚爲谷①，何傷浮柱欹〔三〕。扶顛有勸誡，恐貽識者嗤〔四〕。既殊大廈傾，可以一木支〔五〕。臨川視萬里，何必欄檻爲。人生感故物，慷慨有餘悲〔六〕。(0253)

【校】

①爲，錢箋作「如」，校：「一作爲。」

【注】

黄鶴注：當是廣德二年(七六四)自梓閬回草堂時作。

〔一〕茅軒句：郭璞《游仙詩》：「吞舟涌海底，高浪駕蓬萊。」駕，凌也。

〔二〕游子二句：《相和歌辭·隴西行》：「健婦持門户，亦勝一丈夫。」《顔氏家訓·治家》：「鄴下風俗，專以婦持門户。」

〔三〕高岸二句：《詩·小雅·十月之交》：「高岸爲谷，深谷爲陵。」張衡《西京賦》：「跱游極於浮柱，結重欒以相承。」《文選》薛綜注：「三輔名梁爲極，作游梁置浮柱上。」

〔四〕扶顛二句：《論語·季氏》：「危而不持，顛而不扶，則將焉用彼相矣。」《三國志·魏書·鄧艾傳》：「有識者笑之。」仇注：「視修檻若扶顛，人或笑以爲迂。」

〔五〕既殊二句：《説苑·建本》：「臺廟之榱，非一木之枝。」王通《中説》卷三：「大廈將顛，非一木所支。」

〔六〕人生二句：《韓詩外傳》卷九：「孔子出游少原之野，有婦人中澤而哭，其音甚哀。孔子使弟子問焉，曰：『夫人何哭之哀？』婦人曰：『鄉者刈蓍薪，亡吾蓍簪，吾是以哀。』弟子曰：『刈蓍而亡蓍簪，有何悲焉？』婦人曰：『非傷亡簪也，蓋不忘故也。』」

破船

平生江海心，宿昔具扁舟〔一〕。豈唯青溪上，日傍柴門游。蒼惶避亂兵①，緬邈懷舊丘〔二〕。鄰人亦已非，野竹獨修修〔三〕。船舷不重扣〔四〕，埋没已經秋。仰看

西飛翼②〔五〕，下愧東逝流。故者或可掘，新者亦易求〔六〕。所悲數奔竄，白屋難久留〔七〕。（0254）

【校】

① 蒼惶，錢箋作「蒼皇」，《草堂》作「愴惶」。

② 西，《草堂》作「兩」。

【注】

黄鶴注：當是廣德二年（七六四）再歸草堂後作。

〔一〕平生二句：江海心，見卷一《自京赴奉先縣詠懷五百字》（0041）注。蔡邕《飲馬長城窟行》：「遠道不可思，宿昔夢見之。」《史記·貨殖列傳》：「乃乘扁舟，浮於江湖。」

〔二〕緬邈：潘岳《寡婦賦》：「遥逝兮逾遠，緬邈兮長乖。」《文選》李善注引《國語》賈逵注：「緬，思貌也。」

〔三〕修修：《雜曲歌辭》古歌：「胡地多飇風，樹木何修修。」

〔四〕船舷句：郭璞《江賦》：「忽忘夕而宵歸，詠采菱以叩舷。」扣同叩。

〔五〕仰看句：劉繪《餞謝文學離夜》：「不見一佳人，徒望西飛翼。」

〔六〕故者二句：《九家》趙注：「故者亦可掘於沙埋之間，新者亦可求買。」仇注引《幽明録》，謂：

「船去頭尾者，江南謂之掘頭船。」與此意不符。

〔七〕白屋：《韓詩外傳》卷三：「周公踐天子之位七年，布衣之士所贄而師者十人，所友見者十二人，窮巷白屋先見者四十九人。」劉孝威《行還值雨又爲清道所駐》：「況余白屋士，自依卑路傍。」

營屋

我有陰江竹，能令朱夏寒〔一〕。陰通積水内，高入浮雲端。甚疑鬼物憑①，不顧剪伐殘〔二〕。東偏若面勢②〔三〕，户牖永可安。愛惜已六載，兹晨去千竿。蕭蕭見白日，洶洶開奔湍〔四〕。度堂匪華麗，養拙異考槃〔五〕。草茅雖薙葺，衰疾方少寬〔六〕。洗然順所適〔七〕，此足代加餐。寂無斤斧響，庶遂憩息歡。（0255）

【校】

①甚，錢箋、《草堂》校：「一作如。」

②若，《九家》校：「一作苦。」

黄鶴注：「愛惜已六載，茲晨去千竿」，蓋永泰元年（七六五）作。公上元元年營草堂時已植竹。

【注】

〔一〕朱夏：見本卷《大雨》（0237）注。

〔二〕甚疑二句：《左傳》昭公七年：「趙景子問焉，曰：『伯有猶能爲鬼乎？』子産曰：『能。人生始化曰魄，既生魄，陽曰魂。用物精多，則魂魄强。是以有精爽，至於神明。匹夫匹婦强死，其魂魄猶能馮依於人。』」鬼物，鬼。《風俗通義》卷九：「世間多有亡人魄持其家語聲氣，所説良是。謹按陳國張漢直到南陽從京兆尹延叔堅讀《左氏傳》，行後數月，鬼物持其女弟。」不顧，不考慮。李白《東海有勇婦》：「損軀報夫仇，萬死不顧生。」此言此前從未考慮剪伐此竹。仇注謂：「竹蔽日疑憑鬼物，施剪伐則通户牖矣。」誤。

〔三〕東偏句：面勢，見卷四《寄題江外草堂》（0203）注。仇注引鮮于注：「若，順也。」按，竹若面勢，言其茂密。仇注不確。

〔四〕洶洶句：曹植《盤石篇》：「岸岩若崩缺，湖水何洶洶。」袁宏《東征賦》：「若魚舟之小狹，衝奔湍以檮杌。」

〔五〕度堂二句：《周禮・冬官考工記》：「室中度以几，堂上度以筵。」注：「各因物宜爲之數。」疏：「謂室中坐時馮几，堂上行禮用筵。」潘岳《閑居賦》：「仰衆妙而絶思，終優游以養拙。」《詩・衛風・考槃》：「考槃在澗，碩人之寬。」傳：「考，成。槃，樂也。」箋：「有窮處，成樂在於此澗者。」

〔六〕草茅二句：薙，見本卷《草堂》（0251）注。《左傳》襄公三十一年：「繕完葺牆。」杜預注：「葺，覆也。」疏：「《周禮·匠人》有葺屋、瓦屋。瓦屋以瓦覆，葺屋以草覆。」本書卷一八《北風》（1367）：「且知寬疾肺，不敢恨危途。」

〔七〕洗然：潘岳《爲賈謐作贈陸機》：「吾子洗然，恬淡自逸。」《文選》李善注引《莊子》：「庚桑子之始來也，吾洒然異之。」張銑注：「洗然，肅敬之貌。」

宿青溪驛奉懷張員外十五兄之緒〔一〕

漾舟千山内，日入泊枉渚①〔二〕。我生本飄飄，今復在何許〔三〕？石根青楓林，猿鳥聚儔侣〔四〕。月明游子静，畏虎不得語。中夜懷友朋，乾坤此深阻〔五〕。浩蕩前後間，佳期付荊楚〔六〕。（0256）

【校】

①枉，《草堂》校：「一作荒。」《九家》作「荒」，校：「一作枉。」

【注】

黃鶴注：此詩當是永泰元年（七六五）去成都經嘉州下忠渝時所作，故詩有「佳期付荆楚」之句。據錢箋，當編入大曆三年（七六八）。

〔一〕青溪驛：黃鶴注：「青溪驛在嘉州犍爲縣。」《輿地紀勝》卷一四六嘉州：「孝女碑在犍爲青溪口楊洪山下。」錢箋引《輿地紀勝》「青溪驛在嘉州犍爲縣」，今本不載，實據黃鶴注。嚴耕望《唐代交通圖考》謂犍爲有青溪口，青溪驛因此青溪受名無疑。又，《太平寰宇記》卷一四七峽州遠安縣：「清溪在縣南六十五里，源出清溪山下，冬夏無增。」錢箋引此，而字作「青溪」，謂：「公出峽下荆州，宿此，故曰『佳期付荆楚』。」按，據詩意，時詩人當近於荆楚。且「漾舟千山内」，亦與峽州之地更相吻合。然地志此水均作「清溪」，或字淆。張之緒：《新唐書・宰相世系表二下》魏郡張氏：左金吾將軍洽子，「之緒，都官郎中」。《高力士外傳》載李輔國弄權、推案流黔中者：「三員外，張渭、張之緒、李宣是也。」《唐代墓志彙編》天寶一九九《順節夫人墓志銘》，「朝議郎左補闕内供奉張之緒撰」。作於天寶十一載。

〔二〕漾舟二句：謝惠連《西陵遇風獻康樂》：「成裝候良辰，漾舟陶嘉月。」枉渚，見卷三《兩當縣吳十侍御江上宅》(0139)注。

〔三〕何許：何地。《後漢書・文苑傳》：「又有曹朔，不知何許人。」《晉書・隱逸傳》霍原：「時有謠曰：天子在何許，近在豆田中。」

〔四〕石根二句：庾信《詠畫屏風》：「定知歡未足，横琴坐石根。」嵇康《五言贈秀才》：「徘徊戀儔侶，慷慨高山陂。」

〔五〕深阻：干寶《晋紀總論》：「性深阻有如城府。」

〔六〕佳期句：《楚辭·九歌·湘夫人》：「登白薠兮騁望，與佳期兮夕張。」王逸注：「佳謂湘夫人也。」謝靈運《登上戍石鼓山》：「佳期緬無像，騁望誰云愜。」仇注：「時張在荆楚，公將往與相會。」

屏跡

衰年甘屏迹①，幽事供高卧〔一〕。鳥下竹根行，龜開萍葉過〔二〕。年荒酒價乏，日併園蔬課〔三〕。猶酌甘泉歌②，歌長擊樽破〔四〕。（0257）

【校】

① 年，宋本、《九家》校：「一作顔。」錢箋作「顔」，校：「一作年。」

② 猶酌甘泉歌，宋本、《九家》校：「一云『獨酌酣且歌』。」《草堂》校：「一作『獨酌酬甘泉』。」錢箋校：「一云『獨酌酣且歌』。一云『獨酌酌甘泉』。」

【注】

黄鶴注：詩云「年荒酒價乏」，當是永泰元年（七六五）作。又云「幽事供高卧」，可見公在幕府而歸溪上矣。仇注：黄氏因詩有「年荒酒價乏」句，遂引永泰元年京師斗米千錢爲證，又引廣德二年定京城上下黠户以收月税爲證。顧氏謂史書所記，乃長安事，不涉成都。編入寶應元年（七六二）。

〔一〕衰年二句：鮑照《臨川王服竟還田里》：「屏跡勤躬稼，衰疾倚芝藥。」王胡之《答謝安》：「願弘玄契，廢疾高卧。」

〔二〕鳥下二句：劉楨《贈徐幹》：「鳳皇集南岳，徘徊孤竹根。」趙儒宗《詠龜》：「不能著下伏，强從蓮上游。」薛道衡《梅夏應教》：「集鳳桐花散，勝龜蓮葉開。」

〔三〕年荒二句：酒價，猶言酒錢。《鑒誡録》卷二：「溥乃差藥院官元邵南齎其酒價，朝夕隨之。」酒價乏，即缺酒錢。《禮記・儒行》：「易衣而出，併日而食。」注：「二日用一日食也。」《後漢書・朱穆傳》：「彼與草木俱朽，此與金石相傾，豈得同年而語、併日而談哉？」此言整日、連日課園蔬。《九家》趙注：「蓋以乏酒價之故，則併課園蔬賣之，以充沽直。」解「併」字不確。

〔四〕猶酌二句：《古詩紀》卷二引《三秦記》：「始皇作驪山陵……民怨之，作甘泉之歌。」仇注：「此詩則言酌甘泉而歌也。」按，詩言無酒，故酌甘泉而歌。《世説新語・豪爽》：「王處仲每酒後，輒詠『老驥伏櫪，志在千里。烈士暮年，壯心不已』，以如意打唾壺，壺邊盡缺。」《九家》杜田《補遺》謂杜詩類此。

贈別賀蘭銛〔一〕

黄雀飽野粟，羣飛動荆榛〔二〕。今君抱何恨，寂寞向時人。老驥倦驤首，蒼鷹愁易馴①〔三〕。高賢世未識〔四〕，固合嬰飢貧。國步初返正〔五〕，乾坤尚風塵。悲歌鬢髮白，遠赴湘吴春。我戀岷下芋，君思千里蓴〔六〕。生離與死別，自古鼻酸辛〔七〕。（0258）

【校】

① 蒼，錢箋、《草堂》校：「一作飢。」

【注】

黄鶴注：詩云「國步初返正」，當是廣德元年（七六三）公在梓閬州作。仇注：蓋在廣德二年（七六四）春代宗回京後作。

〔一〕賀蘭銛：事迹不詳。

〔二〕黄雀二句：劉楨《贈從弟》：「豈不常勤苦，羞與黄雀群。」《文選》李善注：「黄雀，喻俗士也。」

《九家》師云引之。趙注：「黄雀群飛，比時人之蹇淺。」

〔三〕老驥二句：顔延之《赭白馬賦》：「眷西極而驤首，望朔雲而躍足。」《文選》張銑注：「驤，舉也。」蒼鷹句，參卷一《送高三十五書記》(0002)「飢鷹」注。

〔四〕高賢：《後漢書·爰延傳》：「夫以光武之聖德，嚴光之高賢，君臣合道，尚降此變。」

〔五〕國步句：《九家》趙注：「是廣德元年十二月，車駕已自陜還長安，而吐蕃繼陷松、維州。」參卷四《憶昔二首》(0192)注。陸雲《南征賦》：「悲國步之未夷，仰夙興而昧旦。」

〔六〕我戀二句：《史記·貨殖列傳》：「吾聞汶山之下沃野，下有蹲鴟，至死不飢。」正義：「蹲鴟，芋也。言邛州臨邛縣其地肥又沃，平野有大芋等也。」《世説新語·言語》：「陸機詣王武子，武子前置數斛羊酪，指以示陸曰：『卿江東何以敵此？』陸云：『有千里蓴羹，但未下鹽豉耳。』」《苕溪漁隱叢話》後集卷八引《藝苑雌黄》：「或言千里、未下，皆地名。或言千里言地廣，或言自洛至吴有千里之遥。或言蓴羹必鹽豉，乃得其真味。是皆不然。蓋千里，湖名也。千里湖之蓴菜，以之爲羹，其美可敵羊酪。然未可猝至，故云『但未下鹽豉耳』。子美又有《别賀蘭銛》詩云：『我戀岷下芋，君思千里蓴。』以『岷下』對『千里』，則『千里』爲湖名可知。《酉陽雜俎》酒食品亦有千里蓴。」其説似附會。

〔七〕生離二句：宋玉《高唐賦》：「孤子寡婦，寒心酸鼻。」